Allie Denty, 38, hat gerade ihren Freund in der gemeinsamen Wohnung beim Sex mit einer anderen erwischt. Das Leben sieht nicht gut aus. Auf einmal ist sie wieder Single, und außerdem steht das zwanzigjährige Klassentreffen an. Da muss eine Super-Gesichtscreme her – und ein attraktiver Begleiter, um die einstigen Mitschülerinnen zu beeindrucken. Allie fragt Noah, ihren guten alten Freund. Aber, Überraschung, Noah will mit seiner neuen Freundin hingehen. Als Allie dann noch erfährt, dass auch ihre ehemalige beste Freundin Olivia, mit der sie nach einem schrecklichen Streit damals in der Schule nie wieder ein Wort gesprochen hat, kommen wird, weiß sie, dass sie eine verdammt gute Antifaltencreme braucht, um dieses Treffen zu überstehen …

Elizabeth (Beth) Harbison stammt aus der Nähe von Washington, D. C. Sie studierte Kunstgeschichte, Literatur- und Theaterwissenschaften in London und Washington. Seit ihrer Kindheit schreibt sie Geschichten und ist als Autorin mehrerer romantischer Komödien erfolgreich. Sie lebt mit ihrem Mann und zwei Kindern in Washington, D. C.

Weitere Romane von Beth Harbison im Fischer Taschenbuch Verlag: ›Schuhtick‹ und ›Kaufrausch‹

Weitere Informationen, auch zu E-Book-Ausgaben, finden Sie bei *www.fischerverlage.de*

Beth Harbison

Beauty-Tricks

Roman

Aus dem Amerikanischen von
Tatjana Kruse

Fischer Taschenbuch Verlag

MIX
Papier aus verantwortungsvollen Quellen
FSC
www.fsc.org
FSC® C083411

Deutsche Erstausgabe
Veröffentlicht im Fischer Taschenbuch Verlag,
einem Unternehmen der S. Fischer Verlag GmbH,
Frankfurt am Main, April 2011

Die Originalausgabe erschien unter dem Titel
Hope in a Jar im Verlag St. Martin's Press, New York
Dieses Werk wurde im Auftrag von St. Martin's Press LLC
durch die literarische Agentur Thomas Schlück GmbH,
30827 Garbsen vermittelt.

Satz: pagina GmbH, Tübingen
Druck und Bindung: CPI – Clausen & Bosse, Leck
Printed in Germany
ISBN 978-3-596-18826-0

Beauty-Tricks

Dieses Buch ist den Frauen gewidmet,
die zusammen mit mir als »glorreiche Halunken«
vom Kindergarten bis zum Highschool-Abschluss dem Guten,
dem Schlechten und dem Hässlichen getrotzt haben.
In der Reihenfolge unseres Kennenlernens:
Tiffany Pruitt, Nicki Singer, Jacki Behrens, Dana Carmel
und Kim Nash. Und Olivia Nuccio.

Kapitel 1

Ich bring den Speck mit nach Hause,
brat ihn in der Pfanne an,
Und lass dich nie, nie, nie vergessen:
Du bist mein Mann …
Anzeige für Enjolie Parfüm von Charles of the Ritz

Das Einzige, was schlimmer ist, als herauszufinden, dass dein Freund dich mit einer schönen Frau betrügt, ist, wenn du herausfindest, dass dein Freund dich mit einer Frau betrügt, die durchschnittlich aussieht.

Allie Denty musste das auf schmerzliche Weise erfahren, als sie früher als sonst von der Arbeit nach Hause kam, in ihr Schlafzimmer trat und etwas entdeckte, das einer Robbe glich, die unter der Überdecke ihres am Morgen frisch gemachten Bettes mit den Flossen zu schlagen schien.

Es war schwer zu sagen, wer wen zuerst bemerkte oder wer überraschter war. Quasi in dem Moment, als Allie in ihr Schlafzimmer trat, steckte eine Frau, die sie noch nie zuvor gesehen hatte, den Kopf unter Allies Edelbettdecke von Martha Stewart hervor und schrie wie am Spieß.

»Aber …«, stotterte Allie schockiert, als seien sie mitten in einem Gespräch.

Ihr blieb nicht die Zeit, den Gedanken zu beenden, wie immer er ausgesehen haben mochte, denn die Frau sprang aus dem Bett, wickelte dabei die Bettdecke um sich und legte auf diese Weise Kevin frei, dessen Hände mit seiner Jerry-Garcia-Krawatte über seinen Kopf gefesselt waren. Diese Krawatte hatte Allie ihm im Jahr zuvor zu Weihnachten geschenkt, obwohl sie mehr gekostet hatte als alle anderen Krawatten bei Macys.

Jeder einzelne Muskel in Allies Körper krampfte sich zusammen, und sie sah panisch von der wie am Spieß schreienden Frau zu ihrem Freund, dem sie so törichterweise – und so *vollkommen* – vertraut hatte.

»Was zum …«, rief Allie. »Kevin! Was ist hier *los*?«

Die Frau hörte auf zu schreien, aber ihr Atem kam immer noch abgehackt.

»Allie«, fing Kevin an, aber es klang, als spräche er mit der Stimme eines anderen. Er räusperte sich und versuchte es erneut. »Allie, es ist nicht so …« – noch mitten im Satz wurde ihm klar, wie lahm das klang – »wie es aussieht.«

»Es sieht so aus, als würdest du eine fremde Frau in meinem Bett vögeln«, sagte Allie. Zum Teufel mit den guten Manieren. Sie hatte soeben festgestellt, dass sie für ihren Freund weniger attraktiv war als eine Frau, die – jetzt, da sie sie besser sehen konnte – in einer *Vorher*-Anzeige für Diät-, Sport oder Kosmetikartikel im *National Enquirer* hätte auftreten können. Ihre hellbraunen Haare waren strähnig und schlecht geschnitten, ihre Augen hatten denselben stumpfen Farbton wie ihre Haare, und ihr Mund war eine dünne, rosa Linie, viel zu klein in dem etwas teigigen Gesicht.

Und ihr Hintern – auf den Allie unseligerweise eine gute Aussicht hatte – war noch hüttenkäsiger als der von Allie. Zugegeben, sie hatte eine perfekte, gerade Nase. Aber war es das, worauf Kevin stand? Auf eine perfekte Nase, wie bei einem Model, in einem ansonsten absolut unscheinbaren Gesicht?

»Also …« Kevin kämpfte sich aus seinen Fesseln. »Es ist kompliziert …«
Allie konnte sich später nicht erinnern, was danach noch kam. Er hatte es zumindest nicht geleugnet. Wie hätte er das auch tun können? Großer Gott, das Kondom hing ja immer noch über seinem eingeschrumpelten Ding. Es war nicht so, wie es aussah? Es war ganz genau so, wie es aussah! Und daran war absolut nichts kompliziert.
»Ich sollte gehen«, sagte die Frau und schlüpfte hastig in ihre Kleider. »Finden Sie?«, fauchte Allie sie an. Dann überkam sie eine schreckliche Erkenntnis. »Moment mal, sind Sie nicht die Frau, die letzten Monat bei uns im Büro die Briefpapierauswahl vorgestellt hat?«
»Ihre Bestellung wird am siebten fertig sein!«, erklärte die Frau abwehrend. »Es gab eine Verzögerung in der Druckerei wegen des Wasserzeichens.«
Das war jetzt total abgefahren. Die unscheinbare Frau, die ihnen Kevins neues Briefpapier zu einem Spottpreis verkauft hatte, die Frau, die damals gebeten hatte, die Toilette aufsuchen zu dürfen und die – Allie fiel das unwillkürlich auf – sehr lange gebraucht hatte und mit einem Stück Toilettenpapier am Schuh wieder aufgetaucht war, diese Frau lag jetzt mit Kevin im Bett und setzte einen Schlussstrich unter die letzten beiden Jahre in Allies Leben.
»Allie, wir kriegen das wieder hin.« Endlich frei von der Krawatte sprang Kevin nackt aus dem Bett, genauso so, wie Allie es schon eine Million mal gesehen hatte. Nur dass sich normalerweise keine andere Frau im Zimmer befand. Glücklicherweise hielt die Briefpapierfrau sich nicht lange auf; sie stürmte aus dem Raum und einen Augenblick später hörte man, wie die Wohnungstür zugeschlagen wurde. Gut.
Eine weg, noch einer übrig.

»Also ehrlich, Kevin, die Billigbriefpapierverkäuferin? Ist das dein Ernst?«
»Sie wusste nicht, dass es dich gibt«, verteidigte Kevin die Person, die in dieser Angelegenheit am unwichtigsten war.
»Wie bitte? Hat sie vergessen, dass ich es war, die vor ein paar Wochen die Bestellung bei ihr aufgab? Hat sie die ganzen Fotos von uns beiden hier in der Wohnung nicht bemerkt? Und meine Sachen im Badezimmer? Ist sie blind? Sie hätte nicht hier sein dürfen, Kevin« – Allies Stimme zitterte vor Wut – »*du* hättest sie nicht hierher bringen dürfen …«
»Ich weiß.«
»… und du verschwindest jetzt besser.«
Er blieb aufreizend ruhig. »Lass uns darüber reden …«
»Verschwinde«, sagte Allie und ihre Stimme wurde zunehmend lauter. »Verschwinde!« Sie hob seine Jeans und sein dämliches *Krieg der Sterne*-T-Shirt vom Boden auf. »Verschwinde, verdammt noch eins!« Sie warf ihm seine Sachen entgegen und schob ihn zur Schlafzimmertür hinaus.
»Aber …«
»Du kannst deine Sachen später abholen. Oder ich schicke sie dir. Aber …« Sie drängte ihn zur Wohnungstür. »… Du …« – sie warf seinen verdammten *Boss*-Slip in den Flur, hoffte, dass ihn der Anstand dazu bringen würde, ihm hinterherzustürzen – »… verschwindest jetzt!« Sie knallte die Tür zu und drehte sich um.
Gleich darauf hörte sie eine Stimme im Flur.
Die Stimme einer Frau.
O Gott, sie hatte auf ihn gewartet. Sie verschworen sich gegen sie, hatten Geheimnisse vor Allie, heckten Pläne aus, hakten sich unter und gingen gemeinsam fort. Allein der Gedanke war ekelerregend.
Allie stand einfach so da, lauschte den murmelnden Stim-

men draußen vor der Tür, fürchtete, sie könnte ein Kichern oder gar lautes Lachen hören. Aber sie hörte sie nur reden, dann Schritte, das *Pling* des Aufzugs und dann … nichts.

Nichts außer dem leisen Stöhnen, das sich ihrem Hals entrang, ein Stöhnen, das ganz langsam zu einer Abfolge von Schluchzern wurde. Das hatte sie nicht kommen sehen. Wenn andere Leute so etwas sagten, klang es immer dumm, aber es war die nackte Wahrheit. Sie hätte sich nicht träumen lassen, dass Kevin ihr nicht ebenso treu sein könnte wie sie ihm treu war – bedingungslos.

Komm schon, es war ja nicht so, als wäre er eine heiße Leckerschnitte mit dem Aussehen eines Filmstars. Er war ein Durchschnittsmann. Ein Durchschnittskevin. Mit einem hohen IQ und einem ordentlichen Charakter, zugegeben. Hin und wieder hatte er sie sogar zum Lachen gebracht. Na ja, zum Schmunzeln.

Zwei Jahre – zwei lange, ahnungslose Jahre – hatte Allie den Traum aufgegeben, ihren Seelengefährten zu finden, weil sie glaubte, dass Kevin gut für sie sei. Er war in ihre Wohnung gezogen und sie hatten nach einer neuen Bleibe Ausschau gehalten. Nach einer großen Eigentumswohnung für sie beide.

Allie hatte geglaubt, sie wären auf dem Weg zu einer ziemlich guten Lebenspartnerschaft.

Doch stattdessen schlief er mit einer anderen Frau, als er glaubte, dass Allie noch nicht nach Hause kommen würde. Wer *war* er?

Wenn er nicht der war, für den sie ihn gehalten hatte, wer war er dann?

Und was war aus dem Mann geworden, den sie zu kennen geglaubt hatte? Existierte er … womöglich gar nicht? Konnte sie sich so sehr getäuscht haben?

»Allie!« Kevins Stimme draußen vor dem Fenster klang nur leise, aber sie schreckte dennoch zusammen. »Allie, bitte!«
Sie blieb reglos stehen, wie ein Tier in panischer Schockstarre. Über die Straße laufen oder zurück in den Wald flüchten?
»Kannst du mir wenigstens meine Geldbörse und meine Schlüssel herunterwerfen?«
Ihr Blick fiel auf den Nachttisch. Da lagen sie. Wie jeden Abend. Offenbar war das sein Bettgehritual, ungeachtet dessen, was er im Bett zu tun gedachte.
Und ungeachtet dessen mit wem.
Sie überlegte kurz, ob sie die Sachen in den Kamin werfen sollte. Das wäre zweifellos ein Augenblick großer Befriedigung.
Rache war immer sehr verführerisch. Doch nur selten war sie zufriedenstellend und fast immer gab es irgendeine dumme Folgeerscheinung, an die man nicht gedacht hatte. In diesem Fall müsste sie wahrscheinlich eineinhalb Stunden ertragen, in denen er draußen saß und auf den Techniker des Automobilclubs wartete, der ihm die Wagentür öffnete, oder auf jemand von Lexus, der ihm einen Ersatzschlüssel brachte, und dann kämen all die Anrufe von seinen Kreditkartenfirmen und … nein, damit wollte sie sich nicht herumschlagen müssen.
Sie nahm Geldbörse und Schlüssel und ging ins Wohnzimmer, wo es einen winzigen Balkon gab.
Er stand unten auf dem Rasen.
»Du willst die hier?« Sie hielt Geldbörse und Schlüssel hoch.
»Ja, Allie. Bitte.«
»Da hast du sie.« Allie schleuderte die Geldbörse nach unten und genoss das dumpfe *Plopp*, als sie auf seine Stirn traf. Das war das Gute daran, wenn man mit einem älteren

Bruder aufgewachsen war – man warf nicht wie ein Mädchen. »Und vergiss deine Schlüssel nicht.« Sie hob den Arm.
»Nicht ins Gesicht!«, kreischte er.
Trotz ihrer Wut, trotz der Woge aus Betrug und Kränkung, wünschte sie, er würde sich ein wenig mehr wie ein Mann verhalten.
Was sollten die Nachbarn denken?
Sie ließ den Schlüssel über das Geländer fallen, anstatt sie zu werfen. Na also. Sollte er doch durch die Azaleen wühlen, um sie zu finden. Er war nicht länger ihr Problem.
Sie ging zurück ins Schlafzimmer, zog das Bett ab, stopfte die Bettwäsche in die Waschmaschine, stellte sie auf 90 Grad ein und schüttete eine halbe Packung Waschmittel hinein. Nach kurzem Zögern fügte sie auch noch ein paar Tassen Bleiche hinzu.
Dann ging Allie ins Badezimmer, um sich die Hände zu waschen. Sie wusch sich lange Zeit die Hände, schrubbte sie, als könne sie damit die letzte halbe Stunde wegwaschen, damit es nie geschehen wäre.
Schließlich gab sie auf, richtete sich auf, sah in den Spiegel und betrachtete ihr verwirrtes Gesicht. Was war da gerade geschehen? Was war schiefgelaufen? Und wann?
Die Frau, die sie aus dem Spiegel anschaute, hatte sie schon vor langer Zeit aufgegeben. Die Haare waren strohig. Einst waren sie seidig und hellblond gewesen, jetzt waren sie messingfarben, weil sie sie zu Hause färbte. Ihre Wangen sahen weich aus … nein, teigig. Die Fältchen um ihre Augen, die ihr an den meisten Tagen nichts ausmachten, schienen heute mit der scharfen Kante eines Spachtels hineingeschnitzt worden zu sein.
Weitaus schlimmer aber war, dass der Optimismus, den sie immer für selbstverständlich erachtet hatte, ihr irgend-

wann unterwegs abhanden gekommen war – vielleicht schon vor langer Zeit, wenn sie so darüber nachdachte. In ihren Augen lag nichts Glückliches mehr. Sie wirkte niedergeschmettert.

Sie *fühlte* sich niedergeschmettert.

Sie war niedergeschmettert.

Allie sank zu Boden. Ihr Körper wurde nicht mehr von Knochen getragen, sondern von den tiefen, bebenden Schluchzern. Es war doch unfassbar, was da geschah. Geschehen war. Wahrscheinlich schon vor langer Zeit geschehen war, ohne dass sie es bemerkt hatte.

Wie dumm.

Dumm dumm dumm.

Sie hasste Kevin.

Aber um ehrlich zu sein, wusste sie, dass es ihre Schuld war. Sie musste sich nicht mit der anderen Frau vergleichen, sondern mit sich selbst. Wo war *Allie* geblieben? Irgendwann hatte sie ihre Träume aufgegeben und gleichzeitig auch ihre Hoffnungen. Sie hatte sich mit ermüdenden Zeitarbeitsjobs begnügt, mit einer Mietwohnung und einem Mann, den sie nicht wirklich liebte, einem Mann, der ihr Vertrauen eindeutig nicht verdiente.

Allie hatte sich mit all dem begnügt.

Und dafür hasste sie sich selbst am meisten.

»Noah, ich bin's. Schon wieder. Tut mir leid, dich zu nerven, aber ich …« Allie schluckte schwer, versuchte, ihre Stimme in den Griff zu bekommen. Sie wollte nicht armselig und bedürftig klingen.

Doch angesichts der Tatsache, dass dies schon die dritte Nachricht war, die sie auf seinem Handy hinterließ – und angesichts der Tatsache, dass er sehen konnte, dass sie ungefähr ein Dutzend Mal angerufen hatte, ohne eine Nach-

richt zu hinterlassen –, befand sie sich bereits im Erste-Klasse-Abteil des Armselig-und-Bedürftig-Expresszuges.
»... ich wollte einfach mal mit dir reden«, beendete sie ihren Satz lahm.
Wo war er überhaupt? Noah war doch ein Workaholic – sie konnte ihn immer erreichen, weil er sich immer an seinem Zeichenbrett befand und Bauten entwarf, entweder zu Hause oder im Büro.
Andererseits hatte er erwähnt, dass er sich mit jemand »Neuem« traf, darum war er vielleicht mit ihr ausgegangen, wer immer sie sein mochte.
Allie konnte sie jetzt schon nicht leiden.
Die arme Frau hatte keine Chance. Und Allie fühlte sich lieblos genug, um zu hoffen, dass Noah die Person bald in die Wüste schicken würde, damit Allie ihn wieder ganz für sich allein hatte.
Natürlich nicht »haben« im Sinne von haben. Zwischen ihnen beiden lief nichts. Sie waren seit der achten Klasse gute Freunde – sobald es für Mädchen und Jungs nicht länger tabu war, miteinander zu reden, ohne dabei theatralische Würgegeräusche von sich zu geben.
Nicht, dass es schwer wäre, Gefühle für einen Mann wie Noah zu hegen. Allie und ihre Freundinnen pflegten zu scherzen, dass er aussah wie Matt Dillons gutaussehender Bruder, damals als Matt Dillon noch jemand war (und kurz nachdem Allies Mitbewohnerin angefangen hatte, das Zimmer mit Fotos von Matt Dillon zu tapezieren, die sie aus Magazinen ausgeschnitten hatte). Er war einen Meter achtzig groß, angenehme zehn Zentimeter größer als Allie, und seine Schultern waren breit genug, dass sie sich neben ihm sehr weiblich fühlte (im Gegensatz zu Kyle Carpenter – aus dem Sommer nach dem College –, neben dessen 173 Zentimetern sie sich wie eine Amazone vorgekommen war).

Aber trotz der Tatsache, dass er aussah wie ihr Teenagerschwarm und obwohl er die *perfekte* Größe für sie besaß, hatte Allie nie auch nur daran gedacht, etwas mit Noah haben zu wollen, weil sie ihn nicht als guten Freund verlieren wollte.

Echt.

Er war ihr bester Freund und der einzige Mensch, den sie mitten in der Nacht anrufen konnte, beispielsweise mit einer Frage zu *Grey's Anatomy*, und die Antwort, die sie bekam, war (1.) korrekt und enthielt (2.) keine Kraftausdrücke, weil sie mitten in der Nacht mit einer Frage zu *Grey's Anatomy* angerufen hatte.

Eine solche Freundschaft durfte man nicht aufs Spiel setzen.

Stattdessen hatte Allie sich also mit einer Reihe von Männern abgegeben, die eigentlich nicht so recht zu ihr passten: von Luke Dashnaw, der nach zehn Monaten Gemeinsamkeit seinen Job als Investmentbanker hinschmiss, um Clown zu werden, über Stu Barker, der Buddhist war und einen Tag pro Woche in völligem Schweigen, meditierend und fastend, verbrachte, bis hin zu Kevin, der mit der Briefpapierverkäuferin in Allies Bett vögelte, wenn Allie nicht zu Hause war.

Allie fragte sich allmählich, ob sie allein nicht besser dran wäre.

Sie machte sich auch allmählich Sorgen, ob ihr noch groß die Wahl blieb. Trotz häufigen und sehr intensiven Angebaggertwerdens wusste sie, dass sie nicht mehr so hübsch war wie einst. Ihr 38 Jahre altes Gesicht folgte immer mehr der Schwerkraft, die Jahre des Schwelgens hatte ihr Kinn und ihre Hüften gepolstert, die Sommer im Tally-Ho-Pool in Potomac, in der Sonne liegend, mit nur einer dünnen Schicht Babyöl zwischen ihrer Haut und den UVA- und

UVB- und UV-Was-immer-man-als-Nächstes-herausfand-Strahlen, hatten kleine Furchen in ihr Gesicht gegraben, die andernfalls nicht da gewesen wären.
Wenn Allie jetzt so darüber nachdachte, sank ihr der Mut noch mehr.
Es gab nur eine Sache, die sie tun konnte, um sich besser zu fühlen. Das würde natürlich teuer, aber manchmal durfte man an seine seelische Gesundheit kein Preisschild heften.
Oder man konnte es natürlich doch tun, wenn man 150 Dollar pro Stunde, einmal die Woche, in Verbindung mit einem kleinen Einkaufsbummel, für nichts Besonderes hielt.
Also fuhr sie ins Montgomery-Einkaufszentrum.
Es war wie ein Kurzausflug ins Paradies. Ein Ort, an dem alles schön war, alles gut roch, alles verführerisch lockte und alles versprach, die kleinen Probleme des Lebens ein wenig leichter zu machen.
Kaum hatte Allie das hell erleuchtete, funkelnde schwarz-weiß-rote Interieur betreten, das ihren persönlichen Himmel darstellte, fühlte sie sich besser.
Nicht, dass sie oft herkam. Ganz im Gegenteil, für gewöhnlich gab sie sich mit Drogeriewaren zufrieden, aber hin und wieder konnte sie einfach nicht widerstehen.
Und jetzt war einer dieser Momente.
Sie hatte nämlich nicht nur eine Beziehung beendet – einer der drei Top-Gründe, warum sie direkt zum Einkaufen fuhr –, sondern ihr stand auch das zwanzigjährige Klassentreffen bevor. Wenn man so darüber nachdachte, war das auch ein Top-Drei-Grund. Genauer gesagt, waren diese beiden sogar noch bessere Gründe für hemmungsloses Geldausgeben als eine Hochzeit.
Jedenfalls stand sie jetzt hier.

»Kann ich Ihnen helfen?«, erkundigte sich eine Frau, die fast halb so alt und auch nur halb so schwer war wie Allie.
»Ja.« Allie war vorbereitet. Sie hatte den Geldbeutel voller Kreditkarten. »Zeigen Sie mir all Ihre Lieblingssachen.«
Die junge Frau schien verwirrt. »Was genau suchen Sie denn? Mascara oder ...« Sie musterte Allie. »... ein Mikropeeling?«
Unter anderen Umständen wäre Allie beleidigt gewesen, aber in Sachen Selbstachtung konnte sie in dieser Woche unmöglich noch tiefer rutschen, darum war sie bereit einzuräumen, dass sie Hilfe brauchte.
»Ich will alles ausprobieren, das mich besser aussehen lässt«, erklärte sie. »Zeigen Sie mir *alles.*«
Die junge Frau war wie ein abgerichteter Hund, der sich zögernd auf den Hamburger zubewegt, den man ihm auf den Küchenboden geworfen hat. »Sind Sie sicher?«
»Ja, absolut.«
»Super. Weil wir nämlich gerade diese Feuchtigkeitscreme hereinbekommen haben, von der alle sagen, dass sie schon nach wenigen Tagen feine Fältchen zum Verschwinden bringt ...«
In der nächsten Stunde folgte Allie der Elfe durch den Laden, probierte Wimperntusche, Grundierungen, Cremes, Lotionen, Parfüms, sogar Zahnbleiche – von *Dior, Lancôme, Fresh, Urban Decay, bareMinerals, LORAC* und einhundert anderen Marken, die Allie normalerweise nicht in Betracht gezogen hätte, weil deren Preise so exorbitant hoch waren.
Sie konnte sich natürlich nicht alles leisten – 125 Dollar für eine kleine Dose mit Hautcreme war immer noch zu viel, ungeachtet wie unglücklich sie war –, aber sie kaufte genug, um ausgesprochen zufrieden zu ihrem Auto zu gehen und nach Hause zu fahren.

Beim Einkaufen war ihr klar geworden, dass ihre Qual nicht allein in Kevin begründet lag. Eigentlich hatte nur sehr wenig davon mit Kevin zu tun. Jedes Mal, wenn sie versuchte, ihn als fehlendes Teil in das Puzzle ihres Lebens zu integrieren, passte er irgendwie nicht hinein.

Ja, er hatte sie betrogen, er war ihr untreu geworden, er hatte ihr das Gefühl vermittelt, eine Verliererin zu sein, aber vielleicht verstand sie sogar, warum. Zumindest ein bisschen.

Sie und Kevin hatten eine sehr *kameradschaftliche* Beziehung geführt. Sie hatten nette Abende verlebt, mochten dieselben Restaurants und denselben Wein. Aber wenn sie nachts nach Hause kamen, blieb Kevin häufig im Wohnzimmer und sah sich den Biographie-Kanal im Fernsehen an oder den Discovery Channel oder sonst etwas in der Art, während Allie ins Schlafzimmer ging und *Sex and the City, Six Feet Under* oder *Lost* anschaute. Etwas, das Kevin als zu prollig für seinen Geschmack erachtete.

Und obwohl sie regelmäßig Sex hatten, war es genau das: einfach nur *regelmäßig* und offen gesagt einfach nur *Sex.*

Es gab kein Feuerwerk.

Es gab nicht einmal einen jämmerlich kleinen Funkenschlag.

Oberflächlich betrachtet war Kevin die vernünftige Wahl gewesen. Er war Anwalt in einer Kanzlei, die in dem Ruf stand, junge Anwälte rasch ganz nach oben zu befördern. Er liebte Washington ebenso sehr wie Allie (wenn auch nicht aus denselben Gründen) und hatte die Absicht, in der Stadt zu bleiben und sich hier ein Leben aufzubauen, in einem der besseren Viertel im Nordwesten. Er arbeitete schwerer als sonst jemand in seiner Kanzlei, um schneller voranzukommen und seine Ziele Wirklichkeit werden zu lassen.

Ehrlich gesagt war das der Grund gewesen, warum Allie in dem Hamsterrad der Zeitarbeit steckengeblieben war. Kevin hatte ihre Hilfe benötigt, um die zusätzliche Arbeit zu erledigen, darum hatte sie trotz ihres Englischdiploms von der Rutgers-Universität als seine Anwaltsgehilfin gearbeitet, hatte seine Recherchen erledigt, in vielen Nächten bis zur Morgendämmerung, und nebenbei andere Zeitarbeitsjobs angenommen, um zum Haushaltsgeld beitragen zu können.

In der Rückschau schien das wirklich dumm von ihr, aber sie hatte an Kevin geglaubt, auch wenn sie ihn nicht leidenschaftlich liebte, und sie hatte fest angenommen, dass sie sich ein Leben zusammen aufbauten.

Wie sich herausstellte, hatten sie das auch getan.

Sein Leben.

Als sie also vom Montgomery-Einkaufszentrum zurückkehrte mit ihrer teuren, kleinen Einkaufstüte voller Verwöhnartikel, stellte sie fest, dass ihr viel mehr daran lag, sich selbst wiederzufinden, als ihn zurückzubekommen.

Es war ein gutes Gefühl.

Die nächsten Stunden verbrachte sie mit Peelings, Haarspülungen, Fönen und Schminken – es waren erfüllte Stunden. Positive Schritte in einer ansonsten negativen Alltagsroutine.

Es war natürlich kein filmreifer Imagewechsel. Es war einfach nur häusliche Pflege, wenn auch häusliche Pflege von hoher Qualität. Außerdem waren da noch diese überflüssigen 15 Pfund, um die sie sich kümmern musste und mit denen sie nicht zum Klassentreffen gehen wollte.

Nicht, dass sie eine *Gazelle* gewesen wäre, als die anderen sie das letzte Mal gesehen hatten. Sie hatte nie den Audrey-Hepburn-Look geboten, aber mit ihren einen Meter siebzig war sie durchtrainiert und sportlich gewesen, mit großen

Brüsten, darum hieß es allgemein, dass sie ziemlich heiß sei.

Gut gebaut, hieß es damals noch, wenn dieser merkwürdige, kleine Ausdruck auch schnell wieder verschwunden war.

Jedenfalls hatten Allies Rundungen ihr während der Highschool und am College eine Menge Vorteile eingebracht: Ihr hatte es nie an männlicher Begleitung gefehlt – etwas, das damals ungeheuer wichtig war –; mehr als eine Mahlzeit im Restaurant war für sie kostenlos gewesen; sie hatte sich aus drei Strafzetteln wegen zu schnellen Fahrens herausgeflirtet und in einer Sommernacht, als sie ein besonders aufregendes Kleid von The Limited getragen hatte, hatte ihr ein Mann eine Million Dollar angeboten, wenn sie mit ihm schlief. Damals lief gerade *Ein unmoralisches Angebot* im Kino, darum war das Angebot weder ernsthaft noch originell, aber dennoch eine nette Geste.

Yep – das waren die glorreichen Tage, als Kurven und Brüste noch als akzeptabel galten und ein Big Mac keine Todsünde darstellte.

Dann war Kate Moss gekommen und hatte all das ruiniert. Und Vincent Gallo schoss diese dämlichen *Calvin-Klein*-Fotos im Heroin-Schick, die den Hungertrend ordentlich förderten. Ja klar, alle beklagten das, aber es änderte sich nichts. Dünn war jetzt länger Trend als alles andere in der jüngeren Geschichte. Selbst Tyra Banks wetterte gegen ultradünne Models, kürte aber gleich darauf ultradünne Models bei *America's Next Top Model.*

Bei genauerem Nachdenken würde sich Allie selbst ohne die zusätzlichen fünfzehn Pfund auf ihrem Klassentreffen unmodern fett vorkommen. Aber so? Sie fühlte sich, als würde Mama Cass ihre Hand nehmen und murmeln: *Komm her, Allison, lass uns ein Schinkensandwich essen,*

während die Teams für das Klassentreffen-Basketballspiel ausgewählt wurden.
In Wahrheit musste sie, als sie vor kurzem in einer Boutique stand, um ein neues Kleid zu kaufen, das ihr schmeichelte und ihre Laune hob, alles, was sie in ihrer früheren Größe anprobierte, wieder beiseitelegen, weil die Sachen zu klein ausfielen.
Aber Allie akzeptierte, was war, und tat dabei ihr Bestes. Momentan plante sie immer noch, an dem Klassentreffen teilzunehmen, und wenn sie bis dahin nicht auf wundersame Weise an Gewicht verlor, dann würde vielleicht ihr Make-up die Aufmerksamkeit auf ihre Pluspunkte richten, damit niemand die Schwachpunkte bemerkte.
Zumindest hatte das die junge Verkäuferin gesagt.
Sobald Allie aufgehübscht war, ohne jedoch eine Verabredung zu haben, genehmigte sie sich ein Glas Wein und beschloss, sich auf das Klassentreffen vorzubereiten, indem sie die Webseite anschaute, die Cindy Barlow – ja, die Vorsitzende des Klassentreffenorganisationsteams hatte tatsächlich einen Domainnamen gekauft – eingerichtet hatte.
Allie klickte sich zu Classmates.com und öffnete die Unterseite mit dem Titel *Winston Churchill Highschool – 20-jähriges Klassentreffen – Wer kommt?* Ein ganzer Haufen Leute hatte sich bereits angemeldet:

Peter Ford: Bulldog ist immer noch der Beste!

Peter Ford war eine Sportskanone gewesen. Er konnte kaum bis zehn zählen, wurde aber zum Helden, als er auf dem Footballfeld einen neuen Rekord aufstellte.
Allie erinnerte sich noch sehr deutlich daran, wie er in der siebten Klasse im Sportunterricht ihr T-Shirt vor den Augen aller nach oben gezogen hatte.

Lucy Lee: Ich versuche definitiv, zu kommen. Weiß jemand, was aus Paulina Sams wurde?

Lucy war die Schlaue gewesen, die ungewöhnlicherweise auch wirklich beliebt gewesen war. Heute arbeitete sie als Moderatorin eines lokalen Nachrichtensenders.
Allie hatte sich im Vergleich zu ihr immer wie eine Versagerin gefühlt. Es schien auf unheimliche Weise klar, dass sie sich auch weiterhin so fühlen würde.

Yancy Miller: Pauline Sams lebt jetzt in Seattle. Sie hat zwei Kinder und ist mit dem dritten schwanger. Ihr Mann ist ein hohes Tier bei Starbucks. Wahrscheinlich wird sie wegen des Babys nicht kommen können.

Das passte! Yancy Miller war die größte Klatschbase der ganzen Schule gewesen. Allie war sich nicht einmal sicher, ob Yancy mit Pauline befreundet gewesen war, und doch besaß Yancy alle Informationen.
Allie scrollte weiter. Dann sah sie es.

Victoria Freedman: Ich komme – seht euch vor!

Das war typisch Victoria.
Vickie war die größte Zicke der Schule gewesen, von der sechsten Klasse bis hin zu zwölften. Sie wohnte nur wenige Häuser von Allie entfernt und als ganz kleine Kinder hatten sie immer zusammen gespielt. Aber nachdem Vickies Vater sehr reich geworden war, zogen sie von Fox Hills weg in das weitaus teurere Potomac Falls. Danach ging ihr Vickie immer aus dem Weg, um deutlich zu machen, dass sie nichts mehr mit Allie zu tun haben wollte oder mit sonst jemand, der nicht zur angesagten Clique gehörte.

Seht euch vor.
Allie fand, es müsse eher heißen: *Hütet euch vor Vickie.* Und sie würde sich vor Vickie hüten, so viel stand fest. Sie würden keinerlei Kontakt haben, außer Vickie sah Allie, bevor Allie sich verstecken konnte.

Yancy Miller: Habe dich auf MSNBC gesehen, wie du über Umweltrecht gesprochen hast, Vickie! Toll gemacht!

Schleimerin.

Wilhelmina Fram: Kann nicht kommen.

Wer war das?

Allison Denty: Komme in Begleitung.

Mehr hatte sie nicht geschrieben. Allie Denty kommt in Begleitung. Und jetzt konnten sie die Begleitung streichen.

Noah Haller: Nehme teil.

Gott sei Dank.
Selbst wenn er nicht als Begleiter von Allie daran teilnahm, war sie ungeheuer froh, dass er dort sein würde. Ein freundliches Gesicht in der Menge, ein Mensch, mit dem sie lästern konnte, wenn die Vickie Freedmans und die Lucy Lees dieser Welt mit erhobener Nasenspitze an ihr vorbeispazierten. Gott sei gedankt für Noah.
Allie sah in ihr Glas. Es war nur noch ein Tropfen Wein übrig. Entweder füllte sie ihr Glas erneut, auf die Gefahr hin, dass es ihr am nächsten Morgen wirklich leid tun würde, oder sie entschied sich für Kräutertee.

Letzteres schien klüger.
In der Küche nahm sie eine Schachtel Bigelow's Himbeertee und erhitzte Wasser in der Mikrowelle. Sie riss die Verpackung des Teebeutels auf und sofort weckte der Geruch nach Himbeeren Erinnerungen in ihr. Es war Jahre her, seit sie Himbeertee getrunken hatte. Als sie ihn letzte Woche im Supermarkt gesehen hatte, konnte sie nicht glauben, dass es diesen Tee noch gab. Sie nahm gleich zwei Schachteln mit, hatte aber nicht gedacht, dass sie sich wirklich eine Tasse davon aufbrühen würde, bis zu diesem Augenblick.
Als sie den Beutel in das kochende Wasser versenkte, führte der Geruch sie zurück in ihre Teenagerzeit, als sich Olivia und sie immer Eistee aus Himbeertee machten, weil Snapple zu teuer war.
Allie hielt inne. Olivia. Der einzige Mensch, an den sie nicht denken wollte. Der einzige Mensch, bei dem die Erinnerung tatsächlich schmerzte.
Und der einzige Mensch, den sie auf dem Klassentreffen sehen wollte und doch nicht sehen wollte.
Ihr Verhältnis war völlig ungelöst. Jahrelang waren sie beste Freundinnen gewesen, dann hatten sie einen Streit gehabt und Olivia hatte sie stehen lassen und das war das Ende gewesen. Puff! Als ob es nie geschehen war, egal, wie oft Allie daran dachte oder Olivia vermisste.
Olivia war mitten im letzten Schuljahr überstürzt weggezogen; es war Februar gewesen. Ihre Mutter hatte den Penner verlassen, mit dem sie verheiratet war (besser zu spät als nie), hatte die Koffer gepackt und war mit ihrer Tochter in die Nacht verschwunden.
Nun ja, vielleicht nicht gerade in die Nacht, da war sich Allie nicht sicher. Das war kurz nach dem Großen Streit zwischen ihr und Olivia gewesen, zu einer Zeit, als sie nicht

miteinander redeten. Allie wusste nur, dass Olivia ein halbes Jahrzehnt lang ihre allerbeste Freundin gewesen war und im nächsten Moment für immer in der Versenkung verschwand.
Es war natürlich furchtbar gewesen. Verwirrend und beunruhigend und die Quelle mannigfaltiger Spekulationen. Doch insgeheim glaubte Allie, wenn sie es auch niemals zugab, dass sie auch ein *kleines* bisschen froh gewesen war. Nachdem sie keine Freundinnen mehr waren, fiel es schwer, genau zu sagen, was sie denn nun waren. Noch schwerer war gewesen, wie sie sich in diesem neuen, nicht definierten Zustand verhalten sollten.
Es war schmerzlich gewesen, in den Schulfluren an Olivia vorbeizugehen und den Drang unterdrücken zu müssen, auf sie zuzurennen, zu kichern und zu tratschen – oder auch zu jammern und zu klagen, über das, was in Miss Rosens Musikunterricht geschehen war oder was für blöde Sachen George Riggs dieses Mal wieder gesagt hatte.
Es war noch schmerzlicher gewesen, wenn sie sah, wie Olivia sich ganz dick mit Vickie Freedman und ihresgleichen gab und Allie ignorierte, wie der Rest von ihnen.
Wie der Rest von ihnen früher auch Olivia immer ignoriert hatte.
Olivia verwandelte sich in eine von *ihnen*, darum war es irgendwie eine Erleichterung, als Allie *das* nicht mehr Tag für Tag miterleben musste.
Aber auf ihrem Zimmer daheim, ohne Zickenköniginnen und Rabauken, mit denen die sich abgeben musste, war der Schmerz, ihre beste Freundin zu verlieren, beinahe zu viel für Allie gewesen. Wohin sie auch schaute, gab es Erinnerungsstücke – Poster, die sie angeschmachtet hatten, Platten, zu denen sie gesungen hatten, Collagen aus Wörtern und Bildern, die nur für sie eine Bedeutung hatten,

selbst zusammengestellte Kassetten. Sie hatten so viel Zeit in Allies Zimmer verbracht, dass es sich – nachdem Olivia weg war – so anfühlte, als ob etwas fehlte.
Allie nahm an, dass es für Olivia sehr viel einfacher war. Schließlich hatte *sie* den Schlussstrich gezogen und sich nicht einmal von Allie verabschiedet. Sie hatte Allie nie die Chance gegeben, sich zu verteidigen, und sie hatte ganz sicher nicht im Zweifel für sie entschieden, als es darum ging, ihr zu glauben.
Sie hatte sie einfach abserviert. Die gemeinsamen Jahre verblassten wie der Zigarettenrauch im Vorgarten während der Mittagspause. In Olivias Augen war keine Spur ihrer Freundschaft mehr zu finden.
Angeblich kannte niemand ihre neue Adresse, obwohl Allie erst nach Monaten den Mut aufbrachte, Vickie und ihre Freundinnen während des Jahrbuchsignierens am Ende des Schuljahres danach zu fragen.
Schließlich wurde Allie wütend. Was für ein Mensch – egal wie wütend sie auf Allie gewesen sein mochte und egal, wie falsch sie damit lag – verschwand nach fast sechs Jahren, ohne sich auch nur zu verabschieden?
Warum sollte Allie sie jetzt, nach all diesen Jahren wiedersehen wollen?
Wollte sie nicht.
Glücklicherweise schien es keinen Grund zu geben, sich darüber Gedanken zu machen. Olivia hatte ihren Abschluss an einer anderen Schule gemacht. Irgendwo in Kalifornien, wie Allie erfahren hatte, auch wenn die Information nicht verlässlich war. Wo immer Olivia gelandet sein mochte, sie hatte dort Freundinnen und ein neues Leben gefunden und hatte nicht die Absicht, hierher zurückzukommen.
Das war, wie Allie sich vor Augen hielt, eine Erleichterung.

Also gut. Wenn nur Vickie Freedman ebenso wie Olivia dachte …

Aber nein, Vickie gab es noch. Und wenn sie auch nur annähernd so war wie früher – und nichts in ihrem Charakter deutete darauf hin, dass sie nicht *haargenau* so sein würde wie früher –, dann würde sie Allies Leben ein kleines bisschen schlimmer machen.

Kapitel 2

7. Klasse

Wie un-süß er ist.
Anzeige für Sour-Grapes-Lipgloss von Bonne Bell

»Ich tausche mein *Watermelon* gegen dein *7UP*«, bot Allie an, in der Hoffnung, dass Olivia den Tausch nicht als ebenso ungleich ansehen würde wie sie selbst. Ehrlich, die *7UPs* waren bei Woolworth *andauernd* ausverkauft, während *Watermelon* Regal um Regal füllte.
»Ich weiß nicht recht.« Olivia betrachtete ihren Lipgloss mit 7UP-Geschmack. Sie hatte den gesamten Inhalt ihrer neuen Handtasche – erst seit diesem Jahr hatten sie Handtaschen und es befand sich noch kaum etwas darin – auf Allies Patchworküberdecke geleert. Olivia kräuselte ihre kleine, aufreizend gerade Nase, dann schüttelte sie den Kopf. »Ich mag *7UP.*«
»Tust du nicht! Du trinkst überhaupt nie nicht 7UP. Du trinkst immer Coca-Cola.«
Olivia schoss wie aus der Pistole gefeuert zurück. »Es gibt keinen Lipgloss mit Cola-Geschmack und außerdem schmeckt es ja nicht wirklich wie 7UP.«
»Doch, tut es wohl, es schmeckt ganz genau wie 7UP. Darum nennen sie es ja *7UP.*«
»Dann mag ich offenbar 7UP.«
Allie seufzte verärgert auf. Wenn sie Olivia nicht für Lip-

gloss begeistert hätte, würden sie immer noch *Hello-Kitty*-Aufkleber und Sammelbilder mit Fünftklässlerinnen tauschen.
Doch urplötzlich gab sich Olivia als die Lipglossexpertin.
Also ehrlich.
Allie besah sich den Inhalt ihrer eigenen Handtasche. Vier Lipgloss (*Watermelon, Sour Grapes, Dr. Pepper* und *Piece a Cake*, die sie niemals tauschen würde), ein Flakon *Love's-Rain*-Parfüm, ein abgebrochener *Snoopy*-Bleistift, ein *Hello-Kitty*-Aufkleber, den sie ursprünglich außen auf ihre Handtasche geklebt hatte, der jetzt aber nur noch ein klebriger Haufen war, ein Tampax-Tampon in »Teenager-Größe« (Hoffnung gab es ja immer) und zwei Dollarscheine. Noch fünfzig Cent, plus Steuern, und sie konnte zum Einkaufszentrum und sich ihren eigenen *7UP*-Lipgloss kaufen, falls es noch welchen gab.
Unbenutzt.
»Na schön«, fauchte Allie und warf sich die hellblonden Haare in den Nacken, um die Olivia sie beneidete, wie sie wusste. Sie ging zum Spiegel und betrachtete ihr Spiegelbild zwischen den Fotos von Scott Baio, Shaun Cassidy und Robby Benson, die sie an den Rahmen geklebt hatte. Eigentlich fand sie Shaun Cassidy nicht so toll wie alle anderen Mädchen, aber es wäre peinlich gewesen, zuzugeben, dass sie immer noch David Cassidy mochte, wo der doch schon uralt war.
»Ich will das blöde Ding sowieso nicht«, erklärte Allie. »Ich wollte dir nur helfen.« Das war gemein. Sie wusste, dass es gemein war, und sie wollte gar nicht gemein sein, aber Olivia war wirklich eine dickköpfige Kuh. »Es lässt deine Lippen metallisch aussehen.«
»Echt?« Olivias Spiegelbild tauchte neben ihr im Spiegel auf, direkt unterhalb von Shaun Cassidys Schritt. Ihre in

der Mitte gescheitelten, roten Haare hingen schlaff zu beiden Seiten ihres Kopfes herunter, umrahmten ihr blasses, weißes Gesicht. Allie hatte immer wieder versucht, Olivia zum Einsatz eines Föns zu überreden und ein Shampoo zu verwenden, das ihrem Haar mehr Fülle geben würde, und vielleicht auch ein wenig Rouge auf den Wangen, aber offenbar war Olivia fest entschlossen, mausgrau zu bleiben.

Olivia gab etwas Lipgloss auf ihre Lippen, dann runzelte sie die Stirn. Der Blick ihrer braunen Augen versenkte sich im Spiegel in Allies blaue Augen. »Nein, tut es nicht.«

»Doch, tut es.« Allie bürstete sich die Haare und steckte sich auf jeder Seite eine Spange in die Haare, wie sie es auf einem Foto von Model Cindy Harrell in der letzten Ausgabe von *Seventeen* gesehen hatte. »Total metallisch. Das ist nicht mal mehr eine Lippenfarbe. Ich will ihn echt nicht.« Sie drehte sich um, stolzierte zurück zu ihrem Bett und warf sich auf die Matratze.

Olivia wischte sich mit dem Handrücken erst über die Lippen, musterte ihn dann eine Minute, inspizierte den eisgrauen Farbton, dann legte sie sich zu Allie aufs Bett.

Eine Weile lagen sie stumm nebeneinander und starrten an die Decke. Man sah immer noch die Löcher von den Reißzwecken, mit denen Allie kurze Zeit ein Foto von John Travolta in *Grease* über ihrem Bett befestigt hatte. Doch das war ganz rasch ziemlich gruselig geworden.

»Ich tausche trotzdem nicht«, sagte Olivia nach ein paar Minuten. »Mir gefällt's.«

»Na gut.« Allie lehnte sich gegen ihre Kissen. Sie bewunderte Olivia ein wenig, weil sie endlich für sich einstand, schäumte aber auch innerlich, weil Olivia für etwas einstand, das ihr zuvor egal gewesen war und das Allie sich wünschte. »Übrigens will ich die beiden Fotos von Leif Garrett wiederhaben.«

»Warum?«
Draußen nahm der Wind zu, wehte den Frühlingsduft der Schneeballblüten vor dem Fenster ins Zimmer. »Weil er mir wieder gefällt.«
»Du hast gesagt, dass er aussieht, als ob er komisch riecht, und dass er Eidechsenaugen hat.«
»Mag sein, aber das finde ich jetzt nicht mehr.« Obwohl es natürlich stimmte. Er sah absolut so aus, als ob er Hasch rauchte und nach Urin stank. »Du kannst auch deinen Parker Stevenson wiederhaben.« Allie zeigte auf das Foto von Parker Stevenson, das an der Tür zu ihrer Toilette klebte. Oben rechts in der Ecke, weil sie nicht wirklich auf blonde Jungs stand, was auch für Leif Garrett galt. Sie hatte damals nur getauscht, weil alle anderen ihn für süß hielten, und weil Allie Olivias beste Freundin war, hatte sie den Zuschlag erhalten.
»Das sagst du nur, weil ich dir mein 7UP nicht geben will«, erwiderte Olivia und traf damit den Nagel auf den Kopf. Allie würde das natürlich niemals offen zugeben, aber Olivia las immer in ihr wie in einem Buch. Allie hatte allmählich genug davon. »Stimmt gar nicht. Ich sage das nur, weil ich die Fotos wiederhaben will. Du hast gesagt, wir können zurücktauschen, wann immer ich will.«
Olivia dachte kurz darüber nach. »Tja, du kriegst die Fotos aber nicht mehr.«
Allie war überrascht. Als sie damals den Tausch vollzogen hatten, hatte Olivia erklärt, sie tue das nur ihr zuliebe und Leif Garrett würde ihr gar nicht gefallen. »Warum nicht?«
»Weil ich sie nicht mehr habe.«
Allie konnte es kaum fassen. In der Tauschwelt der Cabin John Junior High School waren diese Fotos wertvoller als Gold. Niemand würde sie zum Tausch hergeben, ohne nicht sehr genau darüber nachzudenken. Außer natürlich,

man tauschte mit der besten Freundin, die versprach, dass man sie jederzeit zurückhaben konnte, wenn man wollte. »Was hast du mit ihnen gemacht?«

Olivia errötete, was ihre Lippen im Vergleich noch viel grauer aussehen ließ. »Meine Mutter hat damit den Käfig von Flicker ausgelegt.«

Allies Unterkiefer sackte nach unten. Flicker war Olivias Nymphensittich und in der gesamten Weltgeschichte gab es keinen verdreckteren oder gemeineren Vogel. Wenn Leif Garrett auch nur zwei Minuten in diesem Käfig gelegen hatte, wäre er nicht mehr wiederzuerkennen. »Ist das dein Ernst?«

Olivia nickte und presste die Lippen zusammen.

»Hast du ihr gesagt, was sie getan hat?«

Olivia nickte erneut, ihr Gesicht wurde krebsrot, bis sie schließlich laut auflachte. »Wenn er vorher nicht komisch gerochen hat, jetzt tut er das bestimmt.«

Allie musste lachen. »O Gott, weißt du, was Vickie Freedman dir für diese Fotos gegeben hätte? Alles, was du willst! Sie ist in Leif Garrett *verliebt*!« Das war wahrscheinlich der Grund, warum sowohl Allie als auch Olivia versuchten, ihn zu mögen, und vor nichts zurückgeschreckt hatten, um die Fotos zu bekommen, die alle anderen wollten, nur sie selbst eigentlich nicht.

»Vickie Freedman würde nicht mit mir reden, selbst wenn ich Leif Garrett höchstpersönlich dabei hätte.«

Was wahrscheinlich stimmte. »Du kannst von Glück sagen, dass sie nicht mit dir redet. Heute hat sie mich vor versammelter Mannschaft gefragt, ob ich *Toughskins*-Kinderjeans trage. Das tue ich nicht, meine Jeans sind von Zena. Aber jetzt denken alle, dass ich noch *Toughskins* und Kinderunterwäsche von *Fruit of the Loom* trage.«

»*Fruit of the Loom*?«

Allie nickte jämmerlich. »Das habe ich sie sagen gehört, als sie weggingen.«
»Sie ist so ein Idiot. Nur weil sie *Sassoon*-Jeans trägt, hält sie sich für cool.«
Allie hatte eine Idee. Sie holte tief Luft. »Du solltest ihr die Leif-Garrett-Fotos geben.«
»Aber die sind total verdreckt!«
»Genau. Wirf sie anonym in ihren Spind.« Sie sah es schon vor sich, wie sie die Fotos falteten, sie durch die Lüftungsschlitze im Spind warfen und hörten, wie sie auf der anderen Seite aufschlugen …
Die beiden mussten wieder lauthals lachen.
Allie war erleichtert. Sie stritt sich nicht gern mit Olivia. Die Schule war schlimm genug, auch ohne dass ihre beste Freundin wütend auf sie war.
»Findest du wirklich, dass der *7UP*-Lipgloss meine Lippen metallisch aussehen lässt?«, fragte Olivia, als sie sich wieder beruhigt hatten.
»Na ja … nur wenn du zu viel davon nimmst.« Allie stand auf und nahm Olivia am Arm. »Komm, ich will dir was zeigen.« Anders als Olivia war Allie eine glühende Verehrerin von Magazinen wie *Teen* und *Seventeen* und wenn sie konnte, besorgte sie sich gelegentlich auch Ausgaben von *Glamour* und *Mademoiselle.* Sie wusste *alles* über Make-up und was funktionierte und was nicht.
Sie setzte Olivia vor ihren Schminktisch, tunkte ein Kleenex in die Cold Cream von *Pond's* und reichte es Olivia. »Wisch dir damit das Gesicht, dann schminken wir dich.«
Olivia tat wie geheißen. »Aber nicht zu viel Make-up. Meine Mom und Donald bringen mich um, wenn ich heimkomme und wie eine Prostituierte aussehe.« Donald war Olivias neuer Stiefvater und der Grund, warum sie und ihre Mom im letzten Jahr nach Potomac gezogen waren. Ihm gehörte

eine Tankstelle beim Montgomery-Einkaufszentrum, wo eine Frau an der Kasse arbeitete, die ganz genau wie eine Prostituierte aussah, darum zweifelte Allie, ob es ihm wirklich etwas ausmachte, wenn Olivia Make-up auflegte.
»Ich lass dich schon nicht wie eine Prostituierte aussehen. Mein Gott«, Allie stützte die Hände auf den Hüften ab. »Warum sagst du so was? Findest du etwa, dass *ich* wie eine Prostituierte aussehe?«
Olivia runzelte die Stirn und sah sie an. »Trägst du Make-up?«
»Nein.« Ihre Mutter erlaubte es ihr nicht außerhalb des Hauses. »Aber ich meine, wenn ich welches aufgelegt habe. Sehe ich dann aus wie eine Prostituierte?«
Olivia legte ihr Gesicht in Falten. »Nun ja.« Sie stieß die Luft aus. »Das eine Mal …«
»Abgesehen davon.«
»Oh.« Pause. »Nein.«
»Na also! Ich weiß genau, was ich tue.« Sie nahm einen Schluck von der Dose mit Orangensaft, die herumstand, seit sie vor einer Stunde auf ihr Zimmer gegangen waren. Sie hielt es Olivia hin. »Möchtest du etwas?«
Olivia trank, während Allie die Schublade aufzog und die alten Kosmetika inspizierte, die ihre Mutter ihr gegeben hatte, um »verkleiden« zu spielen, sowie die Butterfly-Kollektion, die sie in *Seventeen* gesehen und um die sie so lange ihre Mutter angebettelt hatte, bis diese schließlich unter der Bedingung nachgab, dass Allie ihrem Vater nichts davon erzählte. Einige der Sachen waren gar nicht so schlecht. Sie fing mit einer Cremegrundierung in Hummerrosa an.
»Das ist zu dunkel!«, protestierte Olivia und warf unter Allies Arm hinweg einen Blick auf ihr Spiegelbild.
»Genau, ich verwende es, damit du aussiehst, als hättest du

etwas Sonnenbräune. Vertrau mir.« Jetzt musste sie ihren Worten Taten folgen lassen, wie es in den *Close-Up*-Werbespots hieß, und irgendwie dafür sorgen, dass die dunkle, fleckige Schicht funktionierte.

»Stimmt, du hast recht.« Olivia lehnte sich zurück. »Ich sehe wirklich wie gebräunt aus.«

»Genau.« Allie verteilte die Grundierung auf Olivias spitzem, kleinen Gesicht, sorgte für unsichtbare Übergänge, wie es in *Teen* hieß, bis schließlich die dunkle Farbe tatsächlich einer Sonnenbräune glich. Zumindest bis knapp unter Olivias Kiefer. Irgendwo musste sie schließlich aufhören. Olivia war so blass, dass Allie die Grundierung auf ihrem ganzen Körper hätte verteilen müssen, damit es wirklich komplett natürlich aussah.

Aber sie wollte ja nur ihren Standpunkt deutlich machen und keine Abschlussballkönigin erschaffen.

Als Nächstes nahm sie eine Tube Rouge und trug sie auf Olivias Wangen auf.

Es hätte sie eigentlich nicht überraschen sollen, aber sie staunte dennoch, wie hübsch Olivias Gesicht mit der strategisch aufgetragenen Farbe aussah, anstatt mit ihrer üblichen schulmädchenhaften Frühjahrsblässe.

»Wenn ich genug Geld hätte«, sagte Allie, »könnte ich gute Sachen kaufen. Du weißt schon, die Sachen, die an den Glastheken bei *Hecht's* verkauft werden. Wenn du reich genug bist, kannst du dich schön kaufen.«

»Glaubst du wirklich?«

»Ich sage dir, es gibt Sachen, die wahre Wunder vollbringen. Im Ernst.«

»Ich wünschte, ich wäre reich.«

»Ich auch.« Allie trat zurück, damit Olivia sich im Spiegel betrachten konnte. »Na bitte, jetzt siehst du aus, als wärst du eine Woche in Ocean City gewesen.«

Olivias Augen wurden groß, und sie fuhr sich mit einer schmalen Hand an die Wange. »Du kannst das ziemlich gut.«
»Du könntest das auch.« Allie war zuversichtlich, dass sie trotzdem immer besser darin sein würde. »Es ist eine Kunstform. Nur dass man nicht auf Papier zeichnet, sondern auf sein Gesicht.«
Olivia lachte. »Echt schade, dass ich keine Menschen zeichnen kann.«
»Mag sein, aber dein Gesicht ist ja schon da. Du musst es nur noch bunt ausmalen.« Als letztes Zeichen des Waffenstillstands nahm Allie Olivias *7UP*-Lipgloss. »Wenn du das jetzt aufträgst …« – sie tat genau das – »… dann lässt dich die schimmernde Farbe sogar noch sonnengebräunter wirken. Siehst du?« Allie musste zugeben, sie war von ihrem Experiment selbst positiv überrascht.
Sie hatte eine Weile gebraucht, aber sie war auf den Trick mit der gebräunten Haut und den blassen Lippen gekommen, als sie ein Foto von Farrah Fawcett in einer Shampoowerbung studierte – eigentlich in dem Versuch, ihre Haare wie die von Farrah aussehen zu lassen.
»Cool.« Olivia drehte ihr Gesicht von links nach rechts, musterte sich, hob dann das Kinn. »Aber da hört es abrupt auf.«
»Ich weiß.« Allie quetschte sich neben Olivia auf den Schminktischstuhl. Vor dem Fenster zitterten die grünen Blätter des Kirschbaumes im Wind. »Ich hatte nicht genug, um deinen ganzen Körper zu grundieren, darum musste ich an der Stelle aufhören.«
Olivia kicherte, betrachtete ihrer beider Spiegelbild und reichte Allie dann den *7UP*-Lipgloss. »Du solltest ihn haben. Ich kriege nie eine Bräune, egal was ich tue, aber du siehst den ganzen Sommer über wie Malibu-Barbie aus. An dir wird er toll aussehen.«

Allie wollte sich den Lipgloss greifen, bevor Olivia ihre Meinung änderte, aber ihr Gewissen ließ sie innehalten. »Das musst du nicht tun. Ich wollte dir nur zeigen, wie gut er an dir aussieht.«
»Aber ich werde nie braun.«
»Klar kannst du braun werden.« Allie griff erneut zum Orangensaft. »Wir sollten uns öfter in die Sonne legen.«
»Nein, ich kriege nur einen Sonnenbrand.«
»Dann tu so als ob. Verwende eine Bräunungscreme.«
»Nein, damit sieht man orangefarben aus.« Olivia warf Allie den Lipgloss zu. »Nimm ihn.«
Und das tat sie. »Du kannst mein *Summertime*-Lipgloss haben«, bot sie halbherzig an.
»Echt?«, quietschte Olivia.
O je. Aus der Nummer kam sie jetzt nicht wieder raus. Wenn Allie zugab, dass sie nur höflich hatte sein wollen, dann stünde sie da wie ein Vollidiot.
»Klar.«
Olivia rannte zum Bett und nahm den Lipgloss. Sie öffnete ihn und hob ihn an die Lippen, dann hielt sie mitten in der Luft inne. »Ich kann nicht.«
»Was?«
»Du hast diesen Lipgloss aus Florida mitgebracht. Diese Sorte gibt es hier gar nicht. Du solltest ihn behalten.«
Allie war von Olivias Einfühlsamkeit so bewegt, dass sie beinahe geweint hätte. So nett würde sie selbst niemals sein. Egal wie sehr sie es versuchte oder wie sehr sie es sich wünschte, sie würde niemals die Art von Mensch sein, die etwas heiß Ersehntes aufgibt, nur weil jemand anderes sich auch danach sehnte.
Aber sie konnte die Art von Mensch sein, die mit anderen teilte.
»Ich habe eine Idee«, rief Allie und wühlte durch ihre

Make-up-Schublade. Sie fand zwei alte Lipglosstuben, die bis an den Boden aufgebraucht waren. Sie hatte sie nicht weggeworfen, weil man sie immer noch benutzen konnte, wenn man mit einem Wattestäbchen den letzten Rest herauskratzte.

Stattdessen ging sie ins Badezimmer und kam mit Zahnseide zurück, mit der sie das *7UP*-Lipgloss und das *Summertime*-Lipgloss halbierte. Dann gab sie die Hälften in die alten Tuben und reichte sie Olivia. »Du musst nur immer daran denken, dass auf der, wo *Bubblegum* draufsteht, in Wirklichkeit *Summertime* drin ist.«

Olivia sah ihr in die Augen. »Danke.«

Warum nur schien Olivia manchmal so viel älter? Sie war fast zehn Zentimeter kleiner als Allie – obwohl Allie natürlich ziemlich groß war – und sie wog nur 46 Pfund. Es war echt merkwürdig, dass sie Allie manchmal das Gefühl vermitteln konnte, ein schuldbewusstes Kleinkind zu sein.

»Weißt du, du solltest wirklich Model werden«, meinte Allie kenntnisreich.

Olivias Wangen färbten sich rosa. »Ich könnte niemals ein Model sein!«

»Doch, klar. Schaust du dich nie selber an?«

Olivia schnitt eine Grimasse. »Du bist diejenige, die sich für solche Sachen interessiert. Wenn ich groß bin, werde ich um die Welt reisen.«

»Ich glaube nicht, dass man damit seinen Lebensunterhalt verdienen kann«, entgegnete Allie. »Mit um die Welt reisen.«

»Ist mir egal, ich finde schon eine Möglichkeit, wie ich dafür bezahlt werde. Vielleicht arbeite ich als Kellnerin in Cafés oder so und verdiene mir unterwegs mein Geld.«

»Klingt lustig«, sagte Allie, obwohl sie das ganz und gar nicht fand.

Olivia nickte dennoch, war offenbar fest entschlossen. »Oder vielleicht werde ich Fotografin. Aber auf gar keinen Fall suche ich mir einen Bürojob mit regelmäßigen Arbeitszeiten, bei dem ich nur drei Stunden pro Woche daheim bin wie meine Mutter.«
»Ich dachte, deiner Mutter gefällt ihr Job.« Allie hätte sehr gern bei *Hecht's* gearbeitet. Dann würde sie auf alles Rabatt bekommen, einschließlich der Kosmetika.
Olivia zuckte mit den Schultern. »Sie fährt nirgendwo hin, unternimmt nie etwas, kriegt nie etwas zu sehen. Letzte Nacht sagte sie, dass sie noch nie außerhalb der USA war. Noch gar nie.«
»Ich auch nicht.«
»Na ja, ich auch nicht, aber ich will das unbedingt.«
»Ist gut.« Allie dachte darüber nach. »He, vielleicht könntest du Stewardess werden und überall hinfliegen.«
»Ich weiß nicht recht.« Olivia runzelte die Stirn, dann nickte sie bedächtig. »Ja, vielleicht.«
»Du solltest darüber nachdenken. Echt.«
Nachdem ihr kleiner Streit nun vorüber war, ging Allie zum Plattenspieler, nahm ihre Lieblingsplatte von Blondie und legte sie auf. Die Platte sprang, darum musste Allie ein paar Münzen auf die Nadel kleben, damit sie nicht mehr hüpfte, auch wenn dadurch das Stück langsamer wurde.
Sie sangen »Call Me« zu ihrem eigenen Rhythmus.

Allie hasste den Sportunterricht mehr als alles andere, einschließlich Geschichte *und* Biologie. Die sportliche Betätigung machte ihr nichts aus – sie hatte es immer gemocht, im Freien zu spielen –, es war vielmehr der Umstand, dass sie im Umkleideraum komplett andere Sachen für den Sportunterricht anziehen mussten.
Zum einen waren die Umkleideräume deprimierend. Die

Schule war in den fünfziger Jahren erbaut worden und man hatte die Umkleiden seitdem nicht modernisiert. Sie rochen nach alten Rohren und Schimmel und dem Elend jedes einzelnen Mädchens, das den Sportunterricht hasste. Es schien viele von ihnen gegeben zu haben.

Außerdem war es peinlich, sich vor den anderen umzuziehen. Also, *echt* peinlich.

Als Allie mit ihrer Mom darüber gesprochen hatte, hatte ihre Mom geduldig darauf hingewiesen, dass es allen anderen sicher ebenso erging und darum jede ihre eigenen Sorgen hatte und nicht über die von Allie nachdachte.

Eine Weile hatte Allie dieser Gedanke geholfen.

Bis zu dem Tag, an dem ES geschah.

Sie zogen sich nach dem Sportunterricht gerade wieder ihre Alltagssachen an. Allie kämpfte mit ihrer Jeans, weil die ein wenig zu eng war. Sie hatte sie gerade bis zu ihren Hüften hochgezogen, als sie Vickie rufen hörte: »O mein Gott, auf Allies Unterhose ist Pups!«

Einen Augenblick lang erstarrte Allie.

In Wirklichkeit hatte Vickie gerufen, dass Allie auf ihrer Unterhose Puh hatte, wie in Puh der Bär, und das stimmte ja auch. In einem untypischen Augenblick hatte Allie ihrer Mutter erlaubt, sie zu der anbetungswürdigen Unterhose mit dem passendem Unterhemd zu überreden, weil sie sich vorstellte, wie sie an heißen Sommernächten darin einschlief, aber wenn sie das Bild des kleinen Bären sah, machte sie das so glücklich, dass sie die Sachen eigentlich immer trug, wenn sie sich ein wenig niedergeschlagen fühlte.

Aber darauf kam es jetzt nicht an – und es würde sie in Zukunft sicher nicht mehr aufheitern –, denn alle anderen hatten Vickie rufen hören, dass Allie Pups auf ihrer Unterhose hatte.

»Wie bitte?«, rief eine.
Allies Hände fühlten sich plötzlich an wie Kartoffelbrei, während sie versuchte, die Hose endlich hochzuziehen.
»Ehrlich?«, rief eine andere.
Die Stimmen schienen von überall und nirgends zu kommen. Allie war tränenblind, was sie aber niemand sehen lassen wollte. Sie zog den Reißverschluss hoch und packte ihre Schuhe.
»O mein Gott!« Es wurde gekichert. Laut gekichert.
Allie hätte ihnen zeigen können, dass es nicht Pups, sondern Puh der Bär war, aber sie war sich nicht sicher, ob das die Lage wirklich verbessert hätte. Vielleicht hätte das die Gerüchte, die nun die Runde machen würde, nur noch verdoppelt.
»Ich habe keinen Pups auf der Unterhose!«, brüllte sie und richtete ihre Aufmerksamkeit auf die Person, die damit angefangen hatte.
»Hast du wohl.« Vickie war knallrot im Gesicht, so heftig musste sie lachen. »Und das weißt du auch.«
»Lügnerin.«
»Wenn ich eine Lügnerin bin, dann ziehe deine Hose herunter und zeige es allen.«
»Nein!« Allie schniefte und hoffte, dass niemand ihre Tränen sah. »Ich muss nicht beweisen, dass du eine Lügnerin bist, das wissen ohnehin alle.«
Vickie kratzte das kein bisschen. Sie hatte gewonnen, und das wusste sie auch. Und mit jedem Gegenargument, das Allie vorbrachte, bewies sie allen anderen nur, dass Vickie recht hatte.
»Was ist los, Puh-Höschen?«, spottete Vickie.
Pups-Höschen, hörten alle anderen.
»Weinst du jetzt, Puh-Höschen? Vielleicht solltest du zur Schulschwester gehen, damit sie sich um dein kleines Pro-

blem kümmert.« Das war es. Vickie hatte einen Moment gebraucht, um das Missverständnis zu kapieren, für das sie gesorgt hatte, aber sobald es ihr klar war, ließ sie nicht mehr davon ab. »Vielleicht bekommst du dort auch neue Schlüpfer.«

»Du bist eine blöde Kuh!«, rief Allie.

Es wurde nach Luft geschnappt, dann folgte Stille.

Anfangs wusste Allie nicht warum. Es war ja nicht so, als ob noch nie jemand diese Beleidigung gehört hätte.

Aber dann hörte sie die Stimme von Miss Stein hinter sich: »Ich muss doch sehr bitten, Miss Denty!« Und da wusste sie plötzlich, warum die anderen aufgehört hatten, sie zu verspotten.

Und sie wusste auch, dass sie in mehr als einer Hinsicht verloren hatte.

Kapitel 3

Sie baden gerade Ihre Hände darin.
Anzeige für Palmolive-Seife

Olivia Pelham lauschte dem leisen tick-tick-tick der Wanduhr über ihrem Schreibtisch. Es war das elektronische Mantra ihrer Tagesabschlussmeditation. Eine Angewohnheit, der sie jeden Tag frönte, um wieder herunterzukommen. Sollte die Uhr jemals aufhören zu ticken, würde sie wahrscheinlich wahnsinnig werden wie eine der irrsinnigen Figuren in einer alten *Twilight-Zone*-Episode.
Sie liebte diese Uhrzeit, spät am Abend, wenn alle anderen schon nach Hause gegangen waren und sie die Stille genießen und zusehen konnte, wie die Lichter von Manhattan in den Wabenfenstern des Gebäudes auf der anderen Straßenseite an- und ausgingen. Sie liebte das Geräusch des Verkehrs unten auf der Straße, sogar das unablässige Hupen der Taxis.
Für Olivia war das ein Schlummerlied.
Sie hätte natürlich nach Hause gehen und dort dieselbe Art von Stille finden können. Und die Aussicht von ihrem Apartment an der Upper East Side war unbestreitbar schöner als diejenige, die sie von der Madison Avenue hatte.
Aber ihr Apartment lebte nicht.
Es war leer.
Sie war leer.
Nicht, dass sie einsam gewesen wäre – das war sie nicht.

Was immer ihrem Leben fehlte, Romantik war es nicht. Es war … sie konnte es nicht in Worte fassen.
Die Uhr tickte im Halbdunkel.
Sie hätte am liebsten das Fenster geöffnet und wäre davongeflogen. Sie wollte überallhin fliegen, alles sehen, alles riechen, alles schmecken.
Sie wollte dem winzigen Kabuff entfliehen, zu dem ihr Leben geworden war, und sei es auch nur für kurze Zeit.
Auf dem College war sie stets sicher gewesen, eine Möglichkeit zu finden, wenigstens ein Jahr um die Welt zu reisen, bevor sie sich ernsthaft ihrer Karriere widmete, aber das Geld war knapp. Das Geld war immer knapp gewesen. Darum blieb die Reise um die Welt ein Traum, der sich in Luft auflöste.
Ja gut, sie war in Paris, Mailand und London gewesen, in all den großen Modemetropolen, aber sie hatte nie viel mehr gesehen als ihr Hotelzimmer und den Catwalk.
In Olivias Leben waren Auslandsreisen klaustrophobischer als Bettlägerigkeit.
Und es war unmöglich, zu kündigen und die Welt zu erleben. Sie konnte in ihrem Job nicht reisen, aber sie konnte es sich nicht leisten, ohne ihren Job zu reisen.
Sie steckte fest.
Saß in der Falle.
Olivia schob den Gedanken beiseite, zwang sich, wieder an ihre Arbeit zu denken. Das war weitaus angenehmer, als über ihre Unzufriedenheit zu grübeln.
Vor ungefähr einer Stunde hatte ihre Verabredung für diesen Abend, David Weiner, angerufen und abgesagt. Nun ja, *Verabredung* war vielleicht etwas übertrieben – David und Olivia hatten eine auf »Zweckmäßigkeit« beruhende Beziehung, was bedeutete, dass sie zwei Mal im Monat zusammenkamen und … nun ja, *zusammenkamen.*

Es war erstaunlich, wie wenig sie sich dem Mann emotional verbunden fühlte, der ihren Körper von oben bis unten kannte, aber Olivia sagte sich, dass sie gerade an einem Punkt in ihrem Leben war, wo eine feste Bindung die Sache nur verworrener machen würde.

Natürlich war Olivia schon ihr ganzes Leben lang an diesem Punkt gewesen, darum zweifelte sie etwas, ob sie sich eine Zeit und einen Ort vorstellen konnte, an dem das nicht mehr so sein würde.

Olivia klopfte mit einem Stift auf ihren Schreibtisch. Was sollte sie jetzt mit sich anfangen. Sie hatte an diesem Abend drei Stunden bei David eingeplant. Jetzt klaffte eine dreistündige Lücke und sie wollte den Abend nicht allein zu Hause verbringen.

Rasch legte sie noch letzte Hand an ihre Notizen für das Layout der November-Partymake-up-Ausgabe des *What Now*-Magazins an, für das Olivia die Beauty-Redaktion leitete, und legte diese dann in den Ausgangspostkorb. Wenn sie ihren Erfolg an der Anzahl der Ausgaben maß, die sie zur Publikation gebracht hatte, war das ihre 56. Leistung.

Und wenigstens damit war sie zufrieden.

Die Uhr tickte weiter. Hypnotisch.

Mein Gott. Sie wollte nicht nach Hause. Sie schien sich einer magnetischen Kraft widersetzen zu müssen, wenn sie versuchte, vom Schreibtisch aufzustehen, zum Aufzug und zum wartenden Auto zu gehen und in ihr Apartment zu fahren, nur um in – wie lange, fünfzig Stunden? – wiederzukommen. Hm. Vielleicht übertrieb sie das mit den »langen Arbeitszeiten« ein wenig.

Ihr Telefon klingelte, und sie schreckte zusammen.

Das war noch so etwas an der Stille. So schön die Stille meistens war, manchmal machte sie sie sprunghaft.

»Ja?« Sie nahm sich nicht die Zeit, die Anruferkennung auf dem Display anzusehen. »Olivia Pelham.«
»Olivia.« Es war ein Mann.
»Ja?«
»Arbeitest du noch?«
»Ja.« Selbst wenn nicht, wäre das die korrekte, auf Sicherheit bedachte Antwort. *Ja, ich arbeite noch, umgeben von Menschen und beschützt wie Rapunzel in ihrem Turm von den Sicherheitsmännern in der Lobby.*
»Gehst du auch mal nach Hause?«
Endlich erkannte sie die Stimme und lehnte sich erleichtert zurück. »Noah«, sagte sie. »Offen gestanden wollte ich das gerade tun. Warum? Hast du Schuldgefühle, weil du ein Faulpelz bist?«
»Nicht heute Abend.« Er lachte. »Es ist Freitag. Ich weiß, normalerweise kümmerst du dich nicht um solche Dinge, aber das ist der Abend, an dem viele Menschen ausgehen und eine schöne Zeit verleben. Kommt dir das bekannt vor?«
Sie lächelte. »Ich arbeite gern.«
Er lachte. »O Mann, ich gebe auf. Du bist ein Workaholic, du brauchst Hilfe.«
»Hab's begriffen.« Sie lehnte sich auf ihrem ledernen Schreibtischstuhl so weit zurück, bis er quietschte. Sie musste sich Schmiermittel dafür besorgen. Vor Urzeiten hatte ihr der Vater einer Freundin von den vielen Einsatzmöglichkeiten von Schmiermittel erzählt und das hatte sie nie vergessen. »Und? Was machst du heute Abend? Oder fühlst du dich schon angemessen unterhalten, wenn du mir Kummer bereiten kannst?«
»Natürlich. Aber deswegen rufe ich nicht an. Ich wollte nur wissen, wann ich dich morgen von der Union Station abholen soll.«

Sie stutzte. »Wie bitte?« Union Station, Union Station. Es gab in der Innenstadt ein Union Square Café, aber Union Station … ach herrje, das war in Washington. Dort wohnte Noah, aber dennoch – was hatte sie nur vergessen? »Warum?«

»Machst du Witze?«

Sie zuckte mit den Schultern, auch wenn er das nicht sehen konnte. »Nein. Wovon zum Teufel redest du?«

»Vom Klassentreffen.«

»Oh.« Jetzt fiel es ihr wieder ein. »Scheiße.«

»Ganz genau, *o Scheiße*. Die meisten Menschen fürchten sich Wochen im Voraus, markieren sich den Tag in ihrem Kalender wie ein zum Tode Verurteilter den Tag seines Termins in der Gaskammer. Ich kann nicht fassen, dass du es vergessen hast.«

»Wohl eher verdrängt.«

»Mach dir keine Vorwürfe. Wann soll ich dich denn nun abholen? Willst du überhaupt, dass ich dich abhole?«

Sie beugte sich vor. »Weißt du, ich bin gar nicht sicher, ob ich kommen soll. Morgen? Puh.«

Noah lachte. »Ich muss mir den Verkehr auf dem Capitol Hill nicht unbedingt antun, wenn du mein Angebot also nicht schnell annimmst, dann erlischt es. Entscheiden Sie sich, Miss Pelham.«

»Noah, ich kann nicht. Ich …« Sie sah auf ihren makellos aufgeräumten Schreibtisch. »… stecke bis über beide Ohren in Arbeit.«

»Unsinn, für eine Nacht bist du nicht zu beschäftigt. Sag mir wenigstens die Wahrheit, dass du nämlich nicht kommen willst.«

»Das ist es nicht, ich habe wirklich viel zu tun«, log sie und spürte, wie ihr Entsetzen angesichts der Aussicht auf eine Rückkehr nach Washington wuchs. »Ganz ehrlich. Hör zu, ich weiß, dass ich gesagt habe, ich würde kommen, aber du hast mich nach drei Martinis erwischt und ich habe wirklich nicht darüber nachgedacht, was ich alles zu tun habe.« Schuldgefühle übermannten sie. »Aber es ist ja nicht so, als ob du allein wärst, oder? Hast du noch Kontakt zu jemand von der Highschool?« Olivia bezweifelte es. Sie kannte nur sehr wenig Menschen, die solche Kontakte pflegten, selbst unter jenen, die gute Erfahrungen gemacht hatten.

»Du musst mich nicht mit einem Ersatz verkuppeln, Olivia. Ich komme allein zurecht, ohne dass du die Strippen ziehst.«

»Natürlich, tut mir leid.«

»Aber ich finde dennoch, dass du kommen solltest.«

»Warum?«

Er atmete langgezogen aus. »Weil die Highschool furchtbar war und weil es furchtbar ist, dorthin zurückzukehren, darum finde ich, sollten wir das zusammen tun. Es ist gewissermaßen ein Übergangsritual.«

»Zwanzig Jahre später.«

»Ist schon ein wenig deprimierend, oder nicht? Zwanzig Jahre.«

Es trat eine Pause ein, während sie über seine Worte nachdachte und er vermutlich darüber, dass sie ein Feigling war und Angst davor hatte, sich ihrer Vergangenheit zu stellen.

»Würdest du hingehen?«, fragte sie und gelobte sich, seine Antwort zu beherzigen. »Wenn du ich wärst?«

Er lachte. »Darauf möchte ich lieber nicht antworten, weil es meinen Erfolg, dich herzulocken, torpedieren könnte.«

»Mit anderen Worten, du würdest nicht hingehen.«

»Vermutlich nicht.«

»Aber du findest, dass ich es trotzdem tun sollte.«

Er zögerte. »Zum Teufel, Liv, ich habe keine Ahnung, ob du das *solltest.* Ich wünschte nur, du würdest.«

»Wird jemand da sein, den ich kenne?«
»Zweifellos. Eine Menge. Und viele Leute, von denen du hofftest, sie nie wiederzusehen.«
Sie seufzte. »Natürlich, dumme Frage.« Sie sah sich in ein Hotel in Washington einchecken, sich umziehen und in einen Saal voll mit ihren schlimmsten Erinnerungen treten. »Hör zu, ich glaube, dieses Mal schaffe ich es nicht. Aber he, in fünf Jahren gibt es ja das nächste Klassentreffen, nicht wahr?«
»Ganz bestimmt.«
»An dem nehme ich teil. Ich verspreche es.«
»Dann wirst du aber vielleicht auf dich allein gestellt sein.«
»Bestimmt nicht«, meinte sie leichthin. »Ich werde dir so sehr zusetzen, um dich zum Mitkommen zu bewegen, dass du unmöglich ablehnen kannst. Für mich gibt es das nicht, dass ich einen Freund einfach so davonkommen lasse.«
Er lachte. »Ich habe es meinen Freunden immer zu leicht gemacht.«
»Das stimmt.«
»Also gut, wenn du ohnehin nicht kommst, dann kann ich dir auch sagen, dass ich mit ...«
Die Anklopffunktion an ihrem Handy meldete sich.
»Was?«, fragte sie. »Tut mir leid, das habe ich jetzt nicht verstanden.«
»Ich sagte, ich gehe mit ...«
Der zweite Anrufer meldete sich erneut. Sie *hasste* die Anklopffunktion, aber in ihrem Beruf war sie bisweilen eine Notwendigkeit. »Einen Moment, bleib bitte dran, ja? Nur eine Sekunde.«
»Ist gut.«
Sie wechselte auf die andere Leitung. »Olivia Pelham.«
»Olivia«, sagte eine verweinte Frauenstimme. »Ich ...« Schluchzer. »Ich bin's. Ich hoffe, ich störe nicht.«

»Mom.« *O nein.* »Du störst nicht. Was ist los? Ist was passiert?« Dumme Frage. Ganz offensichtlich war etwas passiert. »Was ist?«
»Ich habe eine Art Notfall und ich wusste nicht, wen ich sonst anrufen soll.«
»Moment, Mom, bleib dran.« Sie klickte sich zur anderen Leitung. »Noah?«
»Ja?«
»Ich muss den Anruf annehmen. Es ist meine Mutter und es ist irgendwas passiert. Gott weiß, was. Kann ich dich später zurückrufen?«
»Klar. Natürlich.« Er klang besorgt, nahm sie nicht länger auf den Arm. »Viel Glück.«
»Danke. Ich glaube, ich werde es brauchen.« Sie klickte sich wieder zu ihrer Mutter, die mitten im Satz war und es offenbar überhört hatte, als Olivia sie bat, zu warten.
»... das war es dann also, aber jetzt, wo ich gegangen bin, gibt es kein Zurück. Schon gar nicht ...« Unterdrücktes Weinen. »... nachdem er mir das angetan hat. Und ausgerechnet mit ihr!«
Obwohl Olivia einen Teil der Tirade verpasst hatte, wusste sie, was geschehen war.
Schon wieder.
Ihre Mutter hatte also wieder einmal ihren Ehemann verlassen ... Den vierten? Fünften? Caroline Pelham O'Brien Lindon Katz Libitzky, zählte Olivia stumm. Fünf. Mein Gott, bei dieser Geschwindigkeit würde sie vor ihrem Tod genügend Männer verschlissen haben, um ein Footballteam zu gründen.
»Wie schrecklich«, sagte Olivia, weil es wirklich schrecklich war, auch wenn sie die Einzelheiten nicht kannte und nicht wusste, wer dieses Mal *die andere* war. Viel schrecklicher war ohnehin der Geschmack ihrer Mutter in Sachen Männer.

Manche der Fehlentscheidungen ihrer Mutter waren Olivia völlig unverständlich.
Und nun stand ihre Mutter vor den Trümmern einer neuerlichen Fehlentscheidung und Olivia musste den Drang unterdrücken, laut zu rufen: *Warum zum Teufel lernst du nie etwas aus deinen Fehlern? Du bist 65. Das ist viel zu alt, um darüber zu jammern, dass dein Freund dich schon wieder mit einer anderen betrogen hat!*
Vielleicht ist es an der Zeit, wollte sie mehr als alles andere sagen, dass du dich endlich um dich selbst kümmerst, anstatt ständig auf der Suche nach einem Mann zu sein, der sich um dich kümmert.
Aber das konnte sie nicht sagen.
Zumindest würde sie es nicht sagen.
»Ja, es ist schrecklich. Ich kann einfach nicht glauben, dass mir das schon wieder passiert ist.« Ihre Mutter holte zitternd Luft. »Aber ich rufe nicht an, um zu jammern und zu klagen.«
»Ach nein?« Olivias Schock über diesen Anflug von Selbsterkenntnis ließ sie offener werden, als sie hatte sein wollen. »Was brauchst du dann? Wie kann ich dir helfen?«
»Ich fange völlig neu an«, verkündete ihre Mutter. »Ganz allein. Keine Männer für eine Weile.«
Olivias Unterkiefer sackte ab. »Das ist wunderbar!« Obwohl ihre Mutter fünf Mal verheiratet gewesen war, hatte es mehr als fünf Umzüge für Männer gegeben. Olivia zählte nach, wie oft sie mit ihrer Mutter umgezogen war, und hörte bei sechs auf, während ihre Mutter immer weiter redete.
»Es ist einen Versuch wert. Das habe ich noch nie getan. Du weißt schon, nur eine Zeitlang.«
Olivia nickte sich begeistert zu. »Aber natürlich. Ich stehe voll hinter dir, Mom. Ich bin ja so stolz auf dich.«

»Das hatte ich gehofft.«
»Bin ich wirklich.«
»Gut zu hören, denn wie du dir denken kannst, werde ich etwas Hilfe brauchen. Nur am Anfang, du weißt schon. Ich will dir nicht zur Last fallen.«
Ein Knoten der Angst formte sich in Olivias Magen. Ein Groschen fiel. Ein großer Groschen. Ein überdimensionaler Groschen aus tonnenschwerem Stahl. »Wie meinst du das?«
»Ach Schätzchen, liegt das nicht auf der Hand? Ich muss eine Weile bei dir einziehen.«
Muss, nicht *möchte*. Ein subtiler Unterschied, aber er reichte aus, um Olivia zu einem schlechten Menschen zu machen, sollte sie ablehnen.
»Nur für kurze Zeit, wie ich schon sagte«, fuhr ihre Mutter fort. »Nur so lange, bis ich wieder auf eigenen Beinen stehe. Das macht dir doch nichts aus, oder?«
Gleichgültig, was Caroline trug, Designerpumps oder Billigsandaletten, sie hatte noch nie auf eigenen Füßen gestanden. Das könnte sich zu einem weitaus größeren Unterfangen entwickeln, als sie erwartete.
»Vermutlich nicht.« Olivia schluckte. »Was denkst du denn?«, fragte sie und stellte sich eine Umlernphase vor, die mindestens so lange dauerte wie die Heilung von einer Lähmung. »Wie lange? Und ab wann?« Sie hatte nicht geplant, ihre Befürchtungen so deutlich durchschimmern zu lassen, aber sie konnte nicht anders.
»Sofort«, erwiderte ihre Mutter, aber es klang wie eine Frage. *Sofort?* »Ich bin am LaGuardia-Flughafen.«
»Du bist am *LaGuardia*-Flughafen?«, wiederholte Olivia. Sie stand auf und tigerte vor dem Fenster auf und ab, das noch vor wenigen Minuten – oder waren es Tage? – einen so angenehmen Blick auf Frieden und Einsamkeit geboten

hatte. »Großer Gott, Mom, warum hast du mich nicht angerufen, *bevor* du ins Flugzeug gestiegen bist?«

»Ach, ich weiß nicht. Ich habe befürchtet, du könntest mir ausreden wollen, ihn zu verlassen. Die alte Dr.-Joyce-Brothers-Nummer. Dass du mir vorschlägst, ich solle reden und beichten und der ganze Unsinn, bevor ich die Ehe aufgebe.«

Dr. Joyce Brothers mochte das vor dreißig Jahren gesagt haben, aber heute hätte ihr Dr. Phil geraten, den Penner zu verlassen, und Olivia hätte ihm recht gegeben.

Oder nicht?

Wenn sie gewusst hätte, dass ihre Mutter in ein Flugzeug springen und von Oregon nach New York fliegen würde, um bei ihr einzuziehen, hätte sie ihr dann wirklich zugeredet, ihren Mann zu verlassen? Oder hätte sie der Versuchung nachgegeben, die zweifellos bestanden hätte, und ihr gesagt, sie solle es aussitzen und versuchen, ihre Ehe doch noch zu retten?

Bleibe meiner Welt fern.

Schuldgefühle ließen Olivia den Hörer fester umklammern. »Du hast richtig gehandelt, Mom«, sagte sie. Denn auch wenn Gary Libitzky nicht mit *der anderen* geschlafen hätte (wer immer diese andere sein mochte), war er doch ein herrschsüchtiger, gemeiner, alter Mistkerl und niemand sollte mit so einem Menschen zusammenleben müssen. »Hör zu, du solltest deinen Akku schonen. Leg auf. Ich lasse dir einen Wagen kommen. Bist du an der Gepäckabfertigung?«

»Ja.«

»Welche Fluggesellschaft? Weißt du, welche Gepäckabfertigung?«

»AirTran Airways«, sagte ihre Mutter. »Ich glaube, es ist Gepäckabfertigung zwei.«

»Bleib, wo du bist. Ich schicke einen Wagen.« Olivia klappte ihr Handy zu und holte tief Luft.
Gepäckabfertigung zwei. Klang fröhlich.
Leider war es das ganz und gar nicht.

Drei Stunden später hatte Olivia drei Tassen Orangentee getrunken. Ihre Mutter hatte eine halbe Flasche billigen Flughafen-Weißweins intus und war inzwischen alle widerlichen Einzelheiten der letzten Ehewoche mit Gary Libitzky durchgegangen.
In den Details war die Geschichte zwar anders, aber im Grunde hatte Olivia sie schon oft zuvor gehört. Anfangs schien er so nett, war großzügig und fürsorglich, als er Caroline umwarb, aber dann, kaum hatten sie sich den Reis vom Hochzeitsempfang aus den Haaren geschüttelt, hatte er ihr vorgeschrieben, was sie anziehen und mit wem sie reden durfte, und so weiter.
Wäre sie damals gleich gegangen, hätte sie sich viel Herzeleid erspart, dachte Olivia. Oder Gary hätte sich gebessert. Wahrscheinlich Ersteres. Wie auch immer, es wäre besser gewesen.
Aber ihre Mutter war damals nicht gegangen. Sie war geblieben, lange nachdem die Party vorbei war, wie immer, und jetzt war ihre Krise auch die von Olivia.
Ebenfalls wie immer.
»Klingt, als hättest du das Richtige getan«, sagte Olivia und gähnte. Sie sah auf die Uhr auf ihrem Kaminsims. Diese Uhr tickte lautlos, war informativ. Nicht die bunte, laute Bulova, die sie im Büro stehen hatte. Die Kaminsimsuhr flüsterte, dass es 1 Uhr 30 in der Nacht war.
Kein Wunder, dass Olivia so müde war. Um diese Uhrzeit war sie sonst nie wach.
»Warum gehst du nicht schlafen?«, schlug sie vor, stand

auf und hoffte, ihre Mutter wie eine Schafherde ins Gästezimmer treiben zu können. »Ich bin sicher, morgen sieht alles besser aus …« Sie hielt inne. »… oder zumindest hoffnungsvoller.«

»Ach, ich schlafe kaum noch«, sagte Caroline und wischte den Gedanken beiseite. Ihre Hände sahen alt aus, bemerkte Olivia. Meine Güte. Sie hatte Altersflecken. Ihr Gesicht war natürlich auch gealtert und auch fleckig.

Lange, lange, lange Zeit hatte Caroline es irgendwie geschafft, sich ein jugendliches, rotmähniges Maureen-O'Hara-Aussehen zu bewahren. Die Leute pflegten stets zu sagen, wie attraktiv sie war – während Olivias ganzer Highschoolzeit, am College und auch später.

War Caroline plötzlich gealtert oder fiel es Olivia einfach jetzt erst auf? Wie lange waren die Haare ihrer Mutter schon so brüchig? Waren die Fältchen in ihrem Gesicht ganz plötzlich aufgetaucht oder mit jedem Jahr, das verstrichen war?

»Einer der Vorteile, wenn man älter wird«, fuhr Caroline fort. »Was hältst du davon, wenn du und ich morgen nach dem Frühstück nach New Jersey fahren und Tante Cassandra besuchen?«

»Einen Moment mal.« Jetzt war Olivia hellwach. Absolut hellwach. Lieber würde sie in die Hölle fahren, um Luzifer höchstselbst zu besuchen, als sich nach New Jersey zu schleppen, um bei Tante Cassandra vorbeizuschauen. Die alte Hexe. »Was sollen wir denn dort?«

Caroline klickte mit der Zunge. »Ich weiß, du magst Tante Cassandra nicht so sehr, aber sie wird erfahren, dass ich zurück bin, und wenn ich sie nicht besuche und mich verteidige, wird sie es von jemand anderem hören und voller Schadenfreude sein. Das darf nicht geschehen.«

»Warum darf das nicht geschehen? Wir sehen sie doch nie.«

»Weil ich weiß, dass sie voller Schadenfreude sein wird, und das ertrage ich nicht, darum.«
Tante Cassandra war die sehr viel ältere Schwester von Olivias Vater, aber sie schien eine weitaus entferntere Verwandte zu sein. Sie war außerdem einer der unangenehmsten Menschen, die Olivia in ihrem Leben begegnet waren.
Und sie war schon *vielen* Menschen begegnet.
»Mom, sie muss doch schon fast neunzig sein. Wahrscheinlich liest sie weniger die Klatschspalten als vielmehr die Nachrufe. Solange sie dich dort nicht sieht, ist alles in Ordnung.«
Caroline schüttelte den Kopf. »Ich habe sie bereits angerufen und ihr gesagt, dass wir kommen. Ich will das im Keim ersticken. Und ich sage dir, der alte Vogel ist noch blitzgescheit. Sie wusste, wer ich war, bevor ich etwas sagte, und dabei haben wir seit über zehn Jahren nicht miteinander telefoniert. Kannst du dir das vorstellen?«
Olivia konnte es sich vorstellen. Typisch für Cassandra Pelham. Sie klammerte sich an alles: an die Erinnerung der Demütigung eines anderen, an die Kontrolle über das Vermögen der Familie (wenn man es denn Vermögen nennen wollte) und offensichtlich auch an das Leben selbst. »Also, es tut mir leid, Mom, aber ich kann nicht mitfahren. Ich habe schon etwas vor.«
»Du hast etwas vor?« Ihre Mutter sah sie streng an. Sie trug auch ein wenig vom alten Cassandra-Geist in sich. »Was denn? Das hast du ja noch gar nicht gesagt.«
»Es gab bisher keine Gelegenheit dazu.« Olivia war gereizt. Noch keine vier Stunden waren vergangen und ihre Mutter trieb sie bereits in den Wahnsinn. Schlimmer noch, sie zwang sie, sich zwischen zwei Übeln zu entscheiden. Sie *hasste* das.

»Morgen ist mein 20-jähriges Klassentreffen. Ich fahre nach Washington.«
Caroline runzelte die Stirn. »Hast du deinen Abschluss nicht an einer Schule in Kalifornien gemacht? Oder warst du dort auf dem College?«
»Nein, es war schon die Highschool, Mom.« Olivias Kiefer verkrampften sich. »Aber nur, weil wir in meinem letzten Jahr dorthin gezogen sind, habe ich dennoch die meisten Zeit an der Churchill in Potomac verbracht, erinnerst du dich?«
Carolines Gesichtsausdruck verdüsterte sich. »Natürlich erinnere ich mich.«
Das sollte sie auch.
»Obwohl ich dich kaum je gesehen habe.« Caroline schürzte die Lippen. »Du bist ständig mit der kleinen Denty zusammengewesen, hast dort gegessen, dort geschlafen …«
»Ich gehe jetzt zu Bett.« Olivia hatte all ihre Geduld und ihr Mitgefühl aufgebraucht. »Falls ich schon weg sein sollte, wenn du aufwachst, dann bediene dich in der Küche. Und achte darauf, die Tür abzuschließen, wenn du gehst. Ich lege dir einen Ersatzschlüssel bereit.«
»Soll ich Tante Cassandra von dir grüßen?«, fragte Caroline, entweder um ihr eins auszuwischen oder um mit einem Scherz die Stimmung aufzuheitern.
Aber Olivia war zu müde, um herauszufinden, was genau ihre Mutter beabsichtigte.
Es war Zeit, das Gespräch zu beenden und ins Bett zu gehen. »Gute Nacht, Mom.«
»Gute Nacht, Schätzchen.« Dieses Mal klang die Stimme nicht scherzhaft. Nur leise und müde. Und vielleicht ein klein wenig niedergedrückt.

Kapitel 4

Von langweilig zu umwerfend.
aus »That Gal« von Benefit

Allie war sicher, dass sie Kevin nicht wiederhaben wollte. Ihre Augen waren ein wenig geschwollen, weil sie sich dem Selbstmitleid hingegeben hatte, ihre Haut war aufgrund des Schlafmangels etwas bleich und in ihrem Gesicht malte sich das Entsetzen vor dem 20-jährigen Highschool-Klassentreffen wie eine Halloween-Maske, aber wenigstens war sie sicher, bezüglich Kevin das Richtige getan zu haben.
Das … war es dann also.
Nur das Klassentreffen hing immer noch über ihr wie eine dieser pendelnden Todesklingen aus einem James-Bond-Film, und die Aussicht, ohne einen Schnuckel am Arm (wiewohl man Kevin kaum als »Schnuckel« bezeichnen konnte, auch nicht, bevor er zu einem solchen Idioten wurde) hinzugehen, schien trostlos.
»Ich will nicht«, sagte sie sich bei einer Tasse Kaffee. Es war das erste Mal an diesem Tag, dass sie das sagte, es sollte nicht das letzte Mal bleiben. »Ich will nicht zu diesem dämlichen Klassentreffen.«
Ehrlich, wozu das Ganze? Sie hatte überhaupt keine Lust. Sie wollte niemanden sehen, sie wollte von niemandem gesehen werden, sie wollte sich nicht aufhübschen, ausgehen, in die Stadt fahren, versuchen, einen Parkplatz zu finden, ihren breiten Hintern ins Gebäude schleppen und den Saal

suchen, in dem sich Menschen befanden, die für 90 Prozent ihrer schlimmsten Tage und Nächte verantwortlich waren. Sie wollte all das nicht.

»Ich will nicht«, sagte sie mittags zu Noah am Telefon. »Zwing mich nicht dazu.«

»Wozu?«

»Zum Klassentreffen zu gehen.«

»Holla, ich werde dich ganz bestimmt nicht zwingen.«

Sie stöhnte. »Was soll ich stattdessen mit mir anfangen?«

»Keine Ahnung. Willst du denn insgeheim hingehen?«

»Wie kommst du denn darauf?«

»Weil du zu gern wissen würdest, wie die anderen jetzt aussehen und wie erfolgreich oder nicht erfolgreich sie sind.«

Damit hatte er leider den Nagel auf den Kopf getroffen.

»Das ist weiter nichts als schlichte Neugier. Du kannst es mir ja hinterher erzählen.«

»Stimmt.«

»Nein, das stimmt nicht. Du bist ganz schrecklich als Berichterstatter.«

Er lachte. »Jetzt kommt gleich wieder die Reagan-Geschichte.«

»Du hast auf dem Klo neben ihm gestanden, Noah! Da solltest du dich doch an ein oder zwei sachbezogene Details erinnern können.«

»Ich war zehn Jahre alt! Und damals war er noch nicht einmal Präsident.«

»Er war aber Gouverneur. Er war Schauspieler. Sag mir nicht, dass du in deiner Jugend nie *Bedtime for Bonzo* gesehen hast. Jeder mit einem Milligramm an Verstand hätte doch …«

»Wie oft müssen wir dieses Gespräch eigentlich noch führen?«

Sie musste lachen. »So oft, bis du dich entweder an etwas erinnerst oder so tust, als würdest du dich an etwas erinnern.«
»Das ist doch albern.«
»Na schön. Geh mit mir um sieben im Tasty Diner in Bethesda essen, anstatt zum Klassentreffen zu fahren, und ich werde dich nie wieder auf die Reagangeschichte ansprechen.«
»Das klingt tatsächlich gut«, sagte er etwas wehmütig. »Obwohl ich dir nicht abnehme, dass du nie wieder mit dieser Geschichte ankommst.«
Sie sprang darauf an. »Dann lass es uns tun!«
»Ich kann nicht.«
»Klar kannst du!«
»Nein«, erklärte er fest, »ich kann wirklich nicht.«
»Noah, du tust so, als hättest du keine Kontrolle darüber. Es ist doch nur ein dummes Klassentreffen. Wenn du nicht gehen willst und ich auch nicht gehen will, warum zur Hölle sollten wir dann gehen? Lass uns Bier trinken, am Hains Point, wo wir zusehen können, wie die Flugzeuge abheben. Dann lästern wir über die Leute, an die wir uns erinnern, anstatt hinzugehen und mit ihnen zu *reden.*«
Er zögerte, länger als jemand, der nicht ihrer Meinung war, es tun würde. »Das klingt verlockend, Al, ehrlich, aber ich habe schon versprochen, dass ich hingehe. Tori will, dass ich sie ausführe, und ich habe es ihr zugesagt.«
Allie war, als hörte sie das Geräusch einer kratzenden Nadel auf einer Schallplatte. »Tori? Wer ist das denn?«
»Du weißt doch, Tori. Die Frau, mit der ich ausgehe.«
»Das weiß ich nicht.« Moment – wirklich nicht? Noah hatte vor einer Weile erwähnt, dass er sich mit jemand traf, aber seitdem hatte er nicht wieder davon gesprochen.

Er lachte kurz auf. »Tja, du wirst sie dann wohl auf dem Klassentreffen sehen.«
»O bitte, Noah. Wer ist sie? Wo hast du sie kennengelernt?« *Wie sieht sie aus?*
»Wir haben uns durch die Arbeit kennengelernt und ich bin mir sicher, dir das bereits erzählt zu haben.«
Allie war sich nicht sicher genug, um ihm zu widersprechen. »Und sie will, dass du sie mit auf dein Klassentreffen nimmst? Ist ja ein tolles Date.«
»Nicht so ganz. Sie hat ja auch eine Einladung.«
»Ach ja?« Tori, Tori, Tori. Allie konzentrierte sich, aber sie sah kein Bild von Tori vor ihrem inneren Auge. Anstatt zuzugeben, dass sie für die Menschen ihres Umfelds blind war, sagte sie einfach: »Na gut, dann hast du also eine Verabredung. Du brauchst mich dort nicht.«
»Na schön.« Er stieß den Atem aus. »Viel Spaß am Hains Point und trinke ein Budweiser für mich mit. Aber nimm ein Taxi!«
Sie runzelte die Stirn, umfasste den Hörer fester. »Du willst mich also vom Haken lassen? Ich muss wirklich nicht hingehen?«
»Meinetwegen nicht.«
»Aber du gehst trotzdem zu diesem dummen Treffen.«
»Ja.«
Sie seufzte. Noah war nie berechnend gewesen, aber wenn doch, wäre das einer seiner besseren Manöver gewesen. Doch er war nun einmal nicht berechnend, was bedeutete, dass er sich wirklich wünschte, sie würde hingehen, dass er ihr aber nicht penetrant zusetzen wollte.
Was Allie durchaus getan hätte.
Außerdem war sie neugierig auf diese Tori. Noah ging nie lange mit einer Frau aus, darum war das womöglich ihre einzige Chance, eine seiner Freundinnen kennenzulernen.

Also gab sie nach. »Na schön, ist gut. Okay. Ich gehe hin.«
»Das freut mich.«
»Wehe, wenn's blöd wird.«
Aus seiner Stimme klang ein Lächeln heraus. »Ich zittere jetzt schon.«
Sie legten auf und Allie überlegte sich fieberhaft, was sie anziehen sollte, wo sie jetzt tatsächlich zu diesem dämlichen Klassentreffen ging.
Es war schon komisch, aber bis zu diesem Augenblick hatte sie eigentlich nicht vorgehabt, am Klassentreffen teilzunehmen. Ja gut, als es Kevin noch gab, hatten sie darüber gesprochen, sie hatte zugesagt, aber im Hinterkopf hatte sie immer gedacht, dass eine Zusage – vor allem in *Begleitung* – besser war als einfach jemand von diesen aus den Augen verlorenen oder vergessenen Klassenkameraden zu sein.
Und wenn sie *in Begleitung* kam, hatte sie die perfekte Ausrede, um früh zu gehen, ohne dass es so wirkte, als würde sie flüchten.
Jetzt war sie *ohne Begleitung* und es blieben ihr nur noch fünf Stunden, um sich fertigzumachen und dann tatsächlich zu gehen.
Aber erst musste sie diese verdammten 15 Pfund loswerden.
Sie trat vor den Spiegel und betrachtete sich, versuchte, objektiv zu sein.
Also schön, es gab keine Möglichkeit, diese unansehnlichen 15 Pfund binnen der nächsten fünf Stunden abzunehmen. Außer sie würde sich, wie es ihre Highschoolmitschüler vor zwanzig Jahren zweifellos vorgeschlagen hätten, den Kopf abschlagen. Aber das würde auch nichts bringen. Hatte dieses Kind in *Jerry Maguire* nicht gesagt, dass der menschliche Kopf nur ungefähr acht Pfund wog?

Das war also keine Hilfe.
Aber das neue Make-up, das sie gekauft hatte, sah wirklich sehr gut aus. Natürlich würde sie trotzdem niemand mit einem Filmstar verwechseln, aber angesichts der Umstände sah sie ziemlich gut aus.
Wenigstens nicht so schlimm, dass sie sich eine Einkaufstüte über den Kopf ziehen müsste.
Das Telefon klingelte, und sie freute sich über die Unterbrechung. »Bitte sag mir, dass du deine Meinung geändert hast«, rief sie, weil sie sicher war, der Anrufer wäre Noah. Um Himmels willen, allein die Tatsache, dass sie darüber nachgedacht hatte, sich unter einer Einkaufstüte zu verstecken, war doch ein deutliches Zeichen dafür, dass sie nicht gehen sollte, oder nicht? »Lass es uns nicht tun! Wir brennen zusammen durch. Was hältst du davon?«
Die peinliche Pause, die daraufhin einsetzte, sagte ihr, dass es sich bei dem Anrufer nicht um Noah handelte. Sie versuchte, auf dem Display im Hörer die Anruferkennung zu lesen, aber die Telefonnummer war verschwunden, stattdessen liefen die Gesprächsminuten.
»Das ist keine … ich meine, ich bin nicht sicher, ob das so eine gute Idee ist«, hörte sie Kevin verwirrt sagen. »Nicht, dass ich etwas dagegen hätte. Ganz im Gegenteil …«
»Ich habe dich für jemand anderen gehalten«, erklärte Allie ungeduldig. Allein seine Stimme zu hören, schon diese wenigen Worte, führten ihr wieder mit Macht seine Untreue vor Augen.
Körper, Schweiß, Zungen, Haut … dieses Arschloch.
Hatte er wirklich gedacht, sie würde ihm *vergeben*?
»Für wen?«, fragte er fordernd.
»Das geht dich nichts an, Kevin. Rufst du aus einem bestimmten Grund an oder willst du mich nur über mein Privatleben ausfragen?«

»Vor einer Woche hättest du so etwas noch nicht gesagt.« Sie lachte humorlos auf. »Was so eine Schlampe für einen Unterschied machen kann.«

Er zog gequält die Luft ein. »Charlotte ist keine *Schlampe* …«

»Ich habe *dich* gemeint.« O Gott, sie hieß *Charlotte.* Sie hatte einen Namen. Jetzt gab es sie wirklich. »Und sie. Wie kannst du es wagen, einen von euch beiden mir gegenüber zu verteidigen!«

»Es ist einfach … passiert. Ich schwöre, so etwas ist noch nie vorgekommen.«

Noch nie vorgekommen. Dieser Gedanke war ihr noch gar nicht gekommen. Während er weiter seine bedeutungslose Nichtentschuldigung brabbelte, musste Allie an die letzten Wochen denken. Vielleicht war es schon einmal vorgekommen. Vielleicht mehr als einmal. War er schon früher einmal vor ihr nach Hause gekommen? Hatte sich merkwürdig verhalten? Nach Parfüm … oder Schlimmerem gerochen?

»… und ich verspreche dir, es wird auch nie wieder vorkommen, wenn du mir noch eine Chance gibst.«

Allie runzelte die Stirn, verlagerte das Gewicht und dachte darüber nach, was er damit beabsichtigte, nicht jedoch über seinen Vorschlag. »Wenn ich dir noch eine Chance gebe. Hm. Und was ist, wenn ich das nicht tue?«

»Ich … kann dir nicht ganz folgen.«

»Du sagtest, es wird nie wieder vorkommen, wenn ich dir nur noch eine Chance gebe. Was, wenn ich das nicht tue?«, wollte sie wissen. »Führst du dann eine Beziehung mit Charlotte? Wenn ich dich nicht zurücknehme – und das werde ich nicht, deswegen ist das alles rein hypothetisch –, würde das dann bedeuten, dass du mit ihr zusammen bleibst?«

»Allie, jetzt beiße dich nicht an Formulierungen fest. Solche Kleinigkeiten können uns die ganze Nacht fesseln …«

»Komisch, bis vor kurzem wusste ich gar nicht, dass es dir gefällt, überhaupt irgendwie gefesselt zu sein.«
Er schwieg einen Moment, dann sagte er: »Das ist nicht fair.«
»Nein, das war es nicht.« Ihr stockte der Atem. Sie wollte diese Unterhaltung nicht führen. »Es war auch nicht schön. Der Krawattendesigner dreht sich wahrscheinlich in diesem Moment wie wild im Grab herum.«
Sie wollte diese Realität nicht leben. Die Untreue war schlimm genug, aber jetzt vor der Aussicht zu stehen, mit 38 allein zu sein, war echt übel.
Es wäre so leicht gewesen, einfach zu sagen, ist gut, komm zurück. Dann hätten sie Popcorn essen, *Lost* auf DVD anschauen, über ihren Alltag, ihre Kollegen und ihre Pläne für die Zukunft reden können.
Aber sie konnte nicht vergessen, was geschehen war. Sie konnte nicht vergessen, dass es womöglich doch nicht das erste Mal war. Vielleicht war es auch nicht das letzte Mal. Wer wusste das schon?
Allie jedenfalls nicht.
Allie würde es auch nie erfahren, denn sie würde nie mehr etwas glauben können, was Kevin ihr sagte.
Das war ein schreckliches Gefühl.
»Welche Farbe hat der Himmel, Kevin?«, fragte sie.
»Was?«
»Der Himmel? Welche Farbe hat der Himmel?«
»Grün«, sagte er, und das war ein Fehler, denn auf irgendeine Weise hatte sie ihm noch eine letzte Chance geben wollen, die völlige Wahrheit zu sagen, und da half es nicht, dass er sarkastisch wurde. »Was zur Hölle meinst du damit, *welche Farbe hat der Himmel*? Ich versuche, mit dir über unser weiteres Leben zu reden, Allison. Das ist jetzt nicht der richtige Zeitpunkt für Unernst.«

Nein, war es nicht. Und doch, als sie ihm diese unausgegorene Frage gestellt hatte, hatte sie ihm damit die Chance gegeben, ihr eine unbestreitbare Wahrheit zu nennen und er hatte es nicht getan. Ganz im Gegenteil. Da kam es auch nicht mehr darauf an, dass er mit einem Scherz geantwortet hatte.

Falls es ein Scherz war.

Na bitte, sie wusste es nicht.

»Kevin.« Allie versuchte, das Zittern in ihrer Stimme zu unterdrücken. »Es gibt kein weiteres Leben für uns. Nicht gemeinsam.«

»Aber wir hatten *Pläne*!« Er flehte nicht, auch wenn es auf dem Papier so aussehen mochte. Nein, er *beschwerte* sich. Kam es ihm ungelegen, dass sie wütend auf ihn war? »Du kannst doch nicht durch einen kleinen Fehltritt alles kaputtmachen!«

»Wegen eines kleinen …?« Angesichts dieses Unrechts stockte ihr der Atem. »Willst du damit sagen, dass es meine Schuld ist?« Sie biss sich auf die Lippen, versuchte, nicht zu weinen, denn diese Sache verdiente ihre Tränen einfach nicht. Wut war viel angemessener als Weinen und unendlich viel stärker.

Aber.

Selbst angesichts einer unglaublich dämlichen Bemerkung wie dieser hätte sie ihm zu gern vergeben.

Nicht, weil er es verdiente, denn weiß Gott, er verdiente es nicht, sondern weil es einfacher gewesen wäre.

Doch es ging nicht.

»Allie«, meinte er beschwichtigend, mit der Stimme, mit der er ihr durch Ärger bei der Arbeit und nächtliche Panikattacken hindurchgeholfen hatte. »Komm schon, du sprichst doch hier mit mir. Tu uns das nicht an.«

»Ich habe uns nichts angetan«, erwiderte sie und bändigte

ihre zitternde Stimme so gut sie konnte. »Ich. Habe. Uns. Nichts. Angetan.« Allie schnüffelte, aber mit hoch erhobenem Haupt. Sie wusste, was sie zu tun hatte. »*Du* hast uns das angetan.« Sie schluckte schwer. »Ich bin heute Abend ein paar Stunden weg. Du kannst vorbeikommen und deine Sachen holen. Alles, was du zurücklässt, geht an den Veteranenverband.«

Das war gut. Es fühlte sich gut an. Es war absolut fair, ihm fünf Stunden zu geben, in denen er mit seinen Freunden – oder Freundinnen – seine vier Anzüge, 25 T-Shirts, 13 Unterhosen, sieben Hosen und seine Schublade voll nicht zusammenpassender Socken, Rasierer, Shampoo für fülligeres Haar und seine *Born in the U.S.A.*-CD von Springsteen abholen konnte. Vielleicht auch die Kaffeemaschine. Sie hatten sie zusammen gekauft, aber er trank mehr Kaffee als sie.

Allie würde ihm das nicht übelnehmen.

Sie nahm ihm die Jahre übel, die er ihr gestohlen hatte, die Tatsache, dass er ihr ihre Würde und ihr Selbstvertrauen nahm, nicht aber die Kaffeemaschine.

»Soll ich dir den Schlüssel dalassen?«

»Um Gottes Willen, Kevin, natürlich! Leg ihn auf die Küchentheke. Ich werde von sieben Uhr bis Mitternacht unterwegs ein. Bitte sorge dafür, dass du vorher fertig bist.«

Sie hörte, wie er am anderen Ende der Leitung tief Luft holte. Tief und gleichmäßig. Ihn verunsicherte nichts. Oder wenn doch, dann zeigte er es nicht. Das war einer der Punkte, die ihn zu einem so guten Anwalt machten.

Es machte ihn auch zu einem besonders miesen Ex-Freund.

»Willst du die Kaffeemaschine?«

Überraschung. »Nein.«

»Was ist mit dem Brotbackautomat?«

Der *Brotbackautomat*! Nach allem, was geschehen war, hatte sie gar nicht mehr daran gedacht, dass sie einen besaßen, aber Kevin ging im Geiste bereits all ihre Besitztümer durch, egal wie belanglos.

»Du kannst ihn haben«, sagte sie, obwohl sie ihn gern behalten hätte.

»Was ist mit dem DVD …«

»Nimm, was immer du willst!« *Du Arschloch.* »Lass einfach den Schlüssel da, wenn du fertig bist. Und ruf mich *nie* wieder an!«

Ein gutes Leben war womöglich wirklich die beste Rache. Aber gut auszusehen kam gleich an zweiter Stelle. Da Allie derzeit keine Chance auf ein gutes Leben hatte, beschloss sie, alles zu tun, um wenigstens gut auszusehen.

Ein neues Make-up besaß sie bereits. Jetzt musste sie nur noch mit Schwung die Basics erledigen. Als erstes ein Bad. Dann ein Peeling. Dann Pflegespülung. Kurz gesagt, sie musste das Fundament legen, auf das sie aufbauen konnte. Sie drehte die Dusche dampfend heiß auf, trat hinein und krümmte sich anfangs, als das heiße Wasser auf ihre Haut traf. Aber bald war es ihr angenehm, floss über ihre angespannten Muskeln.

Sie besaß eine riesige Auswahl an Shampoos und Pflegespülungen, aus der sie wählen konnte. Kevin hatte immer gescherzt, sie sei shampoosüchtig. Jetzt war das nicht mehr so komisch. Jedenfalls entschied sie sich für das *Ice Shine*-Shampoo von *Pantene* und ließ es einwirken, während sie mit dem Duschgel von *Basin* – das mit 25 Dollar ziemlich teuer war – ihren Körper reinigte und gleichzeitig peelte, was eine schimmernde und (für den Duschboden) etwas gefährliche Schicht an Pflegesubstanz auf ihrer Haut hinterließ.

Dann stieg sie aus der Dusche, trat an das Waschbecken und nahm eine alte Tube Beruhigungsmaske für das Gesicht zur Hand. Sie wusste nicht mehr, welches Produkt aus der Pflegereihe es war – zu viele andere Produkte waren auf das Etikett gekleckert und etwas Säurehaltiges hatte die Buchstaben verlaufen lassen –, aber es roch nach Gurke.

Wichtiger noch, es reizte nicht ihre Haut. Allie war sich möglicher Allergien momentan besonders bewusst. Sie wusste, dass alles, was sie in sich aufnahm … oder auf sich auftrug … eine Reaktion hervorrufen konnte.

Sie legte die Gesichtsmaske auf, dann gab sie eine *Hi-Protein Hair Repair*-Pflegespülung in die Haare.

Und dann … wartete sie.

Alles sollte schon nach nur zwanzig Minuten Wunder wirken, aber wenn man sich nicht anlehnen oder hinlegen konnte, weil man fürchtete, dass die Pflegeprodukte klebrig auf dem Sofa oder dem Bettlaken oder auf den Kleidern landeten, zogen sich zwanzig Minuten wie Stunden hin.

Also beschloss Allie, ihr Nagelpflegeset zu holen und sich eine Pediküre zu gönnen. Eine Maniküre hatte keinen Sinn. Sie war zu nervös. Sie würde unvermeidlich den Lack von den Nägeln kratzen und am Schluss wie angefressen aussehen.

Es schien folglich eine gute Idee, sich nur die Zehennägel zu lackieren, und es war auch deshalb so genial, weil sie die perfekten Pumps mit Zehenloch von *Carfagni* besaß.

Nur dass sie nicht das perfekte Outfit dazu hatte.

Es gab jede Menge Hosen in ihrem Schrank und diverse Tops, die dazu passten, aber mit unterschiedlichen Resultaten. Die schwarzen Hosen von *Chico* passten beispielsweise zu so gut wie allem … nur nicht zu dem Top von *Anne Klein* in Mitternachtsblau, Gold und einem *anderen*

Schwarz-Ton, das diesen sehr schmeichelhaften, herzförmigen Ausschnitt hatte. Die Hose von *Chico* ließ ihren Hintern kleiner aussehen, dafür ließ das Top von *Anne Klein* ihre Schultern und ihren Busen und – bitte, Gott – ihre Oberarme schmaler aussehen. Welches von beiden war die bessere Wahl?

Gemeinsam waren sie der pure Horror, daran konnte es keinen Zweifel geben.

Die Frage war, welche imaginäre Verschmälerung war ihr wichtiger?

Schließlich entschied sie sich für das Top. Besser eine Frau mit einem prallen Hintern als eine Frau mit Schultern wie ein Linebacker, und außerdem achteten die Leute viel eher auf Gesicht, Haare und Oberkörper als auf die Hüften.

Wenigstens *dachte* Allie, dass es so war.

Also ging sie wieder unter die Dusche, wusch sich das Gesicht und spülte sich die Haare aus und versuchte, gleichzeitig auch ihren Ex abzuspülen, dann trocknete sie ihren nachhaltig gesättigten Körper mit Handtüchern aus ägyptischer Baumwolle.

Sie sah in den Spiegel.

Enttäuschung.

Diese Rituale hatten früher immer Wunder bewirkt. Sie erinnerte sich, wie sie jung war und ein sehr viel frischeres Gesicht hatte. Wenn sie damals nach Aprikosenpeeling und Schlammmaske aus der Dusche trat, sah sie rosig und strahlend aus.

Jetzt wirkte sie fleckig.

Allie spielte mit dem Gedanken, erneut abzusagen, aber das wäre lächerlich. Nicht einmal einem so unkomplizierten Freund wie Noah durfte sie offenbaren, was für eine Niete sie war.

Glücklicherweise hatte sie noch ihr neues Make-up. Und

es war das gute Zeug, das sich der Herausforderung sicher gewachsen zeigte.
Es dauerte nur ungefähr 15 Minuten, aber als sie mit *Dior*-Wimpern, *MAC*-Lidern, *Bare Minerals*-Wangen und *Guerlain*-Lippen aus dem Badezimmer trat, fühlte sie sich ziemlich gut.
Gut genug, um zum Klassentreffen zu gehen. Zumindest kurze Zeit. *Sehr* kurze Zeit. Sie würde sich anziehen, zum Klassentreffen gehen, dort eine Stunde oder so herumhängen und dann nach Hause gehen und Wiederholungen von *Seinfeld* anschauen.
In wenigen Stunden würde alles vorüber sein.

Der Acela-Expresszug fühlte sich an diesem Tag nicht besonders expressmäßig an, fand Olivia und sah aus dem Fenster, während Wilmington, Delaware, in einem verschwommenen Nebel aus Gebäuden, Graffiti und dürrem Unkraut neben den Gleisen vorbeihuschte.
Da es Samstag war, gab es glücklicherweise nicht sehr viele Fahrgäste, aber selbst ohne all die Zwischenhalte, die der Metroliner an Wochentagen zwischen New York und Washington einlegte, schien die Fahrt ewig zu dauern.
Olivia blätterte in einer Ausgabe von *Vanity Fair*, konnte sich aber nicht auf die Artikel konzentrieren.
Sie freute sich nicht auf das Klassentreffen. Zugegeben, es hatte nicht an ihr gelegen, dass sie Potomac verlassen hatten, dass sie und ihre Mutter mitten im Abschlussjahr weggefahren waren, aber als es geschah, hätte der Zeitpunkt für sie gar nicht glücklicher gewählt sein können.
Hinterher hatte sie viel Zeit, über alles nachzudenken. Auf der langen Fahrt nach Kalifornien hatten sie alle Zeit der Welt gehabt, um nachzudenken. In den folgenden Jahren gab es eine Menge, das sie hatte aufarbeiten müssen, aber

Bedauern darüber, Maryland verlassen zu müssen, oder der Impuls, dorthin zurückzukehren, waren nicht darunter gewesen.
Möglicherweise war es der einzige Umzug in ihrem Leben, bei dem sie sicher war, es sei der *richtige* Umzug.
Jetzt kehrte sie aber doch zurück und das aus dem schlimmsten aller Gründe: für ein Ereignis, das ausschließlich dazu da war, ihr Menschen und Orte vor Augen zu führen, die sie an die schlimmste Zeit ihres Lebens erinnern würden.
Warum nur hatte sie sich darauf eingelassen?
Noah konnte sie dafür nicht die Schuld geben. Er erinnerte sich sicher nicht an die letzten schrecklichen Wochen vor ihrem Umzug, zumindest nicht mit der Klarheit, mit der *sie* sich an sie erinnerte. Für ihn war das jetzt nur ein Highschoolklassentreffen, ein wenig nostalgisch, ein wenig lustig.
Mehr nicht.
Aber, zum Teufel, Olivia wusste, wie sich diese Wiederbegegnung anfühlen würde. Es würde melancholisch und dunkel und finster und vertraut und unvertraut werden. Und höchst verwirrend.
Sie hätte es besser wissen müssen. Sie hätte nicht zustimmen dürfen.
Ging in ihrem Unterbewusstsein irgendetwas vor sich? Trieb sie morbide Neugier zurück? Irgendein tiefes, Oprah-eskes Bedürfnis, sich ihrer Vergangenheit zu stellen und damit ihre Gegenwart zu läutern?
Möglich.
Andererseits war das vielleicht nur ein weiterer, qualvoller Schicksalsschlag.
Wilmington verschwand aus dem Blick und plötzlich ratterte der Zug durch das unerwartet auftauchende ländliche

Amerika – grünes Gras, grüne Bäume, rote Scheunen und blaue Seen. Verschwommene, austauschbare Natur, beruhigend in ihren Grün- und Blautönen.

Der Zug raste auf ihre Vergangenheit zu.

Noah würde da sein, das wusste sie. War ja auch klar.

Aber was war mit Allie?

Früher einmal hätte sie angenommen, dass sie die Aussicht, Allie nach vielen Jahren wiederzusehen, begeistern würde.

Direkt danach hatte sie sich immer davor gefürchtet. Hatte sie gehasst. War ihr aus dem Weg gegangen.

Aber all das lag nun schon Jahre zurück und sie hätte nie gedacht, dass sie zwanzig Jahre später immer noch so heftige Gefühle hegen würde. Sie hatte »fast vierzig« immer mit »Seelenfrieden« gleichgesetzt, mit »wissen, wer man war und wohin man ging« und vor allem mit »einem Alter, in dem man sich nicht mehr an den Scheiß aus der Highschool erinnerte«.

Wie sich herausstellte, stimmte das nicht. So viel Olivia in der Zwischenzeit auch erreicht hatte – und das war eine ganze Menge –, konnte sie ihre dämliche Teenagerangst doch nie ganz ablegen.

Doch nun würde sie sich von Angesicht zu Angesicht zumindest einem Teil dieser Angst stellen müssen.

Sie legte die Zeitschrift in den Schoß, lehnte den Kopf gegen die harte Kopfstütze, beobachtete die Landschaft und dachte an nichts.

Das versuchte sie wenigstens.

Da es keine Häuser und Straßen gab, hatte die Landschaft vor dem Zugfenster vermutlich vor zwanzig Jahren ganz ähnlich ausgesehen.

Nein, wahrscheinlich exakt genauso.

In ihrer melancholischen Stimmung konnte Olivia nicht

anders, sie musste sich ihren Erinnerungen hingeben, sie musste sich fragen, wo sie vor zwanzig Jahren war. Bevor ihre Welt explodierte.

Bevor sich alles verändert hatte.

Kapitel 5

8. Klasse

Versuchen Sie es ruhig hart oder weich.
Aber mit weich kriegen Sie ihn jedes Mal.
Anzeige für Love's Baby Soft

»Hast du den neuen Jungen gesehen?«, fragte Allie aufgeregt und warf ihre Büchertasche auf den Tisch im Flur. »O Gott, hier drin ist es furchtbar heiß.« Sie fächelte sich mit der Hand Luft zu.

Es war die vorletzte Schulwoche – kein guter Zeitpunkt, um als neuer Schüler an eine andere Schule zu wechseln – und es war so heiß und schwül wie im August. Leider war Allies Dad zu knauserig, um die Klimaanlage laufen zu lassen, außer es gab einen Notfall, darum hatte man im Haus das Gefühl, sich in einer Sauna zu befinden.

»Ich habe ihn nur von weitem gesehen.« Olivia warf ihre Büchertasche auf die von Allie, ihre Bücher rutschten heraus. Sie müsste sie irgendwann später aufsammeln. Kein Grund zur Eile, wie bei ihr zu Hause. Ihr gefiel das. »Ist er süß?«

»O ja.« Allie tat so, als würde sie ohnmächtig auf das Sofa sinken, mitten hinein in die weichen Kissen. »Er ist ja so was von süß. Ich schwöre, so wie er aussieht, könnte er Clark Brandons Bruder sein. Dunkle Haare, hellblaue Augen, diese *perfekte* Nase und, o Gott, er hat einen absolut tollen Mund. Seine Lippen sind nicht zu schmal, aber auch nicht zu breit und mädchenhaft.«

»Ich habe gehört, dass er irgendwo aus dem Süden kommt.« Olivia setzte sich neben die immer noch hingestreckt liegende Allie auf das Sofa. »Ich wette, er spricht einen coolen Dialekt. Wie die Typen in *Ein Duke kommt selten allein.*«

»Bestimmt! Aber die sind nicht so süß wie er!«

Olivia zuckte mit den Schultern. »Ich weiß nicht. Ich mag ältere Jungs.«

Allie setzte sich auf und grinste. »K-rass!«

»Nicht *soo viel* älter.«

»Die Jungs aus *Ein Duke kommt selten allein* sind aber echt so viel älter. Die sind an die dreißig.«

Olivia zuckte mit den Schultern. Sie würde sich ihre Vorliebe für John Schneider und Tom Wopat nicht ausreden lassen und sie besaß Daisy-Duke-Poster, die das bewiesen, auch wenn sie ganz hinten in ihrem Schrank lagen und sie sie niemals öffentlich zeigen würde, selbst wenn ihre Mutter ihr das erlauben sollte.

Was ihre Mutter nicht tun würde.

»Willst du ein *Steak-Umm*-Sandwich?« Allie ging in die Küche. Als ob sie das groß fragen müsste. Sie aßen quasi täglich ein *Steak-Umm*-Käse-Sandwich.

Olivia sah ihr vom Sofa aus nach. »Lecker!«

Allie ging zum Herd, nahm eine große, silberne Pfanne vom Haken, dann holte sie die *Steak-Umm*-Schachtel aus dem Tiefkühlfach und nahm drei flachgeklopfte Stücke heraus. Zwei für sie, eines für Olivia. »Ich habe gehört, der Neue heißt Noel«, sagte Allie, während das Fleisch in der Pfanne zu brutzeln begann.

Olivia schüttelte den Kopf. »Noah. Wie in der Bibel.«

»Echt? Wie in Noahs Arche?«

Olivia nickte.
»Hm. Seltsamer Name.« Allie dachte kurz darüber nach, dann nahm sie die Fernbedienung für den Fernseher vom Küchenregal, wo sie ihre Mutter wahrscheinlich hingelegt hatte, während sie *Jung und leidenschaftlich* angeschaut und das Abendessen zubereitet hatte. Sie drückte auf eine Taste. Es gab einen lauten *Tschong*-Laut, dann sprang das Fernsehgerät an. »Ich frage mich, ob er Tiere mag.«
Nach einer nachdenklichen Pause erklärte Olivia: »Es wäre ja komisch, wenn er keine mag.«
»Wäre es!« Allie sah einen Moment Dinah Shore zu, die Burt Reynolds interviewte. »Ich glaube, die gehen miteinander.«
»Wer?«
Allie zeigte auf den Fernsehbildschirm. »Dinah Shore und Burt Reynolds.«
Olivia zog die Nase kraus und sah genauer hin. »Nie und nimmer. Er ist ungefähr tausend Jahre jünger als sie.«
»Ja und? Du willst ja auch mit einem Kerl ausgehen, der tausend Jahre älter ist als du, das hast du eben selbst gesagt.« Allie ging zurück zum Herd und sah nach den *Steak-Umms.*
»Er ist ziemlich klein.«
»Burt Reynolds?«
»Nein, Noah.«
»Ja, ich weiß.« Allie drehte das Fleisch um und gab etwas Kräutermischung darüber. »Warum sind die niedlichen Jungs immer so klein?«
»Sie wachsen langsamer. Oder später. Ich glaube, das ist es – sie wachsen später als Mädchen.«
»Mag sein.« Allie legte das Brot auf die Teller, drapierte auf jede eine Scheiblette aus amerikanischem Käse, dann hob sie das ölige Fleisch mit einem Pfannenheber heraus und

gab es auf das Brot. Anschließend fächelte sie sich mit dem Pfannenheber Luft zu. »Kennst du Phil Crans Bruder? Der ist im ersten Jahr an der Churchill und ist kleiner als ich.«

»Du bist ja auch groß.«

Allie schnaubte und klappte Olivias Sandwich in der Mitte zusammen, wie sie es gern hatte. »So groß bin ich auch wieder nicht. Jedenfalls ist der irgendwie nur einen Meter zwanzig oder so. Irgendwann ist er einfach nicht weitergewachsen.« Sie sah Olivia wissend an. »Dieser Noah könnte genauso sein.«

Olivia schnitt eine Grimasse, auch wenn sie insgeheim dachte, dass Noah süß war, genau so, wie er war, und vielleicht wäre es ja auch egal, wenn er nicht mehr sehr viel größer wurde. Andererseits war sie auch nicht so groß wie Allie, darum machten ihr solche Sachen weniger aus.

»Wie auch immer.« Allie nahm ihr Sandwich und biss ab, während sie zum Sofa zurückging. »Auf ihn muss man ein Auge haben. Vertrau mir, der wird noch mal richtig heiß.«

Wie sich herausstellte, sollte es Olivia leicht fallen, Noah während der fünften Stunde im Auge zu behalten, weil sie ihm im Geographieunterricht von Mr. Horner direkt gegenübersaß.

Als er sie fragte, ob sie während der Vorbereitungsstunde seine Partnerin sein wollte, war sie überrascht, aber geschmeichelt.

»Klar«, sagte sie und sie gingen zu dem Tisch in der Ecke neben dem offenen Fenster, um sich im Team auf die morgige Klassenarbeit vorzubereiten. Sie fand, dass er genau die richtige Größe für sie hatte.

»Ich hasse den Geographieunterricht«, sagte Noah, während er seine Bücher auf den Tisch knallte. »Mr. Horner ist so was von lahm.«

»Stimmt«, gab sie ihm recht, obwohl sie Angst hatte, erwischt zu werden und ins Büro des Direktors geschickt zu werden.
Aber Noah war das Risiko wert.
Sie legte ihre Bücher deutlich leiser auf den Tisch und setzte sich. Es roch nach Bleistiften und alten Schulbüchern.
»Er arbeitet hier schon seit den Sechzigern«, fuhr sie fort und sah auf die Tischplatte, während sie sprach, damit der Lehrer nicht merkte, wie sie ihre Lippen bewegte. »Oder noch länger.« Jemand hatte LYNARD SKYNARD IST DIE NUMMER EINS mit einem dicken, schwarzen Stift auf den Tisch geschrieben. Wahrscheinlich Peter Ford; er sprach dauernd von Lynyrd Skynyrd und fiel ihr als Einziger spontan ein, denn er interessierte sich genug für die Band, um den Namen aufzuschreiben, war aber blöd genug, ihn falsch zu buchstabieren.
»Ich wette, er ist sogar noch länger hier«, spottete Noah. »Wahrscheinlich weiß er nicht einmal, dass Hawaii mittlerweile ein Bundesstaat ist.«
Sie lachten und wurden sofort von Mr Horner angeblafft, was sie natürlich noch mehr lachen ließ, wenn auch leise.
»Du bist mit diesem blonden Mädchen befreundet, stimmt's?«, fragte Noah nach einer Weile. »Allison?«
Ein flaues Gefühl schlich sich in Olivias Magengrube. »Allie«, korrigierte sie ihn, als ob er mit *Allison* meilenweit daneben gelegen hätte. »Ja. Warum?« Sie nahm einen Bleistiftspitzer aus ihrer Schultasche und steckte ihren Bleistift hinein.
»Sie ist nett.« Er zuckte mit den Schultern.
»Schon möglich.« Sie spitzte den Bleistift weiter. Die Späne fielen auf den Tisch. Es roch nach Holz.
»Geht sie mit jemandem?«
Ihr lag auf der Zunge zu sagen, *an dieser Schule geht man*

nicht miteinander, aber das wäre frech gelogen und er würde das schnell genug herausfinden und sie dann für eine Lügnerin halten. Außerdem würde er niemals mit ihr ausgehen, wenn sie es so aussehen ließ, als würde sie nicht mit jemandem gehen wollen.

Also sagte sie: »Keine Ahnung. Ich glaube, sie mag Brian Poska.« Genau betrachtet entsprach das sogar der Wahrheit. Allie hatte ihr erzählt, dass sie vor zwei Jahren mit Brian bei einem Schulausflug getanzt hatte und den Rest des Jahres ein bisschen in ihn verknallt war. Olivia war damals nicht dabei gewesen und sie konnte nicht völlig ausschließen, ob Allie insgeheim nicht immer noch Gefühle für Brian hegte. Aber sie war sich sicher, dass Allie Brian nicht verabscheute, also musste sie ihn im Umkehrschluss ja mögen.

»Ach, der.« Offensichtlich war Noah schon aufgefallen, dass Brian zu den wenigen Jungs gehörte, die bereits einen Wachstumsschub hinter sich hatten. Er war fast einen Meter achtzig groß und es hieß, dass er sich schon rasierte. Viele Jungs betrachteten ihn voller Neid.

»Ja. Die beiden kennen sich schon seit ewigen Zeiten.« Olivia nickte, befestigte die Idee, dass Allie und Brian sich wirklich total nahe standen. »Schwer, das auseinanderzubringen.« Der Bleistift, den sie spitzte, war mittlerweile so spitz, dass er abbrach und sie von vorn anfangen musste.

»Mag sie solche Jungs?«

»Welche? Große?« Bäh. Sie hätte sich dafür eine Ohrfeige geben können. Olivia hatte das gar nicht sagen wollen, sie hatte nur nach etwas gesucht, das unleugbar anders als Noah war, aber sie hatte ihn nicht beleidigen wollen. »Ich meine, er ist so groß, dass es schon komisch ist.«

Noah bedachte sie mit einem seltsamen Blick und sie wusste, dass sie es übertrieben hatte.

»Für mich wenigstens«, fügte sie hinzu und ihr Bleistift brach erneut ab. Sie gab auf und warf ihn zur Seite.
»Wir fangen besser an zu lernen, bevor Horner beschließt, spontan eine Klassenarbeit schreiben zu lassen, nur weil wir miteinander reden«, sagte Noah und wich ihrem Blick aus.
»Ja, genau.« Sie lachte, obwohl sie in den eineinhalb Jahren, die sie an diese Schule ging, noch nie von einer überraschend anberaumten Klassenarbeit gehört hatte. »Er ist ja so ein Depp.«
Noah nickte zustimmend und öffnete sein Buch auf der Seite, die Mr Horner an die Tafel geschrieben hatte.
Den Rest der Stunde redeten sie nicht miteinander und als er ihr später im Flur begegnete, nickte Noah Olivia nur zu, aber ihr fiel auf, dass er immer noch ein wenig abweisend wirkte.

»Rate, wer mich heute gefragt hat, ob ich in der Vorbereitungsstunde seine Lernpartnerin sein will«, trällerte Olivia später, als sie und Allie auf dem Heimweg den Hügel an den Basketballplätzen hinauf schnauften. Das Gras war frisch geschnitten und kleine Büschel davon klebten an ihren Füßen und ihren Sandalen.
Die Luft roch frisch und grün.
Allie schaute interessiert. »Wer?«
Olivia dosierte ihre Reaktion, schwieg gerade lange genug, um Allies Neugier ins Unermessliche steigen zu lassen, bevor sie verkündete: »Noah Haller!«
»Echt?« Das einzige Anzeichen für Allies Eifersucht bestand darin, dass sie sich einen Moment auf die Lippen biss, bevor sie fragte: »Und was hast du gesagt?«
»Ich habe natürlich ja gesagt!« Olivia schüttelte den Kopf. »Was hast du denn gedacht? Ich bitte dich! Der Junge hat genau die richtige Größe für mich!«

»Was?«

Noch während sie es ausgesprochen hatte, wurde Olivia klar, dass sie ein wenig zu weit gegangen war. Und warum war ihr als einziges zwingendes Argument ausgerechnet die Größe eingefallen? »Also, so klein ist er gar nicht. Weißt du noch, wie wir darüber gesprochen haben und du gesagt hast, er sei viel zu klein für dich?«

Allie runzelte die Stirn. »Ja. Irgendwie schon. Aber du hast gesagt, dass du kein Interesse an ihm hast.« Sie sagte nicht, *und du wusstest genau, das ich mich für ihn interessiere*, aber sie hätte es ruhig sagen können, denn es schien förmlich von ihr auszustrahlen.

»Jedenfalls haben wir zusammen gelernt.« Olivia tat so, als merke sie nichts, während sie über das Fußballfeld liefen. »Wir standen nebeneinander und mir fiel auf, dass er zwei Zentimeter größer ist als ich. Und das macht ihn, es tut mir leid, sehr viel kleiner als dich.«

»Es macht ihn nur ein paar Zentimeter kleiner als mich«, entgegnete Allie, wie immer abwehrend, was ihre Größe anging. Sie hatte Olivia anvertraut, dass sie in der Grundschule deswegen sehr unsicher gewesen war, auch wenn es jetzt an der Junior Highschool größere Kinder als sie gab. »Und du hast selbst gesagt, dass er noch wachsen wird.«

Olivia zuckte mit den Schultern. »Das ist auch egal, weil er schon in jemand anderen verknallt ist.« Wenn sie gewusst hätte, wie schnell sie sich ihren Weg in die Hölle pflastern würde, hätte sie im Kochunterricht leckere Sachen für einen netten, dekorativen Picknickkorb gemacht, anstatt diesen dummen Streuselkuchen zu backen, der nach Seife schmeckte.

Allie blieb stehen. »In wen?«

»In wen was?« Sie musste Zeit schinden. Noch war sie nicht zu weit gegangen.

»In wen hat er sich verknallt?«, fragte Allie ungeduldig. »Du weißt genau, was ich wissen will. In dich? Willst du mir sagen, dass er dich eingeladen hat mit ihm auszugehen?«
Einen Augenblick lang sah sie ihrer Freundin in die Augen, wollte ihr die Wahrheit sagen, wollte *Nein, in dich* sagen, und Allie würde auf Wolke sieben schweben.
Doch dann würde sie mit Noah ausgehen, würde jeden Abend mit ihm telefonieren und Olivia wäre das fünfte Rad am Wagen, wäre ohne beste Freundin und ohne Freund, hätte nur noch Simon, den alten Kater ihrer Mom. Außerdem bekam Allie ständig so was zu hören. Alle Jungs mochten sie, alle Welpen mochten sie und sie bekam immer eine Eins für ihren Streuselkuchen, auch wenn der genauso nach Seife schmeckte wie der von Olivia. Vielleicht sogar noch mehr.
Darum würde Olivia Allies Ego nicht noch ein Bonbon zuwerfen.
»Vickie Freedman«, hörte sie sich sagen.
Falls Olivia beabsichtigt hatte, dass Allie Noah für immer den Rücken zukehrte, dann hatte sie damit einen Treffer gelandet. »Das kann nicht dein Ernst sein! Bäh! Ich hätte ihn für viel klüger gehalten!«
Olivia zuckte mit den Schultern, deutete Zustimmung an. In ihrem Innern breiteten sich Schuldgefühle aus, aber das fiel ihr kaum auf, weil die Schadenfreude in ihrer Brust einen Triumphtanz aufführte. *Sieg!*
»Wie kann er – wie kann überhaupt *irgendjemand* – dumm genug sein, auf Vickie hereinzufallen?«, wetterte Allie. »Sie ist so eine falsche Schlange!«
»Peter Ford mag sie.«
»Peter Ford hat den IQ einer Stechmücke. Außerdem ist sie Cheerleader und er ist im Basketballteam, darum *muss* er sie ja irgendwie mögen.«

Olivia zuckte erneut mit den Schultern. Diese Auseinandersetzung konnte sie unmöglich gewinnen. Es war undenkbar, dass irgendein normaler Mensch Vickie Freedman mögen konnte. »Was hältst du von Brian Poska?«

Allie sah sie an, als ob sie gerade gefragt hätte, was sie davon hielt, Welpen zu ertränken. »Brian Poska?«

»Na ja, du hast ihn doch mal gemocht, oder?«

»Ein wenig. In der *Grundschule.* Warum?«

»Weil er süß ist.« Olivia preschte vorwärts, obwohl sie sehen konnte, wie sich der Widerspruch in Allies Gesicht einer Sturmwolke gleich formierte. »Und du hast selbst gesagt, dass du einen Freund möchtest, warum gehst du dann nicht mit ihm aus?«

»Zum einen geht er schon mit Rena Dromerick.«

Ohweh! Rena hatte platinblonde Haare bis zur Hüfte, strahlend blaue Augen, eine kleine Stupsnase und sie gehörte zu jenen Mädchen, denen es eindeutig vorbestimmt war, an der Highschool Cheerleader zu werden und mit dem tollsten Jungen aus dem Footballteam auszugehen. Niemand, der bei Verstand war, würde versuchen, Rena Dromerick den Freund auszuspannen. Schon der Versuch allein ließ einen dumm dastehen.

»Das wusste ich nicht.«

Allie schnaubte. »Das würdest du aber, wenn du sie nach dem Mittagessen neben dem Musiksaal miteinander hättest knutschen sehen.« Sie schnitt eine Grimasse. »Es war echt widerlich. Also, ich bin ja nicht prüde oder so, aber ich muss nicht noch einmal sehen, wie die beiden sich ansabbern und Zungengymnastik betreiben. George Michael, ja. Brian Poska, nein!«

Olivia konnte es sich bildlich vorstellen, dank Allies lebendiger Beschreibung. Sie war froh, das sie das nicht hatte mitansehen müssen.

»Wen gibt es sonst noch?«

Allie dachte eine Weile darüber nach, wischte sich den Schweiß von der Stirn, bevor sie weiterging und sagte: »Peter Ford. Er serviert jede Woche ein neues Mädchen ab.«

»Das wäre dann etwas, worauf man sich freuen könnte. Außerdem ist er eklig.«

»Ich weiß.« Allie seufzte. »Weißt du, was wir brauchen?«

»Was?«

»Wir brauchen ein neues Image.«

»Echt?« Olivia war fasziniert.

»Ja. Der Sommer steht vor der Tür. Ich finde, wir sollten uns eine Sonnenbräune zulegen und unsere Haare wachsen lassen, vielleicht mit Strähnchen wie Rena Dromerick sie hat.«

»*Deine* Haare würden aussehen wie die von Rena«, sagte Olivia, »meine wie die von Cruella De Vil.«

»Mach dir darüber keinen Kopf. Wenn wir Aufheller verwenden, wird dein Haar hell werden, bis es fast blond ist, und es wird trotzdem natürlich aussehen. Keine dunklen Wurzeln.«

»Bist du sicher?«

»Vertrau mir.« Allie nickte zuversichtlich, wenn auch verschwitzt. »Im kommenden Herbst werden wir völlig andere Menschen sein.«

»Ich gehe an die Barbizon-Model-Schule«, sagte Vickie zu ihren Freundinnen, laut genug, dass Allie es hören konnte. Das machte sie absichtlich und Allie wusste es, denn damals, als sie noch zusammen spielten, hatte Allie ihr gebeichtet, dass sie an die Barbizon-Model-Schule wollte, weil das Mädchen, das die Cissy in *Lieber Onkel Bill* spielte, dafür Werbung machte, also musste die Schule gut sein.

»Willst du Model werden?«, fragte Stephanie Lowenstein aufgeregt.

Es war *unmöglich*, dass Vickie Model werden konnte – oder auch nur so aussehen konnte wie eines, wie es in der Werbung hieß. Zum einen war sie viel zu klein.

»Tja, ich denke schon.« Vickie war selbstsicher genug, um sich schüchtern zu geben. »Wisst ihr, die haben mir geschrieben und mich gebeten, es dort einfach mal eine Weile auszuprobieren.«

»Ich habe auch so einen Brief in der Post gehabt«, sagte Allie, als sie an ihnen vorbeiging. »Die wollen nur dein Geld.«

»Dann ist es *zu* schade, dass du kein Geld hast, nicht wahr?«, höhnte Vickie.

Ihre Freundinnen lachten.

»Aber selbst, wenn du welches hättest«, fuhr Vickie fort, »würden sie dich nicht nehmen. Deine Haut ist einfach *furchtbar.*«

Allie spürte, wie sie knallrot anlief. In letzter Zeit war ihre Haut tatsächlich furchtbar. Seit sie ihre blöde Periode bekommen hatte. Sie hätte wissen müssen, dass sie Vickie nicht komisch kommen konnte, ohne es nicht hundert Mal schlimmer zurückzubekommen.

Vickie blieb stehen und konzentrierte sich auf Allie. Sie hätte genauso gut einen Scheinwerfer auf sie richten können. »Was ist los? Knoten in der Zunge?«

»Ich versuche nur, mir einen Grund zu überlegen, warum ich auf eine Model-Schule gehen sollte, die jemand wie *dich* nehmen würde.« Lahm. Besser als nichts, aber lahm.

Vickie funkelte sie einen Moment wütend an, dann nickte sie. »Du bist eine solche Platzverschwendung, Allison. Ich habe dir nichts mehr zu sagen. Du bist einfach nur neidisch, wie üblich.«

»Ich mache ihr keine Vorwürfe«, meinte Stephanie und baute sich neben Vickie auf, Schulter an Schulter. »Wenn *ich* solche Pickel hätte, wäre ich auch auf dich eifersüchtig. Ich wäre auf so gut wie jeden eifersüchtig.«
Gemeinsam gingen sie davon, lachten und lachten noch mehr. Sie schienen Wert darauf zu legen, den ganzen Flur entlang zu lachen.
Allie dagegen stand wie erstarrt, als ob die Demütigung sie an den Boden festgeklebt hätte.
Sie hätte nicht versuchen dürfen, Vickie zu verspotten, schon gar nicht vor anderen Leuten. Diese Demütigung würde sie niemals vergessen.

Kapitel 6

Calgon, entführe mich!
Anzeige für Calgon-Badesalz

Das Klassentreffen fand in den beiden Ballsälen des Shoreham-Hotels in der Calvert Street in Washington statt. Dort hatte auch schon der Abschlussball stattgefunden, was einer gewissen Ironie nicht entbehrte. Das war das einzige Mal gewesen, dass Allie dort gewesen war, und obwohl sich das Hotel seit einer Renovierung verändert hatte, schien ihr der Ort auf verstörende Weise vertraut.

Aber egal, sie betrat den Saal mit denselben Gedanken wie damals – *Wie sehe ich aus?* und *Wer ist sonst noch hier?*

Nur war sie sich damals ziemlich sicher gewesen, dass sie in ihrem *Jessica McClintock*-Kleid gut aussah und dass sie gut roch, weil sie das *White Shoulders*-Parfüm von ihrer Mutter geliehen hatte. Sie hatte sich auch gut gefühlt, weil sie Ben Paroby an ihrer Seite gehabt hatte. Doch dieses Mal war sie nicht sicher, ob das *Liz Claiborne*-Kleid ihre überflüssigen Pfunde wirklich kaschierte, und weil sie zu Fuß zum Hotel gegangen war, roch sie wahrscheinlich eher nach Schweiß als nach dem ironisch so benannten *Happy* von *Clinique.* Außerdem hatte sie *niemand* an ihrer Seite, hinter dem sie sich verstecken konnte.

Glücklicherweise war die Beleuchtung schummrig und ziemlich schmeichelhaft. Damals hatte das Organisationskomitee des Abschlussballs massenweise kitschige Dekorationen aufgehängt sowie vergrößerte Fotos der beliebtesten Mitschüler und jener, die mit diversen Superlativen bedacht worden waren wie *Wird am wahrscheinlichsten Karriere machen, Sieht am besten aus, Klassenclown* und so weiter. Gott sei Dank hatte das Organisationskomitee des Klassentreffens dem Drang widerstanden, dieselben Fotos noch einmal aufzuhängen, damit man unschöne Vergleiche ziehen konnte.

Als Allie sich im Saal umsah, merkte sie, dass sie nicht die Einzige war, die anders aussah als damals an der Highschool. Und nach einer Stunde Smalltalk hatte sie dafür auch genug Beweise. Peter Ford, einer der Ersten, die sie wiedererkannte, hatte jetzt einen beträchtlichen Bierbauch, wohingegen Bucky Kincaid, der vom Kindergarten bis zum Schulabschluss immer *Der Dicke* gewesen war, mittlerweile durchtrainiert und gut aussah. Alex Hartner war so strohblond und umwerfend wie immer, als ob sie in der Zeit eingefroren wäre, darum gehörte auch sie zu denen, in deren Gegenwart man sich hässlich fühlte. Gott sei Dank waren die Kurven von Marlene Newman in alle möglichen Richtungen auseinandergegangen, was Allie aber da bereits wusste, weil sie Marlene ständig irgendwo zu begegnen schien.

»O Gott, lustig, dich hier zu treffen!«, sagte Marlene und verschüttete Rotwein aus ihrem übervollen Glas.

Na, das sah doch schon mal gut aus.

»Marlene, hallo.« Ausnahmsweise freute sich Allie darüber, Marlene zu sehen, weil das hieß, dass sie nicht die Einzige war, die unbeholfen wirkte. »Ja, ausgerechnet hier.«

»Und? Amüsierst du dich?« Marlene schäumte vor Fröhlichkeit über, als habe man sie gerade zur Klassentreffenkönigin gewählt.

»Ganz toll«, meinte Allie lahm. Um nicht ganz so lustlos

zu klingen, fügte sie hinzu: »Ich bin ganz überrascht, wie viele gekommen sind.«
»Ja genau! Wo ist denn dein Freund? Ich habe auf der Webseite gesehen, dass du in Begleitung hier bist. Ist das der Typ, mit dem ich dich am Flughafen in Florida gesehen habe?«
Ach je, der Flughafen in Florida. Kevin und Allie waren spontan nach Disney World gereist, als sie eines Abends nach zu viel Bier eine Internetwerbung dafür gesehen hatten. Auf dem Heimflug ab Orlando um sieben Uhr morgens an einem Flughafen, der praktisch leer schien, waren sie Marlene und deren Schwester über den Weg gelaufen, die an einer Tupperware-Konferenz oder so etwas Ähnlichem teilnehmen wollten.
»Ja, er hatte vor, mitzukommen, aber dann …« Eigentlich schuldete sie weder Marlene noch sonst jemand eine Erklärung. »Es geht ihm nicht gut.«
Marlene rollte mit den Augen. »Mein Ehemann Louis wollte mir auch erzählen, dass es ihm nicht gut geht, aber ich sagte ihm, entweder gehe es ihm gut genug oder es wäre für lange Zeit egal, wie gut es ihm geht, wenn du verstehst, was ich meine.«
»Schon kapiert.« Retourkutsche. Bäh.
»Wenn man vom Teufel spricht.«
Ein grauhaariger, graubärtiger Mann kam auf sie zu und sah, ganz ehrlich, so sehr wie Walter Huston in *Der Teufel und Daniel Webster* aus, dass Allie regelrecht erschrak.
Die drei standen eine Weile stumm beieinander, Allies Gedanken ratterten fast hörbar, während sie versuchte, an einen anderen Gesprächsbeitrag zu denken als an *Mein Gott, Sie sehen aus wie Walter Huston.*
»Oh, oh, ich fasse es nicht!«, rief Marlene plötzlich und erschreckte damit sowohl Allie als auch Louis. »Schaut nur,

wer da ist. Olivia Pelham. Alle Achtung, sie sieht großartig aus!«

Allie sah wie in Zeitlupe hinüber. Tatsächlich, es war Olivia, obwohl es sie erstaunte, wie rasch Marlene Olivia erkannt hatte. Denn Olivia war nicht länger die hagere, ungelenke Bohnenstange wie auf der Highschool, sondern sah, selbst aus dieser Entfernung, absolut umwerfend aus. Von dem glänzenden, kastanienbraunen, kinnlangen Haar bis hinunter zu den burgunderroten Zehenpumps war sie schlichtweg vollkommen.

An der Highschool war Allie die Hübsche gewesen und Olivia die Kluge. Mit diesem Ungleichgewicht konnte Allie gut leben, weil sie genau wusste, dass sie klug war und sie lieber als das Gute wahrgenommen werden wollte, das die Leute sehen konnten, als das Gute, auf das die Leute erst noch kommen mussten.

Doch jetzt war zweifellos Olivia die Hübsche und Allie …? Tja, Allie war die Dicke. Zumindest die Plumpe. Und die Erfolglose.

Und die Betrunkene, wenn sie hier noch länger bleiben musste.

»Willst du ihr gar nicht Hallo sagen?« Marlene versetzte Allie tatsächlich einen kleinen Stoß in den Rücken. »Ihr beide seid an der Highschool doch unzertrennlich gewesen.«

»Wir waren nicht …« Allie hielt inne. Sie sollte dringend ihre schlechte Angewohnheit ablegen, den Leuten mehr zu sagen, als sie wissen mussten. Sie brauchte Marlene das Ende ihrer Freundschaft mit Olivia ebenso wenig zu erklären wie die Trennung von Kevin. Sie musste sich nur höflich entschuldigen und zur Damentoilette gehen, wo sie sich ganz für sich allein komisch vorkommen konnte. »Ja, das werde ich tun«, sagte sie zu Marlene. »Louis, schön, Sie kennengelernt zu haben. Marlene, ich bin sicher, wir sehen uns bald wieder.« Bestimmt an irgendeinem seltsamen Ort.

Allie eilte schnurstracks in die Lobby. Zum Teufel mit Noah, mit ihm konnte sie sich auch später noch unterhalten. Sie wollte einfach nur nach Hause und den Rest des Abends mit Ben, Jerry und der kompletten dritten Staffel von *Gilmore Girls* verbringen.

Diese Vorstellung war so verlockend, dass sie ihrer Umgebung nicht genug Aufmerksamkeit schenkte, darum erwischte es sie eiskalt, als jemand sagte: »Und da ist ja auch Allie Denty! Was für ein Zufall!«

Als sie aufsah, entdeckte Allie eine sehr voluminöse Frau, die ihr zuwinkte. Claire irgendwas. Wie lautete doch gleich ihr Nachname? Sie sah ganz genau so aus wie an der Highschool. Und neben ihr stand – Olivia.

»Wir haben gerade von dir gesprochen!«, flötete Claire. »Und da bist du auch schon! Dir müssen die Ohrläppchen gebitzelt haben.«

»Was habt ihr denn gesagt?«, wollte Allie wissen. Ihre Stimme zitterte stärker, als sie das beabsichtigt hatte.

»Dass du hier bist«, antwortete Claire einfach. »Ebenso wie Olivia. Ihr zwei seid an der Highschool ja unzertrennlich gewesen. Allie, sieht Olivia nicht einfach wundervoll aus?«

Allie und Olivia sahen sich in die Augen.

Und einen Augenblick lang drehte sich die Zeit wie verrückt im Kreis. Olivias Augen waren noch dieselben, auch wenn sie jetzt kunstvoller umrahmt waren als jemals an der Junior Highschool oder auch an der Highschool. Etwas tief in ihrem Blick war Allie so schmerzlich vertraut, dass sie den Atem anhalten musste.

Claire entschuldigte sich, wahrscheinlich um Goliath auf David aufmerksam zu machen, und Allie und Olivia blieben allein zurück.

»Hallo, Allie«, sagte Olivia steif. Sie klang jetzt zwar wie eine Erwachsene, was ja keine Überraschung war, aber auch darin lag ein Hauch von Vertrautheit.
»Hey«, sagte Allie und klang ein wenig zu fröhlich. »Wie schön, dich zu sehen. Wie geht es dir?« Was für eine kleine Frage nach so einem großen Loch an Zeit und emotionaler Distanz.
»Gut. Und wie geht es dir?«
»Echt gut.« Sie hatte nicht geplant, es so euphorisch klingen zu lassen, aber das tat es. Vor allem, als sie – um gegen die eintretende Stille anzugehen – noch hinzufügte: »Eigentlich sogar großartig.«
Die Stille zog die Sekunden wie Zuckerwatte auseinander, ließ sie zu langen, peinlichen Pausen werden.
»Und was machst du beruflich?«, fragte Olivia, sehr selbstsicher, gertenschlank und beiläufig.
»Ich bin gerade zwischen zwei Jobs.« Was technisch gesehen korrekt war. Allie ließ nur aus, dass sie als Angestellte einer Zeitarbeitsfirma quasi immer zwischen zwei Jobs war. »Und du? Was machst du beruflich?«
»Ich arbeite für das Magazin *What Now.*«
»Ehrlich? Wie interessant! Was genau machst du da?« Allie hätte beinahe gesagt *Dir hat der Englischunterricht oder das Aufsatzschreiben doch nie gefallen*, aber dann hätte sie zu genau den Leuten gehört, auf die sie ja eigentlich herabschaute. Außerdem wollte sich Allie keiner aktiven Erinnerung an die Vergangenheit hingeben und genau das wäre passiert, wenn sie zugab, das sie sich an Olivias Hass auf den Englischunterricht erinnerte.
»Ich bin die leitende Redakteurin der Beauty-Abteilung.« Olivia lächelte kurz auf. Es war nur ein schwacher Abglanz des Lächelns, an das Allie sich erinnerte. Die Form ihres Mundes war im Grund dieselbe, aber ihre Zähne waren

begradigt worden und strahlten außerdem in blendendem Weiß. Nicht das verrückte, eine Stunde lang aufgetragene, den Zahnschmelz wegätzende Kunstweiß, sondern ein natürlich aussehendes, perfektes Weiß.

»Wow, das ist beeindruckend.«

»Danke, Allie.«

Wären nicht all die anderen um sie herum gestanden, sie hätten Geigen hören können.

»Also …« Wenn Allie nervös war, neigte sie fatalerweise dazu, stille Momente durch Plappern zu füllen. Hätte sie ihren verdammten Mund gehalten, dann wäre Olivia vielleicht zu jemand gegangen, der mehr plauderte und Allie hätte sich an die Bar stellen und sich betrinken können. Stattdessen versuchte sie, das Gespräch mit Nichts am Laufen zu halten, um Air Supply zu zitieren. »Wie geht es deiner Mutter?« Vermutlich hatten sie und Mr. O'Brien sich nicht wieder ausgesöhnt.

»Es geht ihr sehr gut«, erwiderte Olivia mit einem Tick zu viel Begeisterung. Ihre strahlend weißen Zähne schienen sich in die Worte zu verbeißen. »Sie wohnt derzeit bei mir.«

»Allein? Oder ist sie immer noch mit …« O Gott, warum konnte sie nicht einfach den Mund halten? Das ging sie gar nichts an.

»Nein«, meinte Olivia ungekünstelt, »sie hat Donald O'Brien schon vor langer Zeit verlassen.« Ihr Kiefer verspannte sich einen Moment, dann sagte sie, nicht direkt an Allie gerichtet: »Das ist jetzt schon fast zwanzig Jahre her.« Sie schnalzte mit der Zunge. »Grob geschätzt.«

Natürlich. Aus diesem Grund hatten Olivia und Caroline ja auch die Stadt verlassen.

Obwohl Caroline Allie gegenüber immer nett gewesen war, hatte ihr Allie immer heimlich vorgeworfen, dass sie Olivia keine bessere Mutter war. Selbst der jungen Allie war es schon so vorgekommen, als sei Caroline Pelham O'Brien viel mehr an irgendeiner albernen Schulmädchenvorstellung von Liebe interessiert als daran, Verantwortung für sich und ihr Kind zu übernehmen.

Auf irgendeiner Ebene war die Erinnerung daran immer in Allie präsent gewesen und hallte hin und wieder in ihrem Hinterkopf, wenn sie kurz davor stand, sich mit einer falschen Beziehung zufriedenzugeben.

So gesehen hatte Allie es Olivias Mutter zu verdanken, dass sie die Kraft aufgebracht hatte, den untreuen Hintern von Kevin aus dem Haus zu werfen, anstatt der Versuchung zu erliegen und den Weg des geringsten Widerstands zu gehen. Streit, Kopfschmerzen, Neuanfänge … all das war der geringste Widerstand.

Wieder tat sich eine Pause zwischen den beiden auf.

»Mir gefällt dein Lippenstift«, platzte es aus Allie heraus, der nichts anderes einfiel. »Ich will ja nicht komisch klingen oder so …«

Olivia lachte. »Du klingst nicht komisch. Solche Sachen fallen mir auch immer auf. Der Lippenstift ist von *Shiseido.* Ich glaube, er heißt Raisin. Ich habe ein Muster bekommen und es gleich ausprobiert.«

»Vermutlich darfst du in deinem Job alle möglichen Sachen ausprobieren.« Allie merkte sich insgeheim Hersteller und Farbe. Der Lippenstift war wirklich fabelhaft. Wie der, den Monica Lewinsky damals in ihrem Interview mit Barbara Walters getragen hatte; alle hatten wissen wollen, welche Farbe das war, und keiner, wie weit sie mit Bill Clinton gegangen war.

»Ja, stimmt.« Olivia nickte und schürzte ihre Raisin-Lippen. »Das ist ein echter Bonus.«

»Du Glückliche.« Sofort machte sich Allie Sorgen, dass sie

sich womöglich bitter anhörte. *Du Glückliche* klang unter den richtigen – oder falschen – Umständen total neidisch. »Nein, im Ernst, so eine Arbeit würde mir auch gefallen.« Sie war sich schon wieder der peinlichen Stille bewusst. Deswegen plapperte sie.

Allie wünschte, es wäre nicht so schwer. Es sollte nicht schwer sein. Vor langer Zeit hätte sie nicht glauben können, dass es einmal schwer sein würde, mit Olivia zu reden. Aber das war vor sehr, sehr langer Zeit gewesen.

»Hast du Noah Haller schon gesehen?«, fragte Olivia schließlich und sah an Allie vorbei. »Ich war hier mit ihm verabredet, aber ich habe seine Handynummer in meinem Hotelzimmer vergessen.«

Vor ein paar Jahren hatte Noah Allie einmal erzählt, dass er Olivia getroffen hatte. Er hatte sie seitdem mit keinem Wort mehr erwähnt, darum war Allie nie der Gedanke gekommen, dass sie noch in Kontakt stehen könnten.

Andererseits hatte er es vielleicht deshalb nicht erwähnt, weil sie es beim ersten Mal so enorm hochgespielt hatte.

Hat sie über mich geredet?

Hast du über mich geredet?

Wie lange habt ihr geredet?

Was habt ihr gesagt?

Ihr Verhör hatte sich ziemlich in die Länge gezogen, wenn sie jetzt so darüber nachdachte. Wahrscheinlich war es keine Überraschung, dass er Olivia nie wieder erwähnte.

»Du triffst dich mit Noah?«, fragte Allie so beiläufig es ihr möglich war.

»Ja.« Olivia lächelte und schüttelte den Kopf. »Irgendwie hat er mich überredet, heute Abend herzukommen.«

»Hat er dir etwas von der Frau erzählt, mit der er kommt?«

Olivia runzelte die Stirn. »Nicht, dass ich wüsste. Warum? Wer ist es denn?«

»Keine Ahnung. Sie heißt Tori und sie muss irgendwann die Churchill Highschool besucht haben, aber ich kann mich an keine Tori aus unserer Klassenstufe erinnern, du etwa?«

Nach einem Augenblick sagte Olivia: »Bei dem Namen klingelt nichts. Aber wir beide gehörten ja nie zu denen, die alle an der Schule kannten.«

»Das ist wahr.«

»Wusstest du beispielsweise, dass wir mit Lucas Vanderslice an die Junior Highschool gegangen sind?«

»Mit wem?«

»Berühmter unabhängiger Filmemacher. Er hat *Highway Twentyone* geschrieben und bei dem Film auch Regie geführt.«

»O mein Gott, ist das dein Ernst?«

Olivia nickte. »Wir sind wenig unter Leute gekommen. Ach schau, da ist Noah endlich.«

Allie folgte ihrem Blick und sah, wie er quer durch den Saal auf sie zukam. An seiner Seite ging eine Frau, schlank und sexy, mit langen, glänzenden, dunklen Haaren und vollen, sinnlichen Lippen. Eine Frau, wie man sie aus den Anzeigen für *Cover Girl* kannte.

»Oh«, sagte Olivia, »und das ist Tori.«

»Vermutlich.«

»Mein Gott, die hat aber viel an sich machen lassen.«

»Die?« Allie sah erst Olivia, dann Noahs Begleiterin an. Kannte Olivia Tori?

Olivia lachte. »Du kannst nicht einmal ihren Namen aussprechen, was?« Sie richtete ihre Aufmerksamkeit wieder auf die beiden Näherkommenden. »Ich nehme an, sie hat Wangenimplantate. Und etwas Collagen in den Lippen.« Sie musterte die Frau, als sei sie ein Rennpferd. »Restylan, natürlich, um die Falten loszuwerden, ohne diesen einge-

frorenen Botox-Look zu bekommen.« Sie schnalzte mit der Zunge und schüttelte den Kopf. »Möglicherweise hat sie sich sogar die Augen liften lassen. Hervorragende Arbeit, das muss man ihr lassen. Ich erkenne sie kaum wieder, aber für die Frau auf der Straße wirkt sie ziemlich natürlich.«
Allie war völlig verwirrt. »Wie lange kennst du sie schon?«
Olivia wirkte überrascht, wollte etwas sagen, aber sie konnte nicht mehr antworten, denn Noah stand bereits vor ihnen.
»Ich sehe schon, ihr zwei bringt euch gerade auf den neuesten Stand«, sagte er und wirkte ein wenig unbehaglich. »Und wie läuft es?«, fragte er und sah dabei Allie an.
»Wunderbar«, antwortete Allie, als ob es unmöglich wäre, sich eine andere Antwort auch nur vorzustellen. »Es macht ja so viel Spaß.«
»Halt dich gut fest, Süße, es wird noch viel spaßiger«, sagte die Frau neben Noah mit einem strahlend weißen Lächeln.
Olivia beugte sich ein wenig vor.
Noch eine weitere Musterung, dachte Allie sich. Sie wusste genau, was nötig war, um so ein Lächeln zu haben.
Geld, in erster Linie.
Die Frau wirkte seltsam vertraut. Trat sie im Fernsehen auf oder etwas in der Art? Um sie herum lag so viel Erwartung in der Luft, dass Allie das Gefühl hatte, sie könne sie nicht fragen, ohne sie dadurch zu beleidigen.
Allie öffnete den Mund, wollte sie bitten, ihr auf die Sprünge zu helfen, aber sie hatte kein Chance.
Noah richtete sich im Arm der Frau auf. »Olivia, Allie, ihr erinnert euch doch an Tori? Sie freut sich unglaublich, euch wiederzusehen.«
Wer zum Teufel war diese Person? Die beiden einzigen Frauen mit Namen Tori, die Allie einfielen, waren Tori Spelling und Tori Amos – und diese Frau war keine von beiden.

»Aber natürlich.« In Olivias Stimme lag ein unverkennbares Frösteln und als Olivia weitersprach, dämmerte es Allie endlich. »Vickie Freedman, wie könnte ich dich je vergessen?«

Kapitel 7

Tut sie's oder tut sie's nicht?
Anzeige für Miss Clairol

O Mann, es sah aus, als müsste Allie in Ohnmacht fallen oder sich erbrechen. Möglicherweise beides. Olivia hatte diesen Ausdruck schon einmal auf ihrem Gesicht gesehen, als sie beim Eagles-Konzert im Capital Center in Landover, Maryland, *Southern Comfort* probiert hatten, vor gefühlten eintausend Jahren. Mittlerweile war das Capital Center ein Einkaufszentrum, was Olivia ein wenig traurig stimmte, auch wenn sie ohnehin niemals dorthin zurückgekehrt wäre.

»Vickie?«, wiederholte Allie mit spitzer Stimme.

»Ich nenne mich jetzt Tori«, korrigierte Vickie. Verachtung tropfte aus ihrer Stimme, während sie Allie musterte. »Großer Gott, Allison, du siehst ganz genauso aus wie deine Mutter! Es ist erstaunlich!«

Noahs Unterkiefer sackte ab, Allies Haltung brach in sich zusammen.

»Wie bitte?«, fragte Allie mit schwacher Stimme. Es war deutlich zu erkennen, dass sie auf dem falschen Fuß erwischt worden war.

»Natürlich habe ich deine Mutter seit Jahren nicht gesehen, aber damals war sie einfach süß.«

Allies Mutter war phantastisch, aber sie hatte auch zwei Kinder geboren und war eine hervorragende Köchin, was sich an ihren Hüften zeigte. Für Olivia hatte Mrs. Denty all das Wunderbare verkörpert, was man mit dem Wort *Mutter* verband, aber es ließ sich nicht leugnen und es war ja keine Beleidigung: Mrs. Denty hatte auch so ausgesehen wie eine Mutter.

Aber keine Frau wollte hören, dass sie aussah wie ihre Mutter.

Wahrscheinlich wollte nicht einmal Alexa Joel hören, dass sie wie ihre Mutter Christie Brinkley aussah.

Außerdem hatte Vickie es nicht als Kompliment gemeint, egal, wie sehr sie es jetzt als eines darzustellen versuchte.

»Tut mir leid.« Vickies Stirn verlagerte sich einen Millimeter nach unten und Olivia vermutete, mehr war auch nicht möglich, dank eines sehr fingerfertigen Schönheitschirurgen. »Habe ich etwas Falsches gesagt? Deine Mutter ist …« Ein aufrichtiges *O Scheiße* flackerte in ihrem Blick auf. »… sie ist doch noch unter uns, oder?«

Allie sah sie ungeduldig an. »Ja, Vickie, sie hält noch durch, mit 63, gerade noch so. Ist schon merkwürdig«, fuhr sie fort, »denn du siehst überhaupt nicht aus wie deine Mutter. Auch nicht wie dein Vater. Offen gesagt, siehst du nicht einmal mehr so aus wie du selbst. Was ist passiert?«

Das war die scharfzüngige Allie, an die Olivia sich erinnerte.

Vickies Gesicht bekam Farbe. »Vermutlich hatte ich das Glück, gut zu altern«, erwiderte sie knapp. »Allison, falls ich etwas gesagt haben sollte, das dich verletzte, dann lag das nicht in meiner Absicht. Ich erinnere mich an deine Mutter als eine entzückende Frau und ich dachte, du wärst stolz, ihr zu ähneln, aber wenn es einen Grund gibt, warum das eine Beleidigung war, dann tut es mir aufrichtig leid, dass du das so empfindest.«

Olivia krümmte sich innerlich. Sie hasste diese *tut mir leid, wenn du so empfindest*-Entschuldigung.

»Noah«, sagte sie, um die Aufmerksamkeit auf etwas anderes zu lenken – irgendwohin, nur weg von hier. »Als wir uns zuletzt unterhielten, hast du gerade die Umgestaltung des Pavillons in Fredericksburg geplant. Wie ist es gelaufen?«

»O Gott, müssen wir wirklich über die Arbeit reden?«, stöhnte Vickie.

»Warum hast du nie etwas gesagt?«, wollte Allie von Noah wissen und sah ihm fest in die Augen.

»Worüber?«

»Darüber.« Sie nickte leicht in Richtung Vickie.

»Wir sprechen später darüber«, erwiderte er eindringlich. Die Intensität zwischen den beiden war bemerkenswert, fand Olivia.

»Wie konnte das passieren?« Allie klang, als versuche sie, den Ort eines schrecklichen Unfalls zu beschreiben. »Mit wem hast du dich noch getroffen?« Sie wurde lauter. »Olivia, Vickie … sei ehrlich, wen gibt es da sonst noch? Hast du Mr. Horner als Kurzwahlnummer gespeichert? Gehört Direktor Massi zu deinem Verteiler für Internetwitze?«

Noah trat einen Schritt auf sie zu, wodurch Vickies Arm unschön ins Leere fiel.

Es war, als merkten sie gar nicht, dass noch andere Leute anwesend waren.

»Wie habt ihr beide euch wiedergetroffen?«, erkundigte sich Olivia bei Noah, in dem Versuch, ihn von der drohenden Gesprächskatastrophe abzulenken.

»Wir sind uns im März auf einem Bauplatz in Urbana begegnet«, sagte Vickie zu Olivia. Sie war so selbstsicher, so großspurig und schien die Intensität der Energie, die zwischen Noah und Allie hin und her sprang, überhaupt nicht zu bemerken.

»Noah war federführend beim Entwurf der Pläne für ein neues Rathaus und ich war für die historische Gesellschaft tätig, um sicherzustellen, dass die danebenliegenden Bürgerkriegsschlachtfelder nicht beeinträchtigt wurden.«

»Wie interessant«, sagte Olivia, obwohl das nicht die Unterhaltung war, die sie gern geführt hätte, und auch nicht die Person, mit der sie sie führen wollte, aber da weder Noah noch Allie etwas sagten, lag es an Olivia, das Gespräch am Laufen zu halten. »Dann arbeitest du also für die Stadtverwaltung?«

»Ich arbeite für jeden, der mich engagiert«, sagte Vickie. Die kurze Pause, die sie einlegte, reichte Allie, um sarkastisch zu schnauben.

Vickie ignorierte das und sagte zu Olivia: »Ich bin Anwältin für Umweltrecht. Ich arbeite für die Kanzlei Cohen, Hahn und Everett Environmental Team in der K Street.«

»Das muss sehr interessant sein«, wiederholte Olivia, da ihr absolut nichts anderes einfiel.

»Ist es auch«, stimmte Vickie zu. »Viele Menschen denken, es ginge nur um den Kampf gegen Luftverschmutzung und Mülldeponien und um Leute, die Bäume umarmen, aber du wärst erstaunt, wenn du wüsstest, wie sehr der Umweltschutz alles um dich herum beeinflusst.«

»Das kann ich mir denken.« Olivia hätte Vickie nie und nimmer Selbstlosigkeit zugetraut, aber sie versuchte sich mit dem Gedanken anzufreunden, dass Vickie sich geändert hatte.

»Die klugen Politiker erkennen das allmählich, darum liegt genau da die Macht – die Umwelt eben nicht offen auszubeuten. Das ist das genaue Gegenteil von vor ein paar Jahren, und viele der alten Knacker sind noch nicht auf den Trichter gekommen, darum verdient man auf diesem Sektor gerade richtig gut.«

»Was für ein Zufall, dass du Noah begegnet bist.«
Vickie seufzte.
»Eigentlich ist es viel erstaunlicher, dass wir uns nicht schon eher begegnet sind. Einer der Architekten plante einen Büroturm, der das historische Schlachtfeld dahinter vollkommen verdeckt hätte. Es ist einfach dumm, einen hohen Turm zu errichten und damit jeden zu verprellen, wenn man endlos viel Land hat, auf das man drei kleinere Gebäude stellen kann, dazu jede Menge Parkplätze. Das gibt potentiell mehr Einnahmen durch die Vermietung von Büroräumen und den Gebühren für Stellplätze.« Sie schüttelte den Kopf mit demselben herablassenden Lächeln, mit dem sie den armen Kerl bedacht hatte, der ihr das unterjubeln wollte. »Einfach dämlich. Glücklicherweise wurde Noah hinzugerufen, der die Läden in dem Einkaufszentrum in demselben neo-traditionellen Stil entworfen hat, den ihm jetzt alle anderen nachmachen.«
»Noahs Entwürfe sind sensationell«, warf Allie verteidigend ein. »Sie sind nicht wie die von allen anderen.«
»Ja, sie sehen gut aus«, gab Vickie ihr recht. »Wie alle. Andererseits könnte er viel mehr erreichen – und das für sehr viel mehr Geld und in sehr viel weniger Zeit –, wenn er seine Bemühungen auf die Neubauten unten im Südosten konzentrieren würde.« Sie versetzte Noahs Ellbogen einen Stoß, der ahnen ließ, dass sie diese Unterhaltung schon mehr als einmal geführt hatten.
»Vielleicht macht er es nicht wegen des Geldes«, sagte Allie.
»Allie.« Noah klang warnend.
»Was ist?«, fauchte Allie.
»Lass uns kurz nach draußen gehen und reden, okay?« Er sah über seine Schulter zu Vickie und Olivia. »Wir sind gleich zurück.«

Er ging mit Allie davon und Olivia sah, wie sie sich unterwegs hitzig unterhielten.
»Ich dachte wirklich, sie hätte die Eifersüchteleien der Vergangenheit hinter sich«, seufzte Vickie. Hätte nur noch gefehlt, dass sie hinter dem Rücken der beiden mit der Zunge schnalzte. »Mir kommt die Highschool wie ein anderes Leben vor, aber wenn man Allison so anschaut, könnte man denken, das sei alles erst letzte Woche gewesen.«
»Sie steht Noah wirklich nahe«, sagte Olivia. *Ihre Körpersprache zeigt das.* »Das weißt du ja sicher.«
Vickie wischte diese Bemerkung mit einem dünnen, aber sehnigen Arm beiseite. »Wir reden nicht viel über die Frauen aus seiner Vergangenheit.«
»Tja, sieht aus, als sei sie auch Teil seiner Gegenwart«, meinte Olivia leise, aber nachdrücklich. »Sie sind Freunde.«
Doch Vickie ließ sich nicht erschüttern. Sie zuckte nur mit den schmalen Schultern. »Auf irgendeine Weise vermutlich schon.« Dann lachte sie. »Aber nicht auf die Weise, die *sie* gern hätte, das kann ich dir versichern.«
Es hatte keinen Sinn mehr, dieses Gespräch weiterzuführen. Vickie würde nie zugeben, dass Noahs Freundschaft zu Allie irgendetwas zu bedeuten hatte, und Olivia war nicht in der Position, Allies Gefühle für ihn leidenschaftslos zu leugnen.
Sie stand keiner dieser beiden Frauen nahe.
Ihr fiel auf, dass dieser Mann, den sie für so logisch und intelligent gehalten hatte, sich offenbar in eine Frau verlieben konnte, die ihre frühen Jahre damit zugebracht hatte, sich einen absolut zänkischen, gehässigen, gemeinen Charakter zuzulegen.
Zugegeben, Olivia war keine Psychologin und sie hatte nicht einmal den Vorteil der Elternschaft, um sich aufgrund eigener Erfahrungen eine Meinung zu bilden, aber

es war ihr einfach unverständlich, wie jemand, der sich aktiv bemüht hatte, anderen das Leben zur Hölle zu machen, und sich dann ehrlich freute, wenn das von Erfolg gekrönt wurde, zu einem Menschen heranwachsen konnte, in den Noah Haller sich verliebte.

»Tori?« Sie wurden von niemand anderem als Lucy Lee unterbrochen, die kein bisschen anders aussah als in der letzten Klasse an der Highschool. Sie hatte sich bei einem extrem einfallslos wirkenden, dafür großen, dunkelhaarigen und gutaussehenden Mann untergehakt.

»Lucy!« Vickie beugte sich vor und küsste die Luft neben ihren Wangen, wie es auch Olivia schon unzählige Male getan hatte. Dann ließ sie ihren Blick zu dem Mann wandern, blinzelte und sagte: »Todd.«

»Tori, wie geht es dir?« Er beugte sich vor und gab ihr einen Kuss, einen richtigen, und sie legte ihm die Hand auf die Schulter, wo sie den Bruchteil einer Sekunde länger verweilte, als es Olivia angemessen erschien.

Zugegeben, es war eine Weile her, seit Olivia einen intimen Kontakt erlebt hatte, darum waren ihre Antennen womöglich hypersensibel, aber sie beobachtete die beiden dennoch voller Interesse.

»Lucy, du erinnerst dich an Olivia Pelham«, sagte Vickie.

Lucy sah Olivia mit eingefrorenem Lächeln an, als überlege sie, ob sie etwas kaufen solle oder nicht. »Nein, ich bin nicht sicher …«

Olivia ließ sie vom Haken. »Wir haben nicht in denselben Kreisen verkehrt. Ich bin mir nicht einmal sicher, ob wir dieselben Klassen besucht haben.«

Lucy lächelte. »Trotzdem schön, dich zu sehen! Das ist mein Mann, Todd Reigerberg.« Sie streckte die linke Hand aus und präsentierte ein Feuerwerk an Brillanten an ihrem schmalen Ringfinger.

»Schön, dich zu treffen.« Hier endete der Abend für Olivia. Sie hatte ihre Grenze an leerem Lächeln und bedeutungslosem Smalltalk erreicht. Ab sofort musste sie nur noch eine Möglichkeit finden, sich zu entschuldigen und ins Hotel zurückzukehren.

»Meine Güte, da ist Sue Ward!«, rief Lucy. »Scheiße, die sieht toll aus. Ich muss Hallo sagen. Ihr zwei kommt allein zurecht, ja? Ach, Olivia, nett, dich getroffen zu haben.«

Olivia nickte. Sie wollte sich gerade ebenfalls verabschieden und hatte auch schon »Also, Vickie« gesagt, als sie sah, wie Todd Vickies Blick auffing und in Richtung der Tür nickte, die zur Dachterrasse führte. Vickie nickte andeutungsweise, dann wandten sich beide an Olivia. Sie glaubten offensichtlich, sich in einer privaten Luftblase zu befinden, die sie willentlich herbeirufen und wieder auflösen konnten. Es war höchst merkwürdig.

»Ich ziehe weiter. Schön, dich getroffen zu haben, Olivia.« Todd sah sie kaum an, dann wandte er sich an Vickie, sog kurz die Luft ein und sagte mit einem Nicken: »Tori.«

Olivia, die das verblüfft beobachtete hatte, drehte sich zu Vickie und redete nicht lange um den heißen Brei herum. »Ihr beide scheint recht vertraut«, sagte sie und ließ das *zu sein* unausgesprochen im Raum stehen.

»Wer? Todd und ich?« Vickie tat überrascht. »O nein, großer Gott, nein. Wir kennen einander kaum.«

Olivia hätte beinahe gelacht. »Ach ja?«

»Wir haben uns kennengelernt, als mich Lucy wegen eines alten Grundstücks interviewte. Weißt du, Todd ist unser Sechs-Uhr-Nachrichtensprecher hier.«

»Das wusste ich nicht.«

Vickie nickte. Ihr Blick wanderte durch den Saal, hakte sich an etwas fest – Olivia hätte schwören können, an

Todd –, dann drehte sie sich zu Olivia um. »Wo waren wir doch gleich?«

»Ich wollte gerade gehen«, sagte Olivia. Sie klang spitz, obwohl sie sich bemühte, das nicht zu tun. »Schön, dich gesehen zu haben, Vickie. Sag Noah, dass ich ihn im Laufe der Woche anrufen werde.«

Sie ging, ohne Vickie die Chance zu geben, sie noch einmal in ein Gespräch zu verwickeln. Als sie weit genug weg war, drehte sie sich um und sah, wie Vickie an der unverwechselbaren Gestalt von Todd Reigerberg vorbeiflanierte. Es war wie in einem schlechten Spionagefilm. Vickie ging an ihm vorbei und wurde dabei immer langsamer. Sein Mund bewegte sich fast unmerklich und dann schien es, als ob er auf drei zählte, bevor er ihr nach draußen folgte.

Olivia war versucht, ihnen nachzuschleichen, um zu sehen, was sie machten. Es konnte natürlich alles ganz harmlos sein. Vielleicht war sie eine Informantin für einen Nachrichtenbericht, an dem er arbeitete, oder sie war eine anonyme Quelle. Oder es ging um einen Drogendeal. Oder vielleicht wollte er ihr sein Auto verkaufen.

Aber soweit es Olivia betraf, sah es sehr nach einem typischen, romantischen Rendezvous aus.

Sollte sie Noah davon erzählen? Vor zwanzig Jahren wäre das keine Frage gewesen, aber er war ein erwachsener Mann und sie traute ihm zu, dass er wusste, was er tat. Vielleicht führten er und Vickie eine offene Beziehung. Vielleicht führten sie überhaupt keine *Beziehung*, sondern hatten ein *Arrangement*.

Auch Olivia hatte schon Arrangements gehabt.

Wie auch immer, sie konnte sich nicht vorstellen, dass sie Noah und sich selbst in eine peinliche Lage brachte, indem sie wilde Spekulationen über seine Freundin anstellte.

Aller Wahrscheinlichkeit nach würde er ihr dann sagen, sie

solle sich um ihre eigenen Angelegenheiten kümmern, und damit hätte er ja auch recht.
Außerdem war diese Beziehung ganz offensichtlich nicht von Dauer. Er nahm sie nicht einmal ernst genug, um seinen Freundinnen davon zu erzählen. Wie sie Noah kannte – und sie glaubte, ihn gut zu kennen –, war er viel zu klug, um sich von Vickie Freedman an der Nase herumführen zu lassen.

»Tut mir leid«, sagte Allie und zog unschön die Nase hoch. »Ich weiß nicht, was mit mir los ist. Es ist dein Leben und wenn du es vermasseln willst, indem du mit einem Parasiten wie Vickie Freedman ausgehst, dann ist das dein gutes Recht.«
Noah lachte leise. »Danke, Kumpel. Ich wusste, du würdest es verstehen.«
»O Noah!« Sie warf sich in seine Arme. Er roch gut. Wie immer. Nach Seife und Wasser und irgendeinem bergfrischen Waschmittel. Wie konnte er so dumm sein, wo er doch so sensibel roch? »Tut mir leid, dass ich dir keine bessere Freundin bin.« Sie trat einen Schritt zurück und sah ihm in die Augen.
»Du bist eine gute Freundin, Al. Vielleicht nicht gerade für Tori …«
Allie schnaubte verächtlich. »*Vickie.*«
Er ignorierte das. »Aber da du nicht mit ihr ausgehen musst, ist das ja auch egal. Es ist ja nicht so, als ob du sie jemals wiedersehen würdest.«
Allie sah ihm tief in die Augen.
»Der heutige Abend ist eine Ausnahme«, erklärte er.
»Es geht nicht darum, ob ich sie sehen muss oder nicht«, erwiderte Allie. »Ich mache mir Sorgen um *dich.* Du hast es mit einer Psychopathin zu tun.«

»Sprichst du jetzt von dir oder von ihr?«

»Das ist unfair. Hör zu, du hast ja keine Ahnung, wer sie ist. Du hast sie seit Jahren nicht gesehen.«

»Du auch nicht! Mein Gott, Allie, du musst endlich aufhören, in der Vergangenheit zu leben.«

»Ich lebe nicht in der Vergangenheit, aber ich weiß noch genau, wer sie war und was sie getan hat.«

»Das war damals.«

»Mag sein, na und? Weißt du nicht mehr, wie sie war? Hast du vergessen, was sie *getan* hat?«

»Tja … wie auch immer. Ich habe sie aus der Schulzeit wirklich kaum mehr in Erinnerung.«

»Du machst Witze!«

Er schüttelte den Kopf. »Wir haben in unterschiedlichen Kreisen verkehrt. Als wir uns wiedertrafen, habe ich sie nicht einmal mehr erkannt.«

»Das hat womöglich etwas mit der Tatsache zu tun, dass sie ihr Gesicht komplett generalüberholen ließ.«

Noah verschränkte die Arme. »Allie, das ist doch albern. Das hier ist ein albernes Gespräch.«

Tränen brannten in ihren Augen. »Ich weiß.« Und sie wusste es wirklich. Er lag auf der Hand. Die Highschool lag eine Million Jahre zurück und was Allie widerfahren war, war ihr Problem, nicht seines, und natürlich durfte er sich zu der irrigen Annahme hinreißen lassen, dass diese zugegebenermaßen schöne Frau eine heiße Entdeckung sei.

Wie sollte Allie ihm die Wahrheit vor Augen führen, wo er doch glaubte, dass sie schon direkt vor ihm lag?

Allie schaute zu den Autos, die auf der Connecticut Avenue fuhren. »Sag mir nur eines …« Sie heftete ihren Blick auf Noah. »Bitte sag mir, was du in ihr siehst.«

»Mein Gott, Al, wir gehen nur miteinander aus. Und das noch nicht lang. Dieses ganze Drama ist echt zu viel.«

»Du hast so gut wie nie eine Verabredung, Noah. Schon allein wegen deines Terminkalenders. Wenn du dich seit drei Monaten mit ihr triffst, dann heißt das, dass du etwas in ihr siehst, und ich will dir sagen, dass da *nichts* ist.«

»Unsinn.«

»Wie bitte?«

»Ich will dich ja nicht beleidigen, Allie, aber ganz ehrlich, du weißt von den Dingen der Welt mindestens ebenso wenig, wie du es mir zutraust. Du und Kevin, ihr seid – wie lange? – zwei Jahre in einem Meer der Mittelmäßigkeit dahingeschwommen.«

»Ja.«

»Und davor?«

»Was hat das damit zu tun?«

»Nichts.« Sein Gesichtsausdruck wurde weicher und er legte seinen Zeigefinger an seine Schläfe. »Denk einmal darüber nach.«

»Ich will nur nicht, dass du einen gewaltigen Fehler begehst, und ich schwöre dir, Noah, wenn du mit ihr ernst machst, dann ist das ein gewaltiger Fehler. Es wird dir noch leid tun.«

Er sah sie lange an und sagte dann: »Wir gehen nur miteinander aus.«

Es kostete sie so große Anstrengung zu schlucken, dass es den Anschein hatte, Stolz habe wirklich eine Masse. »Tut mir leid«, flüsterte sie.

Hier stimmte etwas nicht. Ein Gefühl in ihrer Magengrube sagte ihr, dass sie gerade etwas verlor und dass sie das nicht aufhalten konnte.

Olivia war auf dem Weg zur Lobby, als sie sah, wie Allie hereinkam und zur Damentoilette stürmte. Noah folgte wenige Sekunden später und als er Olivia entdeckte, kam er auf sie zu.

»Draußen ist es höllisch heiß«, meinte er, steckte zwei Finger in seinen Kragen und zog daran. »Willst du mir jetzt auch sagen, wir schrecklich Tori ist? Ich hätte gern alles hinter mir.«
Tori. Daran musste sie sich erst gewöhnen. Unglücklicherweise schien es, als ob sie dafür reichlich Zeit haben würde.
»Hat Allie das gerade getan? Hat sie dir gesagt, wie schrecklich Tori ist?«
Sein Blick fiel auf etwas in der Ferne und Olivia sah, wie sich der Muskel in seinem Kiefer wie eine kleine, angespannte Gitarrenseite bewegte. »Ich nehme an, sie kamen nicht miteinander aus.«
»Sie kam mit vielen Leuten nicht gut aus. Vickie, meine ich.« Olivia holte Luft und korrigierte sich. »Tori.«
»Es ist mir einfach unbegreiflich, warum die Person, die man vor zwanzig Jahren war, einen Einfluss darauf haben soll, wer man heute ist.«
»Warst du denn damals so anders?«, forderte sie ihn heraus.
Man musste ihm zugute halten, dass er aussah, als würde er darüber nachdenken, bevor er den Gedanken verwarf. »Ich will jedenfalls nicht, dass die, die mich damals kannten, einfach annehmen, ich sei immer noch derselbe.«
»Du hast immer noch dieselben Freunde.«
»Manche davon.« Er sah in die Richtung, in die Allie verschwunden war. »Hatte zumindest.«
Es ging Olivia nichts an, aber sie musste es einfach sagen: »Du solltest mit Allie Geduld haben. Aus irgendeinem Grund flippt sie wegen dieser Sache aus und ich glaube nicht, dass es daran liegt, dass sie dich leiden sehen will.«
»Ich habe keine Ahnung, was sie will. Wahrscheinlich ist sie sowieso bald wieder mit diesem Idioten Kevin zusammen.«

»Kevin? Wer ist das?«

Noah wischte den Namen beiseite, obwohl sein hitziger Gesichtsausdruck ahnen ließ, dass er kein Freund von Kevin war. »Ist egal. Gehst du zum Klassentreffen zurück?«

Olivia schüttelte den Kopf. »Mein Zug geht in aller Frühe. Aber es war schön, dich zu treffen, Noah. Wir haben uns viel zu lange nicht gesehen.«

»Du musst einfach bald wiederkommen«, sagte er, wohl wissend, dass sie das nicht tun würde.

»Werde ich«, sagte sie, wohl wissend, dass sie es nicht so meinte.

Dann umarmten sie sich zum Abschied und Olivia reihte sich in die lange Schlange derer ein, die auf ein Taxi warteten. Nach zehn Minuten war immer noch keine Bewegung in die Schlange gekommen und sie spürte erste Regentropfen.

»Brauchst du eine Mitfahrgelegenheit?«

Olivia drehte sich zu der Stimme um, die sowohl vertraut als auch unvertraut klang.

»Wo wohnst du?«, fragte Allie und fischte ihre Schlüssel aus der Handtasche. Ihr Gesicht war fleckig vom Weinen, aber sie strengte sich sichtlich an, normal zu klingen.

»Wardman Park.«

»Komm schon, ich fahre dich. Du musst hier nicht im Regen stehen.«

»Nein, ehrlich, das ist für dich doch ein Umweg.«

»Es ist überhaupt kein Umweg.« Allie sah Olivia aus ihren klaren, blauen Augen an und angesichts der Umstände war das unangenehmer, als einem früheren Liebhaber in die Augen zu schauen. »Sei nicht albern.«

Olivia musste lachen. Sie hatte irgendwie eine flehentliche Bitte um Vergebung erwartet oder den Versuch, die Vergangenheit zu begraben. Doch was sie stattdessen bekam, war Allie pur.

Sei nicht albern.
»Na schön.« Olivia lächelte und begleitete Allie die kurze Strecke durch den Regen.
»Was den Parkplatz angeht, habe ich einen Haupttreffer gelandet.« Allie hielt den Schlüssel hoch und ein blauer Toyota Camry erwachte piepsend zum Leben. »Das Schicksal wusste, dass ich einen Fluchtwagen brauchen würde.«
»Hat es dir keinen Spaß gemacht?«
Allie sah sie an, als ob Olivia gefragt hätte, ob sie Eichhörnchen zum Frühstück verspeiste. »Nein.«
Olivia erwiderte Allies Blick. »Ich weiß ehrlich nicht, wer gern zu Klassentreffen geht.«
Sie stiegen ein. Allie steckte den Schlüssel ins Zündschloss und ließ den Motor an. »Masochisten, Egoisten, Vickie.«
Olivia zuckte mit den Schultern und sah auf die Straße, während sie sich in den Verkehr einfädelten. »Noah kann sich nicht von früher an sie erinnern. Er weiß nicht, wie sie war.«
»Wie praktisch.«
»Sie war ihm egal.«
Allie blieb vor einer roten Ampel stehen und umklammerte das Lenkrad fester. »Jetzt ist sie ihm anscheinend nicht mehr egal«, sagte sie und sah stur geradeaus.
Olivia musterte Allies Profil. »Ich weiß nicht recht. Ich habe das Gefühl, die Sache ist nicht von Dauer.«
»Ehrlich?« Allie sprang darauf an. »Hat Noah dir das gesagt?«
»Nicht genau mit diesen Worten.«
Der Wagen hinter ihnen hupte und Allie trat auf das Gaspedal.
»Ich hatte nur so den Eindruck«, meinte Olivia, dann verschloss sie sich wie eine Auster, nicht bereit, das weiter auszuführen.

Einige Häuserblocks fuhren sie schweigend. Man hörte nur das Quietschen der Reifen, wenn sie durch Pfützen fuhren. Das Quietschen unterbrach die endlosen Minuten des Nichts.
Schließlich fragte Allie: »Was ist der letzte Schrei in Sachen Make-up?«
Olivia lachte. »Mauve-Töne.«
»Mauve ist doch nicht neu.«
»Es kommt alle fünf Jahre wieder.«
Allie lächelte und klopfte mit den Fingerspitzen auf das Lenkrad. »Sehr gut. Mauve unterstreicht die Farbe meiner Augen.«
»Stimmt. Ein dunkles Mauve, das schon an Lila grenzt, wird deine Augen grün aussehen lassen. Natürlich musst du damit bis in den Herbst warten. Im Augenblick sind wir noch mitten in den Pastelltönen. Yuck.«
Allie nickte heftig. »Ich hasse Pastelltöne. Erst neulich habe ich diesen Pfirsichton ausprobiert, der angeblich jedem steht, und ich sah aus wie eine Leiche. Ernsthaft!«
»War das Juno Peche Glow?«
»Ja!«
Olivia nickte. »Eine dicke Lüge. Der sieht an so gut wie jedem furchtbar aus.«
»Gott sei Dank liegt es nicht an mir.«
»Nein.« Das Gespräch, das einen Moment rund gelaufen war, verlor wieder an Kraft. »Es liegt nicht nur an dir.«
Die darauf einsetzende Stille war so voll an Dingen, die ungesagt blieben, dass Olivia, als sie vor dem Wardman Park Hotel vorfuhren, das Gefühl hatte, nicht mehr atmen zu können.
Allie lenkte den Wagen in die Feuerwehreinfahrt des Hotels und blieb stehen. »Da sind wir.« War das Erleichterung in ihrer Stimme? Oder nur der Mangel an anderen Dingen,

die sie sagen konnte? In jeder einzelnen Silbe lag Anspannung.

»War schön, dich wiederzusehen, Allie«, meinte Olivia. Normalerweise hätte man daraufhin als symbolische Geste hinzugefügt, man wolle in Kontakt bleiben, aber das brachte sie nicht über sich.

»Ging mir genauso«, sagte Allie. »Danke für die Make-up-Tipps.« Sie wirkte geknickt. Es war, als würde die Vertrautheit, die sie einst geteilt hatten, wie eine Wolke über ihnen schweben, aber es gab einfach keinen Weg hinauf.

Darum war es auch eigentlich nicht wahr.

»Du hast eine tolle Karriere gemacht«, fuhr Allie fort. »Du kannst stolz auf dich sein.«

»Danke.« Seltsam, aber zum ersten Mal erkannte jemand Olivias harte Arbeit und ihre Leistungen an. Das war irgendwie traurig. Ihr fiel nichts ein, was sie noch sagen könnte. »Danke fürs Mitnehmen.« Stille trat ein, dann sagte sie. »Hör zu, ich weiß es wirklich zu schätzen, dass du mich mitgenommen hast. Ich will jetzt keinen peinlichen Moment heraufbeschwören. Es ist nur so lange her … nach dem, was wir durchgemacht haben, wie wir uns gehasst haben und …«

»Ich habe dich nie *gehasst*«, widersprach Allie und war sofort beleidigt. Olivia hätte genauso gut neben ihr vor einem Spiegel stehen und sagen können: *Gott, was sehen wir dick aus.*

Allie war natürlich klar gewesen, dass sie sich verkracht hatten.

Aber sie hätte nie gedacht, dass Olivia sie tatsächlich *hasste.*

»Ich muss jetzt los«, sagte sie in dem Versuch, Olivia zum Aussteigen zu bewegen.

Aber Olivia spürte, was für eine unangenehme Situation sie heraufbeschworen hatte. »Ich meinte nicht *hassen*«, sag-

te sie. Einem plötzlichen Impuls folgend wühlte sie in ihrer Handtasche und zog eine ihrer Visitenkarten heraus. »Hier ist meine Karte. Schreib mir bei Gelegenheit und lass mich wissen, wie es dir geht.«
Allie nahm die Karte. »Ist gut. Danke.«
Ja genau, sobald die Hölle eingefroren war, würde sie anrufen.
Pech nur, dass sie in diesem Moment die Wettervorhersage nicht kannte.

Kapitel 8

9. Klasse

Manchmal braucht man nur
ein wenig Finesse,
manchmal braucht man viel.
Anzeige für Finesse-Shampoo

Olivia hasste die Tage, an denen Allie Klavierunterricht hatte, weil sie dann nicht wie sonst immer zusammen von der Schule zu Allie gehen, Junk Food und Süßigkeiten essen und *General Hospital* anschauen konnten. An diesen Tagen musste sie zu sich nach Hause gehen.
Sie marschierte allein durch die kalte Herbstluft und kickte das Laub vor sich auf. Ihr gefiel das Geräusch, das das Laub machte, und sein erdiger Geruch. Die Blätter rochen nach Gold und nach Rot und nach all den kräftigen Farben eines Herbstes in Maryland.
Zu Hause angekommen, steckte sie den Schlüssel ins Schloss und stieß die Tür auf. Im Gegensatz zu dem goldenen Nachmittag draußen schien im Innern alles grau und kalt. Es war nicht die warme Explosion in Technicolor wie im Haus der Dentys.
Olivia machte das Licht im Flur an – ignorierte die Stimme ihres Stiefvaters in ihrem Kopf, die sie schalt, weil sie zu viel Strom verbrauchte – und ging in die Küche.
»He Flicker«, sagte sie, als sie am Vogelkäfig vorbei-

kam. Donald regte sich über nichts so sehr auf wie über Flicker.

Dieser gottverdammte Vogel stinkt.

Wie lange lebt so ein gottverdammter Vogel eigentlich?

Ich hatte die Sportseite noch nicht gelesen, als du diesen gottverdammten Käfig damit ausgelegt hast!

Olivia ging durch Donalds Haus und versuchte, seine Stimme in ihrem Kopf zum Schweigen zu bringen.

Sie hatte Hunger. Das war wichtiger als Donalds Geschimpfe.

Die Auswahl im Kühlschrank war begrenzt. Es gab rohe Brokkoli, die an den Enden schon braun wurden, ein paar Becher mit zuckerfreiem Joghurt, von dem Olivia Kopfweh bekam, abgepackte Wurst, die schon seit einigen Tagen nicht mehr gut war, und den seltsamen künstlichen Orangensaft, den Donald O'Brien lieber trank als das Original. In der Tiefkühltruhe sah es auch nicht viel besser aus, aber zumindest fand sie eine Packung gemischtes Gemüse, das sie mit Buttersoße ganz gern mochte, also nahm sie die Packung heraus und wärmte den Inhalt auf dem Herd, während sie aus dem Nebenraum hörte, wie Luke und Laura mit Cassadine in einer Folge von *General Hospital* stritten.

»Was soll der Scheiß?«

Olivias Augen wurden zu schmalen Schlitzen und einen Moment lang hörte sie auf zu rühren. Wer war das? Luke sprach immer noch, also musste es eine andere Figur sein …

Dann wurde es plötzlich still und jemand betrat die Küche.

»Warum brennen hier sämtliche gottverdammten Lampen!«

Olivia war so überrascht, dass sie ihren Holzlöffel zu Boden fallen ließ.

»Oh.« Olivia sah ihn lauernd an. »Donald.« Sie bückte sich, um den Löffel aufzuheben.
»Sieht dir gar nicht ähnlich, so ungeschickt zu sein«, sagte er und beugte sich ebenfalls vor, um den Löffel aufzuheben. Zu nah, als dass ihr wohl dabei gewesen wäre.
Es war, als ob Hitzewellen von ihm ausgingen.
Olivia schreckte zurück. »Tut mir leid, war keine Absicht.« Sie hielt den Holzlöffel mit zitternder Hand und ging zur Spüle, um ihn abzuwaschen.
»Warum bist du so erschrocken?«, fragte Donald und trat hinter sie. Die Hitze, die von ihm ausging, traf sie erneut wie ein Schlag.
»Bin ich gar nicht.« Sie drehte sich um und ging quer durch die Küche, um den Holzlöffel in seine Halterung zu stecken, obwohl sie noch nicht fertig war.
»Du bist zusammengefahren, als hättest du einen Geist gesehen«, sagte er.
Alles andere als das. Seine Haut war stark gebräunt – er hatte es gern so, weil er fand, es ließe ihn reich aussehen – und das Alter hatte tiefe Furchen in sein Gesicht gegraben, das auf Olivia furchteinflößend wirkte, obwohl sie gehört hatte, wie andere Frauen ihn als gutaussehend bezeichneten. Für einen Mann seines Alters trug er das Haar zu lang, obwohl er das offensichtlich für cool hielt.
Olivia fand ihn widerwärtig.
Sie konnte nicht sagen, warum er sie so nervös machte. Sie war immer schon ein wenig nervös gewesen, zitterte, wenn nachts im Haus Geräusche zu hören waren, und fürchtete, aus den dunklen Ecken könnten sie irgendwelche Menschen anspringen. Vielleicht hatte sie zu viele Horrorfilme im Fernsehen gesehen.
Sie und ihre Mutter lebten im Haus von Donald O'Brien und obwohl sie schon fast zwei Jahre dort wohnten, fühlte

es sich immer noch wie *sein* Haus an. Olivia durfte nichts mit Reißzwecken an die Wände ihres Zimmers befestigen, weil das »Löcher« gab, und sie musste sich das Badezimmer mit Donalds launischer, alter Mutter aus Atlanta teilen, die regelmäßig zu Besuch kam – und mit jedem anderen Gast, der sich die Hände waschen wollte. Außerdem waren Anzeichen von Olivias dauerhaftem Aufenthalt im Badezimmer verboten: Sie musste ihre Toilettenartikel in einem blauen Eimer im Schrank aufbewahren.

Zugegeben, das Haus war sauber und ordentlich, aber sie zog die chaotische, warmherzige Unordnung von Allies Elternhaus vor. Gott sei Dank gab es diesen einen Ort auf der Welt, an dem sie das Gefühl hatte, sie gehöre dorthin. Sie durfte sogar Sachen auf Mrs. Dentys Einkaufsliste schreiben.

»Ich frage dich noch mal, warum du so erschrocken bist«, wiederholte Donald. Seine Augen wurden schmal, sein Blick implizierte eine Anklage. »Hast du was eingeworfen?«

»Eingeworfen?« Sie sah auf ihre Füße, als habe sie ihn nicht verstanden. »Wie meinst du …«

»Drogen«, fauchte er. »Hast du irgendwas genommen? Hast du was geraucht?« Er sah aus, als sei er sicher, sie bei irgendetwas erwischt zu haben.

»Nein!«

»Ich dulde so etwas in meinem Haus nicht!«

Sie drückte ihren Rücken durch und sah ihn an, obwohl jeder Instinkt in ihr riet, ihm in die Eier zu treten und davonzulaufen. »Ich nehme keine Drogen. Niemand, den ich kenne, nimmt Drogen.«

Er nickte, betrachtete sie prüfend. »Ich hoffe, du sagst die Wahrheit. Besser für dich *und* besser für uns.«

»Ich sage die Wahrheit.« Sie wollte stark klingen, um ihn ebenso einzuschüchtern wie er sie einschüchterte, aber in ihren Ohren klang sie wie Schlumpfine. Darüber hinaus hasste sie es, wie er und ihre Mutter *wir* und *uns* verwendeten, als sei Olivia nur eine Außenseiterin, die zufällig im Haus gelandet war und sie gezwungen hatte, sie bei sich aufzunehmen. »Weißt du, wann meine Mutter heimkommt?«

Er sah sie immer noch starr an, als würde sie sofort einen Joint aus der Tasche ziehen, wenn er auch nur eine Sekunde lang den Blick abwandte. »Sie arbeitet heute bis Ladenschluss, weil es vor den Feiertagen einen Ausverkauf gibt. Ich denke, wir werden sie erst gegen elf Uhr sehen.«

O Gott. Olivias Mutter arbeitete im Kaufhaus *Hecht's* im Montgomery-Einkaufszentrum. Es lag nur wenige Meilen entfernt, aber mit so vielen Ampeln und Hauptstraßen dazwischen, dass es auch Hunderte von Meilen hätten sein können. An den Abenden, an denen sie bei großen Ausverkäufen aushelfen musste, blieb sie für gewöhnlich bis lange nach Ladenschluss. Manchmal kam sie sogar erst nach Mitternacht nach Hause.

Olivia ertrug den Gedanken nicht, so lange allein mit Donald im Haus zu sein. Nicht, dass es angenehmer war, wenn ihre Mutter da war, aber wenigstens hatte Donald dann noch jemand anderen, an dem er sich abreagieren konnte, außer auf Olivia herumzuhacken, weil sie etwas falsch machte oder einschmutzte oder einfach nur im Weg war.

»Ich kann uns zum Abendessen Steak aus der Tiefkühltruhe holen«, sagte Donald, als sei das ein großzügiges Angebot. »Weißt du, wie man ein Steak macht?«

»Nein.« Nicht, wenn es kein *Steak-Umm* war. »Und ich schlafe heute Nacht bei Allie, darum bin ich gar nicht hier«, sagte sie, obwohl sie das gar nicht ausgemacht hatten. Sie schlief fast jedes Wochenende bei Allie, darum ging sie kein Risiko ein, und selbst, wenn sie dort nicht schlafen

konnte, würde sie sich lieber draußen herumtreiben und seinen späteren Zorn riskieren, als hier bei ihm zu sitzen und in eisigem Schweigen zu Abend zu essen.
»Allie«, wiederholte er und stapfte schwer zur Tiefkühltruhe. »Allie, Allie, Allie. Ich hoffe, ihrer Familie macht es nichts aus, dass du so oft dort bist. Die haben schon zwei eigene Kinder, weißt du.«
»Ich weiß.« Es sah ihm ähnlich, noch mehr Löcher in Olivias Selbstachtung zu schlagen. *Du weißt, dass deine Freundin eine eigene Familie hat und die dich nicht haben wollen, oder?* Vermutlich tat er das nicht einmal absichtlich. Es lag einfach in seinem Charakter, automatisch vom Negativen auszugehen.
»Sie haben mich eingeladen«, ergänzte Olivia abwehrend. »Ihre Mutter hat mich eingeladen. Darum ist es wohl in Ordnung.«
»Das ist es dann wohl.« Er sah sie nicht an, begann stattdessen, leise vor sich hin zu pfeifen, während er ein gefrorenes Steak auf die Küchentheke knallte und eine Tomate aus dem Kühlschrank nahm. »Ich nehme mal an, dass du dich zu benehmen weißt, wenn du dort bist. Ich kann es nicht gebrauchen, dass die gottverdammten Nachbarn sich das Maul darüber zerreißen, was für ein Teufelsbraten das Kind meiner Frau ist.«
Vielleicht war es auf die Tatsache zurückzuführen, dass sie schon so lange von ihm gepiesackt wurde, oder vielleicht lag es daran, dass er sie jetzt ganz offen angriff, wo sie doch nichts weiter wollte, als schnell zu verschwinden, damit sie nicht länger in seiner Nähe sein musste, aber in diesem Moment kochte Olivia über. »Ich bin kein Teufelsbraten!«
»Nicht in diesem Ton, junge Dame.«
»Ich bin kein Teufelsbraten!«, wiederholte sie, wenn auch etwas leiser.

Er zuckte mit den Schultern. »Was weiß ich, was du anstellst, wenn du nicht hier bist?«
»Nichts!« Wut keimte in ihr auf. »Aber wenn ich all die Sachen tun würde, die du mir vorwirfst, dann hättest du vermutlich schon längst davon erfahren.«
Er hielt inne und sah sie an. Seine Stimme war leise und klirrte eisig und es lag definitiv eine Warnung darin. »Pass auf, was du sagst.«
»Tut mir leid.« Sie hasste sich dafür, dass sie sich entschuldigte. »Ich wollte nicht brüllen.«
»Dann tu es nie wieder.«
»Ist gut.« Olivia wusste nicht, was sie sagen sollte oder wie sie aus dieser Situation herauskommen sollte. »Äh, ich muss jetzt los.« Sie sah auf die Uhr. Es war erst 16 Uhr 30. Allie würde frühestens in einer Stunde nach Hause kommen.
»Sag deiner Mutter, wo du bist«, mahnte Donald. Er kam nicht auf die Idee, dass er es seiner Frau selbst sagen konnte, sobald er sie sah.
»Ich rufe sie an«, versprach Olivia, ohne sich umzuschauen. »Sobald ich bei Allie bin.«
»Olivia.«
Sie blieb stehen, holte tief Luft und drehte sich um. »Ja?«
»Frage Peggy Denty, ob es ihr recht ist, wenn du über Nacht bleibst.«
»Aber sie sagte …«
»Ich fordere dich hiermit auf, dich noch einmal zu vergewissern.« Er klang wie ein Feldwebel. »Du willst dich doch nicht aufdrängen, oder?«
Sie ließ den Kopf hängen. »Nein. Ich frage sie.«

Sie rannte zu Allies Haus, als sei ihr ein Geist auf den Fersen. Und in gewisser Weise war es ja auch so. In ihrer

Vorstellung war Donald allgegenwärtig, ungeachtet wie sehr sie versuchte, ihm zu entkommen.
Er tat und sagte nie etwas, das wirklich gemein war, aber seine Worte fühlten sich wie Schläge an. Wann immer sie sich seinetwegen schlecht fühlte, stammte es aus dem Zwischenraum zwischen seinen Worten, aus seinen Gesten.
Alles zusammen summierte sich zu einem Umstand, den keiner von ihnen ignorieren konnte: Sie war ein Eindringling in seinem Haus, der leidige Preis, den er zu zahlen hatte, als er ihre Mutter heiratete. Olivia schuldete ihm etwas, aber sie war sich nicht sicher, was genau. Wahrscheinlich einfach nur Dankbarkeit und ewige Knechtschaft.
Allies Haus lag sechs Häuser weiter, jedoch um die Ecke. Wenn die Straße gerade verlaufen wäre, hätten sie wahrscheinlich von Schlafzimmer zu Schlafzimmer schauen und sich mit Taschenlampen Lichtsignale senden können. Olivia wusste, dass Allie noch beim Klavierunterricht war und dass ihr älterer Bruder Ross vermutlich der Einzige im Haus war. Sie lief direkt in den Garten hinter dem Haus, um dort zu warten, bis Allie kam. Solange die Sonne schien, würde es warm genug sein. Es wurde in diesen Tagen erst in der Dämmerung richtig kalt.
Sie setzte sich auf das Trampolin und betrachtete die Rückseite des Hauses. Die Panoramafenster im ersten Stock standen offen und Olivia sah, wie sich die Vorhänge in der Brise bewegten, die sie selbst kaum spürte. Auch das Küchenfenster unten links stand offen. Olivia konnte den Kaffee riechen, sehr schwach, der sich mit dem Duft des Laubs um sie herum vermischte. Mrs. Denty hatte immer eine Kanne Kaffee parat.
Wenn Allie und Olivia aus der Schule kamen, saß oft eine Freundin von Mrs. Denty mit ihr auf der Veranda. Sie tran-

ken Kaffee mit Milch und Zucker und aßen die selbstgebackenen Butterkekse von Mrs. Denty, die einem auf der Zunge zergingen.

Olivia lehnte sich zurück auf die warme Stoffbespannung des Trampolins und sah zum Himmel auf. Weiße, bauschige Wolken zogen gemächlich über sie hinweg, veränderten ganz allmählich ihre Form. Mickey Maus wurde zu einem Elefanten, dann zu einer Giraffe und verlief schließlich im blauen Nichts.

Das war beruhigend.

»Olivia?«

Sie schoss hoch.

Mrs. Denty stand mitten im Garten, wie ein salutierender Soldat die Hand über den Augen, um die Sonne abzublocken. »Ich dachte mir doch, dass du das bist!«

»Tut mir leid!«

»Warum tut es dir leid?« Mrs. Denty kam näher. Sie trug eine plissierte, braune Tweedhose mit eingenähtem Strumpfhalter und eine weiße Bluse mit Puffärmeln. Olivia hatte diese Hose schon bei *Hecht's* gesehen und sie war ziemlich teuer. »Kindchen, du hast doch nichts falsch gemacht. Ich habe mich nur gefragt, wer das tote Mädchen auf dem Trampolin sein könnte.«

Olivia lachte. »Nur ich.«

»Es ist zwar in Ordnung, wenn du aus irgendeinem Grund hier draußen bleiben möchtest, aber würdest du nicht doch lieber hereinkommen?«

»Ich wollte Ihnen nicht zur Last fallen. Außerdem dachte ich, dass Ross als Einziger hier ist und *ihm* wollte ich ganz bestimmt nicht zur Last fallen.« Ross war im Abschlussjahr an der Highschool und hatte keine Zeit für nervige, kleine ›Hosenscheißer‹ wie Allie und Olivia.

Mrs. Denty kicherte. »So laut, wie seine Stereoanlage

plärrt, hätte er dich wahrscheinlich gar nicht gehört.« Sie streckte die Hand aus. »Komm schon, du fällst mir *nie* zur Last. Du kannst dich mit mir unterhalten, während wir darauf warten, dass mein Kätzchen Allie nach Hause kommt. Ich nehme an, du bleibst über Nacht?«

»Ja, das hatte ich vor«, sagte Olivia, dann plagte sie ihr Gewissen. »Donald möchte, dass ich Sie frage, ob es Ihnen recht ist, wenn ich hierbleibe.«

Mrs. Dentys Gesicht verdunkelte sich. »Es ist mir immer recht. Ehrlich, das habe ich ihm schon unzählige Male gesagt.«

»Ich glaube, er will einfach nur ganz sicher sein. Er hat immer große Angst, dass die Leute über ihn reden und schlimme Dinge sagen könnten, zum Beispiel dass die Tochter seiner Frau ein lästiger Klammeraffe ist oder ein übler Hooligan oder so.«

»Du?« Mrs. Denty lachte laut auf. »Er hat keine Ahnung, was für ein liebes Mädchen du bist.«

Olivia nickte. »Ich weiß.« Sie war froh, den warmen Arm von Mrs. Denty um ihre Schultern zu spüren.

»Leute, die keine eigenen Kinder haben, können bisweilen nicht gut mit Kindern umgehen.« Mrs. Denty drückte sie. »Ich hoffe, du weißt, dass es nicht an dir liegt.«

»Ich weiß.« Olivia schluckte schwer. Sie wusste – oder war sich zumindest ziemlich sicher –, dass es nicht ihre Schuld war. Aber dennoch fühlte sie sich dieser Tage nirgendwo wirklich zu Hause und dass Mrs. Denty so nett zu ihr war, tat ihr gut, aber gleichzeitig bekam sie dadurch irgendwie Schuldgefühle.

Als ob sie das nicht verdiente.

»Jetzt setz dich hin. Du musst diesen herrlichen Kakao probieren, den ich heute entdeckt habe.«

Da kam Allie hereingestürmt. »Ich bin zu Hause!« Kaum

sah sie Olivia, rief sie: »O Gott, du steckst in Schwierigkeiten!«

»Ich?« Angst schnürte Olivias Brust ab, viel, viel mehr als Allie das klar war oder sie es sich auch nur vorstellen konnte.

Allie nickte. »Ich bin gerade bei euch zu Hause vorbeigekommen und Mr. O'Brien war dort und er sagte, er dachte, du seist mit mir zusammen, und ich sagte, ich war beim Klavierunterricht, und er sah wirklich böse aus und meinte, er würde dich suchen und wenn ich dich sehe, soll ich ihm Bescheid sagen.« Sie hielt kurz inne, um Luft zu holen. »Er sah total wütend aus.« Sie schauderte. »Er ist so ein Idiot.«

Olivia biss sich auf die Unterlippe. Was sollte sie jetzt tun? Die Vorstellung, dass ein wütender Donald O'Brien nach ihr suchte, war furchteinflößend. »Ich gehe dann wohl besser«, flüsterte sie, trotzte damit jedem Überlebensinstinkt, den sie hatte.

»Nein!« Mrs. Denty brüllte nie, nicht soweit es Olivia wusste, aber dieses Mal war sie nahe dran. »Tut mir leid, Olivia, aber bitte lass mich mit ihm telefonieren.« Sie eilte zum Telefon, marschierte in weit ausholenden Schritten durch die Küche.

Olivia war ihr unendlich dankbar für dieses Angebot. Sie wollte nicht selbst mit ihm reden.

Es dauerte einige Minuten, nachdem Mrs. Denty gewählt hatte, bevor sie endlich sprach. »Donald? Ja, hallo, hier ist Peggy Denty. Hören Sie, ich rufe an, um zu fragen, ob meine Tochter zufällig bei Ihnen vorbeigekommen ist? Olivia ist hier und wir warten darauf, dass Allie vom Klavierunterricht nach Hause kommt und …«

Allie kicherte, aber Olivia wurde ganz steif.

»… ist sie?«, fuhr Mrs. Denty fort. »Gerade eben?«

Olivia spürte die Erleichterung wie kühles Wasser durch sie hindurchströmen.

»Dann nehme ich an, sie wird jeden Moment … ach ja, da kommt sie gerade durch die Haustür.« Sie winkte Allie zu, die begeistert wie auf Stichwort reagierte.

»Hallo Mom, hallo Liv«, rief sie, während sie durch den Raum lief, erst vom Telefon weg, dann wieder zurück: »Ach Liv, Mr. O'Brien will, dass du ihn sofort anrufst.«

Mrs. Denty zwinkerte ihrer Tochter beifällig zu und Allie lächelte stumm.

»Wie bitte?«, fragte Mrs. Denty in den Hörer. »Ja, hier bei mir. Wir haben heißen Kakao getrunken und geplaudert. Wollten Sie mit ihr reden?« Sie verstummte, dann schüttelte sie den Kopf in Richtung Olivia. »Es ist überhaupt keine Mühe für mich, ehrlich, Donald, das habe ich Ihnen doch schon gesagt. Wir haben sie gern hier bei uns. Ist gut. Na schön, grüßen Sie Caroline von mir. Wir schicken Olivia in ein oder zwei Tagen nach Hause. Okay. Auf Wiederhören.« Sie legte auf und betrachtete den Hörer einen Moment, alles andere als erfreut, dann drehte sie sich mit einem Lächeln zu Allie und Olivia.

»War er angepisst?«, fragte Allie.

»Nicht dieser Ausdruck!«, mahnte ihre Muter, dann seufzte sie. »Anfangs war er ungehalten, aber als er herausfand, dass Olivia genau dort war, wo sie gesagt hatte, beruhigte er sich.« Sie schüttelte den Kopf, mehr zu sich selbst, dann sagte sie zu den Mädchen: »Ich kann Lügen nicht gutheißen, aber manchmal muss man wissen, wie man mit Leuten umzugehen hat. Wenn ich ihn angerufen und ihm einfach die Wahrheit gesagt hätte, hätte er gedacht, ich würde Olivia nur decken wollen.«

»Als ob sie je was Schlimmes anstellen würde«, höhnte Allie.

»Ich *habe* schon schlimme Sachen gemacht.« Aus irgendeinem Grund hatte Olivia das Gefühl, sie müsse ihre Mutter in Schutz nehmen. Oder vielleicht den Geschmack ihrer Mutter in Sachen Männer.

»Quatsch«, rief Allie, bevor ihre Mutter etwas Netteres sagen konnte.

»Ich wollte damit zum Ausdruck bringen«, erklärte Mrs. Denty entschieden und die beiden Mädchen verstummten, »dass man manchmal die Wahrheit nur glauben kann, wenn man eine kleine Notlüge vorgesetzt bekommt. Wie wäre es, wenn wir jetzt den heißen Kakao trinken, von dem ich gesprochen habe?«

Kapitel 9

Werden Sie glücklich mit Tickle.
Anzeige für das Tickle-Deo von Bristol-Myers

Allie fühlte sich noch nicht müde, nachdem sie Olivia an ihrem Hotel abgesetzt hatte. Im Gegenteil, sie war aufgedreht. Und die Aussicht, jetzt in ihre Wohnung zu fahren – zu dem Postberg auf ihrem Schreibtisch, zu dem halbgegessenen Hühnchen mit Cashewnüssen im Kühlschrank, dessen Verzehr möglicherweise schon lange nicht mehr ratsam war, und zu den 38 Minuten der letzten Folge von *America's Next Top Model* (nur die ersten 38 Minuten – sie hatte sich auf die Fernbedienung gesetzt, ohne es zu merken, was die Aufnahme unterbrach, darum würde sie erst nächste Woche wissen, wie es ausging) –, machte sie überhaupt nicht an.

Also schlug Allie die längere Strecke nach Hause ein, ließ eine deprimierende, alte Jackson-Browne-CD laufen und fuhr die Woodley Road zur National Cathedral. Laut sang sie bei dem Song über ein Foto, das den Moment gleich nach einem Lächeln einfing, mit. Dann kam sie auch schon zu dem alten Kräuterhäuschen. Sie lenkte ihren Wagen auf den Parkplatz.

Das war wahrscheinlich dumm. Angesichts der Stadt, in der sie lebte, und der Uhrzeit war es vielleicht sogar gefährlich. Aber diesen Ort liebte sie seit ihrer Kindheit, als ihr Großvater jeden ersten Freitag im Mai mit ihr zum Blumenmarkt ging. Wann immer sie hierher kam, spürte sie Wehmut in sich aufsteigen, und gleichzeitig breitete sich in ihrem Inneren ein warmes Gefühl aus.

Allie stieg aus, ignorierte die Stimme in ihrem Kopf, die ihr sagte, sie solle es nicht tun.

Diese Stimme war *immer* in ihrem Kopf und verbot ihr so gut wie alles. *Fahr nicht auf dem Highway,* mahnte sie, *das ist zu gefährlich. Fliege nicht ins Ausland. Kaufe keinen Salat im Supermarkt, er könnte voller E.coli sein.*

Allie hatte vor langer Zeit gelernt, dass sie besser dran war, wenn sie die Stimme ignorierte.

Sie verriegelte den Wagen, dann blieb sie stehen, drehte sich um und entriegelte ihn wieder. Wenn *sie* das Risiko einging, zu dieser Stunde hier allein zu sein, konnte ihr Wagen das verdammt nocheins auch.

Und falls sie abrupt fliehen musste, wäre es doch viel besser, in ein unverschlossenes Auto zu springen, als erst noch lange mit der elektronischen Verriegelung kämpfen zu müssen und womöglich den Wagen versehentlich ab- statt aufzuschließen.

Na also, sie war immerhin vorsichtig genug, um *daran* zu denken. Der gesunde Menschenverstand ging ihr also nicht völlig ab.

Allie spazierte durch den Bischofsgarten, ein Labyrinth aus Buchsbäumen, die nach einhundert Jahren an Erde und Grün und Schönheit dufteten. Große Steinplatten führten durch das Blattwerk. Entlang des Wegs gab es kleine Nischen – hier mit einer Gartenbank, dort mit einem gusseisernen Stuhl –, aber sie ging schnurstracks auf ihr Ziel zu: den kleinen Holzpavillon, genannt Shadow House, mitten im Labyrinth.

Als sie noch klein war, war es ihr fast unmöglich vorgekommen, sich bis zum Pavillon durchzuschlagen, aber nun

fragte sie sich, wie sie sich jemals hatte verlaufen können. Jeder, der über die Buchsbäume sehen konnte, wusste genau, wo er sich befand und wie man dorthin kommen konnte, auch wenn man sich oft durch niedrig hängende Zweige hindurchducken musste.
Vielleicht war das der Schlüssel. Als sie noch klein war, hatte es ihrem Großvater enormes Vergnügen bereitet, sie an der Hand zu nehmen und sie hierhin und dorthin zu führen, sie auf all die Blumen, Tiere und Käfer entlang des Wegs aufmerksam zu machen.
Und obwohl er nun Gottes Gärtner war, hatte sie das Gefühl, er sei noch bei ihr, führe sie über den erdigen, dunklen Weg an *den* Ort auf der Welt, an dem man am besten nachdenken konnte.
Sie betrat den Pavillon – ihre Schritte klangen dumpf auf dem nassen Holz – und setzte sich.
Frieden überkam sie. Die künstliche Atmosphäre des Hotels verblasste, ebenso wie die Pailletten und das Make-up und die zu falschem Lächeln verzogenen Gesichter und das vorgetäuschte Wiedererkennen. Zu guter Letzt war Allie allein mit ihren Gefühlen.
Seltsam, wie wenig sie an diesem Abend an Kevin gedacht hatte. Das fiel ihr als Erstes auf. Sie war zwei Jahre mit ihm zusammen gewesen, da hatte sie eigentlich angenommen, dass sie mehr Wut angesichts seiner Untreue empfand und mehr Verärgerung wegen seines Timings, aufgrund dessen sie allein zum Klassentreffen gehen musste.
Aber sie empfand nicht viel. Keinen Herzschmerz, kein Bedauern über entgangene Möglichkeiten, nicht einmal den Wunsch, dass er ein besserer Mann hätte sein sollen.
Dabei war sie nicht herzlos. Die Götter wussten, dass sie Kevin gegenüber treu und loyal gewesen war. Sie hatte ihn immer mit großem Respekt behandelt, solange er sich ihr

gegenüber ebenso verhielt, und sie hatte geglaubt, für immer mit ihm zusammenzubleiben.
Glücklich bis ans Ende aller Tage. Na ja, irgendwie glücklich.
Dieses *irgendwie* setzte ihr jetzt zu.
Allie seufzte und lehnte sich gegen das Hartholzgeländer des Pavillons. Der Himmel war bestens zu sehen. Die Wolkendecke teilte sich und der Mond ließ die Enden erstrahlen, erhellte die Lücke wie in der Eröffnungsszene eines unglaublich romantischen Kinofilms aus den 1940er Jahren. Kevin hätte das für eine merkwürdige Analogie gehalten. Genau das war der Knackpunkt. Er verstand sie nicht. Und um fair zu sein, sie hatte ihn offenbar auch nie verstanden, denn *etwas* hatte ihn dazu veranlasst, sich Charlotte zuzuwenden, obwohl er eine absolut treue, intelligente, herzensgute Freundin im gebärfähigen Alter (gerade noch) hatte, die, oberflächlich betrachtet, perfekt zu ihm zu passen schien.
Vielleicht hatten ihn ihre ständigen Anspielungen auf Cary Grant genervt, ebenso wie es sie genervt hatte, dass er ihre Anspielungen nie begriff. Vielleicht hasste er ihre Käse-Rinderhack-Makkaroni ebenso sehr wie sie die rohen Thunfischsteaks hasste, die er so liebte. Vielleicht hätte er sich bei den Eröffnungstakten von *I Feel Fine* von den Beatles am liebsten die Haare ausgerissen, wie sie es immer tun wollte, wenn er endlos alles von Dave Matthews hörte.
Kurzum, vielleicht passten sie einfach nicht zueinander und das war's dann eben.
Warum sollte sie Bedauern empfinden, wenn sie etwas verlor, was sie im Grunde nie wirklich gewollt hatte?
Aber was genau wollte sie eigentlich?
Das war die Frage. Sie wollte glücklich sein, aber sie war es nicht. Sie wünschte, sie wäre dünn und hübsch geblie-

ben, so wie früher, aber das war sie nicht. Sie wollte die Uhr zurückdrehen und beim Klassentreffen alle beeindrucken, wie es Olivia getan hatte, aber das konnte sie nicht. Und sie wollte Noah sagen, dass Vickie ein wirklich böser Mensch war und dass sie sich seit der Highschool nicht geändert hatte, aber das konnte sie auch nicht.

Verdammt, wenn er versucht hätte, ihr das über Kevin zu sagen, hätte sie ihm ja auch nicht geglaubt. Oder, auf den Punkt gebracht, wenn er ihr gesagt hätte, dass Kevin mit Charlotte schlief, wann immer Allie bei der Arbeit war, hätte sie ihn für verrückt erklärt.

Obwohl er damit recht gehabt hätte, wie sich nun herausgestellt hatte.

Doch niemand hätte ihr das erzählen können.

Es war also wie in diesen schlechten Zeitreisenfilmen, wo man genau weiß, was passieren wird, es ist vorherbestimmt, aber es gibt keine Möglichkeit, den trotteligen Helden davon abzuhalten, dass er mit offenen Augen in sein Unglück rennt (beziehungsweise hineinfährt, hineintaucht oder auf einem Surfbrett hineinreitet).

Die Wolken schoben sich wieder vor den Mond und Allie hörte Regentropfen auf das Dach des Pavillons klatschen.

Es war ihr egal. Vor langer Zeit hatte sie einmal gelesen, dass der Frühlingsregen negative Ionen mit sich führte und dass besagte negative Ionen die Fähigkeit besaßen, die Stimmung zu heben.

Das konnte sie jetzt gut gebrauchen.

Allie holte tief Luft und betrachtete die verschachtelte Architektur der Kathedrale, die bis in den Himmel reichte. Die Strahler am Boden beleuchteten die Fassade, warfen Schatten, erhellten die steinernen Engel, ließen die Wasserspeier auf dem ersten Dachvorsprung bedrohlich aussehen. Es war so wunderschön, dass es ihr beinahe die Luft ab-

schnürte. Während sie dort saß, völlig ohne Angst, fühlte sie sich auf schmerzliche Weise allein.
Die Vorstellung eines »Seelengefährten« hatte Allie lange Zeit strikt von sich gewiesen. Früher einmal hatten sie und Olivia gedacht, sie beide seien Seelengefährtinnen, aber damals waren sie Kinder und hatten so viel Zeit miteinander verbracht, dass es keine Überraschung war, wenn sie ihre Sätze gegenseitig beenden konnten. Aber sie waren keine Seelengefährtinnen gewesen – sie waren Freundinnen.
Andererseits konnten auch sie und Noah die Sätze des anderen beenden. Hieß das, sie waren Seelengefährten?
Allie dachte darüber nach. Dachte wirklich intensiv darüber nach. Denn die erste Antwort, die ihr – schnell und überzeugt – einfiel, lautete *ja.* Sie kannten sich seit Ewigkeiten, sie konnten einander *völlig* vertrauen und sie hatten denselben Draht zueinander, den sie und Olivia gehabt hatten – die Art von gegenseitigem Verstehen, die keinerlei Erklärungen erforderte.
Doch nun würde Vickie all das ruinieren.
Es war nicht so, als hätte Allie nicht immer schon gewusst, dass eines Tages *jemand* auftauchen würde. Und es war auch nicht so, als ob sie nicht gewusst hätte, dass dieser *jemand* nicht sie sein würde – das Klischee der Freundschaft, die durch Sex ruiniert wurde, war schließlich ein Allgemeingut und war mittlerweile schon in fast jeder Sitcom erschöpfend abgehandelt worden.
In irgendeinem Winkel ihres Gehirns hatte sie immer gewusst, aber nie ganz *geglaubt*, dass es in ihrer Beziehung zu Noah jemand anderen geben könnte als sie und Noah. Das war wirklich dämlich. Sie hatte einfach angenommen, dass er für alle Zeit einfach nur ein Date nach dem anderen haben würde – aber niemand, nicht einmal Warren Beatty, hielt das durch.

Dass es *ausgerechnet* Vickie Freedman sein musste, die ins Bild trat, war gewissermaßen die Krönung. Bei jeder anderen hätte Allie sich nur selbst leid getan, aber die Tatsache, dass es sich um Vickie handelte, war für sie Grund genug, sich auch um Noah zu sorgen, nicht nur um sich selbst.
Aber es gab keine Möglichkeit, wie sie ihn retten konnte. Sie konnte absolut gar nichts tun. In ihren 38 Lebensjahren hatte sie eines gelernt, dass nämlich kein Mensch glaubte, was man über die Person sagte, mit der er schlief. Das musste man *immer* selbst herausfinden.
Und es änderte gar nichts, weder für Allie noch für Noah, wenn sie hier saß und darüber jammerte, wie unfair das alles war und wie dumm Noah sich anstellte.
Wenn alles gut lief, würde Noah über kurz oder lang von selbst erkennen, was für eine Ziege Vickie war, und dann würde die Welt wieder ins Gleichgewicht kommen.
Bis dahin … musste sie mit ihrem Leben fortfahren.
Die Tatsache, dass sie keinen Job hatte, der sie ausfüllte und in den sie sich jetzt vergraben konnte, machte es allerdings nur noch schlimmer.
Das und die Tatsache, dass sie total eifersüchtig auf Olivia war, weil sie so umwerfend und jung aussehend zum Klassentreffen gekommen war, so elegant und zudem auch noch mit Allies Traumberuf. Auch das war ein Symptom dafür, wie schlimm es um ihr Leben stand.
Anstatt also so viel Energie in die Eifersucht oder in Beschützerinstinkte für andere zu investieren, musste sie ihr Leben neu auf die Beine stellen. Oder ihre Einstellung zu ihrem Leben ändern.
Sie brauchte eine Grundsanierung ihres Lebens. Sie musste die Kontrolle über all die Dinge erlangen, die ihr schon so lange Kummer bereiteten, und sie wieder in den Griff bekommen.

Gleich morgen würde sie damit anfangen.

Hätte es in der Nähe die Niederlassung einer Mietwagenfirma gegeben, Olivia hätte sich einen Wagen genommen – irgendeinen – und die Stadt noch in derselben Nacht verlassen. Einen Pritschenwagen, ein Fahrrad, ein Kamel – Hauptsache weg.

Doch wie die Dinge standen, versuchte sie vergeblich am Business Center des Wardman Park Hotels einen Spätflug zu ergattern; der letzte Flug hatte zehn Minuten zuvor abgehoben.

Wie dumm, so verzweifelt zu sein. Schließlich befand sie sich in einem der schönsten Hotels in einer der schönsten Städte der Welt.

Und sie kannte sie mittlerweile fast alle.

Aber Emotionen kam man mit Logik nicht bei – ganz egal, wie großartig das Hotel war, wie harmlos das Klassentreffen verlaufen sein mochte (nachdem erst einmal alles gesagt worden war) oder wie weit in der Vergangenheit ihre unangenehmen Erinnerungen verankert waren, Erinnerungen an einen Ort, der nur gut zehn Meilen vom Hotel entfernt lag.

Auf gewisse Weise fühlte es sich an, als ob alles genau hier geschah, genau jetzt.

Es war heiß. In ihrem Zimmer war es stickig. Olivia schaltete die Klimaanlage ein, aber dadurch wurde ihr nur eiskalte Luft ins Gesicht geblasen. Egal, wie sie sich im Bett drehte und wendete, sie hatte das Gefühl, die eisige Luft dringe ihr bis auf die Knochen.

Also stellte sie die Klimaanlage wieder ab und öffnete die Fenster. Das war der Vorteil, wenn man in einem älteren Hotel nächtigte – die Fenster ließen sich noch öffnen.

Sie schaltete das Licht aus und legte sich wieder ins Bett,

atmete die sanfte Brise ein, die die Vorhänge aufbauschte. Der Wind trug den Duft von Regen, Buchsbäumen und Abgasen mit sich und erinnerte sie daran, dass sie diese Stadt einst geliebt hatte und am meisten dann, wenn das Wetter wärmer wurde und die 200 Jahre alten Gärten zu neuem Leben erwachten.

Die Uhr teilte ihr mit, dass es zehn Minuten vor Mitternacht war. Sie war hellwach.

Das würde eine sehr, *sehr* lange Nacht werden.

Kapitel 10

Heute Nacht werden Sie strahlen.
Anzeige für Sun-In

Obwohl die Geschichte ihres Lebens sie eines Besseren hätte belehren können, war Olivia dennoch überrascht, als sie bei der Rückkehr in ihre Wohnung am Sonntagmorgen feststellen musste, dass ihre Mutter über Nacht Herrenbesuch gehabt hatte.

»Olivia, das ist Bob«, sagte ihre Mutter, während sie Pfannkuchen auf die Fiesta-Teller von Olivia gleiten ließ.

»Rob«, korrigierte er, den Blick fest auf Olivia gerichtet. Er war klein und kompakt, mit einem roten Gesicht und den Augen eines nervösen Tieres. »Und ich muss sagen, dich hätte ich überall sofort erkannt.« Er wedelte mit einem kurzen Wurstfinger. »Ich weiß, von wem du dein Aussehen hast, junge Dame.«

Einen Augenblick war Olivia sprachlos, sah von Rob zu ihrer Muter und sagte »Danke.« Dann bat sie ihre Mutter: »Mom, könnte ich dich nebenan kurz sprechen?«

»Huch, bin ich in Schwierigkeiten?«, trällerte Caroline.

»*Sofort*, Mom.« Olivia stürmte durch die Schwingtüren und tigerte im Wohnzimmer auf und ab, bis sich ihre Mutter zu ihr gesellte.

»Das war sehr unhöflich«, sagte Caroline in rauem Bühnenflüstern. »Du gibst unserem Gast das Gefühl, nicht willkommen zu sein!«

»Unserem Gast? Soll das ein Witz sein? Er ist *dein* Gast. In *meiner* Wohnung. Wo hast du ihn überhaupt aufgelesen?«
»Olivia! Er kann dich hören!«
»Das ist mir vollkommen egal.« Olivia war außer sich. »Bitte sag mir, dass du ihn noch nicht geheiratet hast.«
Carolines Unterkiefer sackte ab. »Olivia Rose Pelham, das nimmst du sofort zurück.«
Doch das tat Olivia nicht. »Wer ist das, Mom?«
»Er ist ein netter Mann.«
»Wer ist das?«
»Er ist mein Cousin.«
Olivia brauchte einen Augenblick. Von all den Retourkutschen ihrer Mutter war das eine der besseren. »Er ist *wer*?«
»Mein Cousin. Glaube ich.« Caroline sah zur Decke, legte die Fingerspitzen an die Wange, während sie sprach. »Er war mit der Nichte von Tante Cassandra verheiratet und sie ist eine angeheiratete Cousine von mir, also …« Sie sah Olivia an. »Nun ja, technisch gesehen ist er mein Cousin zweiten Grades. Ich bin nicht ganz sicher. Was sind die Ehepartner von Cousins?«
»Fremde!«, sagte Olivia. »Allerdings für gewöhnlich keine Fremden, die in meiner Wohnung schlafen.«
»Ja, ich verstehe, dass das eine Überraschung für dich war, aber ich traf ihn gestern bei Tante Cassandra. Er hat ihr Lebensmittel vorbeigebracht, was unglaublich süß von ihm war, und dann bot er mir an, mich in die Stadt zu fahren, damit ich nicht die öffentlichen Verkehrsmittel nehmen musste.«
»Und anschließend ist er einfach über Nacht geblieben?« Olivia fühlte sich am Ende ihrer Kraft. »Wo ist seine Frau?«
»Sie sind geschieden.«
»Mom!«
»Was ist?«

»Dann ist dieser Kerl gar nicht dein Cousin-wessen-Grades-auch-immer. Er ist einfach irgendein Kerl, der in meiner Küche sitzt, meinen Kaffee trinkt und Gott weiß wann einmal mit einer entfernten Verwandten verheiratet war. Er könnte ein Irrer sein!« Sie senkte ihre Stimme. »Mein Gott, Mom, vielleicht ist er das ja wirklich. *Warum* ist er hier?«

»Nun gut, wenn du es unbedingt wissen musst, er hat einen Freund, den ich kennenlernen sollte, wie er findet. Jemand, der hier in der Nähe wohnt, in der East Side irgendwo.«

Olivia setzte sich und schlug die Hände vor das Gesicht. Wie oft in ihrem Leben würde sich ihre Mutter auf der Suche nach Liebe noch wie eine Närrin verhalten? Würde es jemals aufhören? Wenn sie 70 war? 80? 100? Würde es erst mit ihrem Tod enden? »Und hast du diesen geheimnisvollen Freund getroffen?«

»Wie sich herausstellte, ist er gerade nicht in der Stadt.«

»Und Rob …«

»Bob.«

»… bleibt jetzt hier, bis sein Freund wiederkommt?«

»Natürlich nicht, sei nicht albern. Er wohnt auf der anderen Seite des Flusses, in Harrison.«

Es fiel ihr schwer, in dieser Situation Geduld zu bewahren, es fiel ihr wirklich schwer. Olivia hätte durchaus eine entsetzlich blutige Szene in ihrer Wohnung vorfinden können und dann nie genau gewusst, was eigentlich vorgefallen war. Falls dieser Kerl normal sein sollte – und das letzte Wort in dieser Sache war noch nicht gesprochen –, dann war das einfach nur Glück.

Aber warum sollte ein normaler Mann über sechzig ihre Mutter nach Hause fahren und über Nacht bleiben, wenn er doch nur zwanzig Minuten weit weg wohnte? Selbst wenn er sie wirklich einem Freund hatte vorstellen wollen, was an sich schon merkwürdig war, warum war er geblieben, nachdem sich herausgestellt hatte, dass sein Freund nicht in der Stadt war?

Wie auch immer die Antwort lauten mochte, Olivia nahm nicht an, dass ihre Mutter dem weiteren Fortgang der Angelegenheit gewachsen war. »Ich wimmele ihn jetzt ab«, sagte sie und ging zur Küchentür.

»Warte! Was ist mit seinem Freund?«

»Momentan bin ich einfach nur froh, dass sein Freund nicht auch noch hier ist.« Sie drückte die Schwingtüren auf und trat in die Küche, wodurch sie Rob beinahe die Türen ins Gesicht geschlagen hätte. Er musste gelauscht haben.

Es war ihr egal.

»Rob, ich danke Ihnen, dass Sie meine Mutter gestern Nacht heimgebracht haben, aber ich fürchte, wir haben heute viel zu tun. Wir müssen packen. Darum muss ich Sie bitten, jetzt zu gehen.«

»Packen?«, fragte Rob und sah Caroline fragend an.

Aus den Augenwinkeln bemerkte Olivia, wie ihre Mutter mit den Schultern zuckte.

»Die Miete ist nächste Woche fällig«, improvisierte Olivia. »Glücklicherweise war die Wohnung hier möbliert, aber Mutter und ich müssen dennoch einiges packen, Kleider und Bücher und so.« Sie versuchte, bedauernd auszusehen. »Wenn es Ihnen also nichts ausmachen würde …? Außer, Sie möchten uns beim Packen helfen?«

»Nein, nein!« Robs kleiner Körper schnellte zurück. »Ich muss nach Hause. Leanne wartet.«

»Leanne?«, fragte Caroline.

»Meine Frau.«

»Ich dachte, Sie sind geschieden«, sagte Olivia und warf ihrer Mutter *Den Blick* zu.

»Audrey und ich sind geschieden. Leanne und ich sind seit zwei Jahren verheiratet.«
Was war nur mit ihrer Familie los? Das Leben schien für sie ein einziges großes Ehe-Karussell.
»Audrey«, sagte ihre Mutter triumphierend zu Olivia. »Du erinnerst dich doch an Cousine Audrey?«
Olivia schüttelte den Kopf. »Nein.«
»Als du sie kanntest, nannte sie sich noch Mary Pat«, stellte Rob klar.
»Du erinnerst dich doch an Cousine Mary Pat, oder?«, sagte Olivia spitz zu ihrer Mutter.
»Genau genommen ist sie nicht deine Cousine«, fing Rob an. »Aber sie ist eine alte Freundin der Familie. Sie stand der Familie nahe genug, um als Verwandte zu gelten. Beinahe.«
Endlich sah Caroline so aus, als komme sie allmählich auf den Trichter. »Ich danke dir noch mal fürs Mitnehmen, Bob, aber wie meine Tochter schon sagte, müssen wir jetzt wirklich packen.«
»Wie wär's mit Abendessen irgendwann?« Er sah zu Olivia. »Das gilt für jede von euch.«
Olivia rollte mit den Augen und verließ die Küche. Hinter ihr hörte sie, wie ihre Mutter ablehnte, jedoch hinzufügte: »Lass uns in Kontakt bleiben. Ich schreibe dir meine E-Mail-Adresse auf …«

»Er hätte dich töten können.«
»Er gehört zur Familie. Ich glaube kaum, dass er mich getötet hätte.«
»Familie? Du weißt ja noch nicht einmal, mit wem er verheiratet war.«
»Natürlich weiß ich das. Mit Mary Ruth.«
»Pat, Mom, sie heißt Mary Pat und mit ihr war Dad nicht

verwandt. Und *du* bist mit überhaupt keinem von denen verwandt. Glaube ja nicht, dass er das nicht gewusst hat.«

»Also bitte, Olivia …«

»Du kennst Mary Pat nicht, wie du auch Mary Ruth oder Audrey oder Peewee Picklepooch nicht kennst.«

»Es gibt keinen Peewee …«

»Es ist gefährlich, einen fremden Mann in die Wohnung zu bringen, für dich *und* für mich. Um Gottes willen, denk an meine Sachen. Mein Schmuck, meine Kleider, meine Elektrogeräte. Er hätte mich ausrauben können!«

»Nicht, solange *ich* hier bin!«

»Mom!« Olivia versuchte, geduldig zu sein, auch wenn sie sich nicht so fühlte. »Es ist verdammt lange her, seit ich mir die Wohnung mit jemand geteilt habe, aber selbst damals wussten wir es besser, als einen Fremden mit nach Hause zu bringen. Du musst jetzt sofort etwas lernen, nicht nur für mich, auch für dich. Eigentlich sogar vor allem für dich, denn du wirst nicht ewig hier wohnen und du musst irgendwann für dich selbst sorgen.«

Caroline wirkte verletzt. »Du wirfst mich hinaus?«

Verdammt. Warum traf Olivia das immer noch, nach all diesen Jahren? »Nein, Mom, ich werfe dich nicht hinaus.« Was wäre dazu nötig? »Ich sage nur, dass du viel vorsichtiger sein musst, egal, wo du wohnst.«

Ihre Mutter nickte. »Ich verstehe. Und obwohl ich immer noch glaube, dass es nicht richtig von dir ist, bei Familienangehörigen so paranoid zu sein, werde ich deine Wünsche respektieren, solange ich unter deinem Dach wohne.«

Gute, alte Caroline. Sie würde niemals zugeben, dass sie sich irrte. Selbst wenn es auf der Hand lag und sie ihr Verhalten änderte, präsentierte sie es anderen dennoch als freie Wahl, nicht als die Notwendigkeit, die es war.

Olivia, in ihrer Rolle als pflichtbewusste Tochter, fand es

einfacher, das durchgehen zu lassen, als zu versuchen, ihrer Mutter abzuringen, dass sie im Unrecht war.
Sie wussten ja beide, wer recht hatte.
Aber nur eine von ihnen würde es zugeben.
»Also keine fremden Männer mehr hier«, stellte Olivia klar. Ihre Mutter hatte eine Art und Weise, sich bisweilen mit vagen Formsachen herauszureden.
»Nicht über Nacht, nein.«
»Wie bitte?«
Caroline lachte glockenhell auf. »Ich werde mich natürlich weiterhin verabreden.«
»Aber du sagtest doch, du bist extra hergekommen, um nicht länger nach der Liebe Ausschau zu halten und endlich anzufangen, dich so zu akzeptieren, wie du bist. Allein.«
»Nun ja … das stimmt. Daran arbeite ich. Und ich fühle mich auch schon besser.« Caroline richtete sich selbstgerecht auf. »Aber ich bin immer noch in meinen besten Jahren und kein alter Gaul, den man auf einer grünen Wiese zum Sterben abstellt.«
Ob sie nun in ihren besten Jahren war oder nicht, was Verabredungen anging … nun, diesen Streit wollte Olivia nicht führen. Sie wollte nicht der Fiesling sein, der die Aufmerksamkeit auf das lenkte, was Caroline über den Markt an reifen Männern zweifellos längst wusste.
Vor allem die Tatsache, dass reife Männer mit Geld und Aussehen es höchstwahrscheinlich mehr auf Olivia oder jemand noch Jüngeres abgesehen hatten.
Das war jetzt wirklich ein deprimierender Gedanke. Irgendwie befanden sich Olivia und ihre Mutter bereits jenseits von Gut und Böse.
»Du bringst bitte überhaupt keine Männer hierher!«, korrigierte Olivia.

»Willst du damit etwa sagen, dass ich zu alt für die Liebe bin?«, fragte Caroline und ihre Stimme zitterte leicht.

Gott, das war verlockend. Es gab so viel, was Olivia ihr sagen wollte, und jetzt wäre auf gewisse Weise der perfekte Augenblick, all das ihrer Mutter vorzusetzen. Die Wahrheit, ganz ohne Schutzpuffer.

Aber die Wahrheit war zu grausam.

»Nein, Mom«, log Olivia zu guter Letzt. »Das will ich damit nicht sagen. Ich möchte nur, dass du vorsichtig bist. Das da draußen ist ein Dschungel. Davon hast du ja vielleicht schon gehört. Du musst dir einige Grundregeln klarmachen, bevor du irgendetwas unternimmst.«

»Grundregeln für Verabredungen?«, wiederholte Caroline, als ob sie nicht glauben könne, dass Olivia mehr darüber zu wissen glaubte als sie selbst.

Was Olivia nicht tat. »Grundregeln der *Sicherheit*, Mom. Der *Sicherheit.* Erstens, du musst Sternchen drücken und dann die sechs und die sieben wählen, bevor du ein Blind Date anrufst, damit er die Rufnummer nicht zurückverfolgen und herausfinden kann, wo du wohnst. Zweitens, lass dich von ihm nicht hier abholen und dich auch nach der Verabredung nicht hier absetzen, denn dann weiß er ja auch, wo du wohnst.«

»Oh.« Caroline wirkte erleichtert. »Das sind gute Vorschläge. Und ich bin froh, dass wir nicht tatsächlich umziehen. Du hast hier nämlich eine ganz reizende Wohnung.«

Olivia nickte. »Ich wollte nur Rob loswerden.«

»Bob.«

»Nein, Rob. Sein Name ist Rob.«

Caroline schüttelte den Kopf. »Nein, Liebes, sein Name ist Bob. Eine Abkürzung für Robert.«

»Rob ist auch eine Abkürzung für Robert.«

»Aber so heißt er nicht.«

Olivia warf die Hände in die Luft. »Drittens«, erklärte sie nachdrücklich, »merk dir seinen korrekten Namen. Das wird uns helfen, wenn wir den Polizeibericht ausfüllen …«

Kapitel 11

> Mehr dort, wo Sie es brauchen,
> Weniger dort, wo Sie es nicht brauchen.
> *Anzeige für Silkience-Shampoo*

Völlig egal, dass die Hälfte der Leute im Raum dicker war als Allie, sie würde *nicht* vor anderen Menschen auf eine Waage steigen, schon gar nicht vor einer ganzen Menschenmenge.

Na gut, man hatte Privatsphäre.

Ein wenig.

Aber das Wiegen schien ihr etwas, das man allein zu Hause tat, mit einem großen Glas Wodka in der Hand, um die schlechte Neuigkeit erträglich zu machen.

Die Freibäder waren vor zwei Wochen, am Memorial-Day-Wochenende, geöffnet worden, darum hatten die meisten Anwesenden höchstwahrscheinlich denselben schmerzhaften Schock erlebt wie sie – zum ersten Mal nach einem Jahr in die Badekleidung zu schlüpfen und sich damit in die Öffentlichkeit zu begeben.

Irgendwie war der Gang ins Freibad nicht mehr so lustig wie damals, als sie acht Jahre alt war.

Allie reihte sich in die Schlange vor der Waage auf dem Weight-Watchers-Treffen ein und kam sich vor wie eine Ricke zur Jagdsaison, weil sie nach links und nach rechts schaute und sich der Fluchtmöglichkeiten vergewisserte. Sie würde *auf gar keinen Fall* auf diese Waage steigen und

von einer Fremden ihr Gewicht notieren und womöglich laut vor den anderen verkünden lassen.
Im besten Fall endete das in einem einzigen Abend der Demütigung und im schlimmsten Fall würde sie Woche um Woche herkommen und sich so lange demütigen lassen müssen, bis sie endlich abgenommen hatte.
Die meisten wurden mit Glückwünschen überschüttet und sei es auch nur für 200 Gramm weniger. Was passierte, wenn man in dieser Woche *nicht* abgenommen hatte? Wenn man womöglich sogar *zugenommen* hatte? Wurde man dann öffentlich gepfählt?
Sie verstand, dass das durchaus zur Motivation beitragen konnte, wenn es auch nicht unbedingt unter *Spaß* einzuordnen war.
»Die Nächste, bitte.«
Konnte man von den Weight Watchers ausgeschlossen werden? Wenn man schlichtweg versagte, wenn man es nicht schaffte, pro Woche ein Pfund abzunehmen, oder auch einfach nur so blieb, wie man war – was passierte dann?«
»Entschuldigung, Miss …?«
Vielleicht wurde das Foto der Betreffenden hinter der Theke aufgehängt, wie es manche Läden mit Leuten machten, deren Schecks geplatzt waren.
Irgendjemand stupste sie in den Rücken und sie fuhr erschreckt herum.
»Sie sind dran«, sagte ein fetter Mann mit leichtem Jersey-Dialekt. Er zeigte mit einem Wurstfinger nach vorn.
»Was?« Allie drehte sich wieder um und sah, dass die Waage leer war und die Frau mit dem Klemmbrett sie erwartungsvoll ansah. »Oh.« Sie machte einen Schritt nach vorn, als müsse sie vor ein Erschießungskommando treten.
Das war jetzt wirklich unangenehm.
Allie war seit Jahren nicht einmal beim Arzt gewesen, weil

sie nicht gewogen werden wollte; warum sollte sie es jetzt hier tun und ausgerechnet unter diesen Umständen?

Weil sie gut aussehen wollte, deshalb. Und weil sie gesund sein wollte und bla, bla, bla, aber in Wirklichkeit nur, um gut auszusehen. Sie wollte wieder ›heiß‹ sein. Sie wollte sich über Bauarbeiter ärgern, die ihr Obszönitäten hinterher riefen, wenn sie vorbeiging, weil das Schweigen, das sie jetzt bekam, sehr viel ärgerlicher war.

Und dann war da dieser Typ in Georgetown, der seinen Presslufthammer ausgeschaltet und zugesehen hatte, wie sie die Straße überquerte, bevor er anfing, *Baby Got Back* zu singen, besser gesagt, eine Zeile daraus: »Ich mag dicke Hintern und da steh' ich auch dazu …«

Allie machte einen weiteren Schritt auf die Waage zu. »Darf ich mich rückwärts draufstellen?«, fragte sie.

»Warum?«, wollte die Frau mit dem Klemmbrett wissen.

»Ich will das Ergebnis nicht wissen. Schreiben Sie es einfach in meine Akte, aber sagen Sie es mir nicht. Ach ja, schnappen Sie auch nicht nach Luft oder so.«

Die Frau lächelte und entblößte dabei eine Lücke zwischen ihren Vorderzähnen. Allies Bruder Ross hatte vor tausend Jahren ein Poster des Fotomodels Lauren Hutton an seiner Wand und die hatte dieselbe Zahnlücke.

Schönheit gab es in sehr viel mehr als nur einer einzigen Definition.

»Wie in einer Arztpraxis?«, fragte die Frau.

»Genau!«

»Tut mir leid, wir sind nicht hier, um die korrekte Dosierung eines Antibiotikums zu verabreichen. Sie müssen sich Ihrem Gewicht stellen, es sich eingestehen und sich *ungeheuer* freuen, wenn die Pfunde purzeln.«

Und was, wenn sie das nicht tun? Allie ignorierte die erbärmliche Stimme in ihrem Hinterkopf und fragte statt-

dessen: »Können Sie es nicht einfach ein paar Wochen lang still aufschreiben, bis meine Hosen etwas weiter sind und ich das Gefühl habe, dass ich damit klarkomme?«
Die Frau schüttelte den Kopf. »Es tut nur in den ersten Minuten weh.«
»Beim ersten Mal ist es immer am schlimmsten«, bestätigte der Mann hinter Allie. Sie drehte sich zu ihm um und er reichte ihr die Hand. »Glenn Steckman. Lebenslanges Mitglied.« Er war groß, mit breiten Schultern und einer noch breiteren Leibesmitte. Mit seinem Schopf weißer Haare und dem breiten Lächeln im Gesicht sah er wie der ältere, größere, dünnere Bruder des Weihnachtsmannes aus.
»Allie Denty.«
»Also, Allie, wie ich eben sagte, beim ersten Mal ist es am schlimmsten. Das sagen alle. Aber Arlene hat recht, sobald Sie auch nur ein halbes Pfund abnehmen und merken, dass Sie es tun können, fühlen Sie sich gleich sehr viel besser.«
In diesem Moment kam es nicht mehr darauf an, ob Allie bleiben oder auch wiederkommen wollte, sie konnte dieser ganzen Freundlichkeit nicht einfach ins Gesicht spucken.
»Sie haben wahrscheinlich recht. Na schön.« Allie schlüpfte aus ihren Schuhen. »Ich tu's.«
»Sie werden stolz auf sich sein!«
»Da wäre ich mir nicht so sicher.« Allie legte ihr Armband ab und deponierte es auf der Theke. »Aber ich mache es trotzdem.« Sie nahm auch ihre Uhr ab und merkte, wie Arlene sie anschaute. »He, ich will kein Gramm mehr wiegen als unbedingt sein muss.« Sie nahm ihre Ohrringe ab.
»Ich fürchte, wir haben keinen abgeschotteten Raum, in dem Sie sich ganz ausziehen könnten.« Arlene schaute ein wenig besorgt.
»Das ist mir auch schon aufgefallen«, sagte Allie, nahm eine ziemlich schwere Haarspange ab und fragte sich einen

Moment lang, wie viel ihre Haare wogen und ob sie sich eine Kurzhaarfrisur zulegen sollte. »Für meine Kleidung ziehe ich vier Pfund ab.«
Arlene schaute skeptisch.
»Ja, ist schon gut«, sagte Allie, die mit Widerspruch gerechnet hatte, »aber bedenken Sie: Ich trage schwere Jogginghosen. Ich habe sie extra ausgesucht, weil ich plane, genau diese Hose jedes Mal beim Wiegen zu tragen, und da ich im Winter nicht erfrieren will, habe ich etwas Schweres gewählt. Und wenn Sie nicht von sich aus vier Pfund einberechnen, werde ich zu jedem offiziellen Wiegen wieder damit anfangen.«
»Na schön.« Arlene lächelte. »Offenbar braucht jeder irgendein System.«
»Und das ist mein System.« Allie trat auf die Waage, kniff die Augen zu und sagte: »Schießen Sie los.«
Arlene nannte eine Zahl, die um gut zehn Pfund höher lag, als Allie befürchtet hatte, *trotz* der vier Pfund für die Kleidung.
Allie hatte das Gefühl, gleich in Ohnmacht zu fallen. »Sind Sie sicher?«, fragte sie und hörte den Hauch von Hysterie in ihrer Stimme.
»Ist doch gar nicht so schlecht«, meinte Glenn hinter ihr. Er hatte es mitbekommen! Vermutlich hatten es alle gehört! Allie spürte, wie sämtliche Farbe aus ihrem Gesicht wich.
»Ich sehe Sie doch vor mir«, sagte Glenn und breitete seine Arme aus, »so schlimm kann es doch gar nicht sein.«
Dann hatte er es also nicht mitbekommen. Er hatte nur ihre Reaktion bemerkt.
»Ist alles in Ordnung?« Arlene schaute besorgt. Sie legte ihr Klemmbrett zur Seite. »Ich hole Ihnen ein Glas Wasser.«
»Es geht schon.« Allie versuchte, sich zusammenzureißen,

aber sie hatte das Gefühl, nicht atmen zu können. Das war entsetzlich. Wie hatte sie zulassen können, dass ihr die Dinge dermaßen entglitten? Wie hatte sie Pfund um Pfund um Pfund zunehmen können, ohne zu merken, dass sie die Kontrolle verlor? Wenn sie das früher gewusst hätte, dann hätte sie dem vielleicht noch Einhalt gebieten und früher zu ihrem wahren Gewicht zurückfinden können.
Nur, dass dies hier ihr wahres Gewicht war.
Die anderen mochten das vielleicht nicht weiter ernst nehmen. Es erinnerte an den Satz, den man nach einem Thanksgiving-Essen immer sagte: O mein Gott, ich bin so voll, ich habe das Gefühl, zwölf Kilo zugenommen zu haben.
Nur dass Allie wirklich zwölf Kilo mehr wog als sie sollte. Das waren 24 Tüten Mehl. Oder 48 Päckchen Butter. Im Supermarkt müsste man das in mehrere Tüten stecken und mehrmals zum Auto und wieder zurück laufen, um alles tragen zu können, aber hier war es, auf ihrem Bauch, ihren Hüften, ihrem Po …
»Ich glaube es einfach nicht«, keuchte sie.
»Keine Sorge, Kleines«, meinte Arlene und legte tröstend die Hand auf ihre Schulter. »Sie sind am richtigen Ort. Und Sie haben den ersten Schritt getan. Bevor Sie sich versehen, sind die Pfunde weg.«

Der Satz, dass der Schmerz des Wiegens beim ersten Mal am schlimmsten ist, barg ein Körnchen Wahrheit.
Zwei Tage nach der Hölle ihres ersten Weight-Watcher-Treffens – und die Wahrheit war für sie die Hölle gewesen – war Allie immer noch fest entschlossen, die überschüssigen Pfunde loszuwerden, koste es, was es wolle.
Also fuhr sie zu Target und kaufte eine Digitalwaage (bei der das Gewicht auf zwei Stellen hinter dem Komma an-

gezeigt wurde, damit sie es feiern konnte, wenn sie 0,01 Pfund abgenommen hatte), mehrere elastische Widerstandsbänder (bei dem Weight-Watchers-Treffen war es darum gegangen und wie gut sie sich zum Aufbau von Muskelmasse eigneten, was wiederum Fett verbrannte), eine Kiste Mineralwasser und diverse kalorienarme Notfall-Knabbereien, die von den anderen Mitgliedern abgesegnet worden waren – und wenn es etwas gab, von dem dicke Menschen etwas verstanden, dann davon, was gut schmeckte.

Die Knabbereien zu besorgen war der Schlüssel. Allie gab sich keinerlei Illusionen hin, was ihren Appetit anging. Es würde der Moment kommen, in dem sie sich nach punkteintensivem, schmackhaftem Junkfood verzehren würde, darum brauchte sie einen einigermaßen annehmbaren Ersatz, sonst lief sie Gefahr, das echte (und gute) Zeugs zu essen.

Sie wollte auf gar keinen Fall irgendwann mitten in der Nacht voller Gewissensbisse zu *Giant* oder *Safeway* fahren.

Als sie in ihre Wohnung zurückkam, blinkte der Anrufbeantworter. Einen verrückten Augenblick lang hoffte sie, Kevin hätte angerufen, um sich zu entschuldigen und zu katzbuckeln und zu flehen, es solle wieder alles so sein wie vor einem Jahr, ja wie noch vor einem Monat, bevor sie erfuhr, dass Noah mit der schlimmsten Person auf der ganzen Welt ausging und dass sie selbst ein großes, fettes Schwein war.

Aber es war nicht Kevin. Die ersten beiden Nachrichten stammten von *Temporaries Inc.*, ihrer Zeitarbeitsfirma. Im ersten Anruf boten sie ihr einen Job an, bei dem sie gleich morgen früh anfangen musste und der eine Woche dauerte; sie würde fast doppelt so viel wie sonst dafür bekommen. Pam vom Hauptquartier von *Temporaries Inc.* moch-

te Allie und bot ihr für gewöhnlich als Erster die wirklich tollen Jobs an.
Da sich Allie nicht schnell genug bei ihr zurückgemeldet hatte, hatte sie eine zweite Nachricht hinterlassen und gemahnt, weil Allie ihr Handy ausgeschaltet hatte – das hatte sie während des Weight-Watchers-Treffens getan –, und ihr mitgeteilt, sie habe den Job jemand anderem geben müssen.
Wahrscheinlich Vickie Freedman.
Bei der dritten Nachricht handelte es sich um eine Bandansage, die sie bat, für eine »wichtige Benachrichtigung« am Apparat zu bleiben. Davon unbeeindruckt hatte ihr Anrufbeantworter sich entschieden, keine dreißig Sekunden abzuwarten, darum konnte Allie nur raten, welche Rechnung sie zu bezahlen hatte, oder sie musste abwarten, bis sie erneut angerufen wurde.
Die vierte Nachricht stammte von ihrer Mutter.
»Hallo, ich rufe dich nur an, um dir zu sagen, dass es nächsten Donnerstag um 19 Uhr eine Wein- und Käse-Verkostung im Kennedy Center gibt. Zuvor findet ein Konzert auf der Millennium-Bühne statt. Eine Frau spielt auf Spielzeugklavieren. Es heißt, sie soll ganz erstaunlich sein. Jedenfalls findet es alles abends nach der Arbeit statt, also keine Sorge. Lass mich wissen, ob du mitkommen möchtest!«
Sie war schon einmal bei einer dieser Wein- und Käse-Verkostungen im Kennedy Center gewesen, und es war einfach toll gewesen! Aber – o nein – Allie musste erst nachsehen, wie viel Punkte Wein hatte. Und Käse. Erst dann würde sie entscheiden, ob sie genug Willenskraft besaß, um hinzugehen.
Die *alte* Allie hätte entschieden, hinzugehen und »die Diät zu vergessen und das Leben nur für diesen einen Abend

zu genießen«, aber die *neue* Allie war schlauer. Und hoffentlich war die *neue* Allie *dünner* oder wäre es zumindest bald.
Genauer gesagt, musste die *neue* Allie die Punkte nicht einmal nachschlagen, um zu wissen, dass ein wenig Wein zu viel Käse führen würde und den müsste sie dann wiederum mit viel Wein herunterspülen und … zu guter Letzt führte das zu viel Schuldgefühlen und Selbsthass.
Sie nahm sich geknickt vor, die Einladung auszuschlagen. Gerade wollte sie zum Hörer greifen, als der Anrufbeantworter noch eine fünfte Nachricht abspielte, diesmal von Noah.
»He, es ist, ach, ich weiß nicht …« Man hörte Hintergrundgeräusche. »18 Uhr 30. Zwischen 18 Uhr 30 und 19 Uhr. Ich bin unterwegs. Ich dachte, ich könnte kurz vorbeikommen und mit dir reden. Tja, das war's. Ich muss mit dir reden. Ruf mich an.«
Das war merkwürdig. Er klang beunruhigt. Jedenfalls etwas in der Art. Allie sah zur Uhr. Es war fünf Minuten nach acht. Sie wählte seine Nummer und fragte sich, ob der Moment verstrichen war oder ob sie ihn noch erreichen konnte.
»Allie.«
»Noah, ist alles in Ordnung?«
»Klar! Bestens? Warum? Was hast du gehört?«
»Deine Nachricht auf meinem Anrufbeantworter. Sie klang … na ja, völlig egal, wie sie klang. Ist alles in Ordnung?«
»Ja. Warum? Was hast du gehört?«
Sie lachte und seufzte gleichzeitig. »Der Witz hat einen Bart, Noah.«
»Tut mir leid. Ich habe aber noch einen: Kommen drei Nonnen in eine Bar und eine sagt …«

»Hast du getrunken?« Sie ging mit dem Telefon in die Küche und suchte im Kühlschrank nach einer Diät-Cola. Einer von ihnen beiden musste wach und nüchtern sein für dieses Gespräch.

»Ich glaube, der Witz geht anders.«

»Geht er auch. Die Nonne trinkt ganz sicher. Ich frage dich, ob *du* getrunken hast?«

»Das hängt davon ab, was du unter Trinken verstehst.«

O ja, er hatte getrunken. War es zu viel verlangt, zu hoffen, dass er sich hatte betrinken müssen, weil er die dämliche Vickie abserviert hatte? »Man öffnet seinen Mund und schüttet Flüssigkeit hinein. Alkoholische Flüssigkeit.«

»Dann ja.« Sie stellte sich vor, wie er nickte. »Gemäß dieser Definition habe ich getrunken. Ja.«

»Dann frage ich dich erneut und wenn du mir noch einmal dieselbe dumme Antwort gibst, bin ich sauer. Ganz ehrlich, was ist los?«

»Nichts!«

»Du rufst mich doch nicht betrunken aus einer Bar an und leugnest, dass etwas nicht stimmt, außer es stimmt wirklich etwas nicht. Noah, bitte sag mir, was los ist.«

»Es ist kompliziert.«

»Bist du allein?«

Es trat eine Pause ein. »Nee, hier sind lauter Leute.«

»Wo ist hier?«

»*Durty Nellies.*«

Er hasste diese Bar. Seit dem Feuer, das aus dem guten, alten *Durty Nellies* eine schicke Yuppie-Bar mit neuem Namen gemacht hatte. »Sind diese Leute mit dir dort?«

»Eigentlich nicht.« Er seufzte, sein Atem gab ein zischendes Geräusch von sich. »Hör zu, wir müssen reden.«

»Ist gut. Ich komme zu dir.«

»Nein, nein! Ich komme zu dir.«

»Wie denn?«
»Ich habe meinen Wagen dabei.«
Nie und nimmer. In diesem Zustand würde sie ihn nicht fahren lassen. Wenn sie sich dafür vor sein Auto werfen musste, dann würde sie es tun. »Parkst auf dem Hyatt-Parkplatz gegenüber der Bar?«
»Ja. Gib mir zehn, nein, gib mir zwanzig Minuten und …«
»Ich bin gleich bei dir. In diesem Zustand fährst du nicht.«
»Mir geht's gut.«
Morgen oder nächste Woche oder nächsten Monat würde sie sich über die Absurdität seiner Worte köstlich amüsieren, aber im Augenblick musste sie ihn davon abhalten, in die Defensive zu geraten, damit sie bei ihm war, bevor er sich hinter das Steuer seines Wagens setzen konnte.
»Du bist an dem Ort, an dem es die besten Chicken Wings in ganz Washington gibt«, improvisierte sie. Sie hasste Chicken Wings, diese zähen, winzigen, knochigen Dinger, darum würde sie denen mühelos widerstehen können. »Bestell mir extra Heiße zum Mitnehmen und ich komme und hole dich und die Chicken Wings ab.«
»Du hasst Chicken Wings!«
»Tu ich gar nicht!«
»Doch, tust du, du versuchst, mich vom Fahren abzuhalten.«
Betrunken, vielleicht. Auf den Kopf gefallen, nein. »Du hast mich erwischst, Noah. Ich will nicht, dass du fährst – und morgen früh wirst du froh sein, dass ich so denke. Würdest du also bitte dort auf mich warten? Ich brauche zehn Minuten.«
»Ist gut.«
»Das war leicht.«
»Ich bin angeheitert, Al, nicht dumm. Nicht völlig dumm. Nein, warte, vielleicht bin ich ein wenig …«

Fünfunddreißig Minuten später saß er auf ihrem Sofa und trank Kaffee, den er dringend brauchte.
»Erinnerst du dich an damals, als wir Kühe umgeworfen haben?«, fragte er nach seiner zweiten Tasse.
Kühe umzuwerfen war im Nordwesten von Maryland legendär – betrunkene Teenager tollten angeblich über Weiden, auf denen Kühe im Stehen schliefen, und kippten sie um. Weder Allie noch – ihres Wissens nach – Noah hatten das jemals getan.
»Wir haben niemals Kühe umgeworfen«, widersprach sie. »Aber wir haben viel darüber geredet.«
»Ja, haben wir, erinnerst du dich? Haben wir es wirklich nicht getan? Haben wir sie … nicht umgekippt?«
»Nein, Noah, haben wir nicht.«
Er dachte darüber nach. »Hätten wir aber tun sollen. Klingt lustig.«
»Eigentlich nicht. Ehrlich, denk mal darüber nach. Es ist gemein. Und es könnte wirklich gefährlich sein. Wer weiß schon, wie schnell diese Kühe wieder auf den Beinen sind?«
»Die könnten echt schnell sein«, gab er ihr recht.
»Richtig, *richtig* schnell.«
»Die Sache ist die«, fing er an. Noah hielt seinen Kaffeebecher mit beiden Händen und starrte hinein.
Sie bereitete sich auf noch mehr philosophische Betrachtungen zum Umwerfen von Kühen vor, darum warf es sie völlig aus der Bahn, als er sagte: »Ich stecke da in einer Situation und ich muss mit dir darüber reden und es ist nicht einfach.«
»Du weißt doch, dass du mit mir über alles reden kannst«, sagte sie und hoffte, sie würde jetzt nicht herausfinden müssen, dass es doch eine Sache gab, über die er nicht mit ihr reden konnte.

Er sah sie an und nickte. »Normalerweise schon.«
»Aber diese Sache ist anders?«
Er lachte humorlos auf. »O ja.«
»Noah, du machst mir irgendwie Angst. Schieß los.«
Er holte tief Luft, hielt einen Moment den Atem an, dann atmete er aus und fragte: »Hast du Bier?«
Sie musterte ihn kurz, überlegte sich, ob sie jetzt das Muttertier oder die Freundin geben sollte. »Bleibst du über Nacht?«
»Ich kann mir ein Taxi rufen.«
Sie streckte die Hand aus. »Gib mir deine Autoschlüssel.«
»Ich müsste vierzig Minuten laufen, nur um zu meinem Wagen zu kommen!«
»Und würdest dann immer noch betrunken sein. Oder, wie ich dich kenne, ziehst du einen Zwanziger aus deiner Geldbörse und lässt dich mit dem Taxi dorthin fahren, damit du früher und betrunkener dort eintriffst.« Sie schüttelte den Kopf. »Gib mir deine Schlüssel.«
»Aber ich brauche meinen Wagen morgen.«
»Dann fahre ich dich morgen früh hin. Nach dem Kaffee.«
Er griff in seine Tasche und zog eine Schlüsselkette heraus, an der sich drei Schlüssel und ein elektronischer Wagenöffner befanden. »Hier.« Er warf sie ihr zu. »Zufrieden?«
»Ja, sehr.« Sie nahm die Schlüssel mit in die Küche, versteckte sie außerhalb seines Sichtfeldes in einer Schublade, nahm zwei *Corona* aus dem Kühlschrank, öffnete sie, presste etwas Zitronensaft aus einer Plastikzitrone in beide Flaschen und ging zurück ins Wohnzimmer. »Tut mir leid, ich habe keine echten Zitronen.« Sie reichte ihm eine Flasche.
»Hier komme ich nie wieder her.«
»Und wer könnte dir das zum Vorwurf machen? Also gut.« Sie setzte sich in den Sessel ihm gegenüber und sah ihm in die Augen. »Was zum Teufel ist los?«

»Du siehst heute Abend richtig hübsch aus.«
Da Allie überhaupt kein Make-up trug, dafür eine sehr alte Sweatjacke von der Rutgers Universität mit einem gleichermaßen verblassten T-Shirt darunter, wusste sie ohne jeden Zweifel, dass er Unsinn redete.
»Also gut, willst du mich zu irgendetwas überreden? Geht es darum?«
»Ich wünschte, es wäre so.« Er rieb sich die übernächtigten Augen. »Das wäre ja einfach.«
»Ich bin also leicht dranzukriegen?«
Er sah sie an. Nur einen Moment lang, aber etwas an der Art und Weise, wie sein Blick über sie fuhr, beschleunigte ihren Puls.
»Na schön«, sagte sie, radierte den Moment aus, obwohl sie ihn lieber einer genauen Prüfung unterzogen hätte, »sagst du es mir jetzt oder muss ich weiterraten?«
»Prost.« Er hob die Flasche und nahm dann einen großen Schluck. »Ehrlich, Al.« Er nickte in ihre Richtung und wirkte zum ersten Mal seit fast einer Stunde nüchtern. »Trink. Du wirst es brauchen.«
Die Brust wurde ihr eng. »Du bist doch nicht krank, oder? Diese ganze Einleitung klingt wie aus einem dieser Filme, wo der Held mit dem goldenen Herzen stirbt und wenn jetzt etwas Schlimmes wie eine unheilbare Krankheit kommt, dann solltest du …«
»Ich werde heiraten.«
»… es mir einfach sagen.« Sie hielt inne.
Ließ die Worte in ihrem Kopf noch einmal abspulen.
Konnte sie nicht glauben.
»Das ist ein Scherz.«
Er schüttelte den Kopf. »Ich werde heiraten«, wiederholte er, als ob er die Worte antesten wollte, sie aber noch nicht richtig klangen.

Wie lange dauerte es? Fünf Sekunden? Fünf Minuten? Es fühlte sich wie fünf Stunden an, bevor sie ihren Mund dazu bringen konnte, die Frage zu stellen, deren grauenhafte Antwort sie bereits kannte. »Wen?«
»Tori«, sagte er und hob sein Bier erneut. »Tori und ich werden heiraten. Also … wie wäre es jetzt mit einem Trinkspruch?«
Sie trank.

Kapitel 12

10. Klasse

Sinnlich, aber doch nicht zu weit
von der Unschuld entfernt …
Anzeige für Jontue-Parfüm

»Sitz still!«
»Das brennt!«
Allie machte ungeduldig weiter. »Wer schön sein will, muss leiden.«
»Das ist albern. Und es stimmt auch nicht.«
»Es stimmt wohl. Es hat seinen Grund, warum das alle sagen. Binsenwahrheiten beruhen immer auf Wahrheit.«
»Lass es mich wieder abwaschen.«
»Ich bin ja noch nicht mal fertig mit Auftragen!« Allie steckte ihre Finger in den Tiegel mit der *Queen Helene* Gesichtsmaske und trug sie auf Olivias Stirn auf. »Na also. Jetzt musst du es nur noch zehn Minuten einwirken lassen. Ehrlich, Liv, dieses Zeug hat Wunder an meiner Haut vollbracht.«
Das stimmte. Allies Haut sah wirklich ein wenig besser aus, aber Olivia wusste auch, dass Allie bei einem Dermatologen gewesen war, der ihr Tetracyclin verschrieben hatte, und das hatte ihr wahrscheinlich mehr geholfen als sonst etwas.
Olivia fuhr mit der Hand an ihr Gesicht, dann zog sie sie

wieder weg und sah sich die grünen Schlieren auf ihren Fingerspitzen an. So eine Farbe hatte sie in der Natur noch nie gesehen. Man könnte sie grün nennen, aber nur beinahe. »Ich glaube nicht, dass ich das aushalte.«

»Mit der Zeit wird es leichter«, versicherte Allie, »nicht schlimmer. Na ja, erst wird es besser, dann trocknet es und du kannst weder reden noch lachen, weil es sonst Risse auf deinem Gesicht gibt, und *das* ist dann wirklich schmerzhaft. Aber es brennt dann nicht mehr.«

Allie war bezüglich dieses Kosmetiktages, den sie extra für Olivia durchführte, so zuversichtlich, so *begeistert*, dass Olivia ihre Gefühle nicht verletzen wollte.

Außerdem machte es Spaß, dass ihr ein ganzer Tag gewidmet wurde. Alles, was heute geschah, geschah nur für sie. Allie hatte sogar dafür gesorgt, dass es ihre Lieblingstiefkühlpizza mit Pepperoni zum Abendessen geben würde, bevor sie anschließend um acht Uhr zum Dezembertanz des Teenclubs der Schule gingen.

Die Stereoanlage im Zimmer von Allies Bruders plärrte »Cold as Ice« von *Foreigner.*

Allie und Olivia wollten zusammen, aber ohne Begleiter, zum Tanz gehen und sie hatten beschlossen, so zu tun, als sei das für sie absolut in Ordnung.

Allerdings mussten sie sich ständig in Erinnerung rufen, dass es wirklich absolut in Ordnung für sie war.

In Wahrheit waren sie in diesem Herbst an die Highschool gekommen und plötzlich hatten sie es mit Jugendlichen von anderen Schulen zu tun, Jugendlichen, die älter waren, darunter einige, die demnächst sogar aufs College gehen würden. Es gab viel, weswegen man unsicher sein konnte, und obwohl sich Allie allmählich in die neuen Gegebenheiten einfügte, musste Olivia sich eingestehen, dass sie einfach von Grund auf unsicher war – wegen ihres Aussehens, wegen ihrer Kleidung, wegen des Umstands, dass sie noch nie von einem Jungen eingeladen worden war. Und da hatte Allie die Sache in die Hand genommen.

Sie hatte beschlossen, Olivia aufzuhübschen.

Allie fiel es leicht, großzügig zu sein, da sie bereits drei Freunde gehabt hatte und vor zwei oder drei Wochen mit Chris McClure Schluss gemacht hatte, ohne auch nur daran zu denken, dass der Dezembertanz anstand – dass überhaupt die Ferien anstanden – und sie dann ohne Freund sein würde.

»Hört das Brennen schon auf?«, fragte Allie und schaltete das Radio ein. Die *Carpenters* sangen von Weihnachtskarten und den Lichtern am Baum.

»Irgendwie schon.« Es war besser als die *Miracle Whip*-Maske, die Allie ihr zuerst aufgezwungen hatte, weil »sie die tote Haut wegnimmt«, was ein total krasser Gedanke war.

Und noch krasser war, als es tatsächlich funktionierte.

»Nimm das hier. Die Wattebäusche sind in der Schublade.« Sie reichte Olivia eine Flasche Ten-O-Six-Lotion. Es hatte keinen Sinn, Olivia zu warnen, dass auch das brennen würde – dann würde sie es nicht benützen und jeder wusste doch, wie toll die Lotion für die Haut war.

»Aua!«, schrie Olivia, kaum dass sie ihre Haut berührte.

»In einer Sekunde fühlt es sich besser an.«

»Ist schon besser.« Olivia wedelte mit den Händen vor ihrem Gesicht.

»Na also.« Allie summte zu dem *Foreigner*-Song, während sie die Schranktüren öffnete und mehrere Blusen herausnahm, einschließlich eines alten, smaragdgrünen Wickeltops, das in der neunten Klasse ihr Lieblingsteil gewesen war. »Ich habe dir doch gesagt, dass es nicht lange weh tut.«

Olivia fand, dass Allie mittlerweile zu viel Brust hatte, um das Top noch tragen zu können, aber sie beschloss, nichts zu sagen, außer es würde so schrecklich aussehen, dass sie Allie davon abhalten musste, sich zu blamieren.

Allie kam zu dem Schminktisch, an dem Olivia saß. »Schön, ich habe noch einen Vorschlag. Und ich wünsche mir wirklich sehr, dass du mir vertraust.«

Olivia versuchte, die Stirn zu runzeln, aber es war noch ein Rest von der Maske übrig und tat daher weh. »Womit?«, fragte sie durch kaum geöffnete Lippen.

»Ich finde, du solltest mir erlauben, dir die Haare zu schneiden.«

»*Was?*« Aua!

»Beruhige dich, du kriegst sonst Risse. Hör zu, es ist mir ernst. Du hast schon ewig keinen richtigen Haarschnitt mehr gehabt. Du hattest überhaupt noch nie einen richtigen Haarschnitt. Ich glaube, ein Pony würde dir echt gut stehen. Die Freundin meiner Mom ist Friseurin und sie hat mir gesagt, wie man das macht.«

Das war jetzt purer Zufall, denn Olivia hatte eben erst ein Foto von Cindy Harrell auf dem Cover von *Seventeen* gesehen, mit superglatten Haaren, wie die von Olivia, und einem schönen, glatten Pony. Aber was, wenn Allie es vermasselte? Was, wenn sie den Pony zu kurz schnitt und Olivia dann aussah wie eine Zweitklässlerin?

»Eine Sekunde«, versuchte sie zu sagen und hielt einen Finger hoch. Sie stand auf und ging ins Badezimmer, um sich das Gesicht abzuspülen.

Für dieses Gespräch brauchte sie eine gewisse Gesichtsmobilität.

Olivia spritzte sich reichlich Wasser ins Gesicht, rubbelte und spülte, und als sie fertig war, hatte ihre Haut tatsächlich einen hübschen, rosa Glanz.

»Trag das hier auf«, befahl Allie, die scheinbar aus dem Nichts aufgetaucht war. Sie reichte Olivia eine Flasche Milk+6-Lotion.
Gehorsam verrieb Olivia die Lotion auf ihrem Gesicht. Was diese Dinge anging war Allie einfach die Expertin. Das ließ sich nicht leugnen.
Die Lotion zog tief in Olivias Haut ein und sie sah immer noch gut aus.
Es war ein kleines Wunder.
Bis auf die Plastiktüte, die sie auf dem Kopf trug, um den *Clairol*-Conditioner besser einziehen zu lassen, was Allie ihr ebenfalls befohlen hatte. Es roch großartig, fühlte sich aber schleimig an.
»Sieht gut aus«, meinte Allie erwartungsvoll.
»Ja, tut es echt.« Olivia betrachtete sich immer noch im Spiegel und berührte ihre Wange. Sie fühlte sich weich an. Nicht trocken und wie aus Papier, wie sonst.
»Was sagst du dazu? Zum Pony?«
Olivia hatte Allie bis hierher vertraut, da konnte sie ihr auch den Rest des Weges vertrauen.
»Ist gut.« Sie schluckte. »Aber du musst dafür sorgen, dass du sie nicht zu kurz schneidest.«
»Werde ich schon nicht, ich bin ja nicht doof.« Sie ging zur Badewanne und drehte die Dusche auf. »Spüle den Conditioner aus. Ich hole die Schere.«
Olivia trat in die Dusche, schloss den Duschvorhang mit dem Dschungelmotiv und streckte ihren Kopf unter das heiße Wasser. Es fühlte sich großartig an. Es *roch* großartig. Das entwickelte sich doch noch zu einem wirklich lustigen Tag. Seit ungefähr einer Woche war sie schon nervös wegen des Tanzes, war ständig hin und her gerissen, ob sie hingehen sollte oder nicht, aber heute fühlte sie sich zum ersten Mal hoffnungsvoll.

Als das Wasser klar wurde und sich keine Seifenblasen mehr im Abfluss sammelten, drehte Olivia die Dusche ab, griff nach dem weichen Handtuch, das an der Wand hing, und wickelte sich darin ein, bevor sie aus der Dusche trat. Allie war noch nicht wieder da, darum wischte Olivia den angelaufenen Spiegel frei und strich sich ihr nasses Haar aus dem Gesicht. Sie versuchte, das Spiegelbild, das ihr entgegenschaute, objektiv zu betrachten.

Sie war nicht schön. Sie war auch nicht hässlich, aber sie war nicht schön. Sie war einfach nur durchschnittlich. Durchschnittliche helle Augen, durchschnittliche helle Haut, ein hässlicher Flickenteppich aus Sommersprossen und knochige Schultern. Den Rest ihres Körpers konnte sie im Spiegel nicht sehen, aber er war auch knochig. Nicht auf gute Weise. Nicht auf eine *Ich kann essen und essen und nehme nie zu*-Art und Weise, sondern auf eine ungelenke und an ein Fohlen erinnernde Art und Weise, die sie wie einen zwölfjährigen Jungen aussehen ließ.

Bei genauerem Nachdenken hatte sie also nichts zu verlieren. Vielleicht erwiesen sich Allis Haarschneidekünste als recht ordentlich und es sähe wider Erwarten ganz gut aus. Und falls nicht … nun ja … wäre sie dann wirklich schlimmer dran?

»Tut mir leid«, rief Allie und kam mit einem schockierend kalten Windhauch aus dem Flur geflitzt. »Ich konnte die Schere nicht finden. Meine Mutter hat sie benützt, um Geschenke einzuwickeln.« Sie rollte mit den Augen. »Ich habe viel Geld für diese Schere bezahlt.«

Das hatte sie wahrscheinlich wirklich. Allie schien ihr ganzes Taschengeld für Dinge auszugeben, die mit Kosmetik zu tun hatten.

Vielleicht sollte es Olivia ebenso halten. Allie war definitiv hübscher als sie.

Sie war auch glücklicher.
Ganz zu schweigen von herrischer.
»Setz dich.« Allie wies auf die Toilette.
Olivia klappte den Deckel herunter und setzte sich.
»Du musst absolut still sitzen, während ich schneide.« Allie nahm einen Kamm aus der Schublade und zog den für Olivia üblichen Mittelscheitel. »Du darfst nicht zusammenzucken oder dich ganz plötzlich bewegen. Ich bin für die Folgen nicht verantwortlich, wenn du das tust und dir dabei die Schere ins Auge rammst.«
»Ich versuche, das zu vermeiden.« Insgeheim wusste Olivia, dass sie nicht ausflippen würde. Tief in ihrer Brust baute sich ein Trommeln auf, wie die Trommeln in »Down Under« von *Men at Work*.
Die – in diesem Augenblick – sehr viel besser gewesen wären als die Carpenters.
Allie kämmte Olivias Haare nach vorn in ihr Gesicht. Sie reichten ihr bis über das Kinn. Sogar beinahe bis zur Brust, wahrscheinlich hatte sie es wachsen lassen, seit sie in der Grundschule zum letzten Mal einen Pony gehabt hatte.
Mit größter Vorsicht kämmte Allie die Haare so, dass sie auf jeder Seite gleich lang waren. Sie kniete sich vor Olivia, sah sie höchst konzentriert an, ihre wasserblauen Augen huschten von einer Seite auf die andere. Dann hielt sie die Haare zwischen Zeige- und Mittelfinger der linken Hand, zog sie in die Mitte zu Olivias Nase und setzte die Schere an.
»Auf drei zählen«, befahl sie.
Olivia holte tief Luft. »Eins …zwei …«
Schnipp!
»He!« Olivia fuhr abrupt zurück. »Du hast gesagt, auf drei zählen!«

»Ich weiß, aber du wärst ausgeflippt, wenn du gewusst hättest, das es ernst wird. Es ist wie beim Zähneziehen: Man muss es schnell und unerwartet tun.« Sie hielt die Haare hoch, die sie gerade abgeschnitten hatte. »Sag ›Auf Wiedersehen‹.« Dann ließ sie die Haare in den Papierkorb fallen.
»Hältst du das wirklich für eine gute Idee?«, erkundigte sich Olivia, obwohl sie genau wusste, dass es zu spät war, um noch etwas daran zu ändern.
Allie bürstete den neuen Haarschnitt in Fasson und lächelte. »O ja, das war eine super Idee.« Sie schnippelte noch hier und dort, lehnte sich immer wieder zurück, um sicherzustellen, dass der Schnitt auch wirklich gerade wurde.
»Lass mich mal sehen.« Olivia wollte aufstehen, aber Allie drückte sie wieder nach unten.
»Nein, du musst noch warten. Lass mich dich erst föhnen und schminken, dann siehst du die ganze Wirkung auf einmal.«
»Ich glaube nicht, dass ich es noch so lange aushalte.«
»Klar, hältst du das aus.« Mit einer Hand drückte Allie Olivia an der Schulter nach unten, mit der anderen griff sie nach dem Föhn, der immer eingesteckt war und allzeit bereit auf dem Badezimmersims lag. Sie schaltete ihn ein und föhnte Olivias neuen Pony. »Ich wette, Mark Grudberg fordert dich heute Abend zum Tanzen auf.«
»Lass gut sein.«
»Doch, im Ernst, du wirst total selbstsicher dorthin gehen. Vielleicht solltest du *ihn* zum Tanzen auffordern.«
»Nie und nimmer.«
»Komm schon, du Feigling.«
»Dann bin ich eben feige. Aber ich werde ihn auf gar keinen Fall zum Tanz auffordern. Dann hält er mich doch für völlig verrückt.«
Allie lächelte und schüttelte den Kopf. »Glaube ich nicht.

Wart's einfach ab, okay?« Allie sah so aufgedreht aus, dass Olivia gar nicht anders konnte, als ebenfalls aufgeregt zu sein.

Was, wenn das wirklich funktionierte?

Sobald Allie mit Fönen fertig war, holte sie ihren Schminkkoffer, der aus einem Haufen Plastik- und Glasbehälter bestand, die sie in einer Schuhschachtel aufbewahrte.

»Du wirst nicht glauben können, wie toll du aussiehst«, flötete Allie, schüttelte eine Flasche mit *Cover Girl*-Grundierung und drehte den Verschluss auf. »Echt obercool.« Sie zog ein kleines, dreieckiges Make-up-Schwämmchen heraus, erklärte, dass alle professionellen Visagisten so ein Schwämmchen benützten, und tupfte die medizinisch riechende Flüssigkeit auf Olivias Haut.

»Ich will aber nicht wie ein Clown aussehen.«

»Diese Bemerkung werde ich nicht mit einer Antwort würdigen.«

Olivia wartete einen Moment, dann sagte sie: »Das hier bedeutet mir echt viel.«

»Nicht halb so viel wie in ein paar Minuten.«

Sie trug Puderrouge und flüssigen Eyeliner auf, brachte abschließend eine große Puderquaste zum Einsatz und wollte zu guter Letzt *Cover Girl*-Mascara mit dem neu entwickelten, gebogenen Bürstchen auftragen.

»Kommt nicht in Frage!«, rief Olivia, als sie das Bürstchen sah. »Ich ertrage es nicht, wenn etwas an meine Augen kommt.«

»Es wird umwerfend aussehen!«, versicherte ihr Allie. »Jetzt schau an die Wand hinter mich. Und nach oben. Höher. Schau dahin, wo die Wand in die Decke übergeht.« Olivia tat wie geheißen und strengte sich ungeheuer an, nicht zu blinzeln, während Allie mit dem Bürstchen ganz vorsichtig den Mascara auf ihre Wimpern auftrug.

»O mein Gott.« Allie holte tief Luft. »O mein Gott, du siehst einfach unglaublich aus.«

»Ich will sehen.« Olivia versuchte immer wieder aufzustehen, aber Allie hielt sie zurück.

»Noch eine Sache. Dann darfst du schauen. Okay?«

»Was denn?«

»Ich muss es erst holen. Versprich mir, dass du nicht guckst, während ich weg bin.«

»Kann ich nicht.«

»Komm schon, Liv. *Bitte?* Spiel einfach noch ein bisschen mit.« Allies Flehen klang aufrichtig. »Ich bin in zehn Sekunden wieder da.«

Olivia schnitt eine Grimasse. »Also gut, ich zähle. Eins …«

Allie sprang auf und stürmte in den Flur.

»Zwei …«

Olivia wollte zu gern spicken, aber sie wusste, Allie wäre am Boden zerstört, wenn sie jetzt mogelte, darum langte sie nur nach oben in ihre Haare.

Sie fühlten sich kurz an.

»Drei …«

Was, wenn Allie heute Abend einen Jungen fand, Olivia aber allein blieb?

»Vier …«

Die Möglichkeit bestand. Allie hatte in diesem Jahr bei den Jungs enorm an Popularität gewonnen. Die Jungs von der Herbert Hoover Junior High und der Potomac Junior High kannten Allie ja vorher nicht und als sie sie sahen, mit ihren blonden Haaren, dem großen Busen, den hübschen, blauen Augen …

»Fünf …«

Daran durfte sie jetzt nicht denken. Noch vor einem Augenblick war sie total optimistisch gewesen. Diesen Zustand musste sie jetzt wieder erreichen.

»Sechs …«
Mark Grudberg. Er würde wahrscheinlich beim Tanz sein. Was, wenn sie ihm auffiel? Was, wenn das Wunder geschah und er sie urplötzlich bemerkte? Vielleicht würde er sie nicht gerade zum Tanzen auffordern, aber schon ein oder zwei Worte wären himmlisch.
»Sieben …«
Schon allein Augenkontakt wäre genug. Sie hatte im Vorübergehen im Flur schon zwei Mal Löcher in ihn gestarrt, aber er hatte sie überhaupt nicht bemerkt. Vielleicht – nur *vielleicht* – würden sich die Dinge heute Abend ändern.
»Acht …«
Ihr Herz pochte. Gleich mussten sie losgehen.
»Neun!«, brüllte Olivia, als Allie um die Ecke ins Badezimmer stürzte. Sie hielt das smaragdgrüne Wickeltop in der Hand.
»Bin schon da, bin schon da. Du hast nicht geschaut, oder?«
»Ich wollte, aber ich hab's nicht getan.«
»Gut.« Allie hielt Olivia das Top hin. »Ich glaube, das wird total gut an dir aussehen. Ich möchte, dass du es trägst.«
Olivia war sprachlos.
»Außer, du willst nichts aus zweiter Hand. Ich will damit nicht sagen, dass du nur was aus zweiter Hand haben solltest.« Sie zog das Top wieder an sich. Die Unsicherheit zeichnete Bedauern in ihr Gesicht.
»Ist das dein Ernst?«, sagte Olivia, »ich darf es haben? Aber das ist dein Lieblingstop.«
»Ich bezweifele, ob ich da noch hineinpasse. Außerdem glaube ich, dass dir die Farbe wirklich gut stehen wird. Und so etwas hast du noch nie getragen. Du weißt schon, mit einem kleinen V-Ausschnitt. Du musst die langweiligen, alten T-Shirts und Polohemden doch langsam satt sein.«

»Stimmt.« Olivia nahm das Top in die Hand. Es war weich, wie Seide. Wahrscheinlich bestand es aus Polyester, aber es war dennoch eine wirklich gute Qualität. Sie sah schon vor sich, wie sie es diese Woche jeden Tag tragen würde.
Sie ließ das Handtuch, in das sie immer noch geschlungen war, auf die Hüfte gleiten und streifte sich das Top über.
Allie lächelte breit und anerkennend. »Perfekt!«
»Ehrlich?«
»Schau selbst.« Allie nahm sie am Handgelenk und zog sie vor den Spiegel.
Das Mädchen, das Olivia entgegensah, war ihr einen Moment lang völlig fremd. Unter den kupferroten Haaren (»Nicht einfach nur *rot*«, hatte Allie korrigiert), die ihr Gesicht umrahmten, wirkten ihre Augen riesig. Und irgendwie nicht so blass, sondern leuchtend blau. Die dunklen Lider waren eine gewaltige Verbesserung, das musste sie ehrfürchtig einräumen, viel besser als die strohblonden Wimpern, die die Natur für sie vorgesehen hatte.
Sie sah wie ein völlig anderer Mensch aus.
Sie war hübsch.
Wow, zum ersten Mal in ihrem Leben fühlte sich Olivia wirklich und wahrhaftig *hübsch.*
»Danke«, hauchte sie in Richtung Allie und versuchte, das Brennen nahender Tränen in ihren Augen zu bekämpfen.
»Ich war das nicht«, meinte Allie unsentimental. »Das bist allein du. Du warst das schon die ganze Zeit, du hast es nur nicht gewusst!«
Olivia lag der Widerspruch schon auf der Zunge. Sie wollte sagen, dass das hier gar nicht real war, es war gestern noch nicht da gewesen, es würde wahrscheinlich morgen nicht mehr da sein, aber sie wusste, dass Allie keine magische Märchenfee war und an dem Ganzen nichts Übernatürliches haftete.

Man brauchte nur ein klein wenig Anstrengung.

»Los schon«, meinte Allie, die ihre Arbeit unbedingt dem Rest der Welt vorführen wollte, »lass uns gehen. Du musst dir auch meinen weißen Kaninchenfellmantel borgen.« Er war nicht echt, aber das wusste keiner. »Der Mantel, den du hast, ist für heute Abend nicht schick genug.«

»Danke.«

Sie gingen zu Fuß zum Tanz, spazierten durch die kalte Dezemberluft, vorbei an Vororthäusern mit Lichterketten und beweglichen Schneemännern und Rentieren und – in einem unglücklichen Fall – der unteren Hälfte eines Weihnachtsmannes, die aus einem Kamin am Dach hing. Dabei sangen sie aus voller Kehle Weihnachtslieder, bis sie so nahe an der Schule waren, dass jemand, der sie kannte, sie womöglich hören konnte.

Sie bezahlten die zwei Dollar Eintritt an der Cafeteria, wo immer noch der Geruch von Spaghetti unter Alufolie in der Luft lag, wo aber bald alle Hinweise auf den Alltag verschwunden sein würden.

Es war eine magische Nacht – vor, während und nach dem Tanz. In ihrer Erinnerung wurde es später zu einem Nebel aus Lichtern, Musik, Lächeln, Lachen, Erwartung und Belohnung.

Es war eine extrem bedeutungsvolle Nacht in Olivias Leben und in den folgenden Jahren dachte sie noch oft an diese Nacht, nicht weil Mark Grudberg sie tatsächlich aufgefordert hatte und zu ihrem ersten Freund wurde (obwohl das toll gewesen war).

Nein, sie war bedeutend, weil sie zum ersten Mal erkannte – und wichtiger noch *fühlte* –, wie sehr dieses ganze Spiel mit der Schönheit einen Menschen verändern konnte. Das vergaß sie von da an nie mehr.

Kapitel 13

Vielleicht wurde sie so schon geboren.
Anzeige für Maybelline

»Es funktioniert so, dass tatsächlich Schlangengift darin enthalten ist. Es lässt deine Muskeln gewissermaßen einfrieren …«
Caroline zog abrupt ihre Hand von dem Gel zurück, das Olivia aus einer Tube herausdrückte, und kreischte: »*Schlangengift?* Ich habe dich gebeten, mein Aussehen ein wenig aufzufrischen, nicht, mich zu vergiften!«
»Es ist absolut sicher, Mom.«
»Wie soll das gehen?«
Olivia hielt die Tube hoch. »Schau dir diese Verpackung an. Zum einen kostet allein die Vermarktung ein Vermögen. Zum anderen ist es von *Peter Thomas Roth.* Die stellen dort mit die besten Hautpflegeprodukte her, die es für Geld zu kaufen gibt. *Es wird dich nicht vergiften.* Um Himmels willen, Nicole Kidman benützt es auch!«
Ihre Mutter tat so, als sei das der Beweis, den sie brauchte, dass diese ganze Sache schlimme Hexerei war. »Ich fand schon immer, dass an ihr etwas nicht stimmt.«
»O *bitte*, Mom.«
»Da war diese merkwürdige Ehe mit …«
»Willst du wirklich über schlechte Ehen reden?«, fragte Olivia, als ob sie und Nicole die besten Freundinnen waren und sie sie verteidigen musste.

Das waren sie natürlich nicht, also musste sie es auch nicht. Aber sie wollte sich auf gar keinen Fall anhören, wie ihre Mutter Platitüden darüber von sich gab, was eine gute Ehe ausmachte.

»Ich verstehe dich schon«, erwiderte Caroline knapp. »Aber ich bin mir wirklich nicht sicher, ob ich Schlangengift in meinem Gesicht haben will.« Sie griff nach oben, um es sich abzuwischen.

Olivia packte die Hand ihrer Mutter und hielt sie fest, während sie etwas Gel auf ihre Fingerknöchel gab. »Hier bitte, siehst du? Ich lebe noch. Jetzt reib es dir in die Stirn.«

Caroline schaute skeptisch. »Die Gesichtshaut ist sehr dünn, weißt du. Gift könnte einfach so hindurchsickern.«

»Ja, ich weiß, darum bekommt man im Gesicht auch so leicht Falten.« Olivia gab etwas Gel auf ihre Fingerspitzen, um es selbst auf die Stirn ihrer Mutter aufzutragen. Dann trat sie einen Schritt zurück. »Kannst du es spüren?«

Caroline wackelte mit den Augenbrauen. »Ich bin mir nicht sicher … es brennt ein wenig.«

»Schlimmer wird es nicht. Es brennt nur ein bisschen.« Olivia tupfte sich das restliche Gel auf die eigene Stirn. »Aber spürst du nicht bereits, wie deine Stirn ein wenig fester wird?«

Caroline wackelte noch ein wenig mehr. »Doch, schon.«

»Gut. Dadurch werden sich deine Falten nicht weiter vertiefen.«

»Wer sagt denn, dass ich Falten habe?«, widersprach Caroline und lehnte sich zurück.

»*Ich* sage das, Mom. Du hast Falten.« Olivia sah zum Regal und nahm eine andere Tube zur Hand. »Jetzt tupfe dir das hier ganz sanft rund um die Augen.«

»Was ist das? Blausäure?«

Nicht schlecht. Olivia hätte beinahe gelacht, aber sie durfte das ihrer Mutter nicht durchgehen lassen, sonst würde Caroline sich nur ermutigt fühlen, über alles, was Olivia ihr vorschlug, die Nase zu rümpfen.

»Das ist ein Pilzextrakt, der die feinen Fältchen glättet. Schau her.« Sie hielt die Tube so, dass ihre Mutter den Namen Dr. Weil auf dem *Origins*-Etikett lesen konnte. »Ein *Arzt* hat es entwickelt, Mom. Das bedeutet, es wird dich nicht umbringen.«

»Erstaunlich, was man für Jugend und Schönheit alles tut. Aber ich bin es leid, mich wie ein altes Weib zu fühlen. Wenn ich ein neues Leben anfangen will, brauche ich auch einen neuen Look.« Caroline tupfte sich die Creme um die Augen, während Olivia ihr zuschaute. Sie wirklich anschaute.

Das einst leuchtend kupferrote Haar – Olivia musste zugeben, dass es im Sonnenlicht umwerfend ausgesehen hatte – war jetzt ein stumpfes, elektrisches Rot, Folge von zu viel billigen Färbeprodukten aus dem Drogeriemarkt auf stumpfem, alterndem Haar. Carolines Gesicht sah immer noch entzückend aus – das tägliche Eincremen mit der Cold Cream von *Ponds*, das bei ihrer Großmutter und Urgroßmutter so wunderbar funktioniert hatte, hatte auch Olivias Mutter gute Dienste erwiesen. Die neuen Produkte, die Olivia ihr gegeben hatte, würden das ihre dazu beitragen. Und Carolines Zähne hatten einen netten, natürlichen Ton, nicht das stumpfe Grau, das so viele Frauen ihres Alters auszeichnete.

Aber sie war dünn. Vielleicht zwanzig Pfund zu mager. Olivia kannte Caroline gut und wusste, dass ihre Mutter glaubte, sie würde dadurch besser aussehen, als wenn sie ein gesünderes Gewicht hätte, aber auf Olivia wirkte sie wie ein zerbrechliches, kleines Vögelchen.

»Du wirst staunen, wie gut das wirkt«, sagte Olivia und nahm ihr die Tube ab.
»Das hoffe ich doch. Obwohl ich nicht weiß, wie ich mir diese Preise leisten soll.«
Olivia lächelte. »Ich versorge dich schon mit Nachschub.«
»Das kann ich dir nicht zumuten.«
»Das ist keine große Sache. All das hier«, sie zeigte auf die vielen Regale mit Flaschen, Tuben, Töpfen und Tiegeln, »wird mir von den Herstellerfirmen kostenlos überlassen.«
»Warum tun die das?«
»Weil sie wollen, dass ich ihre Produkte ausprobiere und großartig finde und sie im Magazin vorstelle.« Sie reichte ihrer Mutter eine Tube mit »Visible Difference«-Feuchtigkeitscreme von *Elizabeth Arden.* Sie selbst konnte das nur mitten im Winter benützen, wenn die Hitze in den Räumen jedes Leben aus ihrer Haut herausdampfte. Aber für die alternde Haut ihrer Mutter war diese Creme das ganze Jahr über sinnvoll. »Probiere das. Benütze es zwei Mal täglich. Du wirst davon begeistert sein.«
Ihre Mutter hielt die Tube hoch und musterte sie. »O ja, die habe ich schon.«
»Benützt du sie auch?«
Ihre Mutter schüttelte den Kopf. »Die spare ich mir immer für besondere Gelegenheiten auf, weil sie so teuer ist.«
»Mom, es ist eine Feuchtigkeitscreme, nicht Chanel No. 5 – du musst sie jedes Mal auftragen, wenn du aus der Dusche kommst oder dir das Gesicht gewaschen hast. Und sie ist sehr ergiebig, ein kleiner Tropfen reicht schon.«
»Ich will's versuchen.« Caroline inspizierte ihre Tochter. »Mein Gott, du siehst auf jeden Fall besser aus als ich, wie ich noch in deinem Alter war.«
»Wenn das stimmt, dann liegt das zweifellos nur daran, dass ich nicht verheiratet bin.« Olivia sah auf ihre Uhr.

Es war halb zwei. In einer halben Stunde hatte sie eine Besprechung und ihre Mutter hatte um zwei einen Termin. »Du musst los, die erwarten dich im Salon.«
»Ach ja. Wo genau ist denn dieser Friseursalon? Bei *Saks*?«
»*Bergdorf Goodman.* Im 700er Block der Fifth Avenue, du kannst ihn gar nicht verfehlen.«
»Und wie heißt der Friseur?«
»John Barrett.« Die meisten Menschen würden für einen Termin bei John Barrett einen Mord begehen, aber wenn Olivia ihr das sagte, würde Caroline wahrscheinlich finden, es sei zu luxuriös, und lieber in ein Expressschnittstudio gehen, um sich vom erstbesten Lehrling die Haare schneiden zu lassen. »Der Salon heißt wie er.«
»Bist du sicher, dass er sich mit dem Haarstil von Frauen ab einem bestimmten Alter auskennt? Ich will hinterher nicht aussehen wie so ein junger Punk.«
Olivia lachte. »Das wird nicht passieren, Mom. Auf gar keinen Fall.«
Es herrschte einen Moment Stille, dann sagte Caroline: »Ich weiß das sehr zu schätzen, was du alles für mich tust. Es ist lange her, seit ich mich mit meinem Aussehen gut gefühlt habe.«
»Dann wirst du bald sehr glücklich sein. Und jetzt geh. Ich muss arbeiten.« Sie sah ihrer Mutter nach, dann rief sie noch: »Und geh nach dem Friseur in ein Café. Du musst etwas essen!«
Ihre Rollen – zumindest die Rollen, die sie spielen sollten – hatten sich umgekehrt.

»… und jetzt wird er sie heiraten«, schnaufte Allie. »Er wird sie *heiraten.* Wie in *bis dass der Tod uns scheidet.* Mein Gott, ich hätte ihn auf der Stelle umbringen können. Oder sie.«

Allie und ihre Mutter spazierten in schnellem Tempo entlang des C&O Canals, nördlich von Georgetown. Ihre Mutter schritt mühelos aus, eine geriatrische Jane Fonda, aber Allie war sich atemlos der Tatsache bewusst, dass jeder Schritt, den sie machten, sie einen Schritt weiter vom Auto entfernte.

Das Laufband wäre besser gewesen, fand sie. Auf einem Laufband konnte sie ihre Fortschritte täglich prüfen, sich selbst antreiben, aber auch jederzeit einfach aufhören, wenn sie das wollte.

Oder wenn sie das *musste.*

»Noah heiratet also Victoria Freedman.« Ihre Mutter schnalzte mit der Zunge. »Ich muss schon sagen, du und ich sind nicht immer einer Meinung, was Noahs Freundinnen angeht, aber diese Paarung überrascht auch mich sehr.«

»Das ist doch verrückt, oder?«

»Nun ja, ich habe Victoria einige Jahre nicht gesehen.« Sie hob die Augenbrauen. »Aber wenn sie auch nur im entferntesten wie ihre Mutter …«

»Genau! *Genau!* Und warum sollte sie nicht wie ihre Mutter sein? Der Apfel fällt nicht weit vom Stamm.«

Ihre Mutter sah sie an.

»Wie auch immer«, fuhr Allie fort, »sie ist ein schrecklicher Mensch und ich bin so furchtbar ausgeflippt, als er es mir erzählte, dass er jetzt nicht mehr mit mir reden will.«

»Was ist passiert?«

»Wir haben ein paar Bier getrunken und er wollte bei mir auf dem Sofa schlafen, aber das Gespräch nahm einen so schlechten Verlauf, dass er mit dem Taxi nach Hause fuhr. Es war schrecklich.«

»Hast du seither mit ihm geredet?«

»Es gab ein paar unangenehme, eisige Telefonate.« Allie legte an Tempo zu, ihre Füße mussten ihren Ärger im Laufen wegtreten. »Man könnte doch meinen, dass er endlich wieder normal ist.«

»Mach langsamer«, sagte ihre Mutter.

Sofort verringerte Allie die Geschwindigkeit.

»Ich meinte das bildlich«, sagte ihre Mutter. Sie war nachsichtig, weil sie nachsichtig veranlagt war, aber sie wollte auch deutlich machen, dass ihre Tochter sich dumm verhielt. »Sei nicht so schnell in deinem Urteil über Noah. Das ist ein großer Schritt für ihn. Es ist möglicherweise ein größerer Schritt für ihn als für dich, Liebes.«

Allie schmollte. »Möglicherweise.«

Ihre Mutter ignorierte ihre Gereiztheit. »Hat er dir gesagt, warum er sie heiraten will?«

»Nein, aber es scheint mir eine ziemlich spontane Entscheidung, nicht wahr? Dir ist es ja auch aufgefallen!« Na also. Allie war weder zänkisch noch nachtragend. Ihre Mutter hielt die Heirat ja auch für übereilt. »Er hat nur gesagt, es sei das Richtige und so etwas könne man eben nicht immer erklären. Das ist doch Quatsch. Wenn du mich fragst, ist das Ganze eigenartig überstürzt.«

»Glaubst du, dass Victoria in der Klemme sitzt?«

»Ich kann mir nicht vorstellen, dass sie mal *nicht* in der Klemme sitzt.« Allie hielt inne. »Moment mal, meinst du ein bestimmtes Problem? So wie *schwanger*?«

Ihre Mutter nickte. »Das ist einer der Gründe, warum junge Menschen überstürzt heiraten.«

»O Mom.« Allie legte den Arm um die Schulter ihrer Mutter. Sie gingen weiter, wenn auch langsamer. »Das ist so süß von dir, aber wir sind keine *jungen Menschen* mehr. Und in eine solche Klemme geraten wir auch nicht. Außer wir wären völlig debil. Ich kann zwar nicht für Vickie sprechen, aber debil ist Noah nicht.«

Oder doch? Sie kannte sich mit seinen sexuellen Gewohnheiten nicht aus. Abgesehen von der Tatsache, dass er großartig küssen konnte. *Das* wusste sie allerdings.

Daran erinnerte sie sich.

Aber es war schon so lange her … in einer Nacht, die er zweifellos schon längst vergessen hatte. Sie wusste nichts darüber, wie es derzeit um seine romantische Veranlagung stand. Ob er zu den Männern gehörte, die nicht dafür sorgten, dass alles seine Ordnung hatte, bevor, nun ja, sie den Akt vollzogen.

Wahrscheinlich würde es ihn schockieren, wenn er wüsste, dass sie sich darüber überhaupt Gedanken machte. Aber sie konnte nicht anders.

Als er damals an ihre Schule gekommen war, hatte sie ihn süß gefunden. Und er war auch wirklich süß gewesen, wie es niedliche Jungs bisweilen sein konnten. Im Laufe der Zeit hatte er sich nicht in diese merkwürdige Mischung aus Mann und Kind verwandelt, wie es so viele süße Jungs taten (man denke nur an Jerry Mathers aus *Erwachsen müsste man sein*), sondern war zu einem wirklich *sehr* attraktiven Mann herangereift. Sein einst so weiches Gesicht hatte markante Konturen bekommen. Seine Zähne, nach vielen unseligen Jahren mit Klammern, waren jetzt gerade und hielten jeder Nahaufnahme stand. Und die Fältchen um seine Augen kamen sowohl vom Lächeln als auch von der Art und Weise, wie er die Augen zusammenkniff, wenn er sich auf etwas konzentrierte, wie Allie wusste.

Und dann das Blau seiner Augen. Nicht gletscherblau gleißend, nicht ausgewaschen blass, einfach nur … warm. Wenn Blau überhaupt warm sein konnte. Allie hatte in ihrem Leben oft über dieses Blau nachgedacht und herauszufinden versucht, was für eine Farbe es genau war, aber ihr fiel dafür nur ein Wort ein. Noah.

Noah-Blau.

Das könnte auch eine Buntstiftfarbe sein.
Darüber hinaus war Noah womöglich der klügste Mensch, dem Allie je begegnet war. Er konnte komplizierte Steuerformulare und politische Fragestellungen begreifen und sie Allie wie einer Sechsjährigen erklären, ohne sie dabei dumm aussehen zu lassen.
Das gefiel ihr.
Er war wirklich verdammt nah dran am perfekten Mann.
Kein Wunder, dass Vickie ihn haben wollte.
Plötzlich sah Allie ihn und Vickie vor ihrem inneren Auge. Wie er sie küsste. Wie er sie berührte. Ein Gedanke, bei dem sich ihr der Magen umdrehte.
»Allison, ich habe ihn nie als debil bezeichnet.«
Allie lenkte ihre Aufmerksamkeit wieder auf das Gespräch mit ihrer Mutter. Debil. Genau. »Na schön, Hauptsache, wir sind uns einig, dass Noah nicht debil ist.« Sie runzelte die Stirn, immer noch betroffen. »Höchstens in der Auswahl seiner Freundinnen.«
»Weil du es nicht bist.«
»Wie bitte?« Woher kam das jetzt auf einmal? »Ich? Und Noah?«
Ihre Mutter nickte.
»Wir sind Freunde!« Aber ihr Protest klang schwach.
»Gute Beziehungen haben schon auf weit weniger als dem aufgebaut.« Peggy Denty blieb stehen. »Lass uns umkehren. Wenn wir weitergehen, landen wir noch in Georgia.«
Oh, Gott sei Dank. Allie musste das Thema wechseln. Sie musste auch die Richtung ihrer Gedanken wechseln. »Wie du möchtest«, sagte sie und sie drehten um. Allie betrachtete den Weg, den sie gekommen waren, voller Dankbarkeit.
»Was wolltest du gerade sagen?«, fragte ihre Mutter
»Dass Noah und mich nichts weiter als Freundschaft ver-

bindet. Wenn du also darauf hinaus willst, dass ich eifersüchtig bin, dann kannst du dir das sparen.«

»Das habe ich nie behauptet!« Ihre Mutter sah so ehrlich überrascht aus, dass es Allie sofort peinlich war.

»Gut.«

»Aber jetzt, wo du es erwähnst …«

»Das habe ich nicht. Vergiss, dass ich etwas gesagt habe. Das führt uns auf ein völlig falsches Gleis.« Sie wollte eine innere Kehrtwende einlegen. »Die Sache ist nur die, dass Noah plant, die böse Hexe aller Märchen zu heiraten, und ich ihn aufhalten muss.«

»Aber Schatz, begreifst du das denn nicht? Das kannst du nicht. Die Menschen müssen diese Art von Entscheidung allein fällen und es klingt, als ob Noah das bereits getan hat. Du musst es einfach akzeptieren und trotzdem seine Freundin bleiben.«

Allie dachte darüber nach. Dachte sehr ernsthaft darüber nach. Sie konnte sich nicht vorstellen, dass sie einfach zusehen sollte, wie Noah diese Frau heiratete. Sie konnte sich nicht vorstellen, dass sie bei ihm zu Hause anrief und sich höflich bei Vickie erkundigte, ob Noah zu sprechen sei.

Sie konnte sich nicht vorstellen, zu den Geburtstagen und Abschlussfeiern der Kinder von Noah und Vickie zu gehen. Genauer gesagt konnte sie sich das durchaus vorstellen und die Bilder waren grauenvoll. Sie sah Ponys und Clowns und überall kleine Freedmans. Kinder mit dem guten Blut der Hallers, die wie Freedmans herumliefen.

Dieser Gedanke ließ sich einfach nicht ertragen.

»Ich bin nicht sicher, ob ich das kann, Mom«, hörte Allie sich sagen. Da wusste sie, dass es tatsächlich die schreckliche Wahrheit war, zu entsetzlich, um es zuzugeben: Sie war sich nicht sicher, ob sie seine Freundin bleiben konnte, wenn er einen so grauenhaften Fehler beging. Vielleicht wäre es besser, wenn sie sich ganz zurückzog. »Was macht man, wenn jemand, den man liebt, etwas tun will, von dem man absolut sicher weiß, dass es sich um einen schauerlichen Fehler handelt?«

Ihre Mutter hakte sich bei ihr unter und drückte ihren Arm. »Du stehst ihm zur Seite«, sagte sie, »und hoffst, dass er es irgendwann von selbst einsieht.«

Kapitel 14

So einzigartig wie Sie selbst.
Anzeige für Cachet-Parfüm

Als Olivia eine Woche nach dem Klassentreffen zu Wochenbeginn ins Büro kam, wartete ihr Assistent Tim bereits mit dem neuesten Klatsch auf sie.

»Du hast eine Nachricht«, sagte er, hielt einen kleinen, gelben Notizzettel hoch und wedelte damit.

»Na gut, du machst mich neugierig. Was steht da?«

»Die Nachricht ist von einer alten Freundin.«

»Meiner Freundin oder deiner?«

»Deiner, natürlich. Jemand, den du auf dem Klassentreffen getroffen hast.« Er legte den Zettel auf seinen Schreibtisch und stützte die Hände auf den Hüften ab, obwohl er saß. »Ich kann es nicht fassen, dass du mir nicht von deinem Klassentreffen erzählt hast!«

Olivia rollte mit den Augen. »Ich wusste erst, dass ich hingehen würde, als du am Freitag schon gegangen warst, sonst hättest du es mir ganz sicher irgendwie aus den Rippen geleiert.«

»Freitag vor einer Woche«, sagte er und sah sie erwartungsvoll an.

»Warum hätte ich noch davon erzählen sollen, nachdem ich dort war? So interessant war es nicht.«

»Das werde *ich* beurteilen.«

»Später. Ich muss arbeiten. Was hast du für mich?«

Tim seufzte. »Na schön.« Er nahm den Zettel wieder zur Hand. »Er ist von deiner Freundin *Allison.* Kennst du sie?«

Olivia runzelte die Stirn. »Ja. Ist etwas passiert?«

»Das hat sie nicht gesagt, aber sie klang beunruhigt. Oder vielleicht hatte sie auch nur einen Schnupfen.« Er reichte ihr den Zettel. »Vielleicht war sie auch betrunken. Manche Leute bekommen eine nasale Stimme, wenn sie getrunken haben …«

»Wann hat sie angerufen?«

»Sie hat auf das Band gesprochen. Der Anruf ging um zwei Uhr nachts ein.«

»Ist die Nachricht noch abhörbar?«

Tim nickte. »Ich habe sie gespeichert.«

»Danke.« Olivia ging mit dem gelben Zettel in der Hand in ihr Büro, schloss die Tür und setzte sich an ihren Schreibtisch – auf dem Tim einen Stapel anscheinend weniger interessanter Nachrichten für sie hinterlegt hatte – und hörte ihre gespeicherten Nachrichten ab.

Allies war die erste. *»Hi, Olivia, ich bin's, Allie. Allison Denty. Vom Klassentreffen. Was du wahrscheinlich weißt. Ach je.«* Sie sprach schnell, wie sie es immer tat, wenn sie nervös war. *»Jedenfalls rufe ich mitten in der Nacht an, weil ich hoffe, dass du das Band morgen früh gleich als Erstes abhörst. Ruf mich zurück. Ich habe … nun ja, es ist ein Problem aufgetreten, über das ich mit dir reden wollte. Also, ruf mich an. Danke. Tschüss. Ach ja, meine Nummer ist 301-555-1593. Danke.«* Sie legte auf.

Das war ein beunruhigter Anruf. Kein Schnupfen. Auch nicht betrunken, obwohl ein wenig Alkohol dazu beigetragen haben mochte, dass sie ihre Konsonanten verschliff.

Olivia zögerte. Sie wollte sich nicht in irgendwelche Dramen verstricken lassen. Es gab weiß Gott genug Dramen in ihrem eigenen Leben.

Nicht nur in ihrem Leben, allein in diesem Monat.
Andererseits hatte Allie in den vergangenen zwanzig Jahren nicht gerade zwanghaft oft angerufen, wenn also etwas geschehen war, worüber sie unbedingt mit Olivia reden musste, dann sollte sie vielleicht davon ausgehen, dass es etwas Ernstes war. Ihre frühere Freundschaft mit Allie ließ sie schließlich nicht völlig kalt.
Sie wählte die Nummer und wartete, bis es klingelte.
»Hallo?«
»Allie?«
»Olivia?«
»Ja, ich habe deine Nachricht erhalten.« Olivia ging den Stapel an Nachrichten durch und ordnete ihn nach Dringlichkeit. Drei Nachrichten waren von Vickie Freedman, die zum Mittagessen in die Stadt kommen wollte und offenbar die Begegnung mit einer Prominenten suchte, für die sie Olivia hielt. »Was ist los?«
»Nun ja … ich … ich hätte dich vermutlich gar nicht damit belästigen sollen. Ich weiß, der Anruf muss sich panisch und schrill angehört haben – und noch dazu mitten in der Nacht. Wahrscheinlich dachtest du, dass etwas Furchtbares passiert sein muss.«
Olivia war erleichtert. »Das ist es also nicht?«
»Nein.« So, wie sie es sagte, klang es nach einer Frage. »Ich habe mich nur gefragt … mein Lip Plumper zeigt keine Wirkung. Eigentlich wollte ich nur vollere Lippen. Jetzt frage ich mich, ob dieses Problem bei allen auftritt.«
»Keine Ahnung, Allie, damit habe ich mich noch nicht beschäftigt. Die meisten Menschen glauben ohnehin nicht, das es funktioniert. Aber du brauchst das auch nicht. Nur einen guten, neutralen Konturenstift von *Dior* oder *Spice* und …«
»Olivia.«

»Ja?«
»Tut mir leid.« Allie klang jetzt angespannt. »Deswegen habe ich gar nicht angerufen. Ich habe dich angerufen, weil etwas Entsetzliches passiert ist, und ich wusste nicht, wen ich sonst anrufen sollte, aber als die Sonne aufging, wurde mir klar, dass es völlig unpassend war, dich damit zu belästigen.«
Olivia war *froh* gewesen, dass Allie angerufen hatte. Jetzt ihr Bedauern zu hören, war ein wenig … enttäuschend. »Es ist nicht unpassend, Allie. Was zum Teufel ist denn los?«
Allie schnüffelte. »O Gott, er will sie heiraten!«
Olivia war sprachlos. »Was?«
»Noah. Vickie.« Allie schnüffelte erneut. »Siehst du? Es geht mich nicht einmal etwas an, darum sollte ich dich da nicht mit hineinziehen.«
»Moment mal.« Olivia spielte noch einmal das kurze Gespräch ab. »Er will sie *heiraten*?« Sie konnte es nicht glauben. »*Vickie?*«
Die Zettel mit Vickies Telefonnachrichten schienen plötzlich zu glühen, als ob sie brannten.
Vickie war überall.
»Das darf er nicht. Ich meine, ja, er hat gesagt, dass er es tun will, aber er kann es nicht tun. Ehrlich, ich habe so ein schlimmes Gefühl, was sie betrifft, und das ist nicht nur alter Groll aus meiner Jugend.«
»Hat Noah das behauptet?«
»Wortwörtlich.«
Olivia sah förmlich vor sich, wie er es sagte. »Das muss wehgetan haben.«
»Ja, schon, aber es ist mir egal, wenn er mich für ein riesiges, unreifes Baby hält. Was er übrigens tut. Das hat er auch gesagt. Dieses Mal bin ich wirklich nicht selbstsüchtig. Ich will einfach nicht, dass er sein Leben ruiniert.«

»Nein, das will ich auch nicht.«
Allie sog die Luft ein. »Dann rede mit ihm. Du bist vielleicht die Einzige, die er ernst nimmt. Auf jeden Fall die Einzige von uns beiden.«
Sie hatte recht, aber nur, weil Noah und Olivia die etwas steife Freundschaft pflegten, wie sie Distanz und Zeit geschmiedet hatten. Sie sprachen nicht jeden Tag, auch nicht jede Woche miteinander. Sie teilten nicht das Verstehen wie auf Stichwort, das Noah und Allie teilten, die Witze, die nur sie beide verstanden, die Vertrautheit und lockere Kommunikation, die ihn sagen ließ, das ist nur ein alter Groll aus deiner Jugend, ohne fürchten zu müssen, damit eine Grenze zu überschreiten.
So gesehen hatte Allie also recht. Und Olivia war froh. Denn sie mochte Noah ebenso sehr wie Allie und wenn er sich das, was sie sagte, mehr zu Herzen nahm, dann konnte das vielleicht funktionieren.
»Hat er gesagt, warum?« Eine seltsame Frage, dachte sie später. Wenn jemand verkündet, dass er heiraten will, dann kann man für gewöhnlich ziemlich sicher sein, dass er verliebt ist, aber bei Vickie Freedman und Noah war das nicht der erste Gedanke, der einem durch den Kopf schoss.
»Äh, eigentlich nicht.« Allie schnüffelte. »Er hat keine große Rede über die Liebe gehalten. Aber ich glaube, ich war so quengelig und hysterisch deswegen, dass es so klang, als würde das alles nur um mich gehen. Was ich absolut nicht denke, aber ich könnte ohne Ende davon erzählen, wie mies sie zu mir war, und das sind doch *Tatsachen*, nicht wahr? Abgesehen davon, *weiß* ich einfach, dass sie von Grund auf schlecht ist.« Allie holte Luft. »Und ich glaube nicht, dass sich so ein fundamentaler Charakterzug mit der Zeit wirklich verändern kann, du etwa?«
Jeder andere wäre von Allies Wortschwall wie erschlagen

gewesen, aber Olivia war damit aufgewachsen und besaß immer noch den Instinkt, die hervorstechendsten Fakten zu extrahieren. »Ich weiß nicht.« Aber sie neigte dazu, Allie recht zu geben. »Im Grunde hast du seine Sicht der Dinge also gar nicht erfahren, sondern nur seine Verteidigungsrede auf Vickie gehört.«

»Genau. Ich weiß, es ist meine Schuld, aber ... so ist es jetzt eben. Und ich habe keine Ahnung, was da eigentlich abgeht.«

»Vielleicht sollte ich ihn anrufen.«

»Ich finde, das solltest du tun.« Allie klang erleichtert.

»Aber ich will nicht, dass er das Gefühl bekommt, wir hätten uns gemeinsam gegen ihn verschworen.«

»Erzähl ihm nicht, dass du mit mir geredet hast. Auf die Idee kommt er von allein nie. Ruf ihn einfach an und tu so, als wolltest hören, wie es ihm so geht, was er so macht ...« Allie holte schaudernd Luft. »... wie er sich seine gesamte Zukunft vergeigt. So in der Art.«

Olivia überlegte. Sie hatte viel zu tun – ihr Schreibtisch lieferte den besten Beweis dafür –, aber wenn sie etwas tun konnte, um Noah zu helfen, dann würde sie auf jeden Fall Zeit dafür freischaufeln. Und obwohl sie und Allie nicht immer in allem einig gewesen waren, waren sie es in diesem Punkt sehr wohl. Olivia nahm Allie ab, dass ihre Sorge Noah galt und nicht sich selbst. Wenn ihr einziger Bezugspunkt ihre Erfahrung mit Vickie war, dann verstand Olivia das nur zu gut, aber sie verstand auch, warum Noah das unmöglich begreifen konnte.

Niemand trug daran die Schuld.

Vielleicht konnte Olivia helfen, vielleicht auch nicht, aber sie musste es auf jeden Fall versuchen. Das musste sie wirklich, sie musste es versuchen.

»Ich werde ihn anrufen, Allie.«

»Schon bald?« Allie versuchte es zwar zu verbergen, dennoch schimmerte eine panische Note durch ihre Stimme hindurch.
»Heute noch. Sofort. Keine Sorge.«
»Rufst du mich anschließend an und lässt mich wissen, was er gesagt hat?«
»Klar. Sobald ich etwas weiß.«
»Danke.« Allie atmete langgezogen aus. »Ehrlich, ich danke dir von ganzem Herzen. Vielleicht können wir beide gemeinsam Noah vor diesem entsetzlichen Fehler bewahren.«
»Wir wollen es hoffen.« Olivia legte auf.
Die Tage vor der knallharten Deadline für den Druck des Magazins waren immer sehr arbeitsreich, darum schaffte es Olivia erst am Abend, Noah anzurufen, und als sie ihn endlich erreichte, war er gerade mit Vickie zusammen und konnte nicht reden.
Darum kam sie erst am folgenden Nachmittag dazu, sich mit Noah zu unterhalten.
Er war in keiner guten Stimmung.
»Allie hat dich angerufen?«
»Sie macht sich Sorgen«, sagte Olivia. Leugnen war zwecklos – er wusste es. »Ganz ehrlich, Noah, ich bin auch etwas besorgt. Das scheint alles furchtbar schnell zu kommen.«
»Ja.«
Das war es? *Ja?* »Du verstehst also, warum deine Freunde sich Sorgen machen?«
»Ja, tue ich, danke, aber mir war nicht klar, dass ich erst die Genehmigung aller einholen muss.«
Sein Tonfall überraschte Olivia. »Das musst du selbstverständlich nicht. Aber deine Freunde …«
Er stieß kurz und abgehackt den Atem aus. »Hör zu, ich stecke hier gerade mitten in etwas. Kann ich dich später zurückrufen?«

»Ja. Ruf mich an, sobald du kannst. Ach, Noah?«
»Was?«
»Es tut mir leid, wenn ich mich in etwas einmische, was mich nichts angeht. Es ist nur so, dass mir sehr viel an dir liegt. Allie auch.«
Er gab ein spöttisches Geräusch von sich, dann sagte er: »Ich muss jetzt los.«
Olivia rief Allie an und es war offensichtlich, dass Allie schon ganz kribbelig auf ihren Anruf gewartet hatte. Olivia hasste es, sich wie eine Klatschbase zu fühlen, aber in Noahs Fall waren sie und Allie die Menschen, die ihm am nächsten standen, und es war offensichtlich, dass er von seiner Verlobung selbst nicht gerade begeistert war. Als seine Freundinnen mussten sie sich zumindest einig werden, wie sie ihn jetzt am besten unterstützen konnten.
Olivia wiederholte für Allie das Gespräch. »Ich weiß nicht, was da los ist«, schloss sie, »aber möglicherweise liegt das Problem darin, dass wir von dem Moment an, in dem wir herausfanden, dass er sich mit Vickie trifft, kaum etwas anderes getan haben, als ihm zu sagen, was für eine Zicke sie ist.«
»Du hast das nicht getan«, widersprach Allie, »nur ich. Er ist wütend auf mich.«
»Ich habe mich auch nicht gerade herzlich über sie geäußert.«
»Mag sein, aber wenn ihn das verärgerte, warum hat er dann bis heute gewartet, um sich Luft zu machen?«, fragte Allie. »Zwei Wochen lang hat er sich völlig normal verhalten.«
»Das war das erste Mal seit dem Klassentreffen, dass ich mit ihm gesprochen habe.« Tim kam in Olivias Büro und reichte ihr eine Handvoll gelber Nachrichtenzettel. »Vielleicht ist er schon seit damals wütend auf mich und ich habe es nur nicht gewusst.«

Allie tat das schnaubend ab. »Das sieht ihm nicht ähnlich. Noah wird nicht wütend.«
Olivia ordnete die Nachrichten nach Dringlichkeit, hielt Ausschau nach einer möglichen Nachricht von Noah. »Vielleicht hatte er einfach viel zu tun und ich habe seinen Tonfall falsch interpretiert.«
»Ich habe ihm drei Nachrichten hinterlassen und er hat mich nicht zurückgerufen.«
»Wie ich schon sagte, vielleicht hat er viel zu tun.«
»Nein, er ruft mich *immer* zurück. Das ist äußerst seltsam.«
»Allie.« Olivia legte die Zettel beiseite und klopfte mit einem frisch manikürten Finger auf ihre Schreibtischplatte. Sie konnte das eigentlich nicht sagen, sie sollte sich nur um ihre eigenen Dinge kümmern und sich da heraushalten. »Ist dir je der Gedanke gekommen, dass Noah womöglich mehr als nur platonische Gefühle für dich hegt?«
»Nein!« Allie antwortete schnell und explosiv. »Das ist doch verrückt.«
»Finde ich nicht.«
»Doch, ist es, Olivia, glaube mir. Er hatte seine Chance, aber er hat sie verstreichen lassen, und wenn ich eine Chance gehabt hätte, hätte ich sie auch nicht ergriffen.«
»Vor kurzem?«
»Seit Jahren. Weißt du, entweder war er gerade mit jemandem zusammen oder ich ging gerade mit jemandem aus, aber es gab Zeiten, in denen keiner von uns jemanden hatte, und er hätte etwas unternehmen können, hat er aber nicht getan.«
»Hast *du* etwas unternommen?«
Es trat eine lange Stille ein. »Nein. Auch wenn ich das gewollt hätte, ich konnte einfach nicht. Es fällt mir wirklich schwer, in solchen Dingen selbstsicher zu sein.«

Weil sie das nie nötig gehabt hatte.
»Ich glaube, für Noah ist es auch schwer. Vor allem, wenn es um dich geht.«
»Das glaube ich dir nicht.«
Was sollte Olivia tun? Allie die uralten Kamellen erzählen oder das Geheimnis wahren, wie sie es seit Jahren getan hatte? »Denk doch mal darüber nach. Wenn er wirklich etwas hätte unternehmen wollen, wie hätte er vorgehen sollen? Wenn man sehr lange mit jemand befreundet ist, dann hat sich da ein harmonisches Verhältnis entwickelt, das sich nur schwer brechen lässt. Wie sagt man seinem besten Freund, dass man ihn liebt?«
Allie schnappte nach Luft. »Hat er dir das gesagt?«
Seit Ewigkeiten nicht. »Nein, hat er nicht. Aber das würde er ja auch nicht, oder? Das heißt aber nicht, dass es nicht wahr ist.«

Kapitel 15

Arm hoch, wenn Sie sicher sind.
Anzeige für Sure-Antiperspirant

In der ersten Woche ihrer Diät – ihres neuen Lebenswandels, wie sie es nennen sollte, aber wem machte sie was vor: Sobald sie ihr Ziel erreicht hatte, würde sie ein gewaltiges, fetttriefendes Abendessen zu sich nehmen – verlor Allie vier Pfund.

Sie hatte bei *Oprah* schon Leute gesehen, die mehr als das in ihrer ersten Woche abgenommen hatten, spektakuläre Geschichten von acht Pfund die Woche, aber sobald sie beim Gruppentreffen ihre Enttäuschung artikulierte, versicherten ihr alle, dass sie verrückt sei und dass vier Pfund eine Wahnsinnsleistung seien.

Es wäre schön gewesen, die ganzen 27 Pfund (die zu ihrem Endziel erklärt worden waren) auf einen Schlag abzunehmen, aber das war eindeutig nicht realistisch.

In der zweiten Woche, mit realistischerer Erwartungshaltung, nahm Allie zwei Pfund ab. In Woche drei waren es zweieinhalb Pfund. Und in dieser Woche verlor sie ein weiteres Pfund, aber da es nun insgesamt neun Pfund waren – fast zwei Tüten Mehl – war sie ganz zufrieden.

Das allein stellte für sie schon einen gewaltigen Fortschritt dar. Und sie hatte seit sehr, sehr langer Zeit überhaupt keine Fortschritte in gar nichts erzielt.

»Sie haben tolle Arbeit geleistet«, sagte Arlene zu ihr.

»Danke.« Allie legte ihre Uhr wieder an. »Komisch, wie gut man sich fühlt, wenn man schon ganz wenig abnimmt.«

»Nach einer Weile macht das ebenso süchtig wie der Genuss von *Twinkies.*« Arlene lächelte. »Oder wonach immer Sie süchtig sind. Bei mir waren es *Twinkies.* Und *HoHos.*«

»Pizza.« Allie hatte das noch nicht ganz überwunden. »Und Brot. Alle Arten von Brot. Vor allem aber die Brötchen von *Parker House*, wenn sie heiß sind und die Butter auf ihnen schmilzt.«

»Nichts schmeckt so gut, wie sich dünn zu fühlen«, plapperte Arlene wie ein Papagei nach, dann zwinkerte sie. »Ich kann aber nachvollziehen, wie es Ihnen mit den Brötchen geht.«

Allie legte ihre Ohrringe an und ging wieder zur Gruppe. Schon nach dieser kurzen Zeit fühlte es sich so an, als seien die anderen ihre Familie. Als Marianne aufstand, um vor der Gruppe zu sprechen, drückte Allie ihr fest die Daumen und hoffte, dass sie in dieser Woche etwas abgenommen hatte, nachdem sie zwei Wochen lang zugenommen hatte.

»Ich habe diese Woche zwei Komma drei Pfund abgenommen«, verkündete Marianne und alle klatschten.

Ihre Apfelbäckchen liefen rot an, doch sie lächelte. Marianne war hübsch, aber sie hatte Allie erzählt, dass sie 120 Pfund abnehmen müsse und bis dahin könne sie keiner davon überzeugen, dass sie hübsch sei.

»Ich möchte diese Woche etwas Wichtiges bekanntgeben«, fuhr Marianne fort und rang die Hände. »Nachdem mein Vater vor zehn Jahren starb, habe ich angefangen zuzunehmen. Vielleicht erinnert ihr euch, wie ich euch erzählte, dass meine Mutter starb, als ich noch klein war. Nun ja, Dad war für mich Mutter und Vater und obwohl er nicht auf alles eine Antwort hatte, vor allem nicht während meiner stürmischen Teenagerzeit, hat er nie aufgegeben.« Tränen liefen Marianne über die Wangen und sie wischte sie mit dem Handrücken ab. »Ich habe mir versprochen, dass ich nicht weinen würde.«

»Ist schon okay«, sagte Heather, die Gruppenleiterin, und ermutigte Marianne, fortzufahren. »Wir wollen hören, was du zu sagen hast. Lass dich von ein paar Tränen nicht davon abhalten.«

»Danke, Heather. Nun ja, es ist eigentlich ganz einfach. Dad hat mir immer gesagt, wie hübsch ich sei, vor allem, wenn er nicht wusste, wie er mit meinen jugendlichen Unsicherheiten umgehen sollte, und ich glaube, als er starb, hatte ich das Gefühl, dass er das mit sich nehmen müsste. Auf einer tieferen Ebene bin ich wohl absichtlich fett geworden. Es war, als würde ich ihm damit meinen Tribut zollen.« Sie wischte sich weitere Tränen aus dem Gesicht und schnüffelte. »Aber es ist kein Tribut. Ich bringe mich langsam um und er würde das hassen und jetzt bin ich motivierter denn je, wieder gesund zu werden.« Sie lächelte verschämt. »Das wollte ich euch nur wissen lassen.«

»Eine phantastische Geschichte«, lobte Heather. »Du bist wirklich eine Inspiration für uns.«

Gilda hob die Hand. »Marianne, vielleicht solltest du deine Gesundheit als Tribut für deinen Vater betrachten. Weil du *für* ihn weiterlebst und ich weiß, er würde wollen, dass du ein langes und gesundes Leben führst.«

Die Gruppe klatschte erneut und den Rest des Treffens kamen sie immer wieder auf Mariannes Kehrtwende zu sprechen.

Auf dem Heimweg fragte sich Allie, ob auch sie aus einem bestimmten Grund zu viel Essen in sich hineingestopft hatte.

Anfangs belächelte sie diese Vorstellung. Sie hatte zugenommen, weil sie gern aß. Sie glaubte nicht an dieses ganze Dr. Phil-Geschwätz, dass man einen Mangel im Leben durch zu viel Essen auszugleichen versuchte. Allie aß, weil sie gern aß – das war schon immer so gewesen. Als Teenager war sie damit durchgekommen, weil sie so einen guten Stoffwechsel hatte, aber jetzt ging das eben nicht länger.

So einfach war das. Nicht leicht, aber einfach.

Sie war süchtig.

Sie musste ihre Sucht nur auf gesündere Sachen lenken.

Kurz nach 19 Uhr klingelte es an der Tür.

Allie drückte auf den Pausenknopf des DVD-Geräts und ging in ihrem zerschlissenen Morgenmantel, ein Handtuch um den Kopf geschlungen, zur Tür, in der Erwartung, Sing Yee aus dem Café Hong Kong zu sehen, der ihr gedämpftes Gemüse auf braunem Reis brachte. Insgeheim hoffte sie, er habe zufällig das General Tso für jemand anderen dabei.

Aber es war nicht Sing Yee.

»Noah!« Ihr stockte der Atem. »Was machst du denn hier?«

»Wir müssen reden.« Er stapfte an ihr vorbei, und sah aus, als habe er seit einer Woche nicht geschlafen. »Sofort.«

»Ist gut.« Sie sah in den Flur, ob Sing Yee kam, aber der Flur war leer. Sie schloss die Tür. »Ich ziehe mich nur schnell um und dann …«

»Warum hast du Olivia angerufen?«

»Wie bitte?«

»Du hast mich sehr gut verstanden. Warum hast du Olivia von mir und Vickie erzählt?«

»Es tut mir leid, aber ist das ein Geheimnis?«

Sein Gesicht war blass und angespannt. Er hatte dunkle Ringe unter den Augen. »Warum kannst du dich ausnahmsweise nicht ein einziges Mal um deinen eigenen Kram kümmern?«

Sie verteidigte sich sofort, weil sie innerlich so gekränkt war. »Wenn mein bester Freund nicht mit mir redet und meine Anrufe ignoriert, dann muss mich das sehr wohl kümmern.«
»Dein bester Freund?« Er schüttelte den Kopf. Seine Haare waren zerzaust. Und doch sah er irgendwie … gut aus. »Sind wir noch Freunde, Allie? Ich komme nicht mehr mit. Sind wir diese Woche Freunde oder nicht?«
Sie hatte das Gefühl, als habe er ihr eine Ohrfeige versetzt. Was ging hier vor sich? »Wir werden immer Freunde sein.«
Er schüttelte den Kopf. »Warum hast du dann nicht mit *mir* darüber gesprochen, wenn du so ein großes Problem damit hast? Warum zum Teufel musstest du Olivia anrufen?«
Sie starrte ihn mit offenem Mund an, zog ihren Morgenmantel enger um sich. Das Handtuch auf ihrem Kopf fühlte sich plötzlich schwer und albern an. »Weil du mich, wie ich gerade ausführte, nicht zurückgerufen hast. Soweit ich wusste, hättest du tot sein können oder unter etwas tierisch Schwerem in deiner Wohnung begraben liegen können.«
Er ließ sich auf ihr Sofa fallen und presste die Fingerspitzen aneinander. »Dann ist es ja gut, dass du Olivia verständigt hast. In *New York*.«
»Noah, was ist denn nur mit dir los?«
Er sah sie an. »Was glaubst du denn, was mit mir los ist?«
Sie glaubte, dass er einen der schlimmsten Menschen heiraten wollte, der ihr in ihrem ganzen Leben begegnet war, das war mit ihm los, aber er hatte ja gerade deutlich gemacht, dass er diese Form der Ehrlichkeit im Augenblick nicht zu schätzen wusste.
»Ich weiß nicht.« Sie zog sich das Handtuch vom Kopf, damit sie nicht ganz so lächerlich aussah. Ein solches Gespräch sollte man nicht in einem verratzten Morgenmantel

und mit einem Handtuchturban führen. »Ich weiß es ehrlich nicht. Du solltest eigentlich glücklich sein.«
»Ja, das sollte ich sein.« Er richtete sich auf, umfasste seine Knie mit den Händen und sah sie an. »Ich sollte vor Glück Purzelbäume schlagen.«
Es gab ein Problem.
Hoffnung keimte auf.
Rasch gefolgt von Schuldgefühlen.
Allie setzte sich neben ihn. Ihre nassen Haare fielen ihr in die Augen und sie strich sie mit der Hand zurück. »Tust du das denn nicht?«, fragte sie leise und legte ihre Hand auf seine.
»Lass das.« Er schüttelte ihre Hand ab.
»Was soll ich lassen?«
Er schüttelte den Kopf.
»Noah?«
Er seufzte schwer und starrte auf seine Füße. »Du solltest dich anziehen.«
Das traf sie wie ein Peitschenhieb. »Und du solltest mir endlich sagen, was los ist.«
»Du *weißt*, was los ist. Tori und ich werden heiraten.«
»Und deswegen brüllst du mich an?«
»Ich brülle dich nicht an.«
»Dann ist deine normale Sprechstimme ziemlich laut und irgendwie gemein.«
Einen Augenblick lang umspielte ein Lächeln seine Lippen, dann verschwand es wieder und er sagte: »Die Hochzeit findet nächsten Monat statt.«
»Nächsten Monat?« Allie hatte das Gefühl, einen Schlag auf den Solarplexus erhalten zu haben. »Nein!«
»Doch.«
»Aber das ist schon so bald.«
»Warum warten?«

»Weil … ihr solltest noch warten. Das ist alte Tradition. Warum genießt ihr nicht eine schöne, lange Verlobungsphase? Zeit um …« *Es dir noch einmal zu überlegen, wieder zu Verstand zu kommen, deine Meinung zu ändern, alles abzusagen.* »… euch darauf vorzubereiten.«
Lange Zeit sagte er gar nichts. Er starrte nur auf den Boden, während Allie ihn anstarrte.
Schließlich hob er den Blick. »Weißt du noch, als du Kevin kennengelernt hast?«
Das kam jetzt aus heiterem Himmel. »Kevin?«
»Ja, Kevin. Weißt du noch, wann du ihn kennengelernt hast?«
Sie dachte kurz nach. »Wir waren im Windsor McKay. Du und ich. Ich kam gerade von der Damentoilette und bin mit ihm zusammengestoßen und er hat seinen Wein über mich verschüttet.«
»Stimmt. Erstens, was für ein Mann trinkt *Merlot* an einem Ort wie dem Windsor McKay …«
Stimmt. Es war eigentlich eine Kneipe mit Erdnüssen auf dem Boden, wo man sein Bier aus der Flasche trank.
»… und zweitens versuchte ich dir in der Nacht, bevor es geschah, etwas zu sagen.«
»Ach ja? Was?«
Er biss die Zähne zusammen und sein Wangenmuskel zuckte. »Dass ich …«
Ihr Telefon klingelte. Es klingelte sonst *nie.*
»Was?«, drängte sie.
»Nur zu, geh ruhig ran.«
»Ignoriere es. Was wolltest du gerade sagen?«
Der Anrufbeantworter sprang an. Sie hatte den Lautstärkeregler zu hoch gedreht. Als erstes hörte man Allies Stimme, die bellte, man solle eine Nachricht hinterlassen, dann ihre Zeitarbeitsfirma, die ihr mitteilte, dass sie ihr

für die nächsten eineinhalb Wochen eine Stelle anbieten konnten.

Es hatte wirklich keinen Sinn, über den Lärm hinweg zu reden, doch nachdem der Anruf zu Ende war, hatte Noah seinen Schwung verloren.

»Was wolltest du sagen?«, fragte sie.

Er schüttelte den Kopf. »Ist egal. Ich weiß nicht einmal mehr, warum ich es angesprochen habe.«

»Sei doch nicht so rätselhaft!«

»Ich bin nicht rätselhaft. Ich will nur nicht mehr darüber reden. Ich bin das ganze Reden leid.«

Das erstaunte sie. »Wir haben seit Wochen kaum miteinander geredet!«

»Das liegt daran, dass wir nicht immer dieselbe Wellenlänge haben, Allie. Wir verstehen einander nicht immer.« Er schwieg kurz. »Es ist nicht fair von dir, mir das Ganze noch schwerer zu machen, nur weil du es nicht verstehst.«

Schwerer?

»Komisch, das ist genau der Grund, warum ich es dir nicht leichter machen kann.«

Er drehte sich zu ihr und holte Luft. »Allie.«

»Ja?«

Noah blickte gequält. Er wollte etwas sagen, verstummte dann aber.

»Noah!«

»Ich kann das nicht.« Er wollte aufstehen, aber sie zog ihn wieder nach unten.

»*Was* kannst du nicht?«

»Das hier.« Er zeigte auf sie, dann auf den Raum. »All das hier.«

»Noah.« Sie rückte näher und legte ihre Hand auf seine Schulter. »Komm schon, wir sind schon fast unser ganzes Leben lang Freunde. Du kannst mit mir über alles reden.«

Er sah sie an und berührte ihr Gesicht, ihre Haare. »Dieses Mal nicht.«

Sie spürte, wie sie erschauerte. Als Kinder sagten sie immer, *jemand läuft gerade über dein Grab*, aber das war hier nicht der Fall.

Allie schaute ihm in die Augen und wünschte sich in diesem Moment nichts sehnlicher, als dass er sie küsste.

»Ich kann nicht ... wir können nicht ...«

Sie bekam es mit der Angst. »Was können wir nicht?«, fragte sie und versuchte, sich für seine Antwort zu wappnen, wie immer sie ausfallen mochte.

Er stand auf und ging zum Fenster. »Glaubst du wirklich an die Liebe, Allie? Glaubst du, dass es für jeden Menschen den *einen* Partner gibt?« Er drehte sich um und sah sie an. »Oder hältst du das für Schwachsinn?«

»Ich ... weiß nicht.« Welche Antwort würde seine Verlobung hinausziehen oder, besser noch, beenden? Sie entschied sich für die Wahrheit. »Doch ja, ich glaube an die Liebe.«

»Hast du jemals jemanden wirklich geliebt?«

Sie hatte Kevin nicht geliebt. Das hatte sie nie auch nur gedacht. Was war mit Joey Chapman?

Nein.

Chris Rescott?

Nein.

Eigentlich war der einzige Mann, den sie bedingungslos über längere Zeit geliebt hatte, Noah.

Sie sollte ihm das sagen.

Aber sie konnte es nicht. »Hier geht es um dich, nicht um mich.«

»Beantworte meine Frage.«

»Willst du ein Bier?« Sie stand auf. »Es ist warm, aber ich könnte es ein paar Minuten ins Tiefkühlfach legen.« Sie

wollte in die Küche gehen, aber Noah trat auf sie zu, hielt sie am Arm fest und drehte sie zu sich.
»Beantworte meine Frage, Allie.«
Sie sah zu ihm hoch. Er war nur wenige Zentimeter von ihr entfernt. Sie könnte einfach … nein, sie konnte nicht.
»Ich … weiß nicht«, stammelte sie. »Was ist mit dir?«
»Absolut.« Er ließ ihren Arm los und drehte sich zur Seite.
»Liebst du in diesem Moment?«, fragte sie seinen Rücken.
Er zögerte lange, schließlich nickte er. »Ja, das tue ich.«
Etwas an der Art und Weise, wie er es sagte, war unglaublich aufrichtig. So schicksalsergeben. Aus so tiefem Herzen, dass sie das Gefühl hatte, weinen zu müssen.
Er liebte.
Er liebte zwar Vickie Freedman, aber er liebte. Und die Tiefe des Gefühls, die Allie in seinem Blick gesehen hatte, ließ sie nicht daran zweifeln, dass sie seine Gefühle auf gar keinen Fall ausradieren konnte.
Sie musste sich damit abfinden und etwas tun, von dem sie nie geglaubt hätte, es tun zu können.
»Dann machst du es genau richtig, wenn du Vickie heiratest«, sagte sie, über den Frosch in ihrem Hals hinweg. »Und ich bin dir eine beschissene Freundin.« Sie nahm ihn in den Arm. »Es tut mir leid, Noah, es tut mir so leid. Ich will doch nur, dass du glücklich bist.«
Er schloss langsam seine Arme um sie, sagte kein Wort.
Sie klammerte sich an ihn, wollte nicht loslassen. Bis zu diesem Augenblick war ihr nicht klar gewesen, wie sehr sie es vermisste, mit ihm zu reden, und sei es auch nur kurz. Aber gerade, als sie dachte, sie könne auf ewig in dieser Umarmung liegen, legte er die Hände auf ihre Hüften und schob sie von sich. »Du wirst immer weniger.«
»Neun Pfund.« Sie lachte. »Das ist kein Kunststück.«
»Du hättest kein Gramm abzunehmen brauchen.«

»Jetzt lügst du aber.« Sie lächelte.

Er nicht. »Ich muss jetzt gehen.«

Nein. Bitte nicht. »Warum?«

»Wir können uns nicht mehr sehen, Al.«

»Klar, ich bin so dünn geworden, dass ich unsichtbar bin.«

»Nein, ich meine, ich kann mich nicht mehr mit dir treffen. Wir können uns nicht mehr sehen.«

»Was?« Sie spürte, wie ihr das Blut aus dem Gesicht wich. »Sag mir, dass das ein Witz ist.«

Er schüttelte den Kopf. »Tut mir leid.«

Das ergab doch keinen Sinn. »Bitte Noah, sag mir, dass es dir damit nicht ernst ist.« Ihre Knie wurden weich. »Verlangt Vickie das von dir?«

»Nein.« Er holte stockend Luft. »Das ist ganz allein meine Entscheidung. Ich glaube, sie weiß nicht einmal … wie auch immer, vertrau mir, das ist für uns alle am besten.«

Es klingelte an der Tür.

Allie war es egal.

»Noah …«

»Da kommt jemand.« Er ging zur Tür und sie wusste, er wollte das als Fluchtmöglichkeit nützen.

»Nein.« Sie packte ihn am Arm und krallte sich fest. »Das hier ist wichtiger.« Die Verzweiflung schmeckte metallisch in ihrem Mund.

Er macht sich frei. »Ich muss jetzt gehen.«

Es klingelte erneut an der Tür.

Noah ging hin und öffnete sie. »Leb wohl, Allie«, sagte er und schob sich an Sing Yee vorbei.

»Noah!« Sie rannte zur Tür und sah hinaus, aber er war bereits um die Ecke und der arme Sing Yee stand dort mit ihrem Essen und einem verblüfften Gesichtsausdruck.

»Hallo, Sing«, sagte sie und hoffte, dass ihm die Tränen in ihren Augen nicht auffielen. Sie schnüffelte rasch und unterschrieb das Papier, dass er ihr entgegenhielt, aber gleich darauf strömten ihr die Tränen nur so über die Wangen.

»Ist alles in Ordnung, Miss Denty? Soll ich jemand für Sie anrufen?«

»Es geht mir gut.« Sie versuchte sich an einem Lächeln. »Danke.« Allie nahm das Essen, ging hinein und schloss die Tür hinter sich.

Sie ließ die Tüte mit dem Essen direkt in den Mülleimer fallen, ging zum Sofa, auf dem eben noch Noah gesessen hatte, und weinte, bis nichts mehr in ihr übrig war. Dann fiel sie in einen unruhigen Schlaf.

Kapitel 16

11. Klasse

Es wird eine Aviance-Nacht werden …
Anzeige für Aviance-Parfüm von Prince Matchabelli

Sie waren seit ungefähr zehn Minuten auf der Landwirtschaftsausstellung mit Kirmes im Montgomery Park, als Olivia und Mark verschwanden, zweifellos um sich eine ruhige Ecke zu suchen, wo sie knutschen und weiß Gott was tun konnten.

Aus genau diesem Grund hatte Allie Noah angefleht, sie zu begleiten, sonst hätte sie sich wie das fünfte Rad am Wagen gefühlt und das hätte sie einfach *gehasst.*

»Willst du die Butterkuh anschauen?«, fragte sie Noah, als sie ziellos durch den herumliegenden Müll und zwischen den diversen Fahrgeschäften umherwanderten, umgeben von Neonlichtern, Kindern und dem Geruch nach Popcorn und Zuckerwatte.

»Die Butterkuh«, wiederholte er humorlos. Er war mies drauf. Hatte gar nicht mitkommen wollen. Sie hatte ihn dazu überredet, ihn mit Spaß und Versprechungen gelockt, die sie unmöglich erfüllen konnte, und jetzt, wo er hier war, verhielt er sich griesgrämiger denn je.

Sie hatte keine Ahnung, was in letzter Zeit mit ihm los war. Sie waren nun schon seit Jahren Freunde und sie hatte ihm nie etwas getan, aber in letzter Zeit verhielt er sich ihr gegenüber richtig frostig. Und das ließ sich auch nicht länger auf den Umstand zurückführen, dass er ihren Freund Tony Conversano hasste, weil sie und Tony sich nämlich vor drei Wochen getrennt hatten.

Wenn überhaupt, war Noah seitdem *noch* frostiger zu ihr. Das brachte sie zu der Frage, ob sie ihn seiner Meinung nach in irgendeiner Weise behinderte. Vielleicht fand er, dass sich keine Mädchen für ihn interessierten, solange sie mit ihm herumhing.

Womöglich stimmte das auch.

Und womöglich hatte Allie überhaupt kein Problem damit. Aber im Moment hatte sie ihn und seine miese Laune am Hals. Und er hatte sie am Hals. Bis Olivia und Mark wieder zu ihnen stießen, hatten sie sich beide am Hals, denn nur mit Mark konnten sie nach Hause fahren.

»Ja, eine riesige Kuh, die aus Butter geformt wurde«, sagte Allie und versuchte, es witzig klingen zu lassen. So, als lohne es sich, die Kuh anzuschauen. »Sie wird in einer Kühlbox drüben bei den Rindern zur Schau gestellt.« Sogar in ihren Ohren klang das lahm, aber die traurige Wahrheit lautete, dass die Butterkuh immer das Erste gewesen war, was sie sehen wollte, als sie noch mit ihren Eltern zur Landwirtschaftsausstellung kam. »Sie ist echt groß.«

Noah sah sie an. »Ist das dein Ernst?«

»Ja, klar!«

»Ist sie so groß wie eine echte Kuh?«

»Fast!«

»Na, dann will ich die Butterkuh natürlich auf jeden Fall anschauen.« Er rollte mit den Augen. »Ist doch viel besser als Karussellfahren.«

Allie liebte Karussells, aber sie beschloss, jetzt keine leidenschaftliche Rede zu deren Verteidigung zu halten.

Wie sich herausstellte, war die Butterkuh sehr viel kleiner, als sie es in Erinnerung hatte. Als sie vor der Box stand und versuchte, die Kuh mit den Augen von Noah zu sehen, wurde ihr klar, dass es sich nur um einen Haufen Fett handelte, der nur im weitesten Sinne wie ein Tier geformt war. Die Augustnächte waren in diesem Jahr besonders heiß gewesen, darum war es durchaus möglich, dass die Kuh ursprünglich ganz unglaublich toll gewesen und einfach nur geschmolzen war, aber Allie fühlte sich desillusioniert und sie fragte sich, ob sie die Butterkuh all die Jahre glorifiziert hatte.

»Wirklich erstaunlich«, spottete Noah.

»Das war es wahrscheinlich mal.«

»Hast du sonst noch was zu bieten?«

»Manchmal gibt es in den Scheunen eine fünfbeinige Kuh.«

»Irgendwas, was nichts mit Tieren zu tun hat?«

Das schloss das Schweinerennen aus, obwohl sie sicher war, dass es total viel Spaß machen würde.

Also gingen sie zurück zum Parkplatz. Allie hoffte die ganze Zeit, dass Noah *irgendetwas* ins Auge stechen würde, damit er ihr nicht einen Monat lang vorhalten konnte, was für ein Heiliger er war, nur weil er sie begleitet hatte.

Stattdessen stießen sie auf Vickie Freedman und ihre Clique.

»Allison«, sagte Vickie dezidiert und warf ihren Begleiterinnen aus den Augenwinkeln vielsagende Blicke zu. Die anderen waren wie Batterien, die sie am Laufen hielten. »Wer ist dein Freund?« Sie zeigte auf Noah, der sich ein paar Meter weiter eine Cola besorgte.

»Das geht dich nichts an«, fauchte Allie.

»Er ist niedlich. Darum nehme ich an, dass er nicht mit dir geht.«

»Er geht mit mir.«

Vickie musterte sie. »Ich hätte ja auf einen Verwandten oder so getippt, aber niemand, der mit dir verwandt ist, kann so gut aussehen.«
Unlogischerweise musste Allie an ihre Mutter denken und sie war gleichzeitig traurig und wütend, dass Vickie so etwas über ihre Eltern sagte, die doch so nett waren. *Und* so attraktiv. »Du bist eine blöde Kuh.«
»Und du bist hässlich. Ich kann wenigstens aufhören, eine Kuh zu sein.«
Vickies Freundinnen kicherten. Eine von ihnen war Lela Kelly, ein Mädchen mit einem Gesicht wie Marcia Brady, *nachdem* sie von dem Football getroffen wurde – Allie kannte sie seit der Vorschule und obwohl sie nie mit ihr befreundet war, kam ihr Gelächter einem Verrat gleich.
»Ich glaube nicht, dass du das kannst«, sagte Allie. Lahm.
Sie hatte nicht gemerkt, dass Noah auf sie zukam, bis sie ihn hinter sich fragen hörte: »Wer zum Teufel ist das?«
»Niemand«, sagte sie etwas lauter, als nötig gewesen wäre. Aber sie war stolz wie ein Pfau, dass Noah Vickie so eine Abfuhr erteilt hatte.
»Victoria.« Vickie lächelte, als ob sie die süßeste Kreatur auf Erden wäre. »Habe ich dich nicht schon in der Schule gesehen?«
»Keine Ahnung«, sagte Noah, dann fügte er an Allie gewandt hinzu: »Fertig?«
Sie war mehr als fertig und wollte gerade mit ihm weitergehen, als Vickie tastsächlich ihre Hand auf Noahs Arm legte. »Wir treffen uns mit ein paar Leuten, die Bier mitbringen«, sagte sie zu ihm. »Warum kommst du nicht lieber mit uns?«
Allie rollte mit den Augen. Gott sei Dank gehörte Noah nicht zu denen, die ein solches Angebot annehmen würden, das wäre total demütigend für sie. Genau darauf hatte

Vickie es ja auch abgesehen. »Was für Leute?«, fragte Allie herausfordernd.

»Ein paar Jungs vom MC – niemand, den *du* kennst.« Das Montgomery College war die örtliche Volkshochschule. Dort konnte man sich von 16 bis 75 einschreiben, vermutlich traf Vickie dort also ihre Großeltern.

Obwohl Allie das bezweifelte.

»Danke, nein«, sagte Noah.

Das *danke* ging Allie gegen den Strich, obwohl sie wusste, dass es eine reine Höflichkeitsfloskel war. Trotzdem fühlte es sich gut an, als sie mit ihm wegging, weil sie wusste, dass Vickie ihnen nachsah.

»Ich kann nicht glauben, was für eine blöde Kuh sie ist«, sagte Allie, als sie außer Hörweite waren. »Ich kann nicht glauben, dass sie so eine Siebtklässlerkuh ist.«

»Sie geht an unsere Schule?«

»Schon seit Jahren.« Allie schnitt eine angewiderte Grimasse. »Du hast doch noch nicht mit ihr geredet, oder?«

Er lachte, zum ersten Mal an diesem Abend. »Nein. Warum sollte ich?«

»Keine Ahnung«, erwiderte sie aufrichtig. »Weil du zu gut erzogen bist, um sie einfach zu ignorieren?«

»Was immer.« Noahs Interesse schwand und Allie würde ihm das unter gar keinen Umständen weiter erklären. »Und jetzt?«, fragte er. »Gibt es noch mehr Tiere aus Fett oder beeindruckende Formschnitthecken?«

»Wie wäre es mit dem Geisterhaus?«, schlug sie vor. »Das ist meistens ziemlich witzig. Es ist kitschig und total ungruselig, aber das ist ja Teil des Spaßes.«

»Soll mir recht sein.«

Sie gingen zum Kartenschalter, wo Noah – auf seine seit kurzem so grummelnde Art und Weise – darauf bestand, für sie beide die Eintrittskarten zu bezahlen.

Dann folgten sie dem Heulen und Wehklagen, vorbei an Aufstellern und ersten Figuren, zu etwas, das wie eine riesige Laubsägearbeit aussah – eine hölzerne Gebäudefassade, auf die die vor Angst aufgerissenen Augen von Menschen und Tieren in Lila, Schwarz und Weiß aufgemalt waren. Es war wirklich übel.

Noah reichte dem Mann am Eingang die zehn Gutscheine, die für den Eintritt nötig waren, und wandte sich an Allie. »Du hast doch keine Angst, oder?«

»Ich glaube, ich halte es aus.«

»Wenn du nämlich noch umkehren wolltest, wäre es noch nicht zu spät.«

Sie schob ihn weiter und sie traten in das Geisterhaus, machten zögernd einen Schritt ins Dunkel, versuchten, den Weg zu ertasten.

Das Geisterhaus war eigentlich mehr ein Schreckhaus. Da gab es nichts, was einen im Schlaf verfolgen würde, aber alle fünf Schritte sprang in der merkwürdigen Dunkelheit, die schwach nach Marihuana roch, jemand vor und schrie. Allie schrie ebenfalls.

Das ging ewig so weiter, bis sie den Ausgang sehen konnten. Zwar sprang auch dieses Mal jemand hervor, aber er schrie nicht, sondern packte Allie und zog sie in den Schatten. Sie konnte sich gerade noch rechtzeitig an Noahs Arm festhalten, um ihn mit sich zu ziehen.

»Angst?« Jemand lachte und ganz allmählich konnte man das Gesicht von Noahs Kumpel Alan Taylor erkennen. »Reingelegt!«

»Alan, du Doofmann.« Allies Herz pochte immer noch lautstark. »Du hast mir keine Angst eingejagt, du hast mich nur *erschreckt.* Es ist keine Leistung, jemand zu erschrecken.«

»Ist sie immer so gut drauf?«, fragte Alan Noah.

»Lass sie in Ruhe«, sagte Noah einfach nur.

Allie spürte, wie ihr angesichts seines beschützenden Eintretens ganz warm wurde.

»Ist ja schon gut.« Alan hob die Hände, als ob er sich ergeben wollte. »Sagt mir nur, ob ihr in der Stimmung für *echte* Unterhaltung seid.«

»Warum?«, fragte Noah. »Weißt du, wo man welche finden kann?«

Allie hätte ihm am liebsten einen Tritt versetzt.

»Aber ja, mein Freund.« Alan zog eine Flasche unter seinem Hemd hervor. »Genau hier.«

»Was ist das?«, wollte Allie wissen.

»Cuervo Gold.« Alan ließ die Flasche wie eine glitzernde Weihnachtskugel vor ihren Gesichtern baumeln. »Wollt ihr was?«

»Nein …«, fing Noah an.

»*Ich* schon.« Allie riss Alan die Flasche aus der Hand und nahm einen großen Schluck, nur um Noahs dämlicher Herrschsucht zu trotzen. »Was ist mit dir, Noah? Hast du Angst?«

»Das ist dämlich«, sagte Noah. »Allie, sei doch nicht dumm.«

»Du fährst doch nicht«, stichelte sie, auch wenn sie gar nicht wusste, warum. Ja, er hatte sich blöd verhalten, aber sie musste ihn nicht derart hänseln. Am Schluss würden sie sich noch streiten. »Nur ein Schluck.«

»Nach dir.«

»Na toll.« Sie sah ihn fest an, hob die Flasche erneut an die Lippen und nahm noch einen großen Schluck. Wenn das *Wick Medinight* gewesen wäre, und genau so schmeckte es, dann läge sie jetzt schon im Tiefschlaf.

»Prima.« Er nahm ihr die Flasche ab und sah sie trotzig an, während er ebenfalls einen großen Schluck nahm.

»Moment mal!« Alan riss die Flasche wieder an sich. Er hielt sie ans Licht. »Verdammt, ihr habt fast alles ausgetrunken! Ich sagte, ihr könnt mal probieren, nicht die ganze Flasche leeren.«

»Dann solltest du das nächste Mal jemand packen, der weniger durstig ist«, fauchte Allie und marschierte in die Nachtluft hinaus, allerdings auf wackeligen Beinen.

Die Luft fühlte sich gut an.

Der Tequila aber auch.

»Er ist so ein Idiot.« Noah lief wieder neben ihr und gab ihr endlich einmal in einem Punkt recht.

»Er ist dein Freund«, wandte sie ein, »nicht meiner.«

»Stimmt. Deine Freundin hat dich einfach sitzen lassen und ist verschwunden.«

»Wir finden sie schon«, sagte Allie, obwohl sie ihre Zweifel hatte. Wie sollten sie Olivia finden? Hier waren Zehntausende von Menschen, verteilt über 4000 Quadratmeter. Da könnte man ja gleich eine Nadel im Heuhaufen suchen.

Sie spazierten Seite an Seite über das Gelände, kickten Müll beiseite und versuchten, nicht auf andere Leute zu prallen. Gute zwanzig Minuten, nachdem sie den Tequila in sich hineingeschüttet hatte, fühlte sich Allie immer angetrunkener. Wenn man Tequila so rasch kippte, gab es immer eine zeitliche Verzögerung, bis die Wirkung einsetzte.

Als sie zum Riesenrad kamen, hatte Allie das dringende Bedürfnis, sich zu setzen, und das Riesenrad schien ein geeigneter Platz dafür zu sein. Eigentlich sogar der Beste, denn die Alternative war der Boden und der war voller Bier-, Cola- und Urin-Pfützen, mit ein paar Zigarettenkippen als Garnierung.

»Lass uns mitfahren«, sagte sie zu Noah.

»Nie und nimmer.« Er sah zum Riesenrad hoch. »Ich mag keine Riesenräder.«

»Was soll das heißen? Wer mag denn bitteschön keine Riesenräder?«
»Ich.«
»Ach, jetzt komm schon.« Sie zog ihn zu dem Mann, unter dessen aufgerolltem Hemdsärmel man noch die Tätowierung GLOREA lesen konnte. Hatte er den Namen seiner Freundin falsch buchstabiert? Oder sie? »Das macht Spaß!«
»Allie.«
»Ehrlich, Noah, wenn ich mich nicht sofort setze, falle ich um. Das hier ist der einzige Sitzplatz, also musst du mit mir kommen.«
Er seufzte dramatisch, zog aber die Eintrittsgutscheine heraus und drängte sie auf einen der Sitze, bevor der Kerl mit der Tätowierung die Gutscheine zählte und merkte, dass zwei fehlten.
Allie lehnte sich gegen das kalte Metall und lächelte, als der Motor stotternd zum Leben erwachte und sie sich in die Luft erhoben. Während das Riesenrad eine aufregende Umdrehung nach der anderen vollzog, hob sich Allies Stimmung. Sie liebte das Gefühl des Windes, der beim Aufstieg durch ihre Haare strich, nur um gleich darauf wieder in die Tiefe zu gleiten. Sie war atemlos angesichts derselben Begeisterung, die sie schon als Kind dabei empfunden hatte.
Bis das Riesenrad stehen blieb.
Natürlich befanden sich Allie und Noah ganz oben, als das Rad anhielt. Anfangs hatte Allie keine Angst, weil sie dachte, die Fahrt sei jetzt vorbei und man halte nur an, um die Leute aussteigen zu lassen. Das Rad würde sich langsam weiterdrehen und eine Kabine nach der anderen würde sich leeren, bis auch sie schließlich wieder ganz unten waren.
Aber das Riesenrad drehte sich nicht.
Es bewegte sich keinen Zentimeter.

Allie lugte über den Rand, der Sitz quietschte leise und sie sah, wie der Mann, der die Aufsicht hatte – ein Kerl, der auf sie plötzlich wie ein Strafgefangener wirkte, der vor Problemen eher davonrannte als sie zu lösen –, wiederholt auf einen Knopf einschlug und an einem mechanischen Arm zog, dann mit einem verdutzten Ausdruck in seinen hageren Gesichtszügen nach oben schaute.

»Wir hängen fest.« Alles Blut wich aus ihrem Gesicht, strömte durch ihre Brust direkt hinunter in ihre Zehen. Plötzlich war ihr eiskalt, obwohl ihre Handflächen schwitzten.

»Wie bitte?« Noah rutschte vor, um nach unten zu schauen, aber er war nicht so vorsichtig, wie es Allie gewesen war, und die Kabine schwankte heftig.

»Hör auf!« Sie krallte sich in seinen Arm, froh über die Wärme, die dieser ausstrahlte. »Nicht bewegen!«

»Allie, was zum Teufel ist mit dir los?«

»Wir hängen fest«, krächzte sie, als ob schon das Atmen die Kabine aus der Halterung reißen und auf die Erde katapultieren könnte.

»Leidest du unter Höhenangst?«, wollte Noah wissen.

»Nein.« Das hatte sie wirklich noch nie. Andererseits war sie auch noch nie 25 Meter über dem popcornübersäten Boden festgesessen, so hoch, dass sie nur den Wind und das leise Murmeln der Menge weit unten und ihren eigenen Atem hören konnte. »Es ist nur …« Sie schluckte. Ihr Mund fühlte sich trocken an. »Ich habe Angst, hier festzuhängen. Jetzt. So.«

Sie sah nach unten, sah sofort wieder hoch, ihre Angst wuchs. »O mein Gott, es geht so weit runter. Ich glaube, ich leide doch an Höhenangst.«

»Ist schon gut, Al.« Noah nahm sie in den Arm und zog sie an sich. »Das dauert nur eine Minute.«

Allie ließ sich gegen ihn sinken, versuchte zu atmen. »Sie bringen es in einem Zug.«
»Was?«
»Das Riesenrad. Sie bringen es auf einem Zug in die Stadt. Es ist nicht wie in Disney World oder so, wo man die Karussells richtig solide baut, dass sie nicht einmal von einem Wirbelsturm weggeblasen werden können. Aber die hier werden zusammengeklappt und auf einen Güterwagen gelegt, wie etwas, das Inspektor Gadget aus seinem Koffer ziehen würde. Wenn die auch nur auf eine Kuh auffahren, fällt das Riesenrad aufs Gleis.«
Noah zog sie noch enger an sich. »Dann kannst du ja von Glück sagen, dass gerade alle Kühe in den Ställen sind. Oder in Schauboxen.«
Allie lachte unfroh. Er war an diesem Abend so ein Idiot gewesen, da tat es gut, den alten Noah wiederzuhaben, selbst wenn es unter solch entsetzlichen Umständen war.
Der Wind nahm wieder zu und die Kabine schaukelte. Die Scharniere quietschten leise. »Noah …« Sie flüsterte nur.
»Alles ist gut.«
»Das Riesenrad ist nicht dafür gemacht, einfach so stehen zu bleiben, mit all den schweren Kabinen.« Sie stellte sich vor, wie das Rad von dem Stahlarm absprang, der es hielt, und über die Einzäunung zur Straße rollte, vielleicht sogar auf die andere Straßenseite und quer über den Parkplatz des Lakeforest Einkaufszentrums, bis es schließlich in *JCPenney* krachte und man ihre Leichen zwischen Haufen von Büstenhaltern und übergroßen Schlüpfern fand.
»Doch, es ist dafür gemacht, so schwere Kabinen zu halten«, erklärte Noah voller Überzeugung. »Es soll genau das tun. Es steht immer so da, wenn es sich nicht bewegt. Dir wird nichts passieren. Du wirst dich vielleicht langwei-

len, aber passieren wird dir nichts. Da bin ich einhundertprozentig sicher.«

Sie drehte sich zu ihm und sah ihn an. Es war lange her, seit ihr zum letzten Mal aufgefallen war, wie gut er aussah, aber wie er sie jetzt so anblickte, spürte sie tatsächlich, wie ihr Herz aus einem anderen Grund pochte als dem, dass sie womöglich auf dieser Kirmes zu Tode kamen.

»Bist du dir wirklich sicher oder erzählst du mir nur irgendeinen Quatsch, damit ich den Mund halte?«

Er zögerte, dann nickte er und sagte: »Ich habe eine Modelleisenbahn mit einer alten Lionel-Lokomotive, die meinem Dad gehört hat. Er hat sie mir geschenkt, als ich noch klein war. Das machten wir immer gern, weiß du, wir hängten noch irgendwas dran und dann …« Er verstummte, wirkte verschämt. »Jedenfalls hat die Lionel-Lok einen einfachen Motor, so einen wie dieses Riesenrad. Und vor langer Zeit habe ich gelernt, wenn man diesen Motor zu hart, zu schnell oder zu lange antreibt, dann überhitzt er und bleibt einfach eine Weile stehen.«

Das klang in Allies Ohren sinnvoll. »Ich hatte mal einen Föhn, bei dem war das auch so.«

Noah lachte. »Siehst du, das ist im Grunde dasselbe. Du weißt also, dass der Motor nur abkühlen muss, dann funktioniert er wieder. Du musst einfach warten.«

Sie nickte. Ihre Schultern entspannten sich leicht in seiner Umarmung.

»Wir sitzen es einfach aus. Und dieser Kerl …« Er zeigte auf den Mechaniker unten, der – unglaublich! – immer noch auf den Knopf drückte. »… wird wahrscheinlich in fünf Minuten aufgeben, um eine Zigarette zu rauchen, und dann wird er staunen, wenn sich das Rad plötzlich wieder von selbst bewegt. Beobachte ihn. Ernsthaft.«

»Ist gut.« Sie holte tief Luft. Leider war die Wirkung des

Tequila vollständig verflogen. Sie hätte jetzt ein wenig Umnebelung gebrauchen können. Vor allem, als sie nach unten schaute und sah, wie hoch sie waren.
Noah musste gemerkt haben, wie die Panik wieder in ihre Augen kroch, weil er einen Finger unter ihr Kinn legte und sanft meinte: »Schau nach oben. Versuche, den Großen Wagen zu sehen.«
Das tat sie. Sie hatte gerade den Griff entdeckt, als er sie küsste.
Allie hatte es nicht kommen sehen. In der einen Minute starrte sie noch auf die Sternbilder, in der nächsten presste sich sein Mund auf den ihren, seine Hände fuhren in ihre Haare, umfassten ihr Gesicht und sie erwiderte den Kuss ohne nachzudenken, ohne zu überlegen.
Sie war im Himmel.
Wenn sie innegehalten und nachgedacht hätte, dann hätte sie ihn aufhalten müssen. Schließlich waren sie *Freunde* und das war … *kein* freundschaftlicher Kuss.
Das Merkwürdige war, dass sie sich ihm gegenüber gar nicht so *freundschaftlich* fühlte. Womöglich wirkte der Tequila doch noch, weil sie sich an ihn klammerte, sich seinem Kuss öffnete und sich beinahe die Kleider vom Leib gerissen hätte, als wäre er der heißeste Filmstar in der Galaxie und nicht nur der gute, alte Noah Haller.
War an Noah Haller mehr, als sie ihm zugutegehalten hatte?
Sie küsste ihn weiter, als würde ihr die Antwort kommen, wenn sie ihn nur lang genug küsste.
Es fühlte sich so gut an.
Wo hatte er gelernt, so unglaublich gut zu küssen? So viele Freundinnen hatte er doch noch gar nicht gehabt. Sie war sicher, dass er noch Jungfrau war, ebenso wie sie. Wie kam es also, dass er körperlich so berauschend war?

Seine Hand kroch unter ihre Bluse und sie ließ ihn gewähren, als sich plötzlich das Riesenrad wieder in Bewegung setzte. Allie schreckte zurück, als wäre sie von einer Schlange gebissen worden.
»Tut mir leid«, sagte sie verlegen. »Das war … ich hatte nicht …« Sie wollte eigentlich sagen, dass sie die plötzliche Bewegung nicht erahnt hatte.
»Ich auch nicht«, stimmte er ihr zu.
Obwohl sie nicht ganz sicher war, worin er ihr zustimmte, hatte sie eine ziemlich genaue Vorstellung davon, dass er vom Kuss sprach.
Das Riesenrad bewegte sich wieder normal und hielt nur alle paar Sekunden an, um erleichterte Fahrgäste aussteigen zu lassen.
»Komisch, was man in Panik alles anstellt«, sagte Allie und zwang sich zu einem Lachen. »Tut mir echt leid.«
Er sah sie einen Augenblick lang seltsam an. »Kein Problem.«
»Gut. Weil nämlich, ich will die Dinge nicht verkomplizieren. Das soll kein *Problem* oder so werden.« Sie hoffte, dass er widersprechen würde, aber das tat er nicht.
Er sah sie nicht einmal an. »Ja, klar.«
Obwohl sie erst zwei Jahrzehnte später verstand, warum das so war, sprachen sie danach einen Monat lang kein Wort miteinander.

»Wie kommt es, dass Allie und du nicht mehr miteinander reden?«, fragte Olivia Noah ein paar Wochen später. Allie verzehrte sich vor Sehnsucht, darum fing Olivia Noah in der Mittagspause ab und lief rasch zu ihm, bevor es seine dämlichen Kumpel taten und ihn in ein Gespräch verwickelten.
Er zuckte mit den Schultern. »Hast du *sie* schon gefragt?«

»Ja.«
»Und was hat sie gesagt?«
Olivia wurde rot. »Sie meinte, du bist ein Arschloch.«
Er lachte trocken. »Das wird dann wohl so sein.«
Sie beschloss, vorsichtig vorzugehen, aber dennoch die Frage zu stellen, die ihr schon seit Wochen auf der Zunge brannte. »Ist auf der Kirmes etwas passiert?«
Er sah sie scharf an. »Wie meinst du das?«
»Na ja, ihr zwei wart vorher ganz eng miteinander und seitdem habe ich euch kein einziges Mal miteinander reden sehen.« Olivia zuckte mit den Schultern. »Man muss kein Genie sein, um zu ahnen, dass *irgendwas* passiert sein muss.«
Er dachte einen Moment lang darüber nach. »Ja, es ist etwas passiert.«
»Was?«
Er sah sie an. »Ich habe sie geküsst.«
Wow. Darauf war Olivia nicht vorbereitet gewesen. »Echt?«
Er nickte. »Gleich darauf hat sie gesagt, es sei ein Fehler gewesen, also …« Er zuckte mit den Schultern. »… also habe ich beschlossen, diesen Fehler nicht noch einmal zu machen.«
»Aber Noah …« Olivia wusste nicht, was sie sagen sollte. Das war ja der Hammer. Warum hatte Allie das ihr gegenüber nicht erwähnt?
»Aber was?« Er wurde ungeduldig.
»Ich weiß nicht. Es tut mir leid. Ich hatte echt keine Ahnung, was passiert war, sonst hätte ich dich nicht gefragt. Aber … ich finde, du solltest mit ihr reden.«
»Ich habe nichts zu sagen.«
»Klingt aber so. Magst du sie denn? Du weißt schon, auf *diese* Weise?«
Er wurde rot, schüttelte jedoch den Kopf so beiläufig, als

hätte sie gefragt, ob er Brausepulver mochte. »Jetzt nicht mehr.«

»Aber du hast sie mal so gemocht? Auf der Kirmes? Noah, ernsthaft, sie hat keine Ahnung davon!«

»An dem Abend hatte sie eine ziemlich gute Ahnung.«

Olivia wusste nicht, was sie darauf erwidern sollte. Sie war verletzt, weil Allie ihr nichts davon erzählt hatte – seit wann hatten sie Geheimnisse voreinander? –, aber sie wollte Noah nicht leiden lassen, wo sie doch genau wusste, dass Allie keine Ahnung von seinen Gefühlen hatte.

»Ich finde, du solltest ihr sagen, was du empfindest«, erklärte sie. »Vielleicht hat sie gesagt, es sei ein Fehler, weil sie glaubte, dass *du* es für einen Fehler gehalten hast.«

Er sah sie an, als sei sie verrückt geworden. »Sie sagte, es sei ein Fehler, weil sie es für einen Fehler hielt.« Da kam Sherry Alexander vorbei und fing kokett Noahs Blick auf. »Ich will nicht darüber reden, Liv. Ich muss jetzt los.« Er sah nicht zurück, zog einfach mit Sherry los, ließ überaus deutlich durchblicken, dass er mit Sherry flirtete.

Aber Olivia vermutete, dass er es nicht für Sherry so deutlich durchblicken ließ, sondern für sie, Olivia. Eine kleine Information, die sie vermutlich an Allie weitergeben sollte. Was sie nicht tat.

Sie erzählte Allie nie etwas davon.

Kapitel 17

Make-up gegen den Lauf der Zeit.
Anzeige für Lancôme Rénergie Lift Make-up

Olivia hätte sehr viel länger nichts davon gemerkt, dass ihre Mutter dem »Ich lebe jetzt nur noch für mich!«-Motto untreu geworden war und einen Online Dating Service in Anspruch nahm, wenn Caroline nicht so fahrlässig gewesen wäre, ihr Profil auf dem Bildschirm stehen zu lassen, bevor sie Olivias Laptop in Winterschlafmodus versetzte.
Es war der zweite Montag im Juni und ihre Mutter wohnte nun schon drei Wochen und drei Tage bei ihr.
Nicht, dass Olivia zählte.
Offenbar hatte Caroline durch neue Frisur und neues Make-up auch neues Selbstvertrauen gewonnen. Anstatt auf dem Weg zur Selbstfindung und Unabhängigkeit zu wandeln, über den sie gesprochen hatte, und sei es auch nur für kurze Zeit, war sie wieder bereit, auf Männerfang zu gehen, kaum dass sie – dank der erstaunlichen Verschönerungsmaßnahmen im Salon von John Barrett und in Olivias Büro – wieder heiß aussah.
Tja, Olivia reichte es allmählich.
»Mom, was ist das hier?«, fragte sie und ging mit dem Laptop in die Küche, wo ihre Mutter Obst kleinschnitt und in einer Espressokanne auf dem Herd schlechten Kaffee machte.
»Das wollte ich dich auch schon fragen. Es ist ein großarti-

ger kleiner Computer. Ich hätte zu gern auch so einen.«

Caroline legte das Messer aus der Hand, wischte sich die Hände an dem Küchenhandtuch neben der Spüle und kam auf Olivia zu. »Lass uns auf der Unterseite nachsehen, wie er heißt, ja?«

»Ich spreche nicht von dem Computer, Mom. Ich spreche von deinem Profil bei dieser Dating-Organisation. Hast du es öffentlich gemacht?«

»Nein.«

Glück gehabt. Olivia stellte den Laptop auf den Tisch. »Gut. Wir müssen über einige ziemlich gefährliche Dinge sprechen, die du in deinem Profil angegeben hast.«

»Gefährlich? Meine Güte, bei dir klingt das so, als sei ich eine Spionin.«

»Eher schon ein Opfer.« Olivia scrollte im Profil nach unten. »Zum einen hast du den Namen dieses Gebäudes hier genannt. Du darfst nicht jedem dahergelaufenen Kerl sagen, wo du dich gerade aufhältst, das darfst du einfach nicht!« Beinahe hätte sie gesagt, *wo du wohnst*, aber sie hatte sich gerade noch gefangen. Auf keinen Fall wollte sie ihre Mutter ermutigen, länger zu bleiben.

»Ich verstehe.« Caroline runzelte die Stirn und zog den Computer zu sich und schlug auf einige Tasten. »Ich frage mich, wie ich das jetzt korrigieren kann.«

»Ich denke, du musst ein neues Profil anlegen. Das ist nur einer von vielen Punkten, die dich angreifbar machen, wie ich festgestellt habe.«

»Wie kann ich dieses Profil von der Seite nehmen, damit ich ein neues erstellen kann?«

»Wie bitte? Du hast doch gesagt, dass du es nicht öffentlich gemacht hast.«

»Ich habe es nicht öffentlich gemacht. Aber es steht auf dieser Seite. Natürlich ist diese Seite privat, oder etwa nicht?«

Olivia holte tief Luft. »Hattest du Schwierigkeiten, auf die Seite zu kommen, bevor du dich angemeldet hast?«

»Nein.«

»Das sagt dann ja alles.« Olivia drehte den Laptop wieder zu sich. »Vielleicht kann ich dein Konto löschen. Wie lautet dein Username?«

»Freebird.«

Olivia starrte sie an. »Freebird? Wie in dem Song?«

»Was für ein Song?«

»Free Bird.« Das ist ein Song. Ein berühmter Hit aus den Siebzigern.«

Caroline zuckte mit den Schultern. »Ich wollte *as a* zwischen *free* und *bird* schreiben, *free as a bird*, frei wie ein Vogel, aber es hieß, dieser Benutzername sei schon vergeben.«

»Also gut, dann also Freebird.« Olivia tippte es ein. »Und wie lautet dein Passwort?«

Es trat eine lange Pause ein, dann antworte ihre Mutter leise. »Viel zu alt.«

Olivia sah auf. »Wie bitte?«

»Viel zu alt. Ein Wort. ›Vielzualt‹.«

Vielzualt.

Mein Gott, wie traurig.

»Mom …« Olivia hatte das Gefühl, einen unerwarteten Schlag erhalten zu haben. So sehr sie sich auch über ihre Mutter ärgerte – und der Ärger über ihre Mutter hatte sich schon ein Leben lang in ihr aufgebaut –, dieser kleine Umstand, dieses Eingeständnis von Carolines wahrer Selbsteinschätzung, eingebettet in ihr Passwort, ließ all den Ärger von Olivia dahinschmelzen und zu einer Pfütze aus Schuldgefühlen unter ihren Füßen werden.

In all den Jahren, die Olivia ihrer Mutter grollte, war ihr nie der Gedanke gekommen, dass sie dermaßen unsicher sein könnte.

»Das war alles, was mir einfiel.« Ihre Mutter wedelte mit der Hand und ihr Geschichtsausdruck verriet nichts. »Man muss sich diese Sachen immer so schnell einfallen lassen.«
Olivia nickte und gab das Passwort ein, klickte sich zur ›Konto‹-Seite und löschte den kompletten Eintrag.
Dann wandte sie sich an ihre Mutter. »Hör zu, Mom, wenn du das hier wirklich machen willst, dann darfst du es auf keinen Fall vermasseln. Und du musst auf Sicherheit achten. Begreife doch endlich, dass es da draußen schlechte Menschen gibt, die teuflischer sind, als du oder ich es uns auch nur vorstellen können. Man ist niemals hundertprozentig sicher, aber man muss wenigstens alles tun, was man kann. Nenne einfach nur deinen allgemeinen Aufenthaltsort, also Manhattan, anstatt die genaue Adresse hinzuschreiben. Lass deine Telefonnummer weg. Lass *meine* Telefonnummer weg. Um Himmels willen, gib auch nicht deinen richtigen Namen preis.«
»Das ist alles so kompliziert.«
»Das ist das Internet.« Olivia stand auf und ging zum Küchenschrank. Sie nahm einen Thermosbecher heraus und goss etwas Kaffee hinein. »Ich muss jetzt zur Arbeit. Sei bitte vorsichtig, solange ich weg bin.«
»Ich bin kein Kind, Olivia.«
»Ich weiß, tut mir leid, Mom. Es ist nur so – ich möchte doch nur, dass du vorsichtig bist, das ist alles. Vorsichtiger als damit.« Sie zeigte auf den Laptop. »Es gibt Wichtigeres in der Welt als Romantik, das weißt du.«
»Natürlich weiß ich das.« Caroline saß noch etwas aufrechter auf ihrem Stuhl, ihr Gesicht verlor noch etwas mehr Farbe. »Aber Romantik ist wichtig. Liebe ist wichtig, Olivia. Das scheinst du nie verstanden zu haben.«
»Wie bitte?« Olivia glaubte ihren Ohren nicht zu trauen. »Ich habe die Bedeutung von Liebe nie verstanden?«

»Nein, hast du nicht«, erklärte Caroline spitz. »Nicht die Bedeutung romantischer Liebe. Du tust so, als sei mein Wunsch nach einem Gefährten irgendeine Form von Eitelkeit.«

Olivia seufzte. »Bei dir ist es schon zwanghaft, Mom. Es scheint, als könntest du an gar nichts anderes mehr denken.«

»Das stimmt doch überhaupt nicht«, entgegnete Caroline, obwohl Olivias Pfeil ganz offensichtlich ins Schwarze getroffen hatte. »Du bist nicht wie ich. Du warst immer schon völlig unabhängig. Du wolltest weder meine Liebe und Aufmerksamkeit noch die von jemand anderem.«

»Lass das lieber bleiben, Mom.« Olivia hob warnend den Finger und hoffte, er würde angesichts der explosionsartigen Gefühle, die in ihr tobten, nicht zittern. »Lass das lieber bleiben.«

»Es ist aber wahr. Du hast niemandem vertraut …«

»Kannst du mir daraus einen Vorwurf machen?«

»Du hast nie jemand vertraut. Auch lange bevor … wir Potomac verlassen haben. Schon davor. Um ehrlich zu sein, ich fand immer, dass du dich verändert hast, als dein Vater starb, obwohl die Ärzte meinten, ich sei verrückt und dass du es nie anders kanntest.«

Konnte es wirklich einen Einfluss auf Olivias ganzes Leben haben, dass sie im Alter von achtzehn Monaten ihren Vater verlor?

»Es ist wohl eher so, dass *du* dich verändert hast, als Dad starb«, entgegnete Olivia. »Und du wurdest nie wieder so wie vorher. Ich erinnere mich noch *so gut*, wie ich um deine Aufmerksamkeit buhlte, als ich klein war, aber du hast mich immer weggescheucht. Du hast mich einem Babysitter nach dem anderen übergeben, während du mit einem Mann nach dem anderen ausgegangen bist.«

Caroline wurde noch steifer auf ihrem Stuhl. »Ich wollte, dass du einen Vater bekommst.«

»Ich *hatte* einen Vater. Aber er war tot.« Dumme Tränen brannten in Olivias Augen und sie blinzelte sie nieder. Sie würde jetzt *nicht* weinen. »Und dann hatte ich auch keine Mutter mehr.«

»Doch, du hattest mich immer. Wir sind überall zusammen hin, erinnerst du dich nicht?«

»Ja, nach Ohio, Wisconsin, Maryland, Kalifornien.« Olivia zählte die Orte, an denen sie mit den verschiedenen Ehemännern von Caroline gelebt hatten, an ihren Fingern ab. »O ja, du und ich, wir waren wie Bing Crosby und Bob Hope.«

Caroline sagte lange nichts. Sie saß mit gefalteten Händen auf ihrem Stuhl, das Gesicht blass, ohne zu blinzeln.

Schließlich sah sie ihre Tochter an. »Ich habe mein Bestes getan. Vielleicht war ich nicht gut darin, aber ich habe dich geliebt, Olivia, und ich habe mein Bestes versucht. Und jetzt bin ich allein. Ich bin einsam. Ich will nicht ganz allein in einem Zimmer sterben. Ich wünsche mir einen Gefährten, ich wünsche mir *Liebe.*« Sie sah ihre Tochter aus tränenfeuchten Augen an. »Ist das wirklich eine Sünde?«

War es das?

Die Sekunden tickten dahin. Olivia wusste, dass sie etwas sagen sollte und wichtiger noch, sie wusste, dass sie darauf eine Antwort haben sollte, aber die hatte sie nicht.

War die Sehnsucht ihrer Mutter nach einem Gefährten falsch gewesen?

Die Antwort erschien Olivia auf einer Welle von Schuldgefühlen.

Nein.

Es war nicht falsch gewesen. O ja, Carolines Auswahl an Männern war falsch gewesen, aber es war ja auch nicht

Olivias Weg. Es war Carolines Weg. Olivia hatte kein Recht, darüber ein Urteil zu fällen.
Gott, sie war so dumm gewesen.
All die Jahre hatte sie sich in Selbstmitleid gesuhlt. Ihr war nie der Gedanke gekommen, dass ihre Mutter ebenfalls leiden könnte. Sie hatte keine Ahnung, was für ein starkes Gift die Einsamkeit für Caroline war.
Wie dumm … natürlich hätte sie es wissen müssen. Sie hatte selbst darunter gelitten, nur dass ihre Einsamkeit selbst gewählt war, geboren aus der eisenharten Entschlossenheit, nie jemand brauchen zu müssen. Sie pflegte ihre Einsamkeit Abgeschiedenheit zu nennen.
Wie vielen Menschen hatte sie dadurch wehgetan?
»Nein, Mom.« Olivia ging zu ihrer Mutter und legte ihr die Hand auf die Schulter. »Natürlich ist das keine Sünde.«
Ihre Mutter berührte wortlos ihre Hand. Sie sah weiter nach unten.
Und diese kleine Geste hätte Olivia beinahe den Rest gegeben.
»Es tut mir leid, Mom«, sagte sie, beugte sich nach unten und küsste sie. Einen Moment lang hielt sie ihre Mutter fest, dann ließ sie los. »Ich habe mich geirrt. In vielen Dingen.«

»Ich glaube, Noah ist in dich verliebt.«
Das Telefon hatte Allie mitten aus einem Traum gerissen, in dem sie wilde Affen und Schlangen mit einem Schneebesen abwehrte, darum war sie nicht sicher, ob sie Olivia wirklich richtig verstanden hatte. »Wie bitte?«
»Mir ist klar, dass es verrückt klingt, und möglicherweise irre ich mich auch, aber ich glaube nicht.« Olivia klang ein wenig hysterisch. »Ich glaube, Noah ist in dich verliebt. Und das schon lange Zeit.«
Allie rollte auf den Rücken, legte den Arm über die Augen,

um sie vor den grellen Ziffern dieses dämlichen Digitalweckers mit extra-großen Zahlen zu schützen, den sich Kevin besorgt hatte. »Olivia, hast du was getrunken?«
»Nein. Und ich glaube, das ist wichtig. Frage mich nicht warum, aber ich habe meine Gründe.«
»Warum?«
Allie setzte sich im Bett auf und blinzelte in die Dunkelheit. Sie fragte sich, ob sie immer noch träumte und ob gleich ein Affe an einer Lakritzliane auf sie zugeschwungen kommen würde. »Du kannst nicht erwarten, dass ich so etwas einfach blindlings glaube. Du musst mir schon sagen, worauf du deine Vermutung gründest.«
»Ist gut. Nur einen Moment, ich muss mir was zu trinken holen.« Man hörte Schritte, während Olivia über das Parkett ging. »Aber rechne nicht damit, dass ich mich verständlich ausdrücken kann. Das war eine verrückte Nacht für mich.«
»Wem sagst du das.«
Man hörte Gläser klirren. »Also, erinnerst du dich an die Kirmes?«
»Die Kirmes?«
»Die Landwirtschaftsausstellung mit Kirmes in Montgomery. Zu unserer Highschoolzeit.«
»Großer Gott, ich hoffe, in deinem Drink ist auch Koffein. Und dass du jetzt nicht mehr mit dem Auto fahren musst.«
»Allie, mal ernsthaft. In der elften Klasse! Vielleicht auch in der zehnten. Jedenfalls war ich mit Mark Grudberg dort und du mit Noah, und ihr habt euch auf dem Riesenrad geküsst.«
»O ja.« Allie musste angesichts der Erinnerung lächeln. Das war wirklich einer der romantischeren Augenblicke ihres Lebens gewesen. »Das war echt nett. Furchteinflößend damals, aber jetzt eine schöne Erinnerung.«

»Warum hast du mir eigentlich nie davon erzählt?«
»Habe ich das nicht?«
»Nein.«
»Weiß nicht. Aber jetzt weißt du es ja offenbar, also von wem hast du es erfahren?«
»Noah.« Man hörte erneut Glas klirren, dann das Geräusch einer Kühlschranktür, die geschlossen wurde. »Liegt ja auf der Hand.«
»Ist ja irre, dass er sich daran erinnert!«
»Er hat es mir ja nicht vor kurzem erzählt.« Man hörte wieder ihre Schritte auf dem Parkett. Kurz vor Mitternacht und sie trug immer noch Stöckelschuhe, obwohl sie von zu Hause anrief. »Er hat es mir damals erzählt. Als ich ihn fragte, warum ihr beide nicht mehr miteinander redet.«
Allie erinnerte sich an diesen Teil ebenso gut wie an den Kuss. Sie hatte verzweifelt gehofft, dass er sagen würde, es sei ein Fehler gewesen, den Kuss einen Fehler zu nennen, und dass er ihr seine unsterbliche Liebe erklären würde, aber stattdessen redete er einfach gar nicht mehr mit ihr. Sie dachte, es liege daran, dass er ihr keine falschen Hoffnungen machen wolle, was sie beide anging.
Allerdings klang das nicht nach dem Noah, den sie kannte.
»Und du hast das all die Zeit für dich behalten und dich gefragt, warum ich es dir nicht erzählt habe?«, fragte sie.
»Nein, natürlich nicht.« Man hörte etwas, das sich eindeutig nach Schuhen anhörte, die von Füßen gekickt wurden. »Ich habe jahrzehntelang nicht daran gedacht«, fuhr Olivia fort. »Aber heute habe ich mich mit meiner Mutter unterhalten und ganz plötzlich wurden mir eine Reihe von Dingen klar.«
»Ich kann dir nicht folgen«, sagte Allie. »Ich bin froh, dass du eine Offenbarung hattest, die dich aufgerüttelt hat, aber ich weiß nicht, wie die Tatsache, dass Noah in mich ver-

liebt sein soll, und die Kirmes auf der Highschool in dieses Bild passen.«
Es klang aber irgendwie nett. Noah ist verliebt. Noah ist in Allie verliebt. Noah und Allie. Allie und Noah.
Für den Bruchteil einer Sekunde erinnerte sie sich, dieses Namensspiel in der siebten Klasse gespielt zu haben, aber die Erinnerung wich rasch dem Blick, mit dem er sie neulich Nacht bedacht hatte, bevor er gegangen war, und sie spürte einen Stich in ihrem Innersten.
Er hatte sie nicht wie eine Freundin angesehen.
Und sie hatte nicht wie eine Freundin reagiert.
Und dann war er gegangen.
»Also gut, einen Gang zurück«, sagte Olivia. »Es begann in der achten Klasse …«
Das reichte, um Allies Aufmerksamkeit wieder zu wecken.
»In der achten Klasse!«
»Gleich nachdem er an unsere Schule kam und du sagtest, dass du ihn magst. Aber ich mochte ihn auch. Zumindest glaubte ich das.« Olivia schnalzte mit der Zunge. »Vielleicht wollte ich auch nur haben, was du hattest. Der Punkt ist jedenfalls der, dass wir im Erdkundeunterricht zusammen lernten und er sich nach dir erkundigte.«
»Wir sprechen immer noch von der achten Klasse?«
»Ja. Ich sagte doch, es reicht weit zurück. Hör zu, man hat keine riesige Offenbarung durch ein Gespräch mit seiner Mutter, ohne nicht tief graben zu müssen.«
»Klingt sinnvoll.« Allie schauderte bei dem Gedanken, wie tief die Vergangenheit in der Psyche eingebettet war.
Sie konnte nur erahnen, wie tief die Dinge vergraben waren, wenn es um Caroline ging.
»Also, Noah hat sich in der achten Klasse bei mir nach dir erkundigt, weil er dich mochte, aber ich habe ihm erzählt, dass du schon einen anderen magst.«

»Echt? Wen?«
»Weiß ich nicht mehr, aber darum geht es hier nicht. Ich habe dich sabotiert! Aus euch beiden wäre vielleicht ein Paar geworden, hätte ich dem Ganzen nicht einen Riegel vorgeschoben.«
»Ich kann nicht glauben, dass wir darüber reden, als wären wir immer noch an der Junior Highschool.«
»Glaube mir, ich bin nicht stolz darauf.«
Allie lachte. »Liv, das war in der achten Klasse. Ich bezweifle, dass Noah und ich heute verheiratet wären, wenn wir vor 25 Jahren im Musikzimmer von Ms. Rosen miteinander geknutscht hätten.«
»Na gut, aber was, wenn aus euch in der zwölften Klasse ein Paar geworden wäre?«
»Oh, tja, in der zwölften Klasse, das wäre natürlich etwas anderes. Dann hätten wir jetzt schon zwei Kinder und einen Golden Retriever.«
»Möglicherweise«, sinnierte Olivia. »Durchaus möglich.«
»Hör zu«, sagte Allie und verwarf die Idee. Nach der zwölften Klasse hätte vielleicht etwas daraus werden können, vor zwei Jahren hätte vielleicht etwas daraus werden können. Aber als Kinder? Nie und nimmer. »Wenn es wirklich unser Schicksal gewesen wäre, dann hätte es mehr als einen glücklosen Teenager gebraucht, um uns auseinanderzubringen.«
»Ich war nicht glücklos.« Olivia klang völlig ernst. »Ich war selbstsüchtig.«
»Und selbst wenn? Es hätte mehr als einen selbstsüchtigen Teenager gebraucht, um uns auseinanderzubringen. Ich weiß nicht einmal mehr, was du getan zu haben glaubst.«
»Ich habe dir nicht erzählt, dass er sehr durcheinander war. Er war am Boden zerstört und ich wusste es, aber ich habe es dir nicht gesagt. Und offen gesagt muss er dir ziemlich

starke Gefühle entgegengebracht haben, denn sonst hätte er mir nichts davon erzählt.«

Allie versuchte, sich an jene Zeit zu erinnern. Es war nicht weiter schwer. Sie hatte nicht viele Highschoollasten in ihr Leben mitgenommen, aber jetzt, da sie darüber nachdachte, fielen ihr einige Dinge mit großer Klarheit wieder ein. Sie war lange, lange Zeit in Noah verknallt gewesen. Das hatte sie nicht davon abgehalten, mit ihm befreundet zu sein, aber die Freundschaft hatte sie davon abgehalten, ihm ihre Gefühle zu offenbaren. Die Möglichkeit einer Demütigung war einfach zu groß – jede Woche schrieb doch irgendein Mädchen an die Briefkastentante Ann Landers, wie sie ihrem besten Freund ihre Liebe gestanden und eine Abfuhr erhalten hatte.

Aber dann hatte Noah sie geküsst. Und es war so toll gewesen. Der Adrenalincocktail aus Angst und den aufkeimenden Hormonen und die unleugbare Romantik, die es mit sich brachte, hoch am Himmel zu schweben, mit Neonlichtern unter sich und den Sternen über sich, hatte für eine potente Mischung gesorgt.

Endlich, hatte sie gedacht. *Endlich.*

Dann war das Riesenrad wieder zum Leben erwacht. Sie war erschrocken und hatte sich Noah entzogen, als er gerade den nächsten großen Schritt wagen wollte.

Und sie hatte sich so sehr gewünscht, dass er diesen Schritt machte. Damals wäre sie glücklich gewesen, wenn sie für immer in diesem Riesenrad festgesteckt wären.

Doch als sie sich entschuldigte, weil sie nach Luft geschnappt hatte, hatte er sofort gesagt, dass es ihm auch leid tue, dass es ein Fehler gewesen sei und so weiter.

Allie war dermaßen gedemütigt und enttäuscht aus dem Riesenrad ausgestiegen, dass sie es nicht einmal ertragen konnte, Olivia zu erzählen, was für einen Narren sie aus sich gemacht hatte. Weil Olivias Reaktion auf der Hand gelegen hätte: *Wie konntest du nur glauben, du hättest mit Noah Haller anbändeln können? Ihr seid schon viel zu lange befreundet. Er hält dich für seine kleine Schwester, nicht für eine mögliche Freundin.* Der Dialog in Allies Kopf war von ihr selbst geschrieben worden, aber es fiel ihr leicht, sich vorzustellen, wie Olivia ihn aussprach.

Und der Fehler an sich war ihr ungeheuer peinlich. Sie wollte auf gar keinen Fall, dass sich herumsprach, wie bescheuert sie gewesen war.

»Weißt du, es ist schon komisch«, sagte Allie jetzt zu Olivia, rollte sich auf die Seite und sprach in den Hörer, wie sie es vor zwei Jahrzehnten getan hätte. »Ich war wirklich unglaublich lange in ihn verknallt, aber ich war zu schüchtern, um ihm das zu sagen.« Sie ahnte Olivias Schuldgefühle voraus und fügte hinzu: »Und selbst, wenn du mir gesagt hättest, dass du ihn heulend über seiner Pizza vorgefunden hättest, wie er meinen Namen herausschrie, hätte ich nicht den Mumm gehabt, es ihm zu sagen. Ich dachte, das müsse der Junge tun.«

Olivia seufzte. »Ich finde immer noch, dass es der Junge sagen muss.«

»Ja. Ich auch.« Allie lachte. »Selbst, wenn du heute also mit Noah recht hättest, könnte ich doch nie und nimmer etwas zu ihm sagen. Vor allem jetzt nicht, wo er Vickie heiraten will.« Allein der Gedanke machte sie krank.

»Aber genau deshalb musst du es tun«, erklärte Olivia. »Bevor es zu spät ist. Hör zu, ich war mein ganzes Leben lang gegen die Liebe …«

»Wer könnte dir daraus einen Vorwurf machen?«, fragte Allie. Jede Menge Stiefväter, eine unzuverlässige Mutter, ständiges Umziehen von einem Ende des Landes zum anderen. »Das wäre ich an deiner Stelle auch.«

»Aber *du* warst es nicht und du hattest recht und ich hatte unrecht. Egal, was für miese Beziehungen meine Mutter hatte oder was für eine schreckliche Kindheit ich hatte, es war dumm, zu der Schlussfolgerung zu gelangen, die Liebe an sich sei schlecht. Nur der Geschmack meiner Mutter in Männern war übel.«

»Klingt vernünftig.«

»Ja, endlich habe ich es begriffen. Jedenfalls finde ich, dass du unbedingt mit Noah reden und ihm wenigstens eine Chance geben musst. Wie ich schon sagte: Bevor es zu spät ist.«

»Es ist bereits zu spät.«

»Nein, Allie, ist es nicht, du musst nur …«

»Er kam in meine Wohnung und hat mir erklärt, dass er mich nicht mehr sehen will.«

»Wie bitte?«

Allie nickte, obwohl Olivia sie nicht sehen konnte. Und sie war froh, dass Olivia sie nicht sehen konnte, denn sie hatte das Gefühl, gleich weinen zu müssen. »Wir können nicht einmal mehr befreundet sein.«

»Hat er gesagt, warum nicht?«

»Liegt das nicht auf der Hand? Seit er mir sagte, das er mit Vickie geht, habe ich ständig auf ihm herumgehackt. Als er mir dann erzählte, dass er sie heiraten will, habe ich reagiert, als hätte er mir verkündet, dass er an einer unheilbaren Krankheit stirbt.«

»Allie, ich will hier nicht den Klugscheißer geben, aber warst du ihm gegenüber nicht schon immer so?«, widersprach Olivia. »Hast du nicht immer schon mit voller Breitseite aus der Hüfte geschossen?«

Das stimmte. »Vermutlich ja.«

»Warum sollte er dann plötzlich deshalb beleidigt sein?«

»Weil er noch nie zuvor heiraten wollte.«

»Also gut, aber sag mir, warum er nicht glücklich klingt, wenn er von seiner Heirat spricht?«

Allie biss an. »Das ist dir auch aufgefallen?«

»Ja klar, es ist überdeutlich.«

Es stank, dass Noah unglücklich zu sein schien, aber Allie war doch ein wenig erleichtert, dass ihr Eindruck korrekt war und nicht von ihrer Antipathie gegenüber Vickie beeinflusst worden war.

»Was können wir tun?«

»Komisch, dass du fragst«, sagte Olivia, »ich glaube nämlich, ich habe eine Lösung.«

Jetzt klang sie wieder ganz wie die alte Olivia.

Eigentlich klang sie ja mehr wie die alte Allie.

»Also gut, du hast mich am Haken«, sagte Allie. Die Lösung. Vielleicht gab es ja wirklich eine Lösung. »An was denkst du?«

»Kannst du nach New York kommen?«

»Ja. Wann? Warum?«

»Sobald als möglich. Ich habe einen Plan und möglicherweise ist das der einzige Weg, um Noah zu retten. Und dich.«

»*Mich?*«

»Das weißt du genau.«

Allie schluckte. »Wie wäre es mit diesem Wochenende?«

»Perfekt!«

Kapitel 18

In dieser Saison besteht Schönheit aus Farbe.
Anzeige für Estée Lauder

Am Freitagnachmittag fuhr Allie, nachdem sie für eine Anwaltskanzlei in der Innenstadt langweilige, aber profitable Korrekturen gelesen hatte, gleich nach der Arbeit zum Haus ihrer Eltern, um die Rushhour abzuwarten, bevor sie sich zu Olivia nach New York auf den Weg machte.

Vielleicht lag es an all dem, was sich in ihrem Leben gerade abspielte, vielleicht war es auch der Umstand, dass sie zum ersten Mal nach zwanzig Jahren bei Olivia schlafen würde, und vielleicht war es auch der alte Song von Madonna, der im Radio lief, als sie in den Wagen stieg, aber als Allie vor dem Backsteinhaus im Kolonialstil vorfuhr, in dem sie aufgewachsen war, befand sie sich in einer schrecklich melancholischen Stimmung.

Die Fliegentür stand offen, als sie ankam, als ob man in ein Kinderbuch eintrat. Im Haus brannten die Lichter. Sie konnte den Schatten ihrer Mutter sehen, die sich in der Küche bewegte, links das Flackern des Fernsehgeräts. Ihr Vater sah zweifellos ESPN und wartete auf das Abendessen. Sie ging einfach hinein, wie immer. »Was gibt's zum Abendessen?«, rief sie, als sie in die Küche kam und den dampfenden Topf auf dem Herd sah.

»Penne mit fünferlei Käse. Bleibst du zum Essen?«, fragte ihre Mutter.

Allie liebte dieses Gericht. Es war ein *Barefoot Contessa*-Rezept und es würde ihre Weight-Watcher-Punkte ins Unendliche schießen lassen, aber sie hatte ohnehin Punkte für einen besonderen Anlass gespart. »Ja, bitte.«

»Ich dachte, du wolltest nach New York.«

Allie griff nach dem Brocken Parmesan, den ihre Mutter neben den Herd gelegt hatte, und schnitt sich ein Stück ab. »Ich dachte, ich warte hier die Rushhour ab.« Sie steckte sich den Käse in den Mund, wo er zu purem Geschmack dahinschmolz, wie es nur der beste Parmesan kann.

»Gute Idee.« Peggy Denty schüttete die Penne in den Topf. »Was steckt eigentlich hinter dieser Reise?«

»Da steckt nichts *dahinter*. Ich will nur Olivia besuchen.«

»Die du seit Jahren weder gesehen noch gesprochen hast. Und urplötzlich, kaum dass Noah heiraten will, steht ihr beiden euch wieder nahe.« Peggy hob eine Augenbraue. »Wenn du nicht darüber reden willst, ist das in Ordnung, Schatz. Aber ich kenne mein Mädchen gut genug, um zu wissen, wenn etwas los ist.«

»Nichts ist los, Mom.«

»Na schön.« Peggy gab mit dem Schöpflöffel etwas Hühnerbrühe in den Topf und rührte um.

»Jedenfalls ist nichts Schlimmes los.«

»Das ist eine Erleichterung. Würdest du mir bitte den Käse geben?«

Allie reichte ihr den Brocken Käse und sah zu, wie sie ihn über dem Topf auf einer Reibe verteilte. »Ich finde, Noah sollte Vickie nicht heiraten.«

»Das hast du schon gesagt.« Ihre Mutter hob erneut eine Augenbraue. »Steckt da jetzt mehr dahinter?«

Natürlich. »Ich glaube, ich hege Gefühle für ihn. Ich glaube … möglicherweise empfinde ich wirklich etwas für ihn.«

Peggy legte den Käse zur Seite, wischte sich die Hände an

ihrer Schürze ab und sah Allie an. »Wurde aber auch Zeit, dass du das endlich merkst.«

»Bin ich die Einzige, die das jetzt erst merkt?«

Peggy musste lachen. »Allison, Noah ist zu jedem Thanksgivingessen, an jedem ersten Weihnachtstag, zu jedem Familiengrillfest gekommen und das seit unzähligen Jahren, außer einer von euch beiden war zu der Zeit mit jemand anderem zusammen. Egal, was passierte, oder mit wem ihr eine Beziehung hattet, ihr habt immer wieder zueinandergefunden.«

»Aber wir haben nie … etwas miteinander *gehabt.*«

Peggy zuckte mit den Schultern. »Darüber spekuliere ich nicht. Ich weiß nur, dass ihr mehr Zeit miteinander verbracht habt als viele Ehepaare. Als die Sache mit Kevin endete, warst du wütend, aber nicht wirklich erschüttert. Doch kaum ist Noah verlobt, bläst du Trübsal und weinst ohne Unterlass.«

Das stimmte. »Glaubst du, dass ich vielleicht nur eifersüchtig bin?«

»Eigentlich nicht, nein.«

Allie war merkwürdigerweise erleichtert, als sie ihre Mutter das sagen hörte. Es war, als würde sie ihr etwas bestätigen. Als würde sie den Beweis liefern, dass es real war.

»Ich glaube es im Grunde auch nicht.«

»Die Frage lautet also, was du unternehmen willst? Willst du ihn davon abhalten, Victoria zu heiraten?«

»Ich muss es versuchen.«

»Und wenn du es nicht kannst? Hast du darüber nachgedacht, was du dann machst?«

»Nein, daran darf ich gar nicht denken.« Es lag wohl daran, dass sie zu Hause war, aber völlig ohne Vorwarnung begann Allie urplötzlich zu weinen.

»Ach, Schätzchen.« Ihre Mutter nahm sie fest in den Arm.

Plötzlich war es egal, wie alt sie war, sie hatte das Gefühl, dass ihre Mutter alles in Ordnung bringen konnte. »Dann musst du tun, was du tun musst.«
Einige Stunden später machte sich Allie auf den Weg nach New York. Was sie tun musste, war, Noahs Nummer zwei Mal anzurufen – mit Rufnummernunterdrückung, um anonym zu bleiben –, nur um seine Stimme zu hören, bevor sie schnell wieder auflegte. Dann brauste sie in die Nacht auf die Autobahn nach New York.

»Ich fahre heute zu Tante Cassandra«, rief Caroline, als Olivia von der Arbeit kam. »Willst du mich begleiten?«
Olivia ließ ihre Schlüssel und ihre Handtasche auf den Tisch im Flur fallen und ging zur Küche, wo ihre Mutter am Tisch saß und eine Art Liste erstellte. »Du fährst *schon wieder* zu Tante Cassandra?«
»Mm-hm. Sie braucht Hilfe, um ihren Kleiderschrank durchzugehen und die Sachen, die sie nicht mehr tragen will, der Wohlfahrt zu spenden.«
Das ergab doch keinen Sinn. »Wirklich großartig, Mom, aber ich verstehe das trotzdem nicht.« Sie nahm Kaffee aus dem Kühlschrank. »Du kannst Tante Cassandra nicht ausstehen und doch fährst du ganz plötzlich zwei, manchmal sogar drei Mal die Woche zu ihr.«
Caroline seufzte. »Wir hatten in der Vergangenheit unseren Teil an Meinungsverschiedenheiten, das stimmt, und sie kann wirklich eine hartherzige, alte Ziege sein.«
»Aber?« Olivia gab den Kaffee in den Filter.
»Ach, ich weiß nicht. Sie braucht Hilfe.«
»Sie kann sich bezahlte Hilfe leisten.« Olivia goss Wasser in die Maschine, drückte auf den Knopf und drehte sich zu ihrer Mutter um. »Komm schon, ich weiß, dass da mehr dahintersteckt. Womit hat sie dich in der Hand?«

»Soweit ich weiß, mit nichts.« Caroline lachte. »Aber es würde mich nicht überraschen, wenn sie sich irgendetwas einfallen ließe.«

»Ich wette, sie hat eine ganze Akte über dich angelegt.«

»Olivia, das ist jetzt unfair.«

»Bist du sicher, dass du meine Mutter bist?« Vielleicht war der Kaffee nicht stark genug, dachte sie, als er durch den Filter sickerte. »Ernsthaft, was hast du mit der echten Caroline angestellt?«

Caroline lächelte. »Die Menschen ändern sich.«

Olivia goss den Kaffee in einen Becher, ging zum Tisch, setzte sich und verdaute diesen Gedanken einen Moment lang. Irgendetwas hielt ihre Mutter vor ihr zurück. »Ich bezweifele ernsthaft, dass sie dich schnell in ihr Testament aufnehmen wird.«

Caroline sah so ehrlich überrascht aus, dass Olivia sich sofort schrecklich fühlte, weil sie das gesagt hatte.

»Es würde mir nicht im Traum einfallen, auch nur einen Penny von ihr anzunehmen.« Caroline umklammerte ihre Perlenkette. »Ich kann nicht glauben, dass du so etwas denkst! Du bist die einzige Erbin ihres Vermögens.«

»Ich?«

»Natürlich. Cassandra hat keine Kinder und du bist das einzige Kind deines Vaters, also geht das Familienerbe selbstverständlich an dich.« Caroline nahm eine Mokkatasse aus dem Schrank – sie hatte sie selbst vor wenigen Tagen gekauft – und goss sich einen Fingerhut voll Kaffee ein. »Wer sollte es deiner Meinung nach sonst bekommen?«

»Darüber habe ich nie nachgedacht.« Noch nie. Sie hatte wirklich nie an das Geld ihres Vaters gedacht. Wenn sie an ihren Vater dachte, dann wünschte sie sich immer nur, dass sie sich an etwas, irgendetwas erinnern könnte. Er war gestorben, als sie ungefähr 18 Monate alt war, und obwohl ihre Mutter nie viel über ihn gesprochen hatte, hatte Olivia den Eindruck gewonnen, dass ihr Vater anders war als ihre nachfolgenden Stiefväter.

Vielleicht war es nur Wunschdenken, aber sie wünschte wirklich, sie hätte den einzig guten Mann in ihrem Leben und dem ihrer Mutter kennenlernen dürfen.

»Vielleicht solltest du allmählich darüber nachdenken«, schlug Caroline vor und nahm einen winzigen Schluck. »Ein Erbe dieser Größe will klug angelegt werden. Du solltest vorbereitet sein.«

»Ich habe das Gefühl, Tante Cassandra gehört eher zu den Menschen, die alles ihren Katzen hinterlassen.«

Caroline schüttelte den Kopf. »Sie mag streng sein, aber sie ist nicht verrückt.«

»Wir werden sehen.«

»Außerdem hasst sie Katzen.«

Olivia seufzte. »Typisch.«

»Jedenfalls werde ich wohl über Nacht bleiben, also warte nicht auf mich.«

»Über Nacht?«, wiederholte Olivia. »Tante Cassandra und du feiern eine Pyjamaparty?«

Caroline seufzte. »Der Wagen von der Wohlfahrt kommt morgen in aller Frühe, um die Sachen abzuholen. Ich muss dafür sorgen, dass sie die Spendenbescheinigung korrekt ausstellen.«

Das war in vielerlei Hinsicht schwer vorstellbar. »Wie schade, du wirst Allie verpassen.«

Caroline nahm noch einen Schluck und stellte die Tasse ab. »Ich dachte, es würde euch beiden gefallen, nach so langer Zeit einmal miteinander allein zu sein.«

»Wie nett von dir.« Olivia stand auf und füllte ihren Becher erneut. »Ich glaube, wir werden lange wach bleiben.«

»Und was wollt ihr morgen unternehmen?«

»Ich hoffe, dass Allie mich zu einigen Terminen mitnimmt, die ich für sie vereinbart habe.« Und sie hoffte wirklich sehr, dass Allie nicht beleidigt sein würde, weil sie diese Termine abgemacht hatte. »Und dazwischen muss ich zur Arbeit.«

»Olivia Pelham, du kannst nicht schon wieder am Wochenende arbeiten! Jetzt bin ich seit einem Monat hier und in dieser ganzen Zeit hattest du exakt vier Tage frei. Das ist nicht gesund.«

Olivia zuckte mit den Schultern. »Ich mag meine Arbeit.« Das tat sie wirklich, sie liebte ihre Arbeit. Die Arbeit hielt Olivia davon ab, über all die Fragen nachzudenken, über die alleinstehende Frauen in ihrem Alter nachdachten. New York war eine große Stadt mit vielen Menschen, aber wahrscheinlich der schlechteste Ort der Welt, um an Verabredungen zu kommen.

Doch zum Glück für Olivia musste sie darüber jetzt nicht nachdenken.

Sie konnte sich später darüber Sorgen machen.

»Komisch, aber das hast du damals schon über die Schule gesagt. Du hast nebenher so gut wie nichts gemacht.«

»Ach nein?«

Caroline nickte. »Selbst als du noch jung und sorglos warst und verrückt nach Jungs hättest sein sollen, hast du immer gesagt, dass du lieber deine Hausaufgaben machen möchtest.«

»O ja, stimmt.« Das hatte sie wirklich gesagt. Und wenn sie die Wahl hatte, ihre Hausaufgaben zu machen oder mit ihrer Mutter und Donald zusammen zu sein, hatten die Hausaufgaben jedes Mal gewonnen. »Vermutlich habe ich eine hohe Arbeitsmoral.«

Caroline wirkte nicht überzeugt. »Oder vielleicht versteckst du dich einfach gern vor dem wahren Leben. Jedenfalls hoffe ich, das du deine Freundin nicht allein hier in der Wohnung sitzen lässt, während du bei der Arbeit knechtest.«

Olivia lachte über die Vorstellung, sie würde *knechten.* »Nein, Mom, das werde ich nicht.« Bei den erstklassigen Terminen, die sie für Allie vereinbart hatte, würde Allie mehr zu tun haben als sie selbst.

Glücklicherweise beendete ihre Mutter das Gespräch an dieser Stelle, aber Olivia musste auch noch lange, nachdem Caroline gegangen war, darüber nachdenken. An der Behauptung ihrer Mutter war durchaus etwas dran: Schon in jungen Jahren hatte Olivia gelernt, dass ihr die Dinge, die von ihr erwartet wurden – Schule, Hausarbeit, Hausaufgaben –, leichtfielen und sie auf diese Weise den Dingen entfliehen konnte, die schwer für sie waren: Freundschaften schließen, mit anderen Menschen Kontakt pflegen, Jungs. Hätte es Allie nicht gegeben, dann wäre Olivia womöglich niemals aus ihrem Schneckenhaus herausgekrochen.

Interessant. So hatte sie das noch nie betrachtet. Trotz der Probleme, die sie am Ende miteinander hatten, hatte Allie ihren Teil dazu beigetragen, dass Olivias Leben so aussah, wie es jetzt war.

»Es ist echt kaum zu fassen, dass du wirklich hier bist«, sagte Olivia bei Wein und Käse um 23 Uhr.

Sie saßen in Olivias elegantem Wohnzimmer. Eine Wandseite bestand nur aus einer Glasfront mit Blick auf die Upper East Side. Es war hinreißend. Allie hatte Bedenken, dass sie auf das schneeweiße Sofa oder den ebenfalls weißen Teppich kleckern könnte, aber sie liebte das Gefühl, mitten im glamourösen Leben einer anderen zu sitzen.

»Ich bin auch baff«, sagte Allie und lehnte sich in die weichen Sofakissen. »Das ist alles irgendwie surreal.«

»Auf gewisse Weise haben wir das Vickie zu verdanken.«
»Stimmt.« Es war ein trauriger Gedanke, aber er traf des Pudels Kern. Ein langer Augenblick verstrich, bevor Allie den Mut aufbrachte, Olivia zu fragen: »Glaubst du, wir sollten über das reden, was passiert ist?« Sie streckte gewissermaßen den Zeh in eisiges Wasser.
Allie hatte lange darüber nachgedacht, ob sie das Thema anschneiden sollte, weil sie jetzt endlich wieder miteinander redeten und vorsichtig ihre Freundschaft antesteten. Andererseits fragte sie sich, ob es nicht klüger wäre, schlafende Hunde ruhen zu lassen.
»Über das, was passiert ist? Du meinst, damals an der Highschool?«
Allie nickte.
Olivia seufzte und sah zur Fensterfront. Das war augenscheinlich etwas, auf das sie auch nicht besonders scharf war. »Wir könnten, aber was sollte das bringen? Wir waren beide jung. Ich kann dir für das, was passiert ist, wirklich keinen Vorwurf machen. Wir waren siebzehn. Ich habe dir ein riesiges, tonnenschweres Geheimnis anvertraut in der Annahme, du wärst reifer als die meisten Erwachsenen, die ich kannte.«
Allie sträubten sich die Nackenhaare. Längst verschüttete Gefühle bildeten in ihrer Psyche immer noch einen Bodensatz wie Teeblätter in einer Tasse. »Hör zu, Olivia, ich will keine alten Kamellen aufwärmen oder etwas verteidigen, das so lange her ist, dass es nicht länger von Bedeutung ist, aber eines muss ich doch loswerden: Ich habe es ganz ehrlich niemandem weitererzählt.«
Olivia sah sie aus traurigen Augen an, als ob sie erwartet hätte, dass Allie alles leugnen würde, und sie es ihr nicht abkaufte. »Was soll ich dazu sagen?«
»Keine Ahnung. Ich weiß, es fällt dir schwer, das zu glau-

ben. Bis heute frage ich mich, wie es die anderen herausfinden konnten. Es ist eines der großen Rätsel meines Lebens, aber ich schwöre dir, Olivia, sie haben es nicht von mir gehört.«

Es trat eine sehr lange Stille in. Allie füllte die Zeit, indem sie ein Stück von dem Brie abschnitt, den sie eigentlich gar nicht essen durfte.

»Ich habe auch darüber nachgedacht«, sagte Olivia. Sie rang ihre Hände nervös im Schoß. Das war immer noch ein äußerst heikles Thema für sie und wer konnte ihr das zum Vorwurf machen? »Vielleicht war ich doch nicht so diskret wie ich dachte.«

»Wie meinst du das?« Hatte sie es noch jemand anderem gesagt? Wem? Wem hatte sie noch so vertraut, wie sie Allie damals vertraut hatte?

Olivia stellte ihr Weinglas ab. »Wir haben zwischen zwei Unterrichtstunden darüber geredet, erinnerst du dich?«

»Natürlich.« Wie konnte sie das vergessen?

»Auf der Toilette.«

»Stimmt.«

Olivia zuckte mit den Schultern. »Selbstverständlich haben wir damals nicht übermäßig laut geredet, aber womöglich hat es doch jemand draußen im Flur gehört.«

»Es muss schon jemand ziemlich Bösartiges gewesen sein, wenn er das überall herumerzählte. Du warst so durcheinander.«

»Ich weiß nicht, ob es unbedingt jemand Bösartiges war. Einfach nur jemand Mieses. Es gibt ebenso viele miese wie nette Leute an einer Highschool.« Olivia schluckte und nahm ihr Weinglas wieder zur Hand. In eine leicht zitternde Hand. »Lass uns das Thema wechseln und die Sache hiermit endgültig begraben.«

»Ist gut.« Allie fragte sich, ob sie es wirklich begraben

konnten und ob Olivia ihr wirklich glaubte, aber sie wusste es besser, als jetzt noch darauf herumzureiten. Sie hatte gesagt, was sie sagen musste, und sie glaubte, dass sie endlich Gehör gefunden hatte. »Lass uns über dein Leben in New York reden.«

Olivia schüttelte den Kopf, aber ihre Augen strahlten auf. »Ich weiß etwas Besseres, lass uns über *dein* Leben in New York reden.«

Allie hob eine Augenbraue. »Über den Grund, warum du mir sagtest, ich solle alles absagen, egal was, und so schnell wie möglich herkommen?«

Olivia lächelte. »Genau.«

»Schieß los, ich bin bereit. Wie sieht der Plan aus?«

»Du bekommst eine Verschönerung. Bevor du widersprechen kannst, weil du denkst, ich hätte gesagt, du würdest eine brauchen, lass mich dir nur sagen, dass ich das Gefühl habe, dir eine zu schulden, für all die Male, wo du mich verschönert hast. Du hast so viel abgenommen …«

»Nur zwölf Pfund.« Allie war begeistert, dass sie zwölf Pfund abgenommen hatte, aber die Schlacht war noch lange nicht geschlagen. Sie war sich sehr wohl bewusst, dass sie als Einzige feierte, ihre Jeans jetzt ein Quäntchen leichter zuzubekommen.

»Du hast so viel abgenommen«, wiederholte Olivia, »darum finde ich, solltest du dich verwöhnen.«

»Das ist furchtbar nett von dir«, freute sich Allie, konnte sich aber immer noch keinen Reim darauf machen. Da steckte mehr dahinter. Und so sehr sie die Zeit mit Olivia auch genießen wollte, war sie doch auch vorsichtig. Sie nahm nicht unbedingt ein Zögern bei Olivia wahr, aber sie fürchtete, sich der neuen Situation ganz hinzugeben, ihr wirklich zu vertrauen, für den Fall, dass es doch nicht gutgehen sollte.

Sie hatte Olivia schon einmal als Freundin verloren und das hatte höllisch wehgetan. So gut es sich auch anfühlte, wieder Geheimnisse mit ihr zu teilen, war es das nicht wert, wenn am Schluss wieder alles den Bach hinunterging.

»Nicht der Rede wert«, wehrte Olivia ab und ihre Stimme verriet keine Hintergedanken oder wetterwendische Gefühle. »Ich habe so viele Ressourcen, aber nur selten jemand, der sie zu schätzen weiß. Du warst die Verschönerungskönigin, darum dachte ich, es würde dir Spaß machen.«

Allie lächelte. »Und wie können wir dadurch Noah retten?«

»Hm?«

»Dein Plan war doch, Noah zu retten. Und mich. Inwiefern rettet es Noah, wenn du mir die Haare schneiden lässt?«

Die Frage hing einen Augenblick in der Luft, bevor Olivias Haltung einen Riss bekam und sie nachgab und die Wahrheit sagte.

»Weil ich weiß, dass ihr beide aufeinander steht, auch wenn ihr das seltsamerweise nie selbst gemerkt habt, und ich denke, wenn du das Selbstvertrauen hättest, das du eigentlich haben solltest, dann wärst du für diese Vorstellung etwas offener.«

Allie lachte.

»Es ist wahr«, beharrte Olivia. »Die Menschen können ihr Selbstvertrauen auf die unterschiedlichste Weise stärken. Ich sage ja nicht, dass mein Weg der einzige ist, aber du …« Sie zeigte mit dem Weinglas auf sie. »… du bist eine Frau für Make-up und Haare. Das ist der Schlüssel zu deinem Glück und ich kann es dir verschaffen.«

»Wer sagt, dass es der Schlüssel zu meinem Glück ist?«

»Oh, Allison Denty, das war *immer* schon der Schlüssel zu deinem Glück. Du warst nie fröhlicher, als wenn du das Montgomery-Einkaufszentrum mit einer Woolworth-Tüte voll Produkten von *Aziza, Maybelline* und *Flame-Glo* verlassen konntest.«

Das ließ sich nicht leugnen. Allein die Erinnerung bescherte Allie ein warmes Gefühl. »Das stimmt.«

»Weißt du noch, wie wir das *Village Naturals* Biershampoo kauften und an dem Penny-Brunnen saßen und so taten, als würden wir Bier trinken?«

Allie schnappte nach Luft. »Und dann kam diese alte Frau vorbei und hat uns tatsächlich mit dem Finger gedroht und uns angebrüllt, weil wir Alkohol tranken!«

»Genau!«

Allie schloss kurz die Augen und seufzte. »So cool habe ich mich nie wieder gefühlt«, sagte sie aufrichtig. »Traurig, nicht wahr?«

»Ja«, gab Olivia ihr recht. »Obwohl ich Angst hatte, sie könnte meine Mom oder Donald anrufen, fühlte ich mich auch cool.«

»Was waren wir für armselige Kreaturen.« Allie lachte.

»Aber wir hatten Spaß!«

»Ja, den hatten wir.« Allie nahm sich einen Moment Zeit, um in diesen wenig abenteuerlichen Erinnerungen zu schwelgen, bevor sie sagte: »Und jetzt schmieden wir wieder Pläne. Nur dass du dieses Mal die Meisterschmiedin bist. Was soll ich tun?«

»Ich bin froh, dass du fragst«, sagte Olivia und wurde wieder ganz geschäftsmäßig, wenn auch dieses Mal ein Lächeln in ihrer Stimme lag. »Denn dein Teil ist der Schwerere.«

»Nämlich?«

»Du musst zu Noah gehen und ihm sagen, was du für ihn empfindest.«

Kapitel 19

Strahlt Ihr Haar, strahlt auch Ihr Leben.
Anzeige für Clairol-Haartönung

»Erinnerst du dich an die grüne Gesichtsmaske, die wir immer gekauft haben?«, fragte Olivia, als sie am Samstagabend die Tür zu ihrem Büro aufschloss.

Allie hatte den Tag bei der Stylistin verbracht, hatte einen neuen Haarschnitt bekommen, gefärbt und mit Strähnchen, und war leicht angetrunken von all dem kostenlosen Champagner, der ihr im Salon angeboten worden war. Dann hatte sie mit Olivia ein ausgedehntes und dick machendes Abendessen in Patsys Restaurant zu sich genommen und jetzt befanden sich gerade genug Knoblauch und Wein in ihr, damit sie noch ein paar Stunden durchhalten konnte.

»Die Mint-Juliep-Maske von *Queen Helene*?«

Olivia nickte. »Genau die.«

»O Gott, wusstest du, dass die immer noch hergestellt wird?« Allie war angesichts dieser Enthüllung sichtlich begeistert. »Ich habe gestern eine Tube bei *Bed Bath and Beyond* gekauft. Unglaublich, dass es die Maske tatsächlich noch gibt.«

»Wirf sie weg.«

»*Wie bitte?* Soll das ein Witz sein?«

»Nein. Du hast dich weiterentwickelt.«

»Wohin denn bitte?«

»Zu dem guten Zeugs.« Olivia öffnete die Tür und schaltete das Licht ein. Ihr riesiges Eckbüro erstrahlte in gleißendem Licht.
»Aber ich mag dieses grüne Zeugs! Es ist ziemlich gut.«
»Mir nach.« Olivia führte Allie zu einer Nische voller Regale, auf denen sich zahllose Probeprodukte befanden.
Allies Augen wurden groß. »Oh.«
»Genau.«
»Das ist unglaublich.« Allie atmete schwer, sah sich um wie ein Kind, das zum ersten Mal nach Disney World kommt. »Wenn ich heute Aschenputtel bin, dann ist das hier das Schloss.«
Sie konnte immer noch nicht ganz begreifen, dass sie heute tatsächlich Aschenputtel war. Nach Allies Besuch im Salon ließ Olivia sie von ihrem Assistenten zum Anprobenraum führen, um sich einige figurschmeichelnde Sachen auszusuchen. Allie hatte ordentlich abgenommen, aber sie zog sich noch nicht entsprechend an. Nicht alles im Probenraum passte, wie sollte es auch bei der herrschenden Mode, aber es gab genug schicke Sachen, um Allies Selbstvertrauen zu heben.
»Jetzt, wo du alt bist«, sagte Olivia ironisch, »trocknen diese billigen Masken deine Haut aus und lassen dich wie die Oma in *Die Beverly Hillbillies sind los* aussehen, nicht wie Ellie May.«
Allie zog eine Schnute. »Echt?«
»Keine Sorge.« Olivia nahm Peeling-Pads mit Glykolsäure aus dem Regal. »Das ist hier tausendmal wirkungsvoller und nicht halb so schmerzhaft. Es tut überhaupt nicht weh.« Sie reichte Allie den Behälter. »Reib dir damit Gesicht und Hals ein, dann fünf Minuten warten und abspülen.«
»Und dann?«
»Dann wappne dich für ein Wunder. Zumindest wenn du

es zwei Mal die Woche machst und die Sonne meidest und viel Wasser trinkst und auch alles andere tust, was ich dir sage.«
»Ja, Ma'am.« Allie öffnete den Behälter und nahm einen Pad heraus. »Einfach einreiben?«
Olivia nickte. »Einfach einreiben.« Sie nahm noch mehr Produkte vom Regal. Das machte viel mehr Spaß als bei ihrer Mutter, bei der sie das auch schon getan hatte – nicht zuletzt, weil Allie so viel mehr Interesse daran zeigte.
Aber auch, weil Allie jung war. Olivia wusste das, auch wenn sie dasselbe Alter hatten und sie sich manchmal wie hundert fühlte, vor allem in einer Branche, bei der Models über 22 mit alten, verkrüppelten Footballspielern gleichgesetzt wurden.
»Und jetzt?«
»Wart's ab.«
Allie setzte sich auf den Schreibtischstuhl, den Olivia zur Nische geschoben hatte. »Das ist also dein Büro, ja? Ziemlich beeindruckend.«
Olivia nickte. »Ist ganz in Ordnung.«
»Ich wette, hier arbeiten Hunderte von Leuten, die dich in Stücke reißen würden, wenn sie dich so reden hörten.«
»Da hast du recht.«
»Warum wirkst du dann nicht glücklicher?«
»Ich bin glücklich«, sagte Olivia, aber die Worte blieben ihr im Hals stecken. Es war nicht wirklich eine Lüge. Keine große Lüge. Es war nur … Sie seufzte und gab zu: »Ich bin nicht *un*glücklich.«
»Du solltest aber glücklich sein«, sagte Allie. »Jeder sollte glücklich sein, aber vor allem jemand, dem die Welt so zu Füßen zu liegen scheint. Was fehlt dir?«
»Mir fehlt nichts! Wann bist du denn zur Psychologin geworden?«

»Ehrlich gesagt, Liv, hast du dich nicht so sehr verändert, dass ich in dir nicht mehr wie in einem Buch lesen könnte. Es gibt etwas, was du mir nicht sagst. Entweder spuckst du es aus oder wir plaudern jetzt zwanglos über die Aussicht aus deinem Bürofenster.«
Olivia ließ sich auf dem Stuhl neben Allie fallen. »Du hast recht. Etwas fehlt.«
»Und was?«
Olivia sah sie an. »Ich weiß es nicht. Möchtest du Wein?«
Allie schaute überrascht. »Gibt es hier drin auch eine Bar?«
»So etwas Ähnliches.« Olivia zog eine Schreibtischschublade auf und nahm eine Flasche *Veuve Clicquot*-Champagner heraus, um deren Hals eine rote Schleife gebunden war. »Die Herausgeber der französischen *Elle* schicken mir andauernd dieses Zeugs und ich hebe es immer für eine besondere Gelegenheit auf. Ich würde sagen, dies hier ist eine besondere Gelegenheit, findest du nicht auch?«
»Absolut!«
»Ich hole Eis. Machst du solange die Flasche auf?« Sie reichte Allie den Champagner, ging zum Pausenraum und füllte einen Tupperware-Behälter, den jemand hatte stehen lassen, mit Eiswürfeln. Sie griff sich auch zwei Gläser.
Als Olivia zurückkam, stand Allie vor ihrer Kaffeemaschine.
»Möchtest du lieber einen Kaffee?«
»Nein, das ist ein kleiner Trick, den ich am College gelernt habe.« Allie nahm die Eiswürfel, legte sie in den Filter der Kaffeemaschine und goss langsam den Champagner darüber. Dann nahm sie die Kanne heraus und hielt sie hoch. »Voilà! Kalter Champagner! Die Franzosen würden das natürlich niemals gutheißen, aber ich kann keinen großen Unterschied feststellen.«
»Perfekt.« Olivia goss den Champagner in die Gläser und

reichte eines Allie. »Cheers. Und jetzt geh und wasch dir das Gesicht.«

Allie nahm einen Schluck Champagner, dann ging sie gehorsamst zum Waschbecken, spülte sich das Gesicht ab und tupfte es sich anschließend mit einem Papierhandtuch trocken.

»Und jetzt Feuchtigkeitscreme.« Olivia nahm ihre eigene Dose *Philosophy's Hope* heraus. »Die hier ist die beste.«

»Das Oprah-Zeug?«

»Genau.« Olivia reichte Allie den kleinen, weißen Tiegel mit der schlichten, schwarzen Aufschrift. »Aber vergiss Oprah. Es funktioniert bei jedem. Hast du diese Creme schon einmal probiert?«

Allie schnaubte spöttisch. »Was es nicht in der Drogerie gibt, habe ich auch noch nicht benützt.«

Olivia seufzte. »So viel nachzuholen, so wenig Zeit.«

Sie stießen wieder an und Olivia drängte Allie zurück zu ihrem Stuhl. »Jetzt kommt das Make-up. Das habe ich am liebsten.«

»Weißt du, es ist schon eine Ironie des Schicksals, dass *du* jetzt die Make-up-Expertin bist und ich das Landei bin.«

»Du bist kein Landei.«

»O doch.« Allie sah sich in der Überfülle an teuren Kosmetika, Cremes, Lotionen und Pflegeprodukten um, die Olivia zur Verfügung standen. »Doch, das bin ich. Ich kann nicht einmal die Namen der meisten Produkte aussprechen und das liegt nicht daran, dass sie aus dem Ausland kommen. Heutzutage dreht sich alles um Wissenschaft. Um Geld und um Wissenschaft.«

Olivia nickte. »Du verstehst also, wie ich in diese Falle geraten bin.«

Allie lachte auf. »O mein Gott, du hast recht! Du warst immer begeistert von Naturwissenschaften und Mathe!«

Richtig, das war sie gewesen. Je logischer, desto besser. Olivia hatte nie kreativ sein oder tiefschürfend nachdenken oder ihre innersten Gedanken erforschen wollen. Das war zu schmerzhaft. Aufsätze zu schreiben war für sie immer ein Albtraum gewesen. Aber Mathe und Naturwissenschaften waren stets ihre Freunde gewesen.

»Das bin ich auch heute noch«, sagte Olivia und trug eine mineralische Grundierung auf Allies immer noch perfekte Haut auf.

»Das scheint dir gut bekommen zu sein.« Allie trank aus ihrem Glas.

Olivia tat dasselbe. Der Champagner prickelte in ihrem Gaumen, wärmte sie von innen. Einige der inneren Fesseln in ihr lösten sich ein wenig. »Das ist schön«, sagte sie. »Ich bin froh, dass du gekommen bist.«

»Machst du Witze? Das ist fabelhaft! Aber ich weiß immer noch nicht, warum du mir aus heiterem Himmel eine Verschönerung angedeihen lassen wolltest. Das ist doch keine Versteckte-Kamera-Kiste für dein Magazin, oder?«

»O Gott, nein, ich würde dich doch nie in so einen Hinterhalt locken. Das macht einfach nur Spaß.« Aber Olivia hatte durchaus ihre Gründe. Allie brauchte Selbstvertrauen, um sich das zu holen, was ihr wirklich wichtig war: Noah. Und Olivia kannte Allie immer noch gut genug, um zu wissen, dass mangelndes Selbstvertrauen das Einzige war, was sie davon abhielt.

Also machte Olivia weiter, trug Rouge auf Allies Wangen auf, umrahmte ihre Augen mit den genau richtigen Komplementärfarben, schattierte sie, um die herrliche Form zu unterstreichen, die sie immer schon gehabt hatten. Es war leicht, Allie zu schminken, weil ihr Gesicht – die Leinwand – so ausgezeichnet war.

Auch wenn Allie das kaum geglaubt hätte.

Schließlich nahm Olivia die Wimperntusche zur Hand. »Schau nach oben.«

Allie tat es. »Welche Marke ist das?«

»*Lancôme.* Die einzige Wimperntusche, mit der du weinen und dir die Tränen dann einfach abwischen kannst, ohne wie ein Waschbär auszusehen. Schau nach unten.«

Allie tat es. »Wie gut, dass ich jetzt problemlos weinen kann.«

»Ich glaube, du wirst nicht weinen müssen.« Olivia trug noch ein paar Striche auf, dann trat sie zurück und sagte: »Also gut, schau in den Spiegel.«

Als Allie es tat, musste sie breit lächeln. »Verdammt, Liv, du bist echt gut!« Sie blinzelte und musterte ihr Spiegelbild, drehte sich von einer Seite zur anderen, inspizierte alles genau. »Es ist der Wahnsinn, was du bewerkstelligt hast.« Sie sah Olivia an. »Du musst unbedingt bei mir einziehen!«

»Ich kehre nicht nach Washington zurück!« Olivia lachte.

»Dann werde ich bei dir einziehen.« Allie sah sich wieder im Spiegel an. »Du hast ein Wunder vollbracht.«

»Nein, habe ich nicht. Alles, was du siehst, war bereits da. Ich musste kaum etwas tun.«

Allie rollte mit den Augen. »Das ist so was von nicht wahr.«

»Es ist wohl wahr.« Olivia setzte sich und goss Champagner in ihre Gläser nach. »Lass mich dir ein kleines Geheimnis verraten, das ich nach vielen Jahren in dieser Branche gelernt habe: Es gibt keine Wunder. Ja klar, wenn man bestimmte Produkte verwendet, sieht die Haut schlechter aus und fühlt sich auch schlechter an, und dann gibt es ganz bestimmte Produkte, bei denen die Haut besser aussieht und sich besser anfühlt.«

Allie berührte ihre Wange. »Eindeutig.«

»Okay, aber was du im Spiegel siehst, bist *immer* du. Habe ich nicht recht? Das bist du.«

»Das ist mein ideales Ich.«
»Tja, das will doch jeder, oder? Selbst die Leute, die sich ihre Nasen auf Bleistiftspitzengröße verkleinern lassen oder sich Implantate einpflanzen lassen oder ihr Gesicht mit Botox bis zur Unbeweglichkeit spritzen lassen – sie alle suchen das Wunder, durch das sie sich …« Olivia suchte nach dem richtigen Ausdruck. »… wie sie selbst fühlen.«
»Stimmt genau!« Allie schnappte nach Luft. »Das ist es! Ich suche nicht nach Produkten, die mich jung aussehen lassen oder wie irgendein perfektes Ideal, ich kaufe ein Phantasiebild und hoffe, dass ich mich am Ende in meiner eigenen Haut wohl fühle.«
»Stimmt. Also solltest du dafür sorgen, dass sich deine Haut wohl fühlt, und die Dinge verwenden, die helfen und nicht schaden, aber dich dabei immer selbst akzeptieren.«
»Das ist leichter gesagt als getan.«
Olivia nickte. »Ich weiß. Alles Gute braucht seine Zeit.«
Allie sah zu den Regalen voller Produkte. »Dann sagt die Leiterin der Beauty-Redaktion von *What Now* also, dass mir kein Tiegel Hoffnung bieten kann.«
»Genau das sage ich.« Olivia zeigte auf den Spiegel. »Die Hoffnung muss in dir ruhen.«
Sie schwiegen eine Weile.
»Das ist wirklich abgedroschen«, sagte Allie schließlich.
»Ich weiß! Aber es stimmt.«
»Es stimmt absolut.«
»Dann lass uns jetzt darüber reden, was du tun wirst, sobald du wieder zu Hause bist.«
»O je. Du planst doch etwas?«
»Ich?« Olivia presste die Hand auf die Brust. »Aber nein! Ich habe allerdings eine Idee …«
»Nämlich?«

»Geh zu Noah. Sag ihm, was du für ihn empfindest. Entreiße ihn den Klauen von Vickie.«
»Das hier ist also doch ein Hinterhalt!«
»Du weißt, dass du das auch willst.«
Allie antwortete nicht.
»Ich weiß, dass du es willst«, fügte Olivia hinzu.
»Was, wenn er mich abweist?«
»Wird er nicht.«
»Also gut, du denkst, dass er das nicht tun wird. Aber antworte mir zuliebe: Was ist, wenn er es doch tut?«
Olivia dachte darüber nach. »Falls er das tun sollte, was er aber nicht tun wird, dann klopfst du dir einfach den Staub von den Schultern und machst mit deinem Leben weiter in dem Wissen, dass du alles versucht hast. Du weißt, dass du dir treu geblieben bist.«
Allie schwieg einen Moment. »Ich nehme an, letztlich wird sich das besser anfühlen, als wenn ich es nie versucht hätte.«
»Absolut«, bestätigte Olivia nachdrücklich. »Ehrlich, du steckst in einer Routine fest, Al, das hast du mir selbst gesagt. Du bist mit deinem Leben, deiner Arbeit, deinem Liebesleben nicht zufrieden. Es ist an der Zeit für eine Veränderung.«
Allie hob eine Augenbraue. »Was schlägst du vor?«
»Keine Ahnung. Ein Imagewechsel. Verändere dein Aussehen, verändere dein Leben.« Olivia dachte lange darüber nach, dann nickte sie. »Ja, das ist es. Man muss nicht alles auf einmal angehen. Man muss nur den ersten Dominostein umwerfen, um die Veränderung einzuläuten.«
Allie lachte. »Seit wann bist du denn so philosophisch?«
»Keine Ahnung. Das fliegt mir seit kurzem einfach so zu. Ich jage mir damit selbst Angst ein.«
»Hast du Angst, das Vergrößerungsglas könnte sich nach innen richten?« Allie lachte.

Olivia lachte auch, aber in Wirklichkeit hatte sie genau davor Angst. »Ein Krisengebiet nach dem anderen, okay? Also, was sagst du zu einem kleinen Imagewechsel?«

Kapitel 20

12. Klasse

Ich habe es zwei Freundinnen erzählt und die haben es zwei Freundinnen erzählt und immer so weiter und weiter und weiter …
Anzeige für Fabergé Organics Wheat Germ Oil and Shampoo

Olivia hasste den Winter in Washington.
Der Frühling war herrlich, wenn die Kirschblüten und Azaleen blühten. Im Sommer war der Himmel blau und es herrschte Swimmingpoolwetter. Der Herbst wurde lebendig durch rotgefärbte Blätter und goldene Sonnenuntergänge. Aber der Winter – dieser tödliche Streifen von Januar bis April – war immer grau und feucht und man fror bis auf die Knochen. Es war scheinbar ununterbrochen bewölkt, und weil Washington an der Küste lag, gab es viel Regen, aber es schien niemals zu schneien.
Nicht einmal Norman Rockwell hätte aus dem Winter in Washington noch etwas machen können.
Mitte Januar in diesem Jahr empfand Olivia also schon eine verzweifelte Sehnsucht. Wonach konnte sie nicht einmal sagen. Das konnte sie nie. Sonne, Hitze, blauer Himmel, vielleicht alles davon.
Hoffnung.
Das war es. Sie war ohne Hoffnung.

Alle anderen sprachen vom College, welche Colleges sie sich anschauten, wo sie ihre Bewerbungen einreichten und was für Antworten sie erhielten. Aber Olivias Mutter hatte kein Geld und es bestand keine Aussicht, dass Donald etwas geben würde, darum blieb Olivia nichts anderes übrig, als ans Montgomery Community College zu gehen.
Allie würde an das Rutgers College gehen, wie ihr Vater.
»Das ist gar nicht so weit weg«, hatte Allie Olivia getröstet. »Ich komme ständig heim. Und vielleicht bekommst du ein Stipendium oder eine Studentenbeihilfe oder so etwas und kannst auch nach Rutgers!«
Aber Olivia hatte nicht den Ehrgeiz, Allie nach New Jersey zu folgen, ebenso wenig wie sie hier bleiben und ans Community College gehen wollte.
Olivia hatte den Ehrgeiz – obwohl ihr bei dieser Idee selbst ganz schwummerig wurde –, einen Rucksack zu packen, sich einen Eurail-Pass zu besorgen und ein paar Monate lang quer durch Europa zu reisen und Fotos zu schießen. Sie hatte festgestellt, dass sie ziemlich gut fotografieren konnte. Als ihr Vertrauenslehrer endlich herausgefunden hatte, dass sie ein weiteres Wahlfach belegen musste, keinen weiteren Mathe-Unterricht, war Fotografie eines der wenigen noch offenen Fächer gewesen, die sie zumindest ein klein wenig ansprachen, also hatte Olivia sich dafür eingeschrieben. Und sie hatte festgestellt, dass sie gern fotografierte.
Jetzt liebte sie die Vorstellung, Teile ihres Lebens mit der Kamera festzuhalten und die Fotos vielleicht an Zeitschriften oder Magazine zu verkaufen. Möglicherweise konnte sie eines Tages sogar einen eigenen Fotoband veröffentlichen oder eigene Fotos in einer der Galerien in der Innenstadt ausstellen.
In der Zwischenzeit war es die perfekte Entschuldigung,

um – wie Donald es verächtlich formulierte – »in Europa herumzugammeln«.
Doch sobald Donald verkündet hatte, dass es eine dumme Idee sei, hatte Olivias Mutter gedankenlos zugestimmt, darum saß Olivia jetzt fest und musste aufs Montgomery Community College bis ... bis wann?
Vermutlich bis sie einen Job bekam und genug Geld verdiente, um ihre eigenen Entscheidungen zu fällen.
Daran musste sie jede Nacht denken, einschließlich des 29. Januar. Sie hatte mit Donald und ihrer Mutter zu Abend gegessen, Hausaufgaben gemacht und war dann nach oben gegangen, um wie immer Allie anzurufen.
Gegen 21 Uhr hörte sie, wie ihre Mutter und Donald sich unten stritten. Sie konnte nicht verstehen, worum es ging, aber es war ihr auch egal. Das schien in letzter Zeit ständig vorzukommen. Und wie gewöhnlich kam ihre Mutter gegen 21 Uhr 30 die Treppe hoch und ging durch den knarzenden Flur zu ihrem Schlafzimmer.
Gegen 22 Uhr gab Olivia es schließlich auf, ihre wandernden Gedanken auf ein Buch zu konzentrieren, also machte sie das Licht aus und lag im Dunkeln, hoffte, dass der Schlaf bald kommen würde.
Es dauerte Ewigkeiten. Sie hatte das Gefühl, sich alle fünf Minuten unruhig hin und her zu werfen und auf die Uhr zu schauen. Hin und wieder nickte sie ein, nur um gleich darauf wieder hochzuschrecken.
Schließlich, es war kurz nach 1 Uhr 30, beschloss sie, nach unten zu gehen und sich einen heißen Kakao oder eine warme Milch oder etwas Kamillentee zu machen. Irgendetwas, das ihr half, sich zu entspannen.
Sie trat in den eisigen Flur und ging, ohne Licht zu machen, nach unten, damit sie ihre Mutter und Donald nicht aufweckte. Als sie ans Fußende der Treppe gelangte, boten

die Straßenlampen genug Licht durch die Fenster, dass sie zur Küche fand, wo sie das Licht einschaltete. Flicker, der Papagei, rührte sich in seinem Käfig, kreischte aber Gott sei Dank nicht. Olivia nahm einen Becher aus dem Schrank, füllte ihn mit Wasser, stellte ihn in die Mikrowelle und wartete, bis das Wasser heiß war.

Anfangs bemerkte sie das Spiegelbild in der Mikrowellentür nicht, weil das Licht eingeschaltet war, aber als der Timer losging und der Ofen dunkel wurde, sah sie kristallklar, dass Donald hinter ihr in der Küche stand.

Schwer zu sagen, welcher Instinkt ihr riet, so zu tun, als bemerke sie ihn nicht, aber genau das tat Olivia. Sie wühlte durch den Schrank auf der Suche nach einem einzeln verpackten Teebeutel, wickelte diesen dann sehr entschlossen aus und tunkte ihn in das Wasser.

Als ihr schließlich nichts mehr einfiel, was sie tun konnte, um beschäftigt zu tun, drehte sie sich um und tat so, als wäre sie überrascht.

»Oh! Donald! Ich wusste nicht, dass du da bist.«

»Ich habe dich beobachtet.« Er sprach mit schwerer Zunge. Das war keine Überraschung. Er hatte im vergangenen Jahr viel getrunken. Als sie eingezogen waren, hatte er überhaupt nicht zur Flasche gegriffen, aber mittlerweile war Olivia der festen Überzeugung, dass er Alkoholiker war. Doch nur selten sprach er mit schwerer Zunge.

»Tut mir leid, wenn ich dich geweckt habe«, sagte sie, versuchte ganz normal zu sprechen. »Ich gehe wieder zu Bett.« Sie trat vor, den Blick auf den Tee gerichtet, fürchtete den Moment, an dem sie an ihm vorbei musste, um zur Tür zu gelangen und nach oben eilen zu können.

Und tatsächlich, kaum war sie in seiner Reichweite, packte er ihren Arm. Sie verschüttete den heißen Tee auf sich und ihn.

Olivia schreckte zurück, sowohl vor seiner Berührung als auch vor der brühend heißen Flüssigkeit.
»Lass los!« Sie konnte sich losreißen, aber er war schnell und packte sie erneut.
Dieses Mal fester.
»Brüll mich ja nicht an, junge Dame.«
Sein Atem stank nach Alkohol und waberte zwischen ihnen.
»Lass mich los«, bat sie, etwas leiser, obwohl ein Teil von ihr fand, dass dies ein guter Moment wäre, um lauthals Alarm zu schlagen.
Aber wenn sie das tat, was würde er dann mit ihr anstellen?
»Du wohnst unter meinem Dach«, krächzte er, »du tust, was ich dir sage!«
Etwas sagte ihr, dass dies kein guter Moment war, um Widerworte zu geben.
»Darf ich bitte gehen?«, fragte sie leise, ohne ihn anzusehen. »Ich muss morgen zur Schule.«
»Vielleicht sollten wir uns erst unterhalten.« Seine Zunge wurde wieder schwer. Wie konnten seine Reflexe nur so schnell sein, wenn er nicht einmal richtig reden konnte? »Komm mit in meinen Hobbyraum.«
Das wäre, als würde man einer Spinne in ihr Netz folgen.
»Ich muss wirklich schlafen«, sagte sie und schluckte schwer, weil sich ihr der Hals zuschnürte. Vor Grauen. Vor Angst. »Ich habe morgen einen Test.«
»Du hast heute Nacht einen Test.« Er zog sie aus der Küche und die eine Stufe zu seinem Hobbyraum hinunter, der ursprünglich eine Garage gewesen war und deshalb völlig abgetrennt vom Rest des Hauses zu sein schien. »Ich werde deine Loyalität testen.«
»Wem gegenüber?«
Er kicherte. »Das ist gut. Du bist ein kluges Kind.« Er öff-

nete die Tür und zog sie hinein. »Lass uns damit anfangen, dass wir deine Loyalität gegenüber deiner Mutter testen. Du wirst ihr nicht von unserem kleinen Treffen heute Nacht erzählen.«
»Was gibt es da zu erzählen?« Olivia zitterte am ganzen Körper. »Ich will jetzt auf mein Zimmer.«
»Aber du solltest auch mir gegenüber ein wenig loyal sein, findest du nicht?« Er redete weiter, als hätte sie nichts gesagt. »Weil ich dir seit sechseinhalb Jahren ein Dach über dem Kopf biete und Essen und alles andere, was du brauchst.«
Olivia hielt sich aufrecht, hoffte, dass er nicht merkte, wie sie zitterte. »Wegen mir hätte das nicht sein müssen.«
»Du hast trotzdem davon profitiert, nicht wahr?« Er ließ ihren Arm los und rieb mit dem Handrücken über ihre Brust, sah mit sichtlichem Vergnügen zu, wie ihre Brustwarzen unter seiner Berührung steif wurden.
Nur wegen der Kälte und der Angst, das wusste Olivia, aber sie wusste ebenso gut, dass er das als Zeichen ihres Begehrens wertete.
Sie trat zurück, zog ihr Nachthemd enger um sich, wünschte sich, es wäre neuer oder wärmer oder aus Stahl. »Ich möchte jetzt gern gehen.«
Und sie würde gehen.
Sie würde gleich morgen gehen. Wenn Allies Familie sie bei sich aufnahm, wäre das am besten, wenn nicht, würde sie etwas anderes finden.
Sie würde im Park schlafen, wenn sie müsste.
Alles, nur das hier nicht.
»Komm schon, Miss Olivia, du musst doch keine Spielchen mit mir spielen. Ich weiß, dass du das hier auch willst.«
»Ich weiß nicht, wovon du redest.« Sie trat weiter zurück, hoffte, dass sie wie durch ein Wunder dem Ganzen ent-

kommen konnte, indem sie so tat, als sei das alles ein großes Missverständnis.

Dafür wäre allerdings nötig, dass Donald irgendwo noch einen Rest von Anstand und Gewissen besaß, auch wenn es im Moment überhaupt nicht danach aussah.

»Klar, weißt du das.« Er berührte wieder ihre Brust und leckte sich die Lippen. »Du willst das ebenso sehr wie ich.«

Er zog ihr Nachthemd nach unten, entblößte ihre Brust, dann beugte er sich vor und kam mit offenem Mund näher. Sie drehte sich um, wollte weglaufen, aber er zog sie an sich. Sie beugte sich nach hinten, tastete nach der Tür in ihrem Rücken. Endlich hatte sie den Türknauf in der Hand und wollte die Tür gerade aufziehen, als er mit der Faust direkt neben ihrem Kopf die Tür zuschlug.

»So soll das eigentlich nicht laufen«, sagte er und sein stinkender Atem weckte ihren Würgereiz.

»Wenn du mich jetzt gehen lässt, dann sage ich es niemand«, versprach sie.

»Nein.«

»Dann …« Sie dachte in Windeseile nach. »… darf ich mir wenigstens die Zähne putzen?«

Er lachte laut darüber.

Warum auch nicht? Es war ein dummer Versuch ihm zu entkommen und selbst er merkte das.

»Wo war ich?« Er zog ihr Nachthemd weiter nach unten und schloss seine Lippen um ihre Brust.

Sein Gesicht stieß hart gegen ihre Körper, seine Bartstoppeln rieben wie Sandpapier über ihre Haut. Sie wollte schreien, aber er presste seine Hand auf ihren Mund.

»Klappe«, keuchte er, »du schuldest mir das hier.« Er zerrte ihr Nachthemd nach oben und riss ihr die Unterhose vom Leib, dann schob er seine Hand grob zwischen ihre Beine.

»Hör auf!«

»Du kannst dir das leicht oder schwer machen, aber ändern kannst du es nicht.« Er stieß seine Finger in sie. »Du hast die Wahl.«
Was würde geschehen, wenn sie jetzt schrie? Würde ihre Mutter kommen? Wenn er das schon Olivia antat, dann wusste Gott allein, was er ihrer Mutter antun würde, um sie am Reden zu hindern.
Olivia konnte niemand helfen.
Sie erinnerte sich später an nichts, was danach geschehen war. Alles war ein Nebel aus Schmerz und Angst und Wut, alles fand im Dunkeln statt, umgeben von den halbvertrauten Schatten ihres Alltagslebens.
Sie erinnerte sich an diese Nacht immer nur an die Nacht, in der sich der Rest ihres Lebens änderte. Die Nacht, in der sie erfuhr, dass sie nicht hart genug für das Leben war und sie sich daher so sicher wie möglich abschotten musste, weil sie nicht die Kraft hatte, loszuziehen und die Welt allein zu bewältigen.

»Was ist *los*?« Allie folgte Olivia aus der Sporthalle in die Toilette.
Der dämliche Mr. Bredicca hatte sie angebrüllt und ihr gesagt, dass immer nur eine auf die Toilette gehen dürfe und sie warten müsse, aber sie hatte ihn ignoriert. Was sollte er schon groß tun? Sie vom Sportunterricht ausschließen? Nur zu!
»Nichts.« Olivia war völlig durcheinander. Tränen strömten ihr über das totenblasse Gesicht. »Lass mich in Ruhe!«
»Nein! Da stimmt doch etwas nicht. Ich werde jetzt ganz sicher nicht gehen und dich allein lassen.« Allie folgte ihr auf die Mädchentoilette und baute sich im Türrahmen auf. »Was geht hier vor?«
»Das kann ich dir nicht sagen«, flüsterte Olivia.

Angst keimte in Allie auf. Das war seltsam. Olivia sagte ihr immer alles.

Vor allem die schlimmen Sachen.

»Liv, klar kannst du das.« Sie ging auf Olivia zu und berührte sie an der Schulter. Olivia zuckte zusammen. »Lieber Himmel, was ist nur los?« Allie wollte ihr nicht zusetzen, aber Olivia verhielt sich so merkwürdig, dass es ihr Angst einjagte.

»Das würdest du doch nicht verstehen.« Olivia brach in heftiges, stakkatoartiges Schluchzen aus.

»Doch, würde ich.« Allie nahm Olivia in den Arm und hielt ihren kalten, zitternden Körper fest.

»N-nein, würdest du nicht, könntest du nicht. Nicht mal ich verstehe es.«

Allie sah Olivia fest in die Augen. »Egal, was es ist, du musst das nicht allein durchstehen. Ich bin hier und ich bleibe so lange bei dir, bis du dir von mir helfen lässt. Es ist mir egal, wie viel Unterricht wir verpassen oder ob wir hier übernachten müssen.«

Olivia lächelte halbherzig, brach dann aber in noch mehr Tränen aus. »Du wirst mich hassen.«

»O Gott, nein, werde ich nicht. Niemals. Ist mir egal, was du tust. Sag mir einfach, was dich so durcheinandergebracht hat.«

Also tat es Olivia. Sie erzählte Allie alles, was sie zu erzählen ertragen konnte.

An diesem Nachmittag ging Allie mit Olivia nach Haus und wartete draußen, während Olivia ihrer Mutter erzählte, was geschehen war.

Am nächsten Nachmittag wusste die ganze Schule, dass Olivia Pelham Sex mit ihrem Stiefvater gehabt hatte.

Kapitel 21

Wir sind seifensauber.
Anzeige für Fostex-Seife

Die Zeit schien an diesem Tag furchtbar langsam zu verstreichen.
»Olivia.« Tim streckte den Kopf durch die Bürotür. »Ich fürchte, du wirst im Studio für ein Fotoshooting gebraucht.«
Trotz der Tatsache, dass sie einfach nur so da saß und über nichts Bestimmtes nachdachte, fiel es Olivia schwer, sich auf Tim zu konzentrieren. »Was?«
»Das Studio.« Tim gestikulierte. »Eins der Models fühlt sich nicht gut.« Er mimte eine Trinkerin. »Und wir haben keine Zeit mehr, ein neues Model zu engagieren.«
Olivia seufzte. Was zur Hölle sollte sie tun? Mit Tomatensaft, Eiweiß, Tabasco und einem Mixer ins Studio eilen, um dort irgendeine Kater-Medizin zu mixen?
Wo stand in ihrer Stellenbeschreibung, dass sie Leute auf die Reihe kriegen musste, die es nicht schafften, sich professionell genug zu verhalten, um ihre Arbeit zu erledigen? Aber natürlich wusste sie, wo es stand. Zwischen den Zeilen. Es stand *eine Menge* zwischen den Zeilen ihrer Stellenbeschreibung. Und sie hatte lange genug zwischen diesen Zeilen gearbeitet, um von nichts mehr überrascht zu werden.
»Geh zu *Starbucks* und besorge mir einen Coffee Traveler. Schwarz.« Für gewöhnlich gab es den mit mehreren Be-

chern. Sie würde den ganzen verdammten Kaffee in den Hals des Models gießen, wenn es sein musste.
Wäre nicht das erste Mal.
»Schon verstanden.« Tim richtete seinen Zeigefinger wie eine Waffe auf sie. »Das übliche Vorgehen.«
»Das Übliche.« Sie seufzte und fügte für sich selbst hinzu: »Es ist immer das Übliche.«
Das war die erste Katastrophe des Tages. Um 9 Uhr 30 hatten sie das Model genug ausgenüchtert, um die »vorher«-Fotos schießen zu können. Um 10 Uhr 30 vermeldete Tim, dass sie für die »danach«-Fotos fertig war. Und sie hatten nur 45 Minuten verloren.
Was umgerechnet mehrere tausend Dollar bedeutete.
Das kam eine Stunde später in einer Sitzung mit dem Chefredakteur Gil Marshall zur Sprache.
»*Allure* und *InStyle* setzen uns mächtig zu«, bellte er. »Der Umsatz ist im Keller, die Kosten schießen nach oben und der größte Star, den wir diesen Monat zu bieten hatten, war Tara Reid. Ehrlich, das ist Scheiße!« Er warf die Hände in die Luft. »Ist das unser Bestes?«
»Ich hatte schon Katherine Heigl organisiert, aber Sie wollten ja nicht, dass unsere Ausgabe mit ihrer *Donate Life America*-Kampagne kollidiert«, stellte Olivia klar. Sie war nur allzu bereit, Gil auf noch mehr absichtlich von ihm verpasste Gelegenheiten hinzuweisen, aber er schnitt ihr das Wort ab.
»Wir können unsere Terminpläne und die Aufmerksamkeit Dutzender Angestellter nicht auf eine einzige Wohltätigkeitskampagne ausrichten!«
»Das müssen wir aber, wenn wir Umsatz machen wollen«, entgegnete Olivia. »Wir mussten in dem betreffenden Monat ein vollkommen unbekanntes Covermodel nehmen und diese Ausgabe verkaufte sich besonders schlecht, wo-

hingegen das *People*-Magazin, das gleichzeitig herauskam, gewaltige Umsatzzahlen hatte. Es war ein Fehler, Gil. Ein dummer Fehler.«

Es war völlig egal, was er sagte. Später würde sie sich ohnehin nicht mehr daran erinnern können. Es war nur wichtig, dass Gil Marshall trotz der Tatsache, dass sie recht hatte, ihren Standpunkt niederwalzte und so tat, als habe ihre Meinung überhaupt keine Bedeutung.

Und die Tatsache, dass sie wusste, absolut im Recht zu sein, war in diesem Zusammenhang vollkommen irrelevant.

Wichtig war nur, dass Gil Marshall einen Sündenbock für jede seiner falschen Entscheidungen brauchte. In all den Jahren, die Olivia nun schon für ihn arbeitete, war allein das wichtig.

Der Rest der Sitzung verlief ähnlich. Wie alle anderen Sitzungen bis dato. Früher hatte Olivia bisweilen aufbegehrt und versucht, Gils Aussagen richtigzustellen.

Aber in letzter Zeit war sie dieses fruchtlosen Unterfangens müde geworden. In letzter Zeit sah sie während dieser Sitzungen aus dem Fenster und meditierte über die Wolken, die im Vorüberziehen Formen bildeten, die man erkannte, bevor sie sich wieder auflösten.

Manchmal hatte Olivia das Gefühl, als wolle ihr jemand von oben ein Zeichen geben.

Aber wenn das Zeichen wie ein lächelndes Gesicht aussah und es keine weitere Erklärung gab, was sollte sie dann damit anfangen?

»Olivia, wir haben ein Problem und die Ausgabe wird bereits gedruckt.«

Olivia bat ihren Anrufer zu warten und fragte Tim: »Ist es dringend?«

»Irgendwie schon, ja.«

Sie beendete den Anruf, legte auf und fragte ihren wartenden Assistenten: »Was ist los?«
»Also … du weißt doch, dass wir diesen Artikel über Feminismus haben, wie Frauen in den Medien dargestellt werden und wie wirkungsvoll Worte sein können?«
Olivia dachte kurz nach. »Ja. Er heißt ›Fatale Worte‹, stimmt's?«
Tim wurde rot und räusperte sich. »Stimmt. Und du sagst darin, dir gefällt das Worte *Legende*, weil es Würde und Leistung ausstrahlt, ohne sexistisch zu sein.«
»Richtig.« Ja, das fand sie immer noch. Es war ein gutes, starkes Wort. Sie stand voll dahinter.
»Und dann sagst du noch, dass du das Wort *Pussy* hasst, weil es die Sexualität der Frau erniedrigt.«
»Ja.« Sie hasste dieses Wort von ganzem Herzen. Es gab keine schmeichelnde oder auch nur gute Verwendung dafür. Wenn man damit keine Katze meinte – und seit Jahrzehnten verwendete niemand mehr diesen Begriff für eine Katze –, gab es keinen positiven oder schmeichelhaften Gebrauch für Pussy. »Ist das zu anzüglich?«
»Eigentlich nicht.« Tim sah zu Boden. »Wenigstens nicht bis jetzt.«
Olivias Muskeln spannten sich an. »Was meinst du mit ›nicht bis jetzt‹?«
»Nun ja, es gab da einen Druckfehler.« Tim hob die Ausgabe von *What Now* hoch, die er in der Hand hielt. »An der Stelle, an der du ›ich hasse Pussy‹ sagst, haben sie versehentlich ein paar Buchstabendreher drin – kein h dafür ein n und in der Mitte statt dem zweiten s ein ch.«
Olivia musste kurz nachdenken. Diese Buchstabendreher veränderten den Satz von Grund auf.
»Dann sage ich also ›Ich nasche Pussy‹ und damit gehen wir gerade in den Druck.«

Tim schnitt eine Grimasse. »Ja, das trifft so ungefähr den Nagel auf den Kopf.«

»Das verändert die Bedeutung meiner Aussage.«

»Äh … komplett.«

»Wenn das nicht korrigiert wird, verändert es den gesamten Tenor des Artikels.«

Tim sog zwischen den Zähnen die Luft ein und nickte. »Ja, irgendwie schon. Obwohl es ja um Feminismus geht. Vielleicht verleiht es dem Ganzen ein ›*Sisters are doing it for themselves*‹-Feeling.«

Olivia dachte über die Konsequenzen nach. Sie machte sich nicht besondere Sorgen, wie sie selbst dabei wegkam, aber möglicherweise – nein, sehr wahrscheinlich – würde die Öffentlichkeit sehr heftig darauf reagieren. Entweder konnte Olivia zu dieser Aussage stehen und musste dann damit leben, dass Tausende von Menschen sie missverstanden, oder sie veröffentlichte eine Korrektur und riskierte damit, einen großen Prozentsatz von Leserinnen zu brüskieren, die über ihr Coming Out entzückt waren.

Und bestimmt würden viele Leserinnen annehmen, dass es sich um einen Druckfehler handelte.

»Ist schon gut«, sagte sie zu Tim, denn weder er noch sonst jemand konnte noch etwas dagegen unternehmen, da die Ausgabe sich ja bereits im Druck befand. »Das wird mich noch interessanter scheinen lassen, als ich ohnehin bin.«

Und das entsprach auch der Wahrheit.

Aber Olivia konnte an nichts anderes denken, als dass sie sich über solche Fehler nicht länger aufregte.

Es war ihr einfach egal.

»David Weiner auf Leitung zwei«, rief Tim kurz vor 17 Uhr.

David Weiner! Sie sah in ihren Terminkalender. Hatten sie sich für heute verabredet?

Sie hatten.

Olivia drückte auf die Taste, hob den Hörer und versuchte, sich eine Entschuldigung auszudenken, um den Termin absagen zu können. »David! Ich habe gerade an dich gedacht.«

»Das schmeichelt mir. Ich hoffe, ich vermassele deine wohligen Gedanken nicht mit dem, was ich zu sagen habe.«

»Was?«

»Ich muss unsere Verabredung für heute Abend absagen.«

Gott sei Dank. Olivia ließ sich vor Erleichterung in ihren Schreibtischstuhl sinken, dann blätterte sie in ihrem Kalender. »Möchtest du einen neuen Termin vereinbaren? Ich habe Dienstagabend ein paar freie Stunden.«

»Ehrlich gesagt, Liv, werde ich wohl eine ganze Weile keine Termine mehr mit dir wahrnehmen können. Vielleicht niemals wieder.«

Ihr Herz machte einen Satz. Hatte er eine ansteckende Krankheit? Hatte er sie damit infiziert, bevor er es herausgefunden hatte? Wann war sie das letzte Mal mit ihm zusammen gewesen? Vor etwa vier Wochen? Die letzte Verabredung hatte er auch schon abgesagt. »Warum nicht?«, fragte sie. »Was ist los?«

»Du wirst es nicht glauben.«

Aids? Wollte er ihr auf diese Weise mitteilen, dass er HIV-positiv war? »Schieß los!«, bat sie mit angespannter Stimme.

»Ich habe jemand kennengelernt.«

Olivia brauchte einen Moment, um zu erfassen, was er gesagt hatte. »Du hast jemand kennengelernt? Eine Frau?«

»Ich hoffe, ich habe dir keine Veranlassung gegeben, an meinen sexuellen Präferenzen zu zweifeln?«

»Nein, nein.« Sie atmete erleichtert aus.
»Ist schon gut, ich weiß, es ist ein Schock. Es war auch für mich ein Schock. Alle sagen immer, man wüsste, wenn man *Die Eine* trifft, aber ich hatte nie Interesse daran, *Die Eine* zu treffen, also stell dir meine Überraschung vor, als ich Brenda begegnete.«
»Brenda.« Kannte Olivia Brenda? Sie glaubte es nicht. »Das ist wunderbar, David.« Und weil sie fand, das nicht wirklich überzeugend gesagt zu haben, fügte sie mit fester Stimme hinzu: »Ehrlich, ich freue mich sehr für dich.«
»Danke, Kleines. Ich hoffe, ich habe dir jetzt nicht den Abend verdorben.«
»Keineswegs. Ich hätte heute sowieso absagen müssen.«
»Dann ist ja alles in bester Ordnung.« Er klang, als ob er ihr nicht glaubte. »Hör zu, ich rufe dich bei Gelegenheit an und erkundige mich, wie es dir geht.«
Sie wussten beide, dass er das nicht tun würde.
»Ja gern, ich würde mich freuen.«
Sie wussten beide, dass sie das nicht tat.
Sie verabschiedeten sich und Olivia legte langsam den Hörer auf.
Und nun?
Selbst ihr Mann für gewisse Stunden – eine Formulierung, die sie hasste, gleichgültig wie treffend sie war – hatte jemand gefunden, für den er sein Leben ändern wollte. David Weiner war, wie Olivia selbst, einer der letzten Verweigerer gewesen, ein alleinstehender Berufstätiger, der sein Leben nicht durch eine Beziehung verkomplizieren wollte. David hatte bis jetzt ausschließlich für seine Karriere gelebt und das hatte ihn für Olivia zum perfekten Gegenüber gemacht.
Es schien unvorstellbar, dass er sich geändert hatte. Nicht, dass sie sich nicht für ihn freute – das tat sie. Sie hoffte

aufrichtig, dass es sich zwischen ihm und dieser Brenda so entwickelte, wie er es sich wünschte. Merkwürdigerweise empfand sie keine Eifersucht und auch kein Bedauern.
Sie fühlte sich einfach nur einsam.
Praktisch jeder, den sie kannte, schien jetzt jemand oder etwas zu haben – das machte ihr Leben bedeutungsvoll. Olivia fühlte sich dagegen verlorener denn je.

Als Olivia gehen musste – sie hatte keine Wahl, selbst die Nachzügler, die in aller Hektik und in letzter Minute für das Erscheinen der neuen Ausgabe sorgen mussten, waren längst gegangen –, fühlte sie sich völlig erschöpft.
Nein, vielleicht war *erschöpft* das falsche Wort. Vielleicht war es einfach so, dass es sie auslaugte, Tag ein, Tag aus Stroh in Gold zu verwandeln. Gil machte ihr das Arbeiten zur Qual, ständig hackte er auf Wörtern oder Inhalten herum, und dann sein wahnsinniges Verlangen, das Magazin solle sich in einen Renner verwandeln, ohne irgendwelche Anstrengung oder Opfer seinerseits.
Sie verließ das Büro mit der Absicht, die vierzehn Blocks zu ihrer Wohnung zu Fuß zu gehen. Das hätte sie keinem anderen zu dieser Uhrzeit empfohlen, aber Olivia selbst war unerschütterlich.
Leider hatte sie nicht mit dem heftigen Regen gerechnet, als sie auf die Straße trat, also versuchte sie, sich ein Taxi herbeizuwinken, aber augenscheinlich war sie unsichtbar. Sie schien eine Ewigkeit mit ausgestrecktem Arm dazustehen, aber alle Taxis, die vorbeikamen, waren schon besetzt. Schließlich beschloss sie, trotz allem zu Fuß nach Hause zu gehen, ungeachtet der Tatsache, dass sie schon seit mehr als 12 Stunden gearbeitet hatte, seit über 14 Stunden wach und völlig erschöpft war.
Also ging sie los. Es fühlte sich gut an, allein zu sein und

vielleicht auch ein wenig ziellos. Obwohl sie sich sicher fühlte – trotz zahlloser gegenteiliger CNN-Berichte –, war sie nicht zufrieden. Das hier – die Nacht, die Luftverschmutzung, das Hupen der Taxis sogar jetzt um 22 Uhr –, das wollte sie nicht für den Rest ihres Lebens.

Sie sehnte sich nach Frieden. Als Kind hatte sie eine gute Dosis davon abbekommen – damals waren die Vororte von Washington still, sogar dunkel und sternenklar gewesen, und sie hatte manch eine milde Nacht die Stille und die Sterne genossen. Zumindest so sehr, dass sie mehr davon wollte, genug, um sich mehr vorstellen zu können.

Als Teenager las sie die Bücher von Beryl Markham und Isak Dinesen und sogar Ernest Hemingway über den dunklen, geheimnisvollen Kontinent Afrika und sie wäre zu gern in dieses ferne Land entflohen. Aber das war nur eine heimliche Phantasie gewesen. Selbst damals wusste sie, dass dieser Wunsch nicht praktisch umzusetzen war. Sie wusste, dass sie irgendeinen bodenständigen Beruf brauchte, um finanziell unabhängig zu werden.

Mit anderen Worten, sie wollte das genaue Gegenteil ihrer Mutter werden.

Sie wollte *niemals* so enden wie ihre Mutter.

Und doch war das auf gewisse Weise geschehen. Wie ihre Mutter lebte sie unter Umständen, die sie so nicht wollte. Sie führte ein Leben, das sie nicht besonders mochte.

Und das lag nur daran, dass sie der Zukunft, die sie gerne hätte, nicht entgegeneilte, sondern vor der Zukunft, die sie fürchtete, zurückschreckte.

Und jetzt lebte sie sie.

Sie hatte Erfolg gehabt mit dem, was sie sich vorgenommen hatte: sie war finanziell unabhängig. Sie hatte keine Angst. Sie saß in keiner Ehe oder Beziehung fest, nur weil sie sich vor dem Alleinsein fürchtete.

Aber sie war nicht glücklich.
Etwas musste sich ändern, und Olivia war sich ziemlich sicher, dass dieses Etwas *alles* war.

Kapitel 22

Jungs sind nett zu Mädchen, die weich sind.
Anzeige für die Baby-Soft-Pflegeprodukte von Love

Die Heimfahrt von New York verging wie im Flug. Aus irgendeinem Grund musste Allie ständig an Mariannes Worte beim Weight-Watchers-Treffen denken.

Sie wünschte sich ihr eigenes Offenbarungserlebnis. Einen einfachen, korrigierbaren Grund für alles, das in ihrem Leben jemals schiefgelaufen war. Einschließlich – aber nicht ausschließlich – des Umstands, dass sie immer dicker wurde.

Natürlich hatte Allie den Gedanken verworfen, dass jeder, der zu viel aß, das aufgrund eines tiefen psychologischen Traumas tat, gleichzeitig fragte sie sich, warum es ihr so schwerfiel, genügend Willenskraft aufzubringen, um abzunehmen.

Für sie war *das* die Frage.

Als sie an den frisch renovierten Raststätten am Jersey Turnpike vorbeikam – jede bot etwas noch Köstlicheres als die Raststätte davor: Nathan's, Dunkin' Donuts, Roy Rogers –, wurde ihr klar, dass sie sich nur deswegen an keine Diät halten konnte, weil sie den Gedanken verabscheute, dass sie es *musste*.

In jungen Jahren hatte Allie immer die Gewissheit gehabt, dass sie stark und fit war. Sie hatte in der Schule einen Berg an Sporturkunden verliehen bekommen und sie hatte

dabei nie das Gefühl gehabt, sich besonders anstrengen zu müssen.
Sie war im Schwimmteam, in der Softballmannschaft, hatte Tennis gespielt und war geritten, und jedes Mal, wenn sie Lust hatte, ihr Zimmer neu zu dekorieren – was sie als Teenager sehr oft hatte –, konnte sie ihr Bett, die Kommode und alles andere ohne echte Anstrengung verrücken. Und vor allem ohne Hilfe.
Was hatte sich geändert? Sie aß, wie sie immer gegessen hatte, bewegte sich, wie sie sich immer bewegt hatte, schwamm im Sommer, betrieb das ganze Jahr über Walking – woher verdammt nocheins kamen diese zusätzlichen Pfunde?
Und warum musste sie sich so furchtbar ins Zeug legen und die nicht zu leugnenden Freuden des Essens aufgeben, nur um diese Pfunde wieder loszuwerden?
Sie kam auf die Antwort, als sie stur an den Restaurants mit den köstlichen Nathans vorbeifuhr. Die Antwort lautete, dass es eben einfach so war. Basta. Das Leben war nicht immer fair und dies hier war ein gutes Beispiel dafür.
Körperlich war mit ihr alles in Ordnung, es gab keinen mysteriösen Grund, warum sie Pfund um Pfund zulegte und darum gab es auch keine Zauberpille, mit deren Hilfe man das Übergewicht in Luft auflösen konnte. Sie wusste das, weil sie auf absolut vorhersehbare und durchschnittliche Weise abgenommen hatte, als sie anfing, diese Diät einzuhalten.
Das Leben war unfair und das war das perfekte Beispiel dafür.
Auf gewisse Weise war diese Offenbarung eine Erleichterung für Allie. Der Gedanke, körperlich könnte etwas mit ihr nicht in Ordnung sein oder die ganze Sache liege außerhalb ihrer Kontrolle, war eine immense Last.

Doch jetzt wusste sie, dass sie die notwendigen Veränderungen durchführen konnte, wenn sie einfach einen vernünftigen Schritt nach dem anderen in die richtige Richtung machte. Das war alles. Es war vielleicht mühselig und würde sich ganz sicher in die Länge ziehen. Aber es war dieselbe Methode, mit der die Schildkröte das Wettrennen gewonnen hatte.

Darum fuhr sie diesen Ansatz in allen Aspekten ihres Lebens.

Und dieser Gedanke führte sie unweigerlich wieder zurück zu Noah. Weil Noah stets irgendwie in ihren Gedanken war – das war immer schon so gewesen. Hätte sie vor zwei Jahren gesehen, wie der Präsident persönlich im Einkaufszentrum Georgetown Park shoppen ging – was sie tatsächlich getan hatte –, dann wäre der Erste, den sie anrufen würde, Noah gewesen. Und so war es dann auch. Wenn sie einen »Was wurde aus …?«-Artikel über einen der Schauspieler aus *Love Boat* las, erzählte sic es Noah. Wenn sie einen Platten hatte oder ihre Benzinleitung verstopft war – auch eine wahre Geschichte –, dann rief sie als Erstes Noah an.

Darum war es nichts Neues für sie, dass sie während einer ganz gewöhnlichen Fahrt auf einer ganz gewöhnlichen Straße an Noah dachte.

Neu war die Art und Weise, wie sie an Noah dachte. Denn in diesen Tagen waren ihre Gedanken voller Sehnsucht und Einsamkeit. Lag es nur daran, dass er plötzlich nicht mehr für sie da war? Nein. Darüber musste sie nicht einmal nachdenken – es war keineswegs so, dass er zu einem unerreichbaren Traum geworden wäre.

Es war vielmehr so, dass sie endlich begriffen hatte, dass sie ihm sagen musste, wie sehr sie ihn liebte, wenn sie ihn in ihrer Nähe wissen wollte – und es konnte überhaupt kein Zweifel daran herrschen, dass sie das wollte.

Wenn er nicht bei ihr sein wollte, dann würde sie das akzeptieren. Wahrscheinlich nicht in Würde und Anmut. Es würde Jammern geben und jede Menge Selbstmitleid und es bestand die Wahrscheinlichkeit, dass es sehr hässlich werden würde, wenn sie die nächsten Male bei den Weight-Watcher-Treffen gewogen werden würde, aber das würde sie hinnehmen.

Dieser Gedanke leitete sie. Sie fuhr direkt zu Noah, trotz der Tatsache, dass es fast Mitternacht war. Als sie in zweiter Reihe einen Parkplatz vor seinem Haus fand, kam das an sich schon einem Wunder gleich.

Allie blieb nicht stehen, um sich zu fragen, was sie tun würde, falls Vickie da wäre. Hätte Allie das getan, dann hätte sie womöglich auf dem Absatz kehrtgemacht und wäre nach Hause gegangen, aber das wollte sie nicht.

Also stapfte sie energisch die Stufen zu seiner Tür hinauf und läutete, dann wartete sie mit pochendem Herzen, bis er öffnete, zerzaust und mit verschlafenem Blick.

»Bist du allein?«, fragte sie.

»Ja. Was zum ...?«

»Gut.« Sie schoss an ihm vorbei und kickte die Tür hinter sich zu, ihm direkt aus der Hand. »Wir müssen reden.«

»Alles in Ordnung?«, fragte er, schüttelte dann benommen den Kopf. »Vermutlich nicht, wie? Dumme Frage. Was ist los?«

»Ich brauche Kaffee«, sagte sie. »Willst du auch einen Kaffee? Hast du irgendwas außer diesem Instant-Zeugs?«

»Nein. Und nein.«

Sie wollte keinen Instantkaffeeatem. Für dieses Gespräch brauchte man Selbstvertrauen. »Dann trinke ich eben Wasser. Willst du auch?«

»Ist es von Bedeutung, was ich an dieser Stelle sage?«

»Eigentlich nicht.«

»Dann gern.« Er zeigte resigniert in Richtung Küche und ging zur Couch, auf die er sich schwer fallen ließ. »Was hast du hier zu suchen, Allison? Ich dachte, wir wollten uns eine Zeitlang nicht sehen.«
»Stimmt genau.« Sie gab Eiswürfel in ein Glas und drehte den Wasserhahn auf. »Darum geht es ja gerade. Was zur Hölle soll das heißen? Hat Vickie dir verboten, dich mit mir zu treffen?«
Er lächelte schwach. »Komme ich dir nach all den Jahren wie ein Mann vor, der sich von jemand anderem sagen lässt, was er fühlen soll? Außerdem denkt Vickie auch nicht annähernd so viel über dich nach wie du über sie.«
»Oh.« Einen Augenblick lang war Allie beleidigt, aber sie hatte Wichtigeres im Sinn. »Dann war es also allein deine Entscheidung?«
Er nickte. »Ganz allein meine.«
»Nach all diesen Jahren ist unsere Freundschaft vorbei. Futsch. Was soll das, verdammt nocheins? Wer bricht mit Freunden?« Sie setzte sich neben ihn. »Ich glaube, das ist nicht einmal der richtige Ausdruck. Oder brichst du wirklich alle Brücken hinter dir ab? Ist es nicht eher so, dass du eine Verbindung kappst? Oder vielleicht …«
Sie konnte ihren Gedankengang nicht beenden, weil er ihr Gesicht in seine Hände nahm, sie an sich zog und sie küsste.
Anfangs machte der Schock sie sprachlos, aber das währte nur ungefähr zwei Sekunden. Dann ließ sie ihr Wasserglas zu Boden fallen, schlang die Arme um Noah und presste sich an ihn. Oder presste ihn an sich. Oder beides. Darauf kam es nicht an. Sein Mund bewegte sich auf eine Weise gegen den ihren, der ihr Wellen des Verlangens bescherte, wie sie sie nie zuvor verspürt hatte.
Wie hatte sie sich das nur so lange entgehen lassen können?

Seine Hände strichen über ihren Rücken, ein fester Griff. Ein Griff ohne jede Frage darin. Als er ihre Wirbelsäule entlangfuhr, prickelte es und sie bog sich ihm entgegen. Während sie das tat, öffnete er mit einer raschen Bewegung seiner Finger ihren BH.

Allies Hemmungen fielen ebenso leicht von ihr ab.

Noah drückte seine Handfläche auf ihren Rücken, was sie noch fester an ihn presste. Sie ließ es gern mit sich geschehen: Wenn sie gekonnt hätte, sie wäre ihm direkt in die Seele gekrabbelt.

»Noah«, hauchte sie, während sein Mund über ihr Kinn und ihren Hals hinunterwanderte.

Er war ebenso hungrig danach wie sie.

Noah zerrte an Allies Bluse. Die Knöpfe sprangen ab. Wie kleine Regentropfen klatschten sie auf den Fußboden. Seine Hand strich über ihre Haut.

Dann rückten sie plötzlich beide voneinander ab und sahen sich an.

Es war ganz offensichtlich der Moment für einen oder beide, eine letzte Warnung auszusprechen, darauf hinzuweisen, dass der Punkt ohne Wiederkehr bald hinter ihnen liegen würde, wenn sie jetzt nicht aufhörten.

Aber keiner von beiden sagte etwas. Dafür bestand keine Veranlassung.

Stattdessen lächelten sie beide und dann stürzten sie sich wieder aufeinander, noch drängender als zuvor.

Sie hörten nicht auf.

Erst sehr, sehr viel später, als schon die Sonne durch die Ostfenster lugte.

»Ich sollte jetzt gehen«, sagte Allie, meinte aber, dass sie bleiben wollte. Sie hatte keine Lust, sich zu bewegen. Es fiel ihr leicht, sich vorzustellen, dass sie hier, mit Noah, auf ewig liegen könnte.

In ihrem ganzen Leben hatte sich noch nie etwas so richtig beziehungsweise so völlig konfliktfrei angefühlt.
Bis er sagte: »Ja, das solltest du wohl.«
Obwohl Allie müde war, schoss das Adrenalin wie eine Pistolenkugel durch sie hindurch. »Wie bitte? Kein *Dankeschön, gnädige Frau*?«
Er lachte. »Das habe ich nicht gemeint.«
»Was hast du dann gemeint?«
»Dass sich die Sachlage letzte Nacht geändert hat.« Er setzte sich auf und die provisorische ›Decke‹, die sie aus seinem Hemd gebastelt hatte, glitt ihm von den Schultern. »Ich muss gewisse Dinge erledigen.«
»Dinge.« Sie rollte mit den Augen. »Versuch's noch mal, Noah. So, wie du sonst immer mit mir redest.«
»Ich muss mich mit Vickie aussprechen.« Er gähnte und dann schürzte er das Gesicht in den Händen. »Das musste ich ohnehin. Es geht nicht um dich. Oder besser, es ist nicht wegen dir. Die ganze Sache mit der Heirat war ohnehin nicht richtig.«
»Wem sagst du das! Ich weiß gar nicht, wie du es so lange mit ihr aushalten konntest, ohne sie umzubringen.«
Noah sah sie ernst an. »Es ist kompliziert.«
»Wie kann das kompliziert sein, Noah? Du triffst dich ja noch nicht einmal besonders lange mit ihr.«
Er starrte in die Ferne. »Drei oder vier Monate können sehr lang sein.«
Allie lachte. »Auf welchem Kalender denn? Noah Haller, du und ich kommen allmählich in das Elternalter. Zehn Jahre fliegen wie zwei Monate vorbei. Wie um alles in der Welt können drei oder vier Monate eine lange Zeit sein?«
Er sah sie an. »Vertrau mir.«
»Also gut, schön.« Sie zuckte mit den Schultern. »Wenn schon fünfzehn Minuten Unterhaltung mit Vickie wie eine

Ewigkeit erscheinen, dann muss es einem noch viel mehr wie eine Ewigkeit vorkommen, wenn man drei Monate mit ihr zusammen ist.«

»Das habe ich nicht gemeint.« Er faltete die Hände im Schoß und entfaltete sie wieder. »Die Beziehung ging weiter, als ich es erwartet hatte.«

Das ergab keinen Sinn. »Wovon redest du nur, Noah?« Echte Angst keimte in Allie auf. »Habt ihr in einer Kapelle in Las Vegas geheiratet?«

Er zögerte gerade lange genug, dass sich ihre Phantasie auf ein Pferd schwingen und einige Sekunden lang davongaloppieren konnte.

»Nein«, sagte er schließlich, »aber …«

»Aber was?«

»Es gibt ein Problem. Einen … Zustand, von dem du wissen solltest. Ich hätte es dir schon viel früher sagen sollen …« Er zeigte hinter sich. »Bevor wir das hier getan haben.«

»Du schienst mir in keinem Zustand gewesen zu sein, Noah.« Ihr Witz zündete nicht.

In schwierigen Situationen riss sie immer Witze und diese Witze zündeten so gut wie nie.

»Die Sache ist die.« Er versuchte es erneut, wich dabei ihrem Blick aus. »Ich möchte einfach das Richtige tun. Darum fand ich auch, dass wir uns nicht mehr sehen sollten. Ich wollte das nicht wegen Vickie, sondern meinetwegen. Und deinetwegen.« Jetzt sah er sie an. »Ich wollte es nur deinetwegen.«

Sie schüttelte den Kopf. »Ich verstehe das nicht, Noah. Wie kann das ein Gefallen für mich sein, wenn du mich aus deinem Leben verbannst?«

»Mein Leben ist gerade voller Scheiße und damit willst du womöglich nichts zu tun haben«, sagte er.

»Was genau meinst du? Architekturkram? Denkmalschutzregeln?« Sie war völlig ratlos. »Die Tatsache, dass du schnarchst? Dass du Vanilleeiscreme hasst? Dass du auf den Toilettensitz pinkelst, wenn du mitten in der Nacht ins Bad taumelst? Was um alles auf der Welt willst du jetzt vor mir verbergen, Noah, was ich in den letzten zwanzig Jahren nicht schon mitbekommen hätte?«

»Eine schwangere Exfreundin«, antwortete Noah so leise, dass Allie sich ein paar Momente lang der Vorstellung anheimgab, sie könnte ihn tatsächlich missverstanden haben.

»Wie bitte?«

Er sah ihr in die Augen und nickte, sein Gesichtsausdruck war so ernst, dass sie ihn verstand, ohne jeden Zweifel, ohne jedwede Frage.

»Vickie ist schwanger.«

Kapitel 23

Sie sind nicht so unschuldig, wie sie scheinen.
Anzeige für Maybelline Kissing Slick Lipgloss

»O Gott«, war alles, was Allie sagen konnte, als Olivia ans Telefon ging. »Das darf nicht wahr sein!«

»Was ist los?« Olivias Nerven waren sofort angespannt. »Was ist passiert?«

»Noah.«

»Geht es ihm gut?«

»Ja. Tja, *nein*, natürlich nicht, aber er ist nicht verletzt oder verstümmelt. Er ist einfach nur … angeschissen.«

Olivia, die vor dem Fenster auf- und abgetigert war, hielt den Hörer fest umklammert. Sie holte wieder Luft und setzte sich. »Also schön, meinetwegen hätte es auch ohne den Schreck abgehen können, aber warum fängst du jetzt nicht vorn an und erzählst mir, wovon zum Teufel du eigentlich redest.«

»Schon gut.«

Olivia hörte, wie Allie tief einatmete.

»Es ist wie folgt: Gestern bin ich von dir aus nicht nach Hause gefahren. Ich wollte eigentlich gar nicht zu ihm, ehrlich nicht, aber letzten Endes tat sich es doch. Ich konnte mich einfach nicht bremsen. Ich musste ihn unbedingt sehen.«

»Bis hierher kann ich dir folgen. Hat er sich gefreut, dich zu sehen?«

»Ja! Also, er brauchte ein wenig Überredung, aber zu guter Letzt brachen wir einige dieser dummen Barrieren ein und konnten offen miteinander reden. Er gestand mir, dass er mich schon seit Jahren liebt.«

»Wusste ich es doch! Ich hab's dir ja gleich gesagt.«

»Liv, es war schwer genug, es *ihm* zu glauben. Nie und nimmer hätte ich mich auf eine Zusicherung aus zweiter Hand verlassen.«

»Guter Punkt, da muss ich dir recht geben. Und wann kommt die schlechte Nachricht?«

Allie gab einen erschauernden Laut von sich. »Gleich. Jedenfalls haben wir geredet und am Ende war alles gesagt und … gewisse Dinge geschahen.«

»Keine Details.«

»Danke. *Aber.*«

»Oh-oh.«

»Aber als wir hinterher darüber redeten, wie er Vickie loswerden könnte, hat er es mir gesagt.«

»Was gesagt?«

»Dass Vickie schwanger ist.«

Olivia kannte den Ausdruck *mein Herz setzte aus* ihr ganzes Leben lang, aber bis zu diesem Moment war es ihr selbst noch nie wirklich passiert. Das kam so völlig unerwartet. Wenn Allie ihr gesagt hätte, dass Noah plane, sich einer Geschlechtsumwandlung zu unterziehen, hätte sie auch nicht überraschter sein können. »Wie ist das möglich? Sie ist doch keine sechzehn mehr! Hat er denn keine Vorkehrungen getroffen?«

»All das habe ich ihn auch gefragt«, stimmte Allie ihr zu. »Und er sagte, er sei extrem vorsichtig gewesen und habe immer, äh, sichergestellt, dass kein Malheur passierte, aber irgendwie ist ihm da wohl etwas, nun ja, durch die Maschen geschlüpft.«

»Mist.« *Immer wirklich vorsichtig.* Das klang ganz nach Noah. Natürlich passierten Unfälle, sie passierten jeden Tag. Aber Noah war es mittlerweile – wie lange? zwanzig Jahre? vielleicht länger – gelungen, unfallfrei zu bleiben, doch jetzt auf einmal, wo er mit der intrigantesten Frau zusammen war, die Olivia kannte, sollte seine narrensichere Methode gescheitert sein?

Das ergab keinen Sinn.

»Wie schwanger?«, fragte Olivia.

»Was meinst du mit *wie schwanger*? Ganz schwanger. Zu einhundert Prozent.«

»Ich meinte, im wievielten Monat?«

»Das habe ich nicht gefragt.«

»Vielleicht sollten wir das.«

»Warum?«

Olivia dachte im Eiltempo nach. Was sie jetzt gleich sagen würde, trug das Potential in sich, Vickie Freedmans Ruf völlig zu zerstören, andererseits konnte es Noah retten, falls sie recht hatte.

Es konnte Noah und Allie retten.

»Worauf willst du hinaus?«, drängte Allie

Olivia holte tief Luft, wie es ihr vor Jahren ein Yogalehrer beigebracht hatte. »Du kannst es Noah nicht erzählen. Noch nicht. Bevor du aus der Haut fährst oder mir auch nur glaubst – weil ich mir nämlich überhaupt nicht sicher bin –, müssen du und ich einen Plan ausarbeiten.«

»Wie? Was? Du bringst mich völlig durcheinander.«

»Ich weiß. Tut mir leid. Also gut, dann spucke ich es jetzt einfach aus: Ich glaube, Vickie schläft noch mit einem anderen.«

Allie schnappte nach Luft. »*Echt?* Mit wem? Woher weißt du das?«

Olivia erzählte ihr von dem seltsamen Zusammenspiel zwischen Vickie und Todd Reigerberg am Abend des Klassentreffens.

»Lucy Lee ist mit Todd Reigerberg verheiratet?«, fragte Allie, nachdem sie alles gehört hatte. »Und Vickie *schläft* mit ihm? Bist du sicher? Mit *Todd Reigerberg*?«

»Ja. Warum überrascht es dich bei ihm so?«

»Vermutlich überrascht es mich nicht, er ist nur so ein besonders geschmackloser Moderator in der vermutlich billigsten Nachrichtensendung der ganzen Ostküste.«

Das passte zu dem gar nicht polierten Verhalten, das Olivia an ihm bemerkt hatte. »Dir entgeht der Kern der Sache. Oder vielleicht ist das ja genau der Punkt. Der Mann ist nicht nur verheiratet, er ist gewissermaßen ein Prominenter und wenn er wirklich der Vater ihres Kindes ist, dann will er das auf *gar keinen* Fall an die große Glocke hängen.«

»Weißt du, ich würde auf diesen Köder gern anbeißen«, sagte Allie, »aber Vickie hat Geld. Sie braucht keinen Mann, der für sie sorgt. Warum sollte sie lügen oder schlimmer noch, einem Mann sagen, er sei der Vater, wo sie doch genau weiß, dass ein anderer Mann der Vater ist? Versteh mich nicht falsch, ich will nicht sagen, dass sie ein moralischer Mensch mit Prinzipien ist, aber … was, wenn doch?«

»Darum sollte ja auch keine von uns beiden deswegen aus dem Häuschen geraten. Ich glaube, wir müssen mit einer sorgfältig abgewogenen Reaktion aufwarten.«

»Gut. Das gefällt mir. Mit was für einer?«

»Vickie hat mir ungefähr zehn Nachrichten auf Band gesprochen, dass sie mit mir zu Mittag essen will. Oder mich einseifen will. Ich glaube, sie denkt, ich könnte sie irgendwelchen Promis vorstellen.«

»Echt super.«

»Ich weiß. Ich stelle mir vor, dass ich sie einfach weiterhin in diesem Glauben lasse. Ich ziehe los und esse mit ihr zu

Mittag, versuche, sie zu dieser ganzen Schwangerschaftskiste zu befragen, während du dir etwas Zeit mit Noah gönnst und ihm *in aller Ruhe* mitteilst, was ich dir gerade gesagt habe. Weil es letzten Endes seine Entscheidung ist. Wenn er die Vaterschaft anfechten will, was er hoffentlich tun wird, dann muss er das von sich aus wollen.«

Allie schwieg eine Minute, dann sagte sie: »Wehe, wenn nicht!«

»Stimmt, aber wenn er das nicht tun will, können wir ihn auf keinen Fall dazu zwingen«, erklärte Olivia. »Das sollten wir wirklich nicht. Sobald du ihm die Fakten genannt hast und er dennoch so tut, als habe ihm Vickie die Wahrheit gesagt, dann sagt uns das, dass er seine Entscheidung bereits gefällt hat.«

»Oder dass er verrückt ist.« Allie seufzte. »Aber wir müssen abwarten, was passiert. Wie schnell kannst du herkommen?«

Olivia öffnete ihr Outlook-Programm und sah in ihrem Kalender nach den Terminen für den Rest der Woche, um zu entscheiden, welche am wenigsten dringend waren. »Übermorgen«, verkündete sie. »Mittwoch. Kannst du bis Mittwoch warten?«

»Es wird nicht leicht sein.«

»Halte durch, Allie. Beschäftige dich irgendwie.« Sie musste lächeln. »Schau die Nachrichten an.«

»Sehr komisch.«

»Schick mir per E-Mail deine Adresse und eine Wegbeschreibung von der nächsten Metrostation. Ich schlafe bei dir. Wir sehen uns am Mittwoch!«

Olivia legte auf.

Das würden lange 48 Stunden werden.

Sie hatte jedoch keine Ahnung, wie lang, bis sie nach Hause kam und ihre Mutter mit einer spindeldürren Frau vorfand, die ganz in Schwarz gekleidet war, von der Bluse mit V-Ausschnitt bis zum knöchellangen Rock.

»Tante Cassandra«, sagte Olivia und legte ihren Schlüssel zur Seite. Gleich darauf fragte sie sich, ob es nicht klüger wäre, ihn in der Hand zu behalten, damit sie – falls nötig – rasch die Flucht ergreifen konnte. »Wie schön, dich zu sehen.«

»Wer ist das?«, bellte die ältere Frau und drehte sich mit steifem Hals in Olivias Richtung.

»Das ist Olivia, Cass«, sagte Caroline. Sie brachte ein Tablett mit Wassergläsern, Käsehäppchen und Apfelstückchen auf einem Teller aus der Küche, stellte es vor Cassandra ab und reichte ihr ein Glas mit Wasser.

»Ach ja?« Cassandra war interessiert. »Lass mich sehen, wie die Tochter meines kleinen Bruders jetzt aussieht. Komm her.« Sie wollte sich zu Olivia umdrehen, aber ihre Bewegungen waren sehr eingeschränkt.

Als Olivia in ihr Sichtfeld trat, lächelte sie schmallippig. »Da bist du ja. Meine Güte, du siehst deinem Vater wirklich sehr ähnlich.«

»Nicht wahr?«, pflichtete Caroline ihr bei.

Olivia hatte nur ein paar Fotos von ihrem Vater gesehen, einem hageren, jungen Mann mit Sommersprossen und strohblondem Haar, obwohl schwer zu sagen war, ob das seine echte Haarfarbe war, so verblasst waren die Fotos.

»Ja wirklich. Auch wenn er ihr Alter nicht erreicht hat. Gott segne sein gutes Herz.« In Cassandras Stimme lag echtes Bedauern. »Ich vermisse den kleinen Jungen, der Hank war. Und den Mann, zu dem er wurde. Wie kurz es auch nur währte.«

Das hatte Olivia nicht erwartet.

Genauer gesagt, hatte sie nie darüber nachgedacht, dass ihr Vater bei seinem Tod jünger gewesen war als sie jetzt.

»Denkst du oft an ihn?«, platzte es aus Olivia heraus, wäh-

rend sie sich auf einen der Stühle gegenüber dem Sofa niederließ, auf dem Tante Cassandra saß.
»Also, Olivia, es ist doch schon so lange her«, fing ihre Mutter an, vermutlich um Kränkungen zu vermeiden, falls – wie sie beide erwarteten – Cassandra lauthals verkünden würde, dass er tot und begraben sei und gut.
Aber das tat sie nicht.
Stattdessen sagte sie: »Ich denke jeden Tag an ihn.« Ihre hellblauen Augen wurden feucht. »Jeden Tag! Ich werde nie vergessen, als sie mir diesen kleinen Jungen nach Hause brachten. Ich war 13 Jahre alt und dachte, ich sei viel zu erwachsen, um ein Baby als Geschwisterchen zu bekommen.«
Olivia erinnerte sich an die Zeit, als sie selbst 13 war, und versuchte sich vorzustellen, wie es sich angefühlt hätte, wenn ein Baby bei ihnen eingezogen wäre. »Warst du sein Babysitter?«
»Das wollte ich nicht«, sagte Cassandra. »Jedes Mal, wenn meine Eltern mich baten, auf ihn aufzupassen, wehrte ich mich mit Händen und Füßen. Aber sobald sie dann weg waren und wir allein waren …« Sie schwieg kurz. »Ich liebte seine pummeligen Ärmchen und Beinchen und diese dicken Wangen. Nichts machte mehr Spaß, als ihn zum Lachen zu bringen. Und so war es immer mit diesem Jungen. Er lachte einfach gern. Aber er war auch schlau wie ein Fuchs. Er hat jeden Witz verstanden.« Sie schnippte mit den Fingern. »Einfach so.«
Olivia merkte, wie ihre Mutter zu Boden sah und ihre Schultern auf eine Weise absackten, die Olivia wissen ließen, wie sehr sie das berührte.
»Mit zunehmendem Alter wurde er sogar noch klüger«, fuhr Cassandra fort. »Meine Güte, er konnte die kompliziertesten Berechnungen anstellen, als er erst acht Jahre alt

war! Als Teenager hätte er an jede Universität des Landes gehen können.«
»Er war sehr intelligent«, bestätiget Caroline und sah Olivia an. »Das hast du von ihm geerbt. Du hast wirklich viel von ihm.«
»Ja, das hat sie.« Cassandra sah wieder zu Caroline. »Jetzt weiß ich, was du meintest.«
»Verblüffend, nicht wahr?«, sagte Caroline.
»Ja, tatsächlich.«
Olivia wusste nicht, wovon sie redeten, aber es war klar, dass jetzt kein guter Zeitpunkt war, die beiden danach zu fragen. Sie waren an einem anderen Ort, sprachen über einen anderen Menschen zu einer anderen Zeit.
Und offen gesagt, war sie mehr daran interessiert, etwas über jenen Menschen zu hören, an jenem Ort und zu jener Zeit, als ihre eigene Gegenwart einzubeziehen.
»Woran erinnerst du dich in Bezug auf meinen Vater am liebsten, Tante Cassandra?«, fragte Olivia, lehnte sich zurück und genoss zum ersten Mal, seit sie sich erinnern konnte, die ausführliche Antwort über ihre Herkunft und ihren Vater.
»Er konnte so gut wie alles selbst bauen oder reparieren. Einmal, das werde ich nie vergessen, wollte ich zum Countryclub und mein Wagen sprang nicht an. Hank machte sich mit dem Holzstiel von einem Eis am Stiel und einer Büroklammer ans Werk und ich will verdammt sein, wenn der Wagen hinterher nicht besser lief als je zuvor …«

Es war schon spät, als Caroline, die den ganzen Abend über ständig ein Gähnen unterdrücken musste, sagte: »Ich glaube, es ist Zeit für uns, in die Federn zu kriechen. Was denkst du, Cassandra?«
Cassandra warf Olivia einen Blick zu. »Ich würde gern

noch ein wenig mehr Zeit mit meiner Nichte verbringen, wenn sie dem gewachsen ist.«

»Aber natürlich«, sagte Olivia. Ihrer Mutter versicherte sie: »Ich sorge dafür, dass Tante Cassandra wohlbehalten ins Bett im Arbeitszimmer kommt.«

Caroline zögerte und Olivia wusste, dass sie befürchtete, Olivia könnte ihre Zusicherung nicht ernst meinen, aber als Olivia ihr zunickte, zog sie sich zögernd zurück.

»Deine Mutter macht sich viele Sorgen«, sagte Cassandra, nachdem Caroline gegangen war.

»Ich weiß.« Olivia sah in den Flur und zum Gästezimmer, als ob ihre Mutter dort stehen würde. »Es gibt viel, was ihr zusetzt.«

»Ich glaube, sie hat Hanks Tod niemals verwunden.«

Olivia zögerte, doch sie musste einfach fragen: »Glaubst du wirklich? Wie kommst du darauf?«

»Weil sie jetzt so oft zu mir kommt, aber anders als die anderen Verwandten, die immer dieses oder jenes von mir wollen, will sie immer nur von ihm hören. Sie will nur Fotos aus seiner Jugend anschauen. Es ist, als könnte sie an nichts anderes denken.«

Das schockierte Olivia. Sie hatte nie den Eindruck gehabt, dass ihre Mutter überhaupt je an ihren Vater dachte. »Und erzählst du ihr, was sie hören möchte?«

»Ich erzähle ihr, woran ich mich erinnere«, sagte Cassandra. »Mehr kann ich nicht tun, auch wenn das nicht viel ist. Ich lüge sie nicht an, falls du darauf abzielst.«

»Nein.« Wieder sah Olivia zur Tür ihrer Mutter, kämpfte den Drang nieder, zu ihr zu gehen und sie zu fragen, was sie wirklich empfand. »Nein, ich denke, das wollen wir beide nicht.«

»Du und ich wissen, dass sie nicht kommt, um mich zu sehen.«

Olivia lächelte. »Vor ein paar Wochen hätte ich dir da noch recht gegeben, aber jetzt bin ich mir nicht mehr so sicher.«
»Ich habe ihr Geld angeboten«, sagte Cassandra plötzlich.
Olivia wandte sich ihr abrupt zu. »Wie bitte?«
»Du bist doch nicht dumm. Du weißt, was ich meine. Ich dachte, sie will vielleicht Geld. Ich dachte, sie erkundigt sich nach Hank, damit sie der einzigen, noch lebenden Verwandten einen Teil des Erbes abluchsen kann.«
Olivia wurde übel. »Und?«
Cassandra hob die Augenbrauen und schüttelte den Kopf. »Und nichts. Hat mich glatt abblitzen lassen. Sie wollte keinen Penny. Nicht einmal das Geld für die Zugfahrten. Ich glaube sogar, sie war beleidigt.«
Olivia schämte sich, weil sie das überraschte. »Und sie kam dennoch wieder? Um mehr über meinen Vater zu hören?«
Über meinen Vater. Niemals *Daddy.* Sie hatte ihn nie richtig kennengelernt, geschweige denn genug kennengelernt, um einen liebevollen Kosenamen für ihn zu finden.
»Mehr wollte sie nicht. Du siehst also, sie trauert immer noch, auch wenn du oder ich wenig daran ändern können.«
Das war der Moment, in dem es Olivia wie Schuppen von den Augen fiel. Ihre Mutter war gar nicht von Mann zu Mann gewechselt, weil sie sich verzweifelt nach Liebe sehnte; sie war immer und immer wieder den schmerzlichen Erinnerungen entflohen, hatte stets gehofft, etwas zu finden, das sie genug ablenkte, um sie ihre Trauer vergessen zu lassen.
Aber das war ihr nie gelungen.
Stattdessen hatte sie ein Kind, das genauso aussah wie ihr toter Ehemann, ein Kind, für das sie irgendwie ganz allein sorgen musste, auch wenn sie keine Ahnung hatte, wie sie das anstellen sollte.

»Du siehst jetzt, was ich sah«, sagte Cassandra.
»Was?«
»Eine traurige und einsame Frau.« Cassandra hob die Augenbrauen. »Du bist nicht so. Es gibt keinen Mann in deinem Leben. Bist du eine Lesbe?«
Das kam so völlig unerwartet, dass Olivia lachen musste. »Nein, bin ich nicht.«
»Es wäre nichts falsch daran, wenn du eine wärst, weißt du. Ich hinke der Zeit nicht so sehr hinterher, wie du vielleicht denkst.«
Olivia war fasziniert. »Möchtest du einen Drink?«
»Gern. Hast du etwas Stärkeres als den wässrigen Wein, den deine Mutter mir aufzudrängen versuchte?«
»Bourbon?«
»Zwei Finger breit. Sehr schön.«
»Ohne Eis, richtig?«
»Ich mag dich, Mädel.«
Olivia dachte, mit etwas Bourbon pur könnte sie sich auch für Tante Cassandra erwärmen.
»Lass uns jetzt nicht mehr von deiner Mutter reden«, meinte Cassandra nach einem großen Schluck der feurigen Flüssigkeit. »Ich möchte mehr über dich erfahren. Ich habe gehört, dass du ständig im Büro bist, fast jeden Tag der Woche. Stimmt das?«
Olivia lächelte schwach. »Ja, aber mein Job gefällt mir.«
Cassandras Augen wurden schmal. »Kein Wunder, bist du so blass.«
»Ich bin nicht blass …«
»Blass wie ein Leichentuch.«
Olivia musste angesichts des völligen Fehlens von gesellschaftlicher Nettigkeit einfach lachen. »Ich verwende die teuersten Kosmetika der Welt, um dafür zu sorgen, dass ich eben nicht leichentuchblass bin.«

Cassandra nickte. »Aber es fängt in den Augen an, meine Liebe. Deine Augen sehen tot aus.«
»Ach tatsächlich.« Unter anderen Umständen hätte Olivia das Gespräch hier und jetzt beendet, aber es war die Schwester ihres Vaters, die sie da beleidigte. Da fiel es ihr nicht schwer, sich zurückzunehmen und zuzuhören, ohne es allzu persönlich zu nehmen. »Erzähl mir mehr.«
»Na schön, ich denke, du solltest kündigen, bevor dein Job dich umbringt. Du wirkst auf mich sehr viel abenteuerlustiger, als du durchblicken lässt.«
Damit berührte Cassandra einen Nerv. »Ich weiß nicht, was du meinst.«
»Natürlich weißt du das. Es steht dir ins Gesicht geschrieben, dass du weißt, wie richtig ich damit liege, aber du hast Angst.«
Olivia nahm noch einen Schluck Bourbon. Mittlerweile rann er schon müheloser die Kehle hinunter. »Wie sollte eine Frau, die so viele Jahre jeden menschlichen Kontakt vermieden hat, aus jemand anderem schlau werden?«
Cassandra lachte bellend. »Du bist ja ganz schön schlau.« Sie klopfte sich an die Stirn. »Schlauer als die meisten. Aber das weißt du ja schon.«
»Stimmt.«
»Dann bist du sicher auch schlau genug, um den guten Rat einer alten Frau anzunehmen.«
»Also gut.«
»Na dann, lass uns herausfinden, wie genau dein Abenteuer aussehen könnte. Sollen wir?« Cassandra sah sie nachdenklich an, dann fragte sie: »Hast du je von meiner Reise nach Afrika mit Karen Blixen und diesem Schürzenjäger Ernest Hemingway gehört?«

Kapitel 24

Make-up nur auf Wunsch.
Anzeige für »Hope in a Jar« von Philosophy

»Wow, du siehst verändert aus«, sagte Allie, als sie Olivia die Tür öffnete.

»Was meinst du?« Olivia betrat Allies Wohnung. »Ich sehe auch nicht anders aus als letzte Woche.«

»Doch, tust du. Als ob du von innen heraus glühen würdest. Hattest du …«

»Du willst mich jetzt doch wohl nicht fragen, ob ich Sex hatte.«

Allie wurde nicht rot, aber ihr Gesichtsausdruck war ein offenes Schuldeingeständnis. »Doch, will ich.«

»Nur weil *du* Sex hast, heißt das nicht, dass ich auch Sex haben muss.« Olivia lachte. »Jedenfalls hatte ich keinen. Aber vermutlich könnte man schon sagen, dass ich das Leben noch einmal neu anpacken will.«

»Klingt spannend. Erzähle mehr.«

Olivia schüttelte den Kopf. »Dafür haben wir jetzt keine Zeit. Ich bin in vierzig Minuten mit Vickie zum Mittagessen verabredet. Wie ist der Stand bei dir und Noah?«

»Nun ja, abgesehen von der Tatsache, dass er Qualen leidet und das Gefühl hat, als würde sein Leben in tausend Teile zerfallen, sind wir noch keinen Schritt weitergekommen.«

»Ihr steckt immer noch in der Schwangerschaft fest?« Oli-

via ging in die Küche und inspizierte Allies neue Kaffeemaschine.
»Soll ich dir einen Kaffee machen?«
»Würdest du?«
»Aus dem Weg.« Allie drängte sich an ihr vorbei. »Die Antwort auf deine Frage lautet: Ja, wir stecken noch in dieser Schwangerschaftskiste fest. Und ich sehe auch keinen Ausweg.«
Olivia lehnte sich an die Küchentheke und sah zu, wie Allie Kaffee machte. »Es wäre eine echt schlechte Idee, wenn er nur wegen des Babys heiratet, selbst wenn es seines sein sollte, das weißt du doch?«
»O ja, *ich* weiß das.« Allie schaufelte ein paar Löffel aus einer Tüte in den Filter. »Und ich glaube, er befindet sich auf dem Weg zu dieser Erkenntnis. Noah ist nicht so bescheuert, willentlich den Rest seines Lebens zu ruinieren. Ich glaube, die ganze Ehesache war eine Reflexreaktion, weil er etwas gegenüberstand, mit dem man nicht mehr rechnet, wenn man erstmal aufgehört hat, sein Alter in Sechsmonatsschritten zu zählen.«
»Es kommt mir immer noch erstaunlich vor, dass ausgerechnet Vickie eine solche Dummheit begangen haben soll.«
Allie goss Wasser in die Maschine und schaltete sie ein. »Vielleicht war sie gar nicht dumm«, meinte sie schlicht.
»Kannst du das näher ausführen?«
»Vielleicht war es vielmehr sogar sehr clever von ihr und der Zeitpunkt zudem geschickt gewählt. Ich sage dir, wenn auch nur die Hälfte der Leute, die mir auf dem Klassentreffen sagten, dass ich alt geworden sei, ihr dasselbe sagten, dann ist ihr womöglich genau dort aufgegangen, wie laut ihre biologische Zeitbombe tickt.«
Olivias Gesichtsausdruck wurde hart. »Es ist mir egal, wie

alt sie sich fühlt, sie hat nicht das Recht, jemand anderen mit einem Trick in ihre lebensverändernden Planungen hineinzureißen.«

»He …« Allie nahm einen Thermobecher zur Hand. »… du predigst hier gerade dem Kirchenchor. Ich weise ja nur darauf hin, dass es sich vielleicht nicht um einen von langer Hand ausgeheckten, teuflischen Plan handelt.«

»Vielleicht war es überhaupt kein Plan. Vielleicht war sie einfach plötzlich schwanger und sie hat den Beischläfer, der am ehesten zur Verfügung stand, zum Daddy ausgerufen.«

Allie hielt die Kaffeekanne hoch. »Milch oder Zucker?«

»Schwarz.«

Allie goss ein. »Vermutlich werden wir es in einer guten Stunde wissen.«

Olivia nickte und griff nach dem dampfenden Thermobecher, den Allie ihr reichte. »Wünsch mir Glück.«

»Du weißt, dass ich das tue.« Allie umarmte sie rasch, aber vorsichtig, damit Olivia den Kaffee nicht verschüttete. »Danke, dass du gekommen bist.«

»Machst du Witze? Ihre beide seid die besten Freunde, die ich je hatte. Euch nicht zu helfen ist ein Ding der Unmöglichkeit.«

»Du siehst schrecklich aus«, sagte Allie, als sie in Noahs Wohnung trat.

Er war von der Taille aufwärts nackt, und offen gesagt sah er – abgesehen von dem bleichen Gesicht und den müden Augen – verdammt gut aus.

»Danke.« Er zog sie an sich und küsste ihre Stirn. Dann ihre Lippen. »Du nicht.«

»Dankeschön, du Süßholzraspler.«

»Du weißt doch, wie gut du aussiehst.«

Sie gingen in sein Schlafzimmer und Allie setzte sich auf das Bett, während Noah den Schrank durchwühlte.
»Tori hat angerufen«, sagte er, mit gedämpfter Stimme. »Sie will, dass ich sie zur Ultraschalluntersuchung begleite.«
»Eine *Ultraschalluntersuchung*«, wiederholte Allie. »Jetzt schon?«
Noah streckte den Kopf aus dem Schrank. »Was soll das heißen? Jetzt schon?«
»Die erste Ultraschalluntersuchung wird normalerweise erst in der 18. Woche durchgeführt. Also, man kann es natürlich auch früher machen, aber erst ab der 18. Woche können sie das Geschlecht und alles erkennen.«
Er griff sich ein Beatles-T-Shirt und zog es sich über den Kopf. »Seit wann bis du Expertin in Sachen Schwangerschaft?«
»Das steht im *Großen Buch zur Schwangerschaft*«, sagte Allie, »du solltest es lesen. Vor allem, da deine Freundin behauptet, schwanger zu sein.«
»Sie ist wirklich schwanger, Allie. Lass gut sein.«
»Na schön. Das heißt aber nicht, dass sie keine Lügnerin ist.«
Er setzte sich neben sie auf das Bett. »Ich habe keine Lust auf Spielchen. Worauf willst du hinaus?«
Sie brauchte Rückendeckung. »Sag mir erst eines: Hast du darüber nachgedacht, was du tun willst?«
»Ja. Ich werde Vickie sagen, dass ich eine andere liebe und ich sie unter diesen Umständen nicht heiraten kann.«
»Und wenn sie durchdreht?«
Er zuckte mit den Schultern. »Möglicherweise wird sie das tun, aber das kann ich dann auch nicht ändern. Ich war ein Idiot, dass ich dieser Eheschließung überhaupt je zugestimmt habe.«
»Dann war es also ihre Idee.«

Er sah sie an. »Allie, vor einem Monat hatte ich genauso wenig vor, Tori zu heiraten, wie ich vorhatte, Hillary Clinton zu ehelichen.«

»Du hast mal davon geträumt …«

»Vergiss es. Mein Gott, man sollte doch meinen, dass ich dir nur einziges Mal etwas Persönliches erzählen könnte, ohne dass es wie ein Bumerang immer wieder zu mir zurückkehrt.«

»Ich werde es nie wieder erwähnen«, versicherte Allie ihm. Sie fühlte sich ziemlich gut, was den Verlauf dieses Gesprächs anging. Noah war doch noch richtig im Kopf, er plante keine übereilten Schritte nur wegen der Schwangerschaft. Er verhielt sich logisch.

Viel logischer, als es Allie vermocht hätte, wenn sie an seiner Stelle gewesen wäre. Das musste sie ihm lassen. So weit lief alles gut.

»Zurück zum Thema«, fuhr Allie fort. »Du hast also vor, Vickie zu sagen, dass eure Beziehung vorbei ist?«

»Ich werde ihr sagen, dass ich für sie und das Baby jederzeit da bin, wenn sie mich braucht, und dass ich bereit bin, im Leben des Kindes die Vaterrolle zu übernehmen.«

»Bewundernswert. Aber was, wenn das Baby nicht von dir ist?«

Noah sah sie an. »Es ist von mir.«

»Woher weißt du das?«

»Weil Tori mir das gesagt hat. Wir sind keine Teenager, Allie. Ich glaube nicht, dass sie mich hereinlegen wollte.«

Allie betrachtete den Teppich neben dem Bett. Berber. Sie mochte Berber-Teppiche, solange man keine Hunde hatte, deren Krallen sich andauernd darin verhakten.

»Allie.« Er berührte sie am Arm. »Du konntest Geheimnisse noch nie gut für dich behalten. Warum sagst du mir nicht einfach, was los ist?«

Sie sah ihm in die Augen. »Ich glaube nicht, dass das Baby von dir ist.«
Er zog sich zurück. »Warum nicht?«
»Zum einen ist sie schon in der 18. Woche. Was hat sie dir gesagt?«
»Dass sie im dritten Monat ist. Mehr oder weniger.« Er runzelte die Stirn. »Vielleicht in der 14. oder 15. Woche. Ich weiß es aber nicht genau, ich habe sie nicht darauf festgelegt. Und ich kann deine Schwangerschaftsexpertise auch nicht ernst nehmen, da du nicht gerade viel Erfahrung hast.«
»Was wäre, wenn sie doch schon in der 18. Woche ist?«, wollte Allie wissen. »Hast du dich damals schon mit ihr getroffen?«
»Muss ich ja wohl.«
»*Denk nach*, Noah. Hast du das wirklich? Denn wenn nicht …«
»Willst du mich auf den Arm nehmen?« Er legte den Kopf schräg. »Du musst mir nicht erklären, woher die Babys kommen, Al, das weiß ich bereits.«
»Und?«, drängte sie.
»Wir haben uns beim Sex nicht gerade Zurückhaltung auferlegt, aber ich will das jetzt wirklich nicht mit dir bereden.«
»Hör zu, Noah, mir liegt auch nichts daran, darüber zu reden, aber es könnte wichtig sein.«
»Also schön, jetzt reicht es. Was verheimlichst du vor mir?«
»Dass sie mit jemand anderem schläft. Glaube ich zumindest. Nun ja, wir sind uns so gut wie sicher.«
»*Wir?*«
»Olivia und ich. Eigentlich war es Olivia, die als Erste einen Verdacht hegte.« Dieser uralte Impuls, sich Glaubwürdigkeit zu verleihen, indem sie jemand anderen zitierte, regte

sich immer noch in ihr. »Sie hat gesehen, wie Vickie auf dem Klassentreffen mit dem Ehemann von Lucy Lee verschwunden ist. Offenbar waren sie ziemlich … vertraut miteinander.«

»Ach ja?« Noah sah in die Ferne, als versuche er, den Film des Klassentreffens vor seinem inneren Auge abzuspielen. Dann sah er Allie an. »Warum hat Olivia mir davon nichts erzählt?«

»Sie fand, dass sie das nichts anging. Sie mischt sich nicht überall ein, wie ich das tue. Sie dachte damals einfach nur, dass du mit Vickie offenbar eine offene Beziehung führst und dass du weißt, dass du nicht der Einzige bist, mit dem sie sich trifft.«

»Und warum hast *du* mir nichts gesagt?«, verlangte Noah zu wissen. Mittlerweile sah er gekränkt aus. »Gerade du musst doch wissen, dass ich nicht so ein Typ bin.«

Sie nickte. »Das weiß ich. Aber Olivia hat mir nichts gesagt. Erst als ich ihr von Vickies Schwangerschaft erzählte.«

Noah sah sie an, als müsse er einige Sekunden darüber nachdenken, bevor er zögernd nickte. »Vermutlich habe ich jetzt neuen Gesprächsstoff für meine Unterhaltung mit Tori.« Er griff nach dem Telefon.

»Warte noch«, sagte Allie. »Olivia spricht gerade mit ihr.«

Noah hielt mitten in der Bewegung inne. »Sie tut gerade *was*?«

Komisch, Allie war nie der Gedanke gekommen, dass das womöglich keine gute Idee sein könnte. »Sie … isst mit ihr zu Mittag. Du weißt doch, dass Vickie Olivia wiederholt angerufen hat, weil sie sich mit ihr treffen wollte. Darum dachte Olivia, das sei eine gute Gelegenheit, um, du weißt schon, der Sache auf den Grund zu gehen.«

Noah schaute finster. »Wo sind sie jetzt?«

»Ich weiß es nicht. Sie wollten sich bei Vickie treffen.«

»Wann?«

Allie sah auf ihre Armbanduhr. »Ungefähr jetzt.«

»Wir sind viel zu alt für so was, Allie.« Noah stürmte durch das Zimmer, zog sich Socken an, streifte seine Schuhe über. »Völlig irre, was ihr beiden da angezettelt habt.«

»Warte!« Allie stolperte hinter ihm her, als er den Raum verließ. »Was hast du vor?«

»Ich werde selbst mit Tori reden«, sagte er, dann drehte er sich wütend zu ihr um. »Dir ist offenbar entgangen, dass wir nicht mehr an der Highschool sind. Du und deine Busenfreundin müssen nicht mehr versuchen, einen Keil zwischen mich und meine Freundin zu treiben.«

Wie bitte? War da nicht längst ein Keil zwischen den beiden? »Freundin?«, war alles, was Allie sagen konnte.

Er rollte mit den Augen und ging weiter. »Du weißt, was ich meine. Das geht Olivia nichts an und, offen gesagt, dich auch nicht.«

»Wir haben miteinander geschlafen!«

»Deshalb will ich ja ehrlich zu dir sein.« Er blieb wieder stehen, drehte sich erneut zu ihr um und legte ihr die Hände auf die Schultern. »Das war nicht nur ein Techtelmechtel oder ein One-Night-Stand. Aber es war etwas zwischen dir und mir. Nur zwischen uns beiden. Ich habe nicht die Absicht, wieder mit Tori zusammenzukommen, aber dieses Gespräch muss *ich* mit ihr führen. Nicht du und auch nicht Olivia.«

»Es tut mir leid!« Er hatte recht, absolut recht. Sie begriff das jetzt. Sie, besser noch Olivia, hätten mit ihm reden sollen, damit er sich selbst darum kümmerte.

Stattdessen hatten sie sich wie Kinder mitten in einer ausgewachsenen, saftigen Intrige verhalten.

Er stürmte aus dem Apartment, Allie ihm auf den Fersen. »Geh nach Hause!«, bellte er sie an.

»Nein, ich komme mit dir.«
»Wie oft muss ich dir noch sagen, dass dich das nichts angeht?«
»Ich werde auch kein Wort zu Vickie sagen«, versprach sie. »Du hast recht, das geht mich nichts an. Aber ich muss Olivia aus dieser vertrackten Lage helfen, in die ich sie gebracht habe.«
Er dachte kurz darüber nach. »Na schön. Aber ich will, dass ihr beide sofort verschwindet. Tori und ich müssen allein darüber reden.«
»Ist gut.« Allie wollte ja nicht schwierig sein, aber sie war es einfach immer. »Noch etwas, Noah.«
Er sah sie wütend an.
»Es tut mir wirklich, wirklich leid. Ich kann dir gar nicht sagen, wie leid es mir tut. Ich wollte nur helfen. Ich weiß, das klingt jetzt hohl und dumm, aber es ist wahr. Ich liebe dich, Noah. Ich wollte dir helfen und dich nicht kränken.«
Sein Gesichtsausdruck wurde etwas weicher. »Ich liebe dich auch, Al. Aber manchmal treibst du mich in den Wahnsinn.« Sie kamen zu seinem Auto und er entriegelte es. »Steig ein. Und versuche um Gottes willen, mir zwischen jetzt und unserer Ankunft dort nicht mehr helfen zu wollen!«

Kapitel 25

Weil Sie es sich wert sind.
Anzeige für L'Oréal

Olivia traf zehn Minuten zu spät in Vickies Stadthaus in Kalorama ein, dank eines Taxifahrers, dem der Unterschied zwischen Norden und Süden nicht ganz klar war.

»Komm rein!« Vickie riss die Tür auf und beugte sich vor, um die Luft neben Olivias Wangen zu küssen. »Ich find's ja so toll, dass du kommen konntest.«

»Ich hielt es für wichtig«, formulierte Olivia vorsichtig. Das war jetzt nicht der richtige Zeitpunkt, um Vickie zu ködern oder unfaire Kopfspielchen zu spielen. Sie würde das so geradeheraus angehen, wie sie nur konnte.

»Hier entlang.« Vickie führte sie durch einen kurzen Flur und eine Treppe hinauf in ein üppig dekoriertes Wohnzimmer. »Unsere Reservierung ist erst in 25 Minuten, darum können wir uns Zeit lassen.«

»Sehr gut.«

»Setz dich.« Vickie zeigte auf ein schwarzes Ledersofa, das vor einem Kamin stand, über dem eine Art Teppich mit Tierdruckmuster hing. Es war scheußlich. »Möchtest du etwas trinken?«

»Ehrlich gesagt, ist das eine sehr gute Idee. Ich muss nämlich mit dir über etwas reden.«

Vickie nickte wissend. »Über das Baby?« Sie tätschelte ihren Bauch.

»Ja, genau.«
»Ich nehme an, Noah konnte es nicht erwarten, allen davon zu erzählen.« Sie holte zwei Gläser aus einem auf Hochglanz polierten Holzschrank, dann nahm sie eine blaue Flasche Mineralwasser zur Hand.
Olivia achtete sehr darauf, nicht zuzustimmen. »Er hat es Allie erzählt und Allie mir.«
»Wie auch immer, gute Neuigkeiten verbreiten sich immer schnell.« Vickie schien ungerührt. »Wasser?«
»Ja gern.«
Vickie goss die beiden Wassergläser voll. »Möchtest du über die Hochzeit reden?«, fragte sie eifrig. »Sag mir nicht, dass du eine tolle Beziehung zu jemand hast, der uns in die St.-Patrick-Kathedrale bringen könnte.«
»Nein …«
»Weil ich dafür sofort in New York heiraten würde, das kannst du mir glauben.« Sie reichte Olivia ein Glas.
»Nein, Vickie, bitte, darum geht es nicht.«
»Nenn mich Tori.« Vickies Stimme wurde fast unmerklich härter. Sie setzte sich neben Olivia auf das Sofa. »Schieß los.«
»Die Sache ist die«, fing Olivia an, »ich wollte mit dir über das Klassentreffen reden.«
»Das *Klassentreffen*?«
Olivia nickte. »Und über Todd Reigerberg.«
Vickie stellte ihr Glas sehr bedächtig auf den Couchtisch. »Über Todd Reigerberg. Den Fernsehmoderator?«
»Ich glaube, du kennst ihn näher.«
Vickie hob eine Augenbraue. »Stimmt. Er ist Lucys Ehemann.«
Das war schwerer, als Olivia gedacht hatte. Es war eine Sache, Allie am Telefon zu sagen, dass die beiden ihrer Meinung nach eine Affäre hatten, aber hier, von Angesicht

zu Angesicht mit Vickie, hatte sie das deutliche Gefühl, dass ihr ein echter Kampf bevorstand.
Olivia ließ es darauf ankommen. »Ich habe euch beide an jenem Abend beobachtet«, sagte sie, setzte ihr Glas ebenfalls ab, falls ein rascher Rückzug nötig werden sollte. »Draußen …« Sie ließ das Wort im Raum stehen, hoffte, es klänge so, als habe sie eindeutigere Beweise, als sie in Wirklichkeit hatte.
Das funktionierte augenscheinlich, denn alle Farbe wich aus Vickies Gesicht. »Du hast mir nachspioniert?«
»Natürlich nicht! Ich wollte nur frische Luft schnappen. Ich konnte ja nicht ahnen, was ich … da sehen würde.«
Man konnte förmlich sehen, wie Vickie die Gedanken durch den Kopf schossen. Ob es nun Teil ihrer Masche war oder einfach nur die verrückten Hormone, konnte Olivia nicht sagen, aber Vickies Gesicht fiel in sich zusammen und sie fing an zu weinen. »Das war das einzige Mal.«
Olivia fühlte sich sofort unwohl. »Ist Noah wirklich der Vater?«, fragte sie ruhig.
Vickie ging abrupt auf sie los. »Wie kannst du es wagen, mich das zu fragen!«
»Ich wage es, weil Noah mein Freund ist und ich glaube, dass du nicht ehrlich zu ihm bist.«
»Das geht dich nichts an.«
Olivia sträubten sich die Nackenhaare. Wenn Vickie nichts zu verbergen hatte, wäre es doch so leicht, dem ein Ende zu setzen. »Ich finde, es geht mich sehr wohl etwas an.«
Vickie sah Olivia aus schmalen Augen an. »Hast du schon mit Noah darüber gesprochen?«
»Nein«, antwortete Olivia ehrlich. »Ich wollte erst mit dir reden.«
Etwas in Vickie entspannte sich ganz leicht. »Niemand hat etwas zu Lucy oder Todd gesagt?«

Komisch, auf diese Idee war Olivia nie gekommen. Auch Allie nicht, soweit sie wusste. »Nein.«
»Dann will ich dir jetzt etwas sagen. Ja, ich war ein paar Mal mit Todd zusammen. Wir kannten uns schon vor langer Zeit und du weißt ja, wie solche Sachen manchmal laufen. Man trinkt etwas zusammen und dann führt eins zum anderen.«
Olivia dachte einen Augenblick darüber nach. »Auf dem Klassentreffen hast du nichts getrunken.«
»Natürlich nicht, ich musste ja an das Baby denken.«
»Du wusstest damals also schon, dass du schwanger bist.«
Vickie wurde blass. »Ich fühlte mich nicht gut.«
»Das ist nicht dasselbe, wie sich Sorgen um ein Ungeborenes zu machen.«
»Tja, *jetzt* weiß ich ja, dass da ein Baby war.«
Diese Lügerei war absurd.
»Du hattest wahrscheinlich schon eine Chorionzottenbiopsie oder eine Fruchtwasserspiegelung«, sagte Olivia, »damit man an dem Material einen Vaterschaftstest machen lassen kann – oder musst du dich neu testen lassen?«
»Ich habe nicht die Absicht, irgendeinen Test durchführen zu lassen.« Vickie erhob sich. »Du gehst jetzt besser.«
Olivia stand ebenfalls auf. »Soll mir recht sein, Vickie. Du hast mir ja schon eine Antwort gegeben.«
»Wie kommst du denn auf die Idee?«
»Leb wohl.« Olivia ging zur Treppe, aber Vickie packte sie an der Schulter und drehte sie zu sich.
»Ich habe dich gefragt, wie du auf diese Idee kommst?« In Vickies Augen loderte eine sehr hässliche Emotion.
Es war offensichtlich, dass sie nervös war, und es war gleichermaßen offensichtlich, dass sie nicht nervös gewesen wäre, wenn es dafür keinen Grund gäbe.
»Du hast Angst«, sagte Olivia. »Warum solltest du Angst

haben, wenn du dir absolut sicher wärst, dass Noah wirklich der Vater ist? Wenn er das wäre, dann würdest du mir einfach sagen, ich solle mich zum Teufel scheren, und hättest mich gleich zu Beginn unseres Gesprächs aus dem Haus geworfen, aber nein, du musstest erst herausfinden, was ich weiß.«

»Du klingst wie Miss Marple.«

»Anders als Miss Marple werde ich die Ermittlungen von diesem Punkt an den Fachleuten überlasen.« Olivia ging auf die Tür zu.

»Ich glaube einfach nicht, dass du das Noah antun willst!«

Olivia blieb stehen und drehte sich um. »Wie bitte?«

»Er freut sich so sehr darauf, Vater zu werden. Das gibt seinem Leben einen *Sinn*. Begreifst du das nicht?«

»Sein Leben hat bereits einen Sinn!«

»Er wünscht es sich so sehr. Willst du ihm das wirklich wegnehmen, nur wegen irgendeiner biologischen Feinheit?«

»Eine biologische Feinheit?«

»Ja. Er wird ein großartiger Vater sein. Verantwortungsvoll, aufrecht, aktiv in das Leben seines Kindes eingebunden. Warum willst du das alles kaputt machen?«

»Ich will überhaupt nichts kaputt machen. Ich will nur, dass Noah die Wahrheit erfährt.«

Vickie höhnte: »Du bist wohl kaum der Mensch, der anderen Leuten sagen dürfte, wie sie ihr Leben zu führen haben.«

»Möglicherweise nicht«, stimmte Olivia ihr zu, ohne auf den Köder anzubeißen. »Aber ich bin ein Mensch, der denkt, dass jeder ein Recht darauf hat, erst die Fakten zu kennen, bevor er entscheidet, welches Leben er führen will.«

»Komisch, denn wenn ich mich recht erinnere, wollte deine Mutter die *Fakten* über ihren Ehemann nicht wissen. Auch nicht über dich.«

Olivia erstarrte.
»Aha.« Vickies Augen funkelten auf. »Du kannst austeilen, aber kannst du auch einstecken?« Sie machte lässig einen Schritt nach vorn. »Es ist schon lange her, aber soweit ich mich erinnere, hast du auf der Mädchentoilette nur Allison etwas vorgeheult, als der Mann deiner Mutter sich an dich herangemacht hat. Du hast gejammert, dass du es deiner Mutter nicht erzählen wolltest. Interessant, dass ausgerechnet du dich jetzt so vehement für die Wahrheit ins Zeug legst.«
Olivia wusste nicht, was sie sagen sollte. Sie war wie erstarrt. Dass Vickie so herzlos sein konnte, war schockierend. Eine bessere Rechtfertigung für Allies Einstellung zu ihr hätte man sich nicht vorstellen können.
Vickie hatte Allie und Olivia an jenem Tag in der Mädchentoilette belauscht und sie war diejenige gewesen, die es in der ganzen Schule herumerzählt hatte. Und dann – das war das Unglaublichste überhaupt – hatte sie es all die Jahre in irgendeiner Schublade ihres Gedächtnisses aufbewahrt, damit sie es eines Tages einfach so herausziehen und gegen Olivia verwenden konnte.
»Du bist erstaunlich, Vickie«, sagte Olivia. »Aber all das ändert nichts an der Tatsache, dass Noah wissen sollte, dass dieses Kind nicht von ihm ist.«
»Weißt du, was mir aufgefallen ist? Mir ist aufgefallen, dass Noah diese Frage nie gestellt hat. Also will *Noah* es gar nicht wissen. Und was er nicht weiß, macht ihn nicht heiß.« In ihren Augen funkelte Triumph auf. »Außer *du* beschließt, es ihm zu sagen.«

»Du bleibst hier«, sagte Noah zu Allie vor Vickies Haus. »Du kommst nicht mit!«
»Aber ich muss! Was, wenn sie Olivia etwas angetan hat?«

Noah blieb stehen und sah sie an. »Ach ja? Glaubst du wirklich, dass sie Olivia in kleine Stücke zerhackt und dann in der Tiefkühltruhe deponiert hat?«

»Du kennst Vickie nicht so wie ich.«

»Dito.« Er zog einen Schlüssel heraus und schloss die Haustür auf.

Allie hasste es, dass er einen Schlüssel zu Vickies Wohnung besaß, auch wenn das natürlich eine Selbstverständlichkeit war. Es hatte so etwas … *Gemeinsames.* Fast Intimes.

Er drückte die Tür auf.

In diesem Moment hörten sie laute Stimmen.

»… aber soweit ich mich erinnere, hast du auf der Mädchentoilette nur Allison etwas vorgeheult, als der Mann deiner Mutter sich an dich herangemacht hat. Du hast gejammert, dass du es deiner Mutter nicht erzählen wolltest. Interessant, dass ausgerechnet du dich jetzt so vehement für die Wahrheit ins Zeug legst.«

Allie schnappte nach Luft. Sie hatte das Gefühl, einen Faustschlag in die Magengrube erhalten zu haben. Dann war es also doch Vickie gewesen! Großer Gott, das ergab endlich einen Sinn. Vickie war der einzige Mensch, den Allie kannte, der grausam genug war, um eine solche Information ohne Gewissensbisse gegen einen anderen einzusetzen.

Hatte sie es aus reinem Vergnügen getan? Befriedigte es sie, andere Menschen so tief zu verletzen? Oder war sie aus irgendeinem Grund schon damals eifersüchtig auf Olivia gewesen?

»Du bist erstaunlich, Vickie. Aber all das ändert nichts an der Tatsache, dass Noah wissen sollte, dass dieses Kind nicht von ihm ist.«

Allie war beeindruckt, wie ruhig und gelassen Olivia angesichts dieses Paukenschlags bleiben konnte.

Vickie klang dagegen schrill. »Weißt du, was mir aufgefal-

len ist? Mir ist aufgefallen, dass Noah diese Frage nie gestellt hat. Also will *Noah* es gar nicht wissen. Und was er nicht weiß, macht ihn nicht heiß.« In ihren Augen funkelte Triumph auf. »Außer *du* beschließt, es ihm zu sagen.«
Noah stieg die Treppe hoch. »Ich will es wissen«, sagte er mit fester Stimme.
»Noah!« Vickie wirkte schockiert. »Ich habe dich gar nicht kommen hören.«
Allie folgte ihm dicht auf den Fersen. »Ich kann nicht glauben, was für eine miese Zicke du bist«, rief sie erhitzt. All die Wut der ganzen Jahre brach aus ihr heraus. »Du ruinierst Menschenleben, als sei das gar nichts!« Sie ging auf Vickie zu, dachte nicht nach, wollte ihr nur so wehtun, wie sie allen anderen wehgetan hatte.
Noah packte sie fest am Arm. »Geh jetzt, Allie.«
»Hast du nicht gehört, was sie gesagt hat?«
»Was geht dich das an?«, fauchte Vickie, und fuhr auf Allie wie ein wildes Tier los. »Mein Gott, Allison, du hast schon immer versucht, dich in mein Leben einzumischen.«
Allie trat zurück. »*Was?*«
»Na klar, als ob du nicht *ganz genau* wüsstest, wovon ich rede.«
Einen Augenblick lang war Allie eher verblüfft als beleidigt. »Ich habe *keine Ahnung*, wovon du sprichst!«
»Klingeln dir bei Enchanted Forest die Ohren?«
Enchanted Forest? Das wurde immer merkwürdiger. »Der Vergnügungspark in der Nähe von Baltimore? Der vor dreißig Jahren geschlossen hat?«
»Du musstest ja deine Geburtstagsparty ausgerechnet dort feiern, obwohl ich dort schon meinen Geburtstag feierte.«
Allie sah von Noah zu Olivia, aber die sahen Vickie mit demselben großäugigen Unverständnis an, das sie selbst empfand. »Vickie, das war vor über zwanzig Jahren …«

»Ich heiße Tori!«, schäumte Vickie. »Und das ist nur eines von vielen Beispielen. Mit tausend kleinen Dingen versuchst du, mich zu überbieten.«
»Ich?« Abgesehen von der Genauigkeit der Ortsangabe, wo sie ihren 18. Geburtstag gefeiert hatte, musste Vickie sie mit jemand anderem verwechseln.
»Ja, *du.*« Vickie machte eine ungeduldige Geste. »Und jetzt spielst du schon wieder die Naive. Du weißt genau, dass du der Grund bist, warum ich nicht Wasserskifahren kann …«
»Es reicht!« Noah warf sich dazwischen, obwohl Allie zu gern erfahren hätte, inwieweit sie die Schuld an Vickies Landrattendasein trug. »Lass mich jetzt mit Tori reden«, sagte er zu Allie.
»Nein, ich will …«
»Doch, du gehst jetzt! Sofort! Olivia?« Er nickte Olivia zu und sie ging zu Allie.
»Komm schon, Al«, sagte sie mit sanfter Stimme, aber festem Griff. »Die beiden müssen reden.«
»Sie ist verrückt, damit kommt sie nicht durch«, wandte Allie ein und starrte Vickie finster an.
»Wird sie auch nicht. Sie ist ja bereits aufgeflogen. Darum ist sie jetzt auch nur noch eine armselige, alte Kuh, die sich verzweifelt an uralten Vorwürfen festklammert.« Offenbar konnte auch Olivia giftig sein. »Aber das hier müssen die beiden unter sich austragen.«
Endlich sah Allie Olivia an. »Aber hinterher dürfen wir sie umbringen, ja?«
Olivia lachte angespannt auf. »Ich glaube, sie bekommt gerade, was sie verdient hat.« Sie warf Vickie einen feindseligen Blick zu. »Ich habe das Gefühl, die Leute werden schon bald Schlange stehen, um ihr zu geben, was sie verdient. Angefangen bei Lucy Lee.«

»Er hätte schon längst anrufen müssen.« Allie saß an ihrem Küchentisch und kratzte nervös das Etikett von ihrer zweiten Flasche Bier.

»Ich denke, er hat gerade alle Hände voll zu tun«, sagte Olivia und lehnte sich gegen die harte Lehne des Küchenstuhles.

»Aber es sind jetzt schon zweieinhalb Stunden. Diese Beziehung dauerte nicht lange genug für eine zweieinhalbstündige Obduktion.«

»Es gab eine Schwangerschaft.«

»Aber *er* hat sie nicht geschwängert.«

»Was die Obduktion der Beziehung vermutlich umso schwieriger macht. Wenn es sein Kind wäre, würde er nicht alle Brücken abbrechen.« Olivia schüttelte den Kopf. »Es dauert nun mal seine Zeit, Brücken einzureißen.«

Allie lachte halbherzig. »Ja, ich glaube, das habe ich im Fernsehen gesehen. Man braucht eine Abrissbirne dafür.«

»Na also.«

Es klingelte an der Tür. Allie sprang auf, rannte zur Wohnungstür und riss sie auf.

Noah stand vor ihr und sah aus wie ein Boxer, der zwölf Runden hinter sich hatte. Allerdings wie ein sehr heißer Boxer, beispielsweise wie Wladimir Klitschko.

»Noah!« Sie riss ihn in ihre Arme und presste sich an ihn. »Warum hast du nicht angerufen?«

Er lächelte verhalten. »Ich fand es besser, vorbeizukommen.«

»Ich war vor Sorge ganz krank.«

»Warum?«

»Machst du Witze? Die Frau ist verrückt!«

Er seufzte. »Muss ich den ganzen Tag hier stehen bleiben oder trittst du zur Seite, damit ich eintreten kann?«

»Oh!« Allie wich aus. »Tut mir leid.«

»Hi, Noah.« Olivia kam in den Flur und reichte ihm ein Bier.
»Danke.« Er nahm es dankbar und trank die Hälfte in einem einzigen, großen Schluck.
»Komm herein.« Allie nahm ihn an der Hand und zog ihn ins Wohnzimmer. Sie setzte sich neben ihn auf die Couch, konnte ihm gar nicht nahe genug sein. »Sag uns, was passiert ist.«
»Sag uns nur, was du uns erzählen willst«, korrigierte Olivia, die wie immer ruhig blieb. »Denn im Grunde geht es uns nichts an. Zumindest …« Sie sah die beiden an. »… geht es mich nichts an. Vielleicht sollte ich euch allein lassen.«
»Machst du Witze?«, rief Allie. »Wenn du nicht wärst, dann hätte Noah die Wahrheit niemals herausgefunden. Wenigstens solange nicht, bis das Kind mit einer schlecht sitzenden Fernsehmoderatorenfrisur auf die Welt gekommen wäre und dem ständig verwirrten Gesichtsausdruck seines biologischen Vaters.«
»Ich hoffe, du bist nicht enttäuscht wegen des Babys«, sagte Olivia mitfühlend zu Noah. »Mir ist klar, dass das nicht unbedingt eine gute Nachricht war.«
Er lächelte kurz. »Ich bin nicht enttäuscht, Liv. Das war nicht das, was ich wollte.« Er sah rasch zu Allie.
Der wurde dabei ganz warm ums Herz.
»Eigentlich frage ich mich, warum ich sie nicht von Anfang an durchschaut habe«, fuhr Noah fort. »Die ganze Sache ist mir einfach ein Rätsel.«
»Nun ja, sie sieht gut aus«, räumte Allie widerwillig ein. »Dein Geschlecht lässt sich davon bisweilen täuschen. Eigentlich immer.«
»Ehrlich gesagt, *unser* Geschlecht zählt ja meistens auch darauf«, fügte Olivia hinzu.

Noah hob sein Bier. »Anscheinend kommen wir euch da nur zu gern entgegen.«
»Du hättest das nicht mehr lang durchgehalten.« Allie betrachtete sein Profil, bis er sich umdrehte und sie ansah. Ihr wurde heiß, während er sich in ihrem Blick versenkte.
»Hört mal, Kinder«, sagte Olivia und stand auf. »Das war ja alles sehr nett, aber ich muss jetzt gehen.«
»*Was?*«, rief Allie und zwang sich, ihren Blick von Noah abzuwenden. Kaum sah sie Olivia an, wurde ihr klar, dass Olivia fand, Allie und Noah sollten jetzt allein sein.
Und sie hatte recht.
Olivia nickte. »In zwei Tagen verreise ich und ich muss zurück nach New York und noch einiges packen.«
»Aber du bist doch eben erst angekommen«, widersprach Allie nicht besonders heftig. »Wir haben so viel aufzuholen.«
»Du hast viel mit Noah aufzuholen.« Olivia lächelte. »Wir können das später nachholen, wenn ich in die USA zurückkehre.«
»Zurück in die USA?«, wiederholte Noah. »Wohin reist du denn?«
»Das ist eine lange Geschichte«, meinte Olivia. »Aber im Grunde nehme ich mir unbezahlten Urlaub, damit ich auf Reisen gehen kann. Ich wollte schon immer die Welt sehen und das nicht nur aus einem Hotelzimmer heraus, also werde ich genau das tun. Und vielleicht ein paar Fotos schießen.«
Allie erinnerte sich an ihr Gespräch vor so langer Zeit. Olivia wollte die Welt bereisen und Fotografin werden. Sie wollte keine richtige Arbeit, keinen Bürojob, zu dem sie sich jeden Tag schleppen musste.
»Schreib E-Mails«, bat Allie. »Ruf an. Und versprich mir, dass du eine Woche hierherkommst, sobald du wieder zurück bist.«

»Versprochen.« Olivia nahm Allie fest in den Arm. »Besser spät als nie, was?«
Allie hielt sie fest. »Ja«, flüsterte sie.
Olivia löste sich von ihr und lächelte sie an. »Wir sehen uns bald wieder.« Dann ging sie zu Noah und küsste ihn auf die Wange. »Passt auf euch auf.«
»Uns geht's gut.«
Olivia lachte. »Das hat ja ziemlich lange gedauert«, sagte sie. »Ich hätte nicht gedacht, dass das Happy End trotzdem so viel Spaß machen würde.«
»Macht es«, versicherte Allie, »es macht sehr viel Spaß.« Sie wandte sich an Noah. »Ich komme gleich wieder. Ich bringe nur Olivia nach unten.«
»Lass dir Zeit.«
Er implizierte damit stillschweigend, dass sie von nun an alle Zeit der Welt hatten – und so war es ja auch.
Zwei Minuten lang gingen Allie und Olivia schweigend nebeneinander.
Dann ergriff Allie das Wort. »Ich finde es furchtbar, dass du so weit weg gehst, wo wir uns jetzt endlich wiedergefunden haben.«
Sie blieben stehen und Olivia drehte sich zu ihr. Tränen standen ihr in den Augen. »Die letzten Wochen haben mein Leben verändert«, sagte sie. »Ich habe gerade eine Glückssträhne. Ich darf jetzt den Schwung nicht unterbrechen und wieder in meine alte Routine zurückfallen. Das würde mich umbringen.«
»Tja, das wollen wir natürlich nicht.«
»Aber du fängst ja auch neu an«, sagte Olivia und zeigte auf das Haus, in dem Noah auf Allie wartete. »Du und ich, wir haben wieder zusammengefunden. Wir können reden, uns E-Mails schicken, uns schreiben. Das werden wir uns nicht noch einmal nehmen lassen. Aber im Moment gibt

es einen ganz bestimmten Mann, dem du deine Zeit und deine, äh, *körperliche Präsenz* schenken solltest.«

Allie lachte. »Ich bin keine von diesen Frauen, die ihre Freundinnen wegen eines Mannes versetzen.«

Olivia schüttelte den Kopf. »Das warst du nie.«

Sie sahen sich einen Augenblick an und Allie hatte das merkwürdige Gefühl, dass die Jahre von ihnen abfielen. Auf gewisse Weise sah sie eine Freundin an, die sie unendlich gut und unendlich lange kannte.

»Versprich mir, dass du Kontakt halten wirst«, verlangte Allie. »Lass dich nicht von Elefanten und Tigern ablenken und komm nicht auf den Gedanken, wir seien zu unbedeutend, um sich mit uns abzugeben.«

»Machst du Witze? Ich will unbedingt alles hören, was bei euch beiden so abgeht.«

»Das wirst du. Du wirst jedes Detail zu hören bekommen.«

»Und ich werde merken, wenn du mir etwas verheimlichst.«

Allie legte die Hand aufs Herz. »Ich werde dir nichts verheimlichen.«

Olivia lächelte erneut und umarmte Allie. Als sie sich von ihr löste, liefen ihr Tränen über die Wangen.

Ebenso wie Allie.

»Es tut mir leid, dass ich dir so lange die Schuld gegeben habe …«, fing Olivia an.

»Das verstehe ich doch«, erklärte Allie. »Wir können nicht zurück und es ändern. Und leider können wir Vickie auch nicht wirklich umbringen. Wir können mit unserem Leben einfach nur fortfahren.«

»Ist gut.« Olivia holte zitternd Luft. »Also schön. Geh wieder rein und mach ein paar interessante Dinge, die du mir dann erzählen kannst.«

»Mach ich. Du tu dasselbe. Schick mir ein Foto von dir auf einem Elefanten.«

Olivia nickte. »Versprochen.«
Allie kehrte mit einer Mischung aus Melancholie in Hinblick auf die Vergangenheit und Erregung in Hinblick auf die Zukunft in ihre Wohnung zurück.
Ihre Zukunft mit Noah.
Sie konnte es immer noch nicht ganz glauben.
Allie und Noah setzten sich auf das Sofa und die Stille sprang zwischen ihnen hin und her.
Dann sagte Allie: »Das ist komisch.«
»Es ist wirklich komisch«, stimmte Noah ihr zu, »aber gut.«
»Definitiv gut.«
Noch mehr Stille.
»Die Sache ist die«, fing Noah an. »Es hätte … besser ablaufen sollen. Ich hätte dein Herz im Sturm erobern sollen.«
Sie lachte auf. »Du bist kein Pirat.«
»Nicht, Al, es ist mir ernst. Ich hätte schon vor Jahren auf den Trichter kommen sollen.«
»Das stimmt allerdings.«
»Natürlich trage ich nicht allein die Schuld. Du hast dich auch komplett idiotisch benommen.«
Sie nickte. »Na ja, nicht *komplett* idiotisch. Wenigstens hatte *ich* die Weitsicht, unseren *Sobald-wir-vierzig-sind*-Plan zu schmieden.«
»Unseren was …?«
»Du solltest mich heiraten, wenn wir vierzig werden und noch nicht mit anderen verheiratet sind. Das war die Abmachung.«
Er sah sie an und Verständnis dämmerte in seinem Blick. »Stimmt, wir hatten einen Plan.«
»Ja, den hatten wir.«
»Eine verbale Abmachung.« Er runzelte die Stirn. »Die ist vor Gericht bindend, wusstest du das?«

»Das wusste ich nicht.«
Er nickte. »Glaub es mir nur. Es könnte ziemlich schwierig für dich werden, da wieder herauszukommen. Oder für mich. Für uns beide.«
Sie verschränkte ihre Finger in seine. Es war unmöglich, nicht zu lächeln. »Dann sollten wir das besser erst gar nicht versuchen.«
»Das halte ich auch für das Vernünftigste.« Er hob eine Augenbraue. »Ehrlich, Allie, es ist verdammt nochmal an der Zeit, dass wir zur Vernunft kommen.«

Epilog

Winston Churchill Highschool
25-jähriges Klassentreffen: Wer kommt alles?

Peter Ford: Ich komme! Kann's kaum erwarten!

Marlene Newman: Ich werde definitiv dabei sein. Unser Motto sind die achtziger Jahre. Übrigens, hat jemand die Mailadresse von Vickie Freedman? Ich möchte sie fragen, ob sie auch dieses Jahr wieder im Organisationskomitee dabei sein will.

Noah Haller: Kann nicht kommen, mache Urlaub mit meiner wundervollen Ehefrau, tut mir leid.

Allison Denty-Haller: Nehme nicht teil, tut mir nicht leid!

Yancy Miller: Vickie heißt jetzt Victoria Reigerberg. Ich sah ihren Ehemann (mit seiner Nichte) neulich im Marriott, als ich dort zu Abend speiste. Er sagte, dass er wohl nicht zum Klassentreffen kommen wird.

Lucy Lee: Todd hat keine Nichte. Lass mich raten: War sie blond? Zum Brüllen komisch. Ich komme zum Klassentreffen, wenn ich keinen Bereitschaftsdienst habe. Wir sehen uns!

Olivia Pelham: Ich stelle gerade einen Fotoband über Kenia zusammen. Bin wahrscheinlich nicht rechtzeitig wieder da. Allie und Noah, ich sehe euch dann in ein paar Wochen!

Danksagungen

Ich danke den vielen Menschen, die mir die Zeit, in der ich dieses Buch schrieb, leichter gemacht haben. Jim Aylor und Jane Cunliffe Aylor: Ihr habt euch schon unter den unterschiedlichsten Umständen als gute Freunde erwiesen, am meisten jedoch während jener beängstigenden Januarwoche im Kinderkrankenhaus, als ihr alles stehen und liegen gelassen habt, um bei uns zu sein, und die Geistesgegenwart besessen habt, den Ärzten all die Fragen zu stellen, für die wir zu durcheinander waren.

Ich danke auch Annie Jones, deren Gebete und Unterstützung während jener furchteinflößenden Zeit uns so viel Trost und Hoffnung spendeten.

Ich danke allen im Children's National Medical Center in Washington, deren Arbeit in jener endlosen Woche uns einen Abschied mit einem Lächeln und nicht unter Tränen ermöglichte. Dankeschön.

Dank auch an Scott Hicks, Elaine McShulskis, Jacquelyn McShulskis Taylor, Mike Kowalski, Mimi Elias, Connie Jo Gernhofer, Rusty Gernhofer, Jen Enderlin, Steve Troha, Courtney Fischer, Anne Marie Tallberg, Matthew Shear, Sara Goodman, Tori Hajdu, Mindy Rabinowitz, Meg Ruley, Annelise Robey, Mike McCormack, Dani Klein, Marty Hawk, Dave Miller und Charlie Plunkett. Wenn ich anfangen würde, in allen Einzelheiten aufzuführen, wie dankbar ich euch aus den unterschiedlichsten Gründen bin, würde das viel zu lang werden, darum akzeptiert ihr hoffentlich ein alles umfassendes *Dankeschön*!

John, Paige und Jack – ihr seid das Licht meines Lebens. Und wie immer ein riesengroßes Dankeschön an Connie Atkins alias »Mommy« für ihre Liebe, ihre Unterstützung, ihre Anleihen, ihr Babysitting, ihr Hundesitting, ihre psychologischen Ratschläge, ihr Korrekturlesen und ihre Fahrten zum Flughafen sowie zu diversen Bahnhöfen.